东南学术文库
SOUTHEAST UNIVERSITY ACADEMIC LIBRARY

诗词格律与写作

Metrical Patterns and Composition of Chinese Traditional Poetry

王步高 ◆ 著 白朝晖 ◆ 整理

东南大学出版社
·南京·

图书在版编目(CIP)数据

诗词格律与写作 / 王步高著；白朝晖整理. — 南京：东南大学出版社，2020.8　（2023.7重印）
ISBN 978-7-5641-8971-6

Ⅰ.①诗… Ⅱ①王…　②白… Ⅲ.① 诗词格律－诗歌创作－中国　Ⅳ.① I207.21

中国版本图书馆 CIP 数据核字（2020）第 124440 号

诗词格律与写作
Shici Gelü Yu Xiezuo

著　　者：王步高
整 理 者：白朝晖
出版发行：东南大学出版社
地　　址：南京市四牌楼 2 号　邮编：210096
出 版 人：江建中
网　　址：http：//www.seupress.com
经　　销：全国各地新华书店
印　　刷：南京工大印务有限公司
开　　本：700 mm×1000 mm　1/16
印　　张：20.25
字　　数：386 千字
版　　次：2020 年 8 月第 1 版
印　　次：2023 年 7 月第 3 次印刷
书　　号：ISBN 978-7-5641-8971-6
定　　价：85.00 元（精装）

本社图书若有印装质量问题，请直接与营销部联系。电话：025-83791830

编委会名单

主任委员：郭广银
副主任委员：周佑勇　樊和平
委　　　员：（以姓氏笔画为序）
　　　　　　王廷信　王　珏　龙迪勇　仲伟俊
　　　　　　刘艳红　刘　魁　江建中　李霄翔
　　　　　　汪小洋　邱　斌　陈志斌　陈美华
　　　　　　欧阳本祺　袁久红　徐子方　徐康宁
　　　　　　徐　嘉　董　群
秘　书　长：江建中
编务人员：甘　锋　刘庆楚

身处南雍　心接学衡

——《东南学术文库》序

每到三月梧桐萌芽,东南大学四牌楼校区都会雾起一层新绿。若是有停放在路边的车辆,不消多久就和路面一起着上了颜色。从校园穿行而过,鬓后鬓前也免不了会沾上这些细密嫩屑。掸下细看,是五瓣的青芽。一直走出南门,植物的清香才淡下来。回首望去,质朴白石门内掩映的大礼堂,正衬着初春的朦胧图景。

细数其史,张之洞初建两江师范学堂,始启教习传统。后定名中央,蔚为亚洲之冠,一时英杰荟萃。可惜书生处所,终难避时运。待旧邦新造,工学院声名鹊起,恢复旧称东南,终成就今日学府。但凡游人来宁,此处都是值得一赏的好风景。短短数百米,却是大学魅力的极致诠释。治学处的静谧景,草木楼阁无言,但又似轻缓倾吐方寸之地上的往事。驻足回味,南雍余韵未散,学衡旧音绕梁。大学之道,大师之道矣。高等学府的底蕴,不在对楼堂物件继受,更要仰赖学养文脉传承。昔日柳诒徵、梅光迪、吴宓、胡先骕、韩忠谟、钱端升、梅仲协、史尚宽诸先贤大儒的所思所虑、求真求是的人文社科精气神,时值今日依然是东南大学的宝贵财富,给予后人滋养,勉励吾辈精进。

由于历史原因,东南大学一度以工科见长。但人文之脉未断,问道之志不泯。时值国家大力建设世界一流高校的宝贵契机,东南大学作为国内顶尖学府之一,自然不会缺席。学校现已建成人文学院、马克思主义学院、艺术学院、经济管理学院、法学院、外国语学院、体育系等成建制人文社科院系,共涉及6大学科门类、5个一级博士点学科、19个一级硕士点学科。人文社科专任教师800余人,其中教授近百位,"长江学者"、国家"万人计划"哲学社会科学领军人才、全国文化名家、"马工程"首席专家等人文社科领域内顶尖人才济济一堂。院系建设、人才储备以及研究平台等方面多年来的铢积锱累,为东南大学人文社科的进一步发展奠定了坚实基础。

在深厚人文社科历史积淀传承基础上,立足国际一流科研型综合性大学之定位,东南大学力筹"强精优"、蕴含"东大气质"的一流精品文科,鼎力推动人文社科科研工作,成果喜人。近年来,承担了近三百项国家级、省部级人文社科项目课题研究工作,涌现出一大批高质量的优秀成果,获得省部级以上科研奖励近百项。人文社科科研发展之迅猛,不仅在理工科优势高校中名列前茅,更大有赶超传统人文社科优势院校之势。

东南学人深知治学路艰,人文社科建设需戒骄戒躁,忌好大喜功,宜勤勉耕耘。不积跬步,无以至千里;不积小流,无以成江海。唯有以辞藻文章的点滴推敲,方可成就百世流芳的绝句。适时出版东南大学人文社科研究成果,既是积极服务社会公众之举,也是提升东南大学的知名度和影响力,为东南大学建设国际知名高水平一流大学贡献心力的表现。而通观当今图书出版之态势,全国每年出版新书逾四十万种,零散单册发行极易淹埋于茫茫书海中,因此更需积聚力量、整体策划、持之以恒,通过出版系列学术丛书之形式,集中向社会展示、宣传东南大学和东南大学人文社科的形象和实力。秉持记录、分享、反思、共进的人文社科学科建设理念,我们郑重推出这套《东南学术文库》,将近些年来东南大学人文社科诸君的研究和思考,付之枣梨,以飨读者。知我罪我,留待社会评判!

是为序。

《东南学术文库》编委会
2016 年 1 月

目 录

绪 论 ………………………………………………………… 1

第一章 押 韵 ……………………………………………… 5
什么是押韵? …………………………………………… 5
韵 书 …………………………………………………… 6
押韵相关的术语 ………………………………………… 9
诗的选韵 ………………………………………………… 17
押韵常见错误 …………………………………………… 19

第二章 四声 入声辨别 …………………………………… 22
汉语有四声 ……………………………………………… 22
四声入韵 ………………………………………………… 23
入声的辨别 ……………………………………………… 24
词中的入声韵 …………………………………………… 33

第三章 平仄 律句 准律句 ……………………………… 35
平 仄 …………………………………………………… 35

  律　句 ……………………………………………………… 37
  粘　对 ……………………………………………………… 40
  孤平　拗救 ………………………………………………… 46

第四章　对　仗 …………………………………………………… 51
  对仗是近体诗的基本要求 ………………………………… 51
  几种特殊的对仗 …………………………………………… 52
  学生对联习作与点评（上）………………………………… 66

第五章　对联的鉴赏与写作 ……………………………………… 76
  对联基本知识 ……………………………………………… 76
  对联欣赏 …………………………………………………… 79
  学生对联习作与点评（下）………………………………… 83

第六章　五绝的鉴赏与写作 ……………………………………… 96
  五绝的产生及格律要求 …………………………………… 96
  五绝经典赏析 ……………………………………………… 99
  仄韵绝句 …………………………………………………… 106
  历代诗话论五绝 …………………………………………… 110
  学生五绝习作与点评 ……………………………………… 115

第七章　七绝的鉴赏与写作 ……………………………………… 122
  七绝的格律形式 …………………………………………… 122
  七绝经典赏析 ……………………………………………… 123
  历代诗话论七绝 …………………………………………… 136
  学生七绝习作与点评 ……………………………………… 142
  学生七绝习作失误例 ……………………………………… 147

第八章　五律的鉴赏与写作 ……………………………………… 152
  五律的格律形式 …………………………………………… 152

五律经典赏析 ································ 154

第九章　五言律诗总论 ································ 172
　　历代诗话论五律 ································ 172
　　学生五律习作与点评 ································ 178
　　学生五律习作失误例 ································ 184

第十章　七律的鉴赏与写作 ································ 192
　　七律的格律形式 ································ 192
　　七律经典赏析 ································ 193
　　学生七律习作与点评（上） ································ 211
　　学生七律习作失误例（上） ································ 222

第十一章　七言律诗总论 ································ 226
　　历代诗话论七律 ································ 226
　　学生七律习作与点评（下） ································ 235
　　七律习作中多种形式尝试 ································ 243
　　学生七律习作失误例（下） ································ 246

第十二章　词的基础知识 ································ 250
　　词的文体特色 ································ 250
　　词　谱 ································ 252
　　词的押韵 ································ 254
　　词的句式 ································ 258
　　词的对仗 ································ 263
　　初学填词的建议 ································ 265
　　学生填词习作失误例 ································ 266

第十三章　填词的原则和方法 ································ 271
　　填词的程序 ································ 271

词调的声情与选调 ··· 272
填词的几个技巧 ··· 276
学生填词习作与点评（上）····································· 284

第十四章 历代词话论词的创作 ··································· 294

历代词话论词的创作 ··· 294
学生填词习作与点评（下）····································· 300

整理后记 ·· 311

绪 论

诗词是语言的艺术,是最精炼、最优美的语言形式。缪钺先生《论宋诗》中引用英国诗人安诺德的话:"一时代最完美确切之解释,须向其时之诗中求之,因诗之为物,乃人类心力之精华所构成也。"[1]我国是一个诗的国度,元朝以前的中国文学史基本是诗歌散文史。小说戏曲产生后,也与诗歌有着密不可分的关系,戏剧中的唱词基本是诗歌(词曲),小说中才子佳人的唱酬,章回的引子、尾声等也离不开诗词。

诗词不仅历史悠久,在今天仍然为人们喜闻乐见。每一个小孩都曾背诵过"床前明月光,疑是地上霜""野火烧不尽,春风吹又生"等诗句。我在东南大学曾说:"全校40 000左右学生,找不出一个背不出20首古诗的,也找不出一个能背20首新诗的。"世界著名诗人的诗作译成中文,没有几首会被大家熟读背诵,而匈牙利年轻诗人裴多菲的诗作"生命诚可贵,爱情价更高。若为自由故,二者皆可抛"却妇孺皆知,只是因为后者是用中国古典诗歌的形式翻译的(平仄尚不全合)。鲁迅先生认为汉字"遂具三美:意美以感心,音美以感耳,形美以感目。"[2]而中国格律诗词充分发挥了汉字是单音节字、发音有四声的变化、声调有高低长短的变化等特点,通过汉字的交叉组合,使诗词具有和谐的音乐美。

"格律诗"又称"近体诗",格律诗四要素是:文言、押韵、平仄、对仗。

格律诗词是中国传统文化的精髓之一,与山歌小调、话本、说唱文学等俗

---

[1] 缪钺:《论宋诗》,载《诗词散论》,上海古籍出版社,1982年,第50页。
[2] 鲁迅:《汉文学史纲要》,载《鲁迅全集》第9卷,人民文学出版社,2005年,第354页。

文学不同,它更具有"雅文化"的特点,更符合古代士大夫审美情趣,对作者和受众的文化修养有更高的要求,不但要熟悉文言文法、常用词汇,还要精熟历史和典故。

格律诗词还承载着延续中华文脉的责任。现存最早的汉语诗歌产生于先秦,又沿袭发展了3000多年。学习诗词使我们不仅可以欣赏《诗经》《楚辞》的乐章,甚至还可以写出形式相似的篇什,更能创作出与千余年前"诗圣""诗仙"们韵味有几分相似的律诗、绝句、词篇。这在英美文学中是难以做到的。

格律诗词也承载着延续中华语脉的责任。格律诗词遵循的音韵,较多保留唐音宋韵,保留入声。入声在普通话里已消失,仅在江淮官话、晋语及南方方言里部分地保留着,随着普通话的推广,抢救入声和古音变得尤为迫切。学习格律诗词,自然要学习《平水韵》《词林正韵》,学会辨别入声,读押入声韵的诗词就不致完全没有音韵美(用普通话读柳永《雨霖铃》、苏轼《念奴娇》、岳飞《满江红》、李清照《声声慢》是完全不押韵的)。

学习诗词格律能提高自己的审美情趣、审美品位。初步入门之后,李杜、苏辛就不再是相隔千年、远在云端的古人,而是受自己崇敬的前辈师长,如师如友,可亲可敬,甚至还不时挑他们点毛病,诗词鉴赏能力便大大提高。

格律诗词与当代白话"新诗"(实际是欧化诗)的关系,如同传统戏剧与电影、话剧的关系,如同国画与西洋画的关系。其创作手法的差距,也如同图画中的散点透视与焦点透视的不同一样。文言与白话的不同,也是雅与俗的不同,传统与新潮的不同。这二者是互不相同,互不可替代的。

学习诗词格律,要破除重白话轻文言的观念,要破除厚今薄古的观念,要破除重普通话轻方言的观念。也要克服畏难情绪,克服对古人的盲目崇拜。相信自己不仅可以学懂,也可以入门,成为小有成就的诗人词人。大多数同志并不能成为当代的李、杜、苏、辛,却可以用诗词记录自己人生的许多节点和生活感受。以我自己的几首习作为例:

例一:梦与某官争,盛怒致捶床而伤手

> 下心抑志几春秋,
> 坎壈半生今白头。
> 尚得梦中存浩气,
> 横眉拍案向公侯。

例二：临江仙·壬戌仲秋

> 故国溶溶江水，他乡瑟瑟秋风。
> 清光著意透帘栊。
> 敲窗黄叶雨，夺魄五更蛩。
> 亲友今宵何处？高天难问飞鸿。
> 伤离惜别古今同。
> 莫抛儿女泪，四海一望中。

例三：鹧鸪天

庚午中秋，为调动事夜访东南大学文学院长刘道镛教授。予致力古籍出版七年矣，一朝调离，感慨系之。

> 七载春秋转瞬间，任凭青鬓竟成斑。
> 不堪回首崎岖路，且任沾巾涕泪潸。
> 休洒泪，应开颜，云烟往事属当年。
> 驱车大道通衢地，举首高天月正圆。

这是我人生中的几个节点。在四十多岁调到东南大学工作之前，我一直处境艰难，所以即使梦境中也不平静，例一便是一天晚上梦见与当官者吵架，我朝当官者拍桌子，因是睡在床上，手拍到床栏杆，伤到右手食指和中指，有感而作。当时生活中过得很憋屈，故称"尚得梦中存浩气"。例二是在故乡当中学教师被打成"反革命"，关押309天，又被送农场监督劳动，恢复工作后经三年努力，考取吉林大学研究生，因当时已有妻子孩子，独处异乡，思乡怀归。例三是在江苏某出版社因在职攻博受阻，又被"冷冻"三年，即将调离时的心态。

写作格律诗词，经过努力，也有可能写出传世佳作，我百易其稿，并经众多诗友共同打磨而成的《临江仙·东南大学校歌》或可作为这方面的例证。校歌深受东大人的喜爱，被刻在九龙湖新校区的大门上，2014年被教育部新闻办公室公布为"全国最受欢迎的十大校歌"。不妨以此歌为绪论作结：

东揽钟山紫气,
北拥扬子银涛。
六朝松下听箫韶。
齐梁遗韵在,
太学令名标。

百载文枢江左,
东南辈出英豪。
海涵地负展宏韬。
日新臻化境,
四海领风骚。

第一章 押　韵

什么是押韵？

押韵是汉语诗歌的基本要求,格律诗如此,古体诗也如此。

什么是押韵？押韵,又作压韵,是指在韵文的创作中,某些句子的最后一个字,都使用韵母相同或相近的字,使朗诵或咏唱时产生铿锵和谐的感觉。汉语字音中声调相同,韵腹、韵尾相同或相近的字,可以互相押韵。

一个汉字的韵母由韵头、韵腹、韵尾三部分组成。韵腹是指复韵母中开口度最大、发音最响亮的元音,也叫主要元音;韵腹前面的元音是韵头,韵腹后面的元音或辅音是韵尾。以"光"字为例,拼音为guāng,其中第一个字母"g"为声母,与押韵完全无关;后面为韵母,"u"为韵头,"a"为韵腹,"ng"为韵尾。押韵一般仅与韵腹、韵尾有关。

这些使用了同一韵母字的地方,称为韵脚。如王之涣的《登鹳雀楼》:

> 白日依山尽,
> 黄河入海流（liú）。
> 欲穷千里目,
> 更上一层楼（lóu）。

这首诗押韵的字为"流"和"楼",韵母部分只有韵头不同。

袁行霈教授说：“押韵是字音中韵母部分的重复。按照规律在一定的位置上重复出现同一韵母，就形成韵脚产生节奏。这种节奏可以把涣散的声音组织成一个整体，使人读前一句时预想到后一句，读后一句时回想起前一句。"[1]

韵　书

韵书是把汉字按照字音分韵编排的一种书，可以作为查检同韵部字的工具书。韵书主要是为分辨、规定文字的正确读音而作，属于音韵学的范围。同时它有字义的解释和字体的记载，也能起辞书、字典的作用。以下是最重要的几部韵书：

《切韵》

我国保留下来的最早的韵书是隋朝陆法言的《切韵》。《切韵》是韵书史上划时代的产物，是前代韵书的继承和总结。在汉语语音史上有很重要的地位。《切韵》收字约一万二千多个，分为193韵：平声54韵、上声51韵、去声56韵、入声32韵。根据《切韵·序》记载，隋开皇（581—600）初年，刘臻、颜之推、魏彦渊、卢思道、李若、萧该、辛德源、薛道衡同到陆法言家，酒后谈到古今语言的不同，当时方言的差别，并"捃（jùn）选精切、除削疏缓"，审定了汉字的字音和反切。经陆法言整理，于601年编成《切韵》，供读书人审音辨韵之用。

《切韵》以当时洛阳音为基础，兼顾古音、方言编辑成书，反映的是"当时的文学语言的语音，也就是南北可以通用的官话，可以说是五、六世纪汉民族共同语的语音系统"[2]。

唐音韵学家王仁昫《刊谬补缺切韵》，是《切韵》的一个现存的影响最大的增订本，大概写成于唐中宗神龙二年（706）。

《广韵》

宋代陈彭年、邱雍于大中祥符元年（1008）编成《大宋重修广韵》，简称《广

---

[1] 袁行霈：《中国古典诗歌语言的音乐美》，载《中国诗歌艺术研究》，北京大学出版社，1987年，第119-120页。
[2] 唐作藩：《音韵学教程》，北京大学出版社，2012年，第97页。

韵》，这是对后代影响最大的韵书。《广韵》原为增广《切韵》而作，除增字加注外，部目也略有增订。共收字26194个，分为上平28韵、下平29韵、上声55韵、去声60韵、入声34韵，共206韵。《广韵》音系包含35个声母，206个韵母（含声调），比我们当代的普通话和大部分方言分类更细致。现代吴语（苏州话）最多有36个声母，60个韵母；粤语最多有22个声母，94个韵母；闽南语有15个声母，85个韵母；而普通话中只有21个声母，39个韵母。

唐封演《闻见记》："隋朝陆法言与颜、魏诸公定南北音，撰为《切韵》，凡一万二千一百五十八字，以为文楷式，而先、仙、删、山之类分为别韵，属文之士共苦其苛细。国初，许敬宗等详议，以其韵窄，奏合而用之。"[1]现在《广韵》每卷目录于各韵下注"独用""某同用"，就是借用许敬宗等的原注。

其实"奏合而用之"也有一定语音系统作为标准，并非看到窄韵就把它并到别的韵去，看到宽韵就不合并了。例如：

肴韵——很窄，并不并入萧、宵或豪；

欣韵——很窄，并不合并于文或真；

脂韵——很宽，反而跟支、之合并。

《集韵》

宋代丁度等人重修，宋仁宗宝元二年（1039）完稿。《集韵》韵目下面所注的独用、通用的规定和《广韵》不同的，可能是按照贾昌朝的建议修订的。如明内府本《广韵》文韵下注"独用"，《集韵》文韵下注"与欣通"；《广韵》物韵下注"独用"，《集韵》物韵下注"与迄通"等，都说明这种情形。还有许多字，《集韵》和《广韵》不是收在同一个韵部里，如"因"，《广韵》在真韵，《集韵》在谆韵；"多"，《广韵》在歌韵，《集韵》在戈韵等。此外，字的又音（即一字多音），《集韵》比《广韵》增了很多。据《汉语大字典》四川大学编写组编的《集韵通检》统计，《集韵》实际收字应为32381个。韵目名称和次序都与《广韵》有所不同，反切也根据宋代实际语音进行更订，训释的繁略也进行了调整，或增或删，与《广韵》有较大差异。

《平水韵》

宋金时期的《平水韵》是最符合唐人用韵的韵书，也是宋金以后用韵的标

---

[1] （唐）封演撰，赵贞信校注：《封氏闻见记校注》卷二，中华书局，2005年。

准。宋朝和金朝分别颁行了自己的韵书。宋金时刘渊编订的《壬子新刊礼部韵略》刊于宋淳祐壬子(1252),将同用的韵合并,定为107韵,作为官方韵书颁行。此书早已不存,元朝熊忠的《古今韵会举要》沿用它的韵目,元人阴时夫《韵府群玉》略作调整,成为106韵。

清钱大昕曾见过一部《平水韵略》,《十驾斋养新录》中说:"予尝于吴门黄孝廉丕烈斋见元椠本平水韵略,卷首有河间许古序,乃知为平水书籍王文郁所撰。后题正大六年己丑季夏中旬,则金人,非宋人也。"[1]黄丕烈是清中叶苏州著名的藏书家,钱大昕在黄丕烈处见到元代刊刻的这部《平水韵略》,是金人平水书籍(官职名)王文郁编,分106韵,许古的序标注年代为金正大六年(1229),比刘渊所编早23年。

王国维曾见到《草书韵会》,亦分106韵,有金正大八年(1231)赵秉文序。

近体诗不能押上、去、入声韵,只能押平声韵。《平水韵》共有30个平声韵部,分别是:

上平声:一东、二冬、三江、四支、五微、六鱼、七虞、八齐、九佳、十灰、十一真、十二文、十三元、十四寒、十五删;

下平声:一先、二萧、三肴、四豪、五歌、六麻、七阳、八庚、九青、十蒸、十一尤、十二侵、十三覃、十四盐、十五咸。

这三十个字,每字代表与其同韵的一个韵部,称作韵目字。

除了韵脚字,近体诗其他位置上四种声调都有可能用到,而且填词时四声皆可入韵。《平水韵》共有上声韵29部,去声韵30部,入声韵17部。

上声:一董、二肿、三讲、四纸、五尾、六语、七麌、八荠、九蟹、十贿、十一轸、十二吻、十三阮、十四旱、十五潸、十六铣、十七筱、十八巧、十九皓、二十哿、二十一马、二十二养、二十三梗、二十四迥、二十五有、二十六寝、二十七感、二十八俭、二十九豏。

去声:一送、二宋、三绛、四寘、五未、六御、七遇、八霁、九泰、十卦、十一队、十二震、十三问、十四愿、十五翰、十六谏、十七霰、十八啸、十九效、二十号、二十一个、二十二祃、二十三漾、二十四敬、二十五径、二十六宥、二十七沁、二十八勘、二十九艳、三十陷。

入声:一屋、二沃、三觉、四质、五物、六月、七曷、八黠、九屑、十药、十一陌、十二锡、十三职、十四缉、十五合、十六叶、十七洽。

---

[1] 钱大昕:《十驾斋养新录》卷五《平水韵》,凤凰出版社,2016年。

我们现在押韵,可以参考王力先生《诗词格律》书后所附《诗韵举要》[1],该表主要参考杜甫诗所用字,按《平水韵》编排。但是杜甫所押未必皆是常用字,照样有冷僻字,同时,也有一些常用字,杜甫并未用过。入门以后还应参考《广韵》《集韵》,填词更要根据戈载的《词林正韵》。

押韵相关的术语

1. 宽韵

王力《汉语诗律学》根据30个平声韵部各包括的字数多少,分为宽韵、中韵、窄韵、险韵四类。

宽韵包括上平声一东、四支、七虞、十一真,下平声一先、七阳、八庚、十一尤。作诗用这些韵,有较多的入韵字可供选择。

2. 中韵

包括上平声二冬、六鱼、八齐、十灰、十三元、十四寒,下平声二萧、四豪、五歌、六麻、十二侵。作诗用这些韵,有次多的入韵字可供选择。

3. 窄韵

包括上平声五微、十二文、十五删,下平声九青、十蒸、十三覃、十四盐。作诗用这些韵,可供选择的入韵字较少。

例如,宋欧阳修《六一诗话》载:"圣俞戏曰:'前史言退之为人木强,若宽韵可自足而辄傍出;窄韵难独用而反不出,岂非其拗强而然与?'坐客皆为之笑也。"[2]《二十年目睹之怪现状》第三五回:"他却拈了五微,便悔恨道:'偏是我拈了个窄韵。'"[3]

4. 险韵

包括上平声三江、九佳,下平声三肴、十五咸。作诗用这些韵,可供选择的很少。险韵,指语句用艰僻字押韵,人觉其惊警险峻而又能化艰僻为平妥,无凑韵之弊。唐宋诗人中也有故意押险韵以炫奇的。唐朝韩愈就喜用险韵,宋

---

[1] 王力:《王力文集》第十五卷《诗词格律·附录一》,山东教育出版社,1989年。
[2] (宋)欧阳修:《六一诗话》,收入(清)何文焕辑《历代诗话》,中华书局,2004年,第272页。
[3] (清)吴趼人:《二十年目睹之怪现状》第三十五章,山东文艺出版社,2016年,第160页。

苏轼曾用"尖叉"二字为韵,旧时推为险韵中的名作。

5. 邻韵

读音相近的韵部,称为邻韵。有的邻韵在韵书排列上也相邻,如平水韵上平声一东和二冬韵、六鱼和七虞韵,下平声二萧、三肴和四豪韵。也有的韵音相近但在韵书的排列上并不相邻,如上平声三江与下平声七阳韵,上平声九佳与下平声六麻韵,也称作邻韵。所以,邻韵是因为韵音相近,并非是排列相邻而为邻韵。

近体诗中,邻韵也不通押。填词时,邻韵通押比较普遍,所以戈载的《词林正韵》把词韵合并为十九部。

一般认为,当代人作诗,不必拘泥于平水韵,可以根据普通话读音的实际情况对邻韵进行合并。这里根据上海古籍出版社出版的《诗韵新编》及王力《汉语诗律学》,参照现代人作近体诗通押的情况,把可以通押的韵目试列如下:

① 一东二冬
② 三江七阳
③ 四支五微八齐十灰(半)
④ 六鱼七虞
⑤ 九佳(半)十灰(半)
⑥ 十一真十二文十三元(半)
⑦ 十三元(半)十四寒十五删一先
⑧ 二萧三肴四豪
⑨ 五歌
⑩ 九佳(半)六麻
⑪ 八庚九青十蒸
⑫ 十一尤
⑬ 十二侵
⑭ 十三覃十四盐十五咸

平水韵中,十三元的情况比较复杂,这是由于语音发生了变化,后世的读音与平水韵韵部产生了差异。元韵在唐宋韵部里分属三个韵部:元韵、魂韵和痕韵。元韵可与寒删通而魂痕可与真文通。所以有元半为真文的邻韵,而元半为寒删先的邻韵之说,徒令纷纭淆乱。戈载对此深为不满,其所著之《词林正韵》即以《集韵》韵目为本。

6. 衬韵

到了宋代,出现了"衬韵"(又称"探头韵""借韵""孤雁出群"),即律诗第一句若用韵,就用邻韵,以衬托后面的本韵。这种使用邻韵的方式仅限于第一句,被大多数诗人接受并风行一时,成为了一种正格。

到了近代,鲁迅、毛泽东、郭沫若等将邻韵的使用进一步扩大到全诗各句,也就是说邻韵不再限于首句了。王力先生在他1977年出版的《诗词格律》一书中也对这种广泛使用邻韵的方式给予了认可。以毛泽东的七律《长征》为例:

长 征

红军不怕远征难,
万水千山只等闲。
五岭逶迤腾细浪,
乌蒙磅礴走泥丸。
金沙水拍云崖暖,
大渡桥横铁索寒。
更喜岷山千里雪,
三军过后尽开颜。

其中,难、丸、寒是十四寒韵;闲、颜是十五删韵。寒、删为邻韵。

7. 出韵

出韵也叫落韵、窜韵、走韵,是指在律诗偶句韵脚上不用本韵之字,而用其他韵中的字,出韵与格律诗一韵到底的要求不合,是诗家大忌。诗出了韵,无论诗艺怎样高超都是不合格的,诗出韵与否要参照与其同时的韵字归部情况。如学生的一首习作:

赠贪官XXX （十四寒十三覃）

宦海浮沉几许难,一朝下马可堪伤。（阳韵）
青山顶上青楼笑,白首到头白倚栏。（寒韵）
红袖相随殊幸事,清流玷染短寻欢。（寒韵）
为官一任泽施否？徒为他人作笑谈。（覃韵）

第二句"伤"字出韵,"伤"为阳韵,与寒、覃也非邻韵,是为大错。(读者可尝试修改)只要认真对待,这类错误很快可以避免,但如果学习一段时间以后,押韵仍不过关,应当看成尚未入门。

8. 次韵

古人"和韵"的一种格式,又叫"步韵",它要求作者用所和的诗的原韵原字,其先后次序也与被和的诗相同,是和诗中限制最严格的一种,就是依次用原韵、原字按原次序相和。

以下是学生步王维诗韵做的《秋叶》:

秋 叶(步摩诘韵)

郁郁风中叶,飞飞向故枝。
千年飘不尽,一落是相思。

王维的原诗为:

相 思

红豆生南国,春来发几枝?
愿君多采撷,此物最相思。

这两首诗韵脚字为"枝""思"二字,不仅相同,出现顺序也完全一致,称"次韵"。

词中也有"次韵",后面我们还会讲到。

和诗大致有以下几种方式:

① 和诗,只作诗酬和,不用被和诗原韵;
② 依韵,亦称同韵,和诗与被和诗同属一韵,但不必用其原字;
③ 用韵,即用原诗韵的字而不必顺其次序;
④ 次韵,亦称步韵,就是依次用原韵、原字按原次序相和。

世传次韵始于白居易、元稹。如宋人程大昌《考古编·古诗分韵》谓:"唐世次韵起元微之、白乐天二公。"[1]张表臣《珊瑚钩诗话》讲得更为具体:"前人

---

[1] (宋)程大昌:《考古编》卷七《古诗分韵》,中华书局,2008年,第110页。

作诗,未始和韵。自唐白乐天为杭州刺史,元微之为浙东观察,往来置邮筒倡和,始依韵。"[1]唐元稹《酬乐天余思不尽加为六韵之作》:"次韵千言曾报答,直词三道共经纶。"原注:"乐天曾寄予千字律诗数首,予皆次用本韵酬和,后来遂以成风耳。"[2]一说次韵始于南北朝。明焦竑《焦氏笔乘·次韵非始唐人》:"杨衒之《洛阳伽蓝记》载,王肃入魏,舍江南故妻谢氏,而娶元魏帝女,其故妻赠之诗曰:'本为薄上蚕,今为机上丝。得路遂腾去,颇忆缠绵时。'继室代答,亦用丝、时两韵。是次韵非始元、白也。"[3]

实则元、白之前,大历十才子中的卢纶、李益之间便有次韵相酬之作。李益有《赠内兄卢纶》诗:"世故中年别,余生此会同。却将悲与病,来对朗陵翁。"(《全唐诗》卷283)卢纶和诗《酬李益端公夜宴见赠》为:"戚戚一西东,十年今始同。可怜歌酒夜,相对两衰翁。"(《全唐诗》卷277)两诗韵脚全同。据傅璇琮先生《卢纶考》,卢纶卒于贞元十四年、十五年(798、799)间,[4]《酬李益端公夜宴见赠》当作于贞元中。可见我国古典诗歌中的次韵之体至迟在贞元年间就出现了,所以不能说次韵诗始自元、白,更不能说系元稹首创。

其实次韵之作可能更久。

长相思 (梁)张率
长相思,久离别。美人之远如雨绝。独延伫,心中结。望云云去远,望鸟鸟飞灭。空望终若斯,珠泪不能雪。

长相思 (陈)陆琼
长相思,久离别。一罢鸳文绮荐绝。鸿已去,柳堪结。室冷镜疑冰,庭幽花似雪。容貌朝朝改,书字看看灭。[5]

这两首诗均押入声韵,韵脚完全相同,唯一的不同是最后两个韵脚字次序颠倒。

---

[1] (宋)张表臣:《珊瑚钩诗话》卷一,收入(清)何文焕《历代诗话》,中华书局,2004年,第450页。
[2] (唐)元稹:《元稹集》卷二十二,中华书局,2010年,第284页。
[3] (明)焦竑:《焦氏笔乘·续集》卷三,中华书局,2008年,第319页。
[4] 傅璇琮:《唐代诗人丛考·卢纶考》,中华书局,1980年,第469页。
[5] 以上两首《长相思》,皆见于(宋)郭茂倩编《乐府诗集》第六十九卷,中华书局,1979年。

9. 分韵

旧时作诗方式之一。指作诗时先规定若干字为韵,各人分拈韵字,依韵作诗,叫做分韵,一称赋韵。古代诗人联句时多用之,后来并不限于联句。如白居易《花楼望雪命宴赋诗》:"素壁联题分韵句,红炉巡饮暖寒杯。"[1]

10. 限韵

唐代之后,科举考试中为了考核应考者作诗的能力,考官常规定用某一个韵部或某一个韵部中的某几个字作诗,这叫做"限韵"。另外,文人雅集作诗,也常限用某韵或某几个字,以显现各人的才力。

唐代试帖诗限定使用某韵,但不限定使用的韵字。如唐贞元十六年(800)进士试诗题为《玉水记方流》诗,现存有登第文人所作六首,略录于下:

吴丹诗:"玉泉何处比,四折水文浮。润下宁逾矩,居方在上流。映空虚礰礰,涵白净悠悠。影碎疑冲斗,光清耐掩舟。珪璋分辨状,沙砾共怀柔。愿赴朝宗日,萦回入御沟。"

郑俞诗:"积水棋文动,因知玉产幽。如天涵素色,侔地引方流。潜润滋云起,英华射浪浮。鱼龙泉不夜,草木岸无秋。璧沼宁堪比,瑶池讵可俦。若非悬可测,谁复寄冥搜。"

白居易诗:"良璞含章久,寒泉彻底幽。尹孚光泛泛,方折浪悠悠。凌乱波纹异,萦迴水性柔。似风摇浅濑,如月落清流。潜颖应旁达,藏真岂上浮。玉人如不见,沦弃即千秋。"

王鉴诗:"玉润在中洲,光临碕岸幽。氤氲冥瑞影,演漾度方流。乍似轻涟合,还疑骇浪收。寅缘知有异,洞彻信无俦。比德称殊赏,含辉处至柔。沉沦如见念,况乃属时休。"

杜元颖诗:"重泉生美玉,积水异长流。如见清堪赏,因知宝可幽。斗迴虹气见,磬折紫光浮。中矩谐明德,同方叶至柔。月生偏共映,风暖仵将游。异宝虽无胫,逢时愿俯收。"

陈昌言诗:"明媚如怀玉,奇姿自讬幽。白虹深不见,绿水折空流。方珪清沙遍,纵横气色浮。类圭才有角,写月让成钩。久处沉潜贵,希当特达收。滔滔在何许,揭厉愿从游。"[2]

---

[1] (唐)白居易撰,谢思炜校注:《白居易诗集校注》第二十卷,中华书局,2006年,第1608页。
[2] 以上六首《玉水记方流》诗,皆见于(清)徐松撰,孟二冬补正:《登科记考补正》第十四卷,北京燕山出版社,2003年,第617–618页。

这六首诗都是用"尤"韵,没有用邻韵,说明押韵的方式是很严格的。

除了试帖诗以外,其他的限韵诗则多见于文人的宴集,在酬唱时作诗而对用韵加以限制。这类诗在诗题上往往有"探韵""限韵"等字眼。如唐张南史《陆胜宅秋暮雨中探韵同作》:

同人永日自相将,深竹闲园偶辟疆。已被秋风教忆鲙,更闻寒雨劝飞觞。
归心莫问三江水,旅服徒沾九日霜。醉里欲寻骑马路,萧条几处有垂杨。[1]

这里所探之韵为"阳"韵。

还有限定某一字入韵的,如柳宗元《答刘连州邦字》:

连璧本难双,分符刺小邦。崩云下漓水,劈箭上浔江。
负弩啼寒狖,鸣枹惊夜狵。遥怜郡山好,谢守但临窗。[2]

根据题目规定,在诗中必须押"邦"字韵。

又如《红楼梦》第三十七回《咏白海棠》限门盆魂痕昏[3]:

贾探春诗
斜阳寒草带重门,苔翠盈铺雨后盆。玉是精神难比洁,雪为肌骨易销魂。
芳心一点娇无力,倩影三更月有痕。莫谓缟仙能羽化,多情伴我咏黄昏。

薛宝钗诗
珍重芳姿昼掩门,自携手瓮灌苔盆。胭脂洗出秋阶影,冰雪招来露砌魂。
淡极始知花更艳,愁多焉得玉无痕。欲偿白帝凭清洁,不语婷婷日又昏。

贾宝玉诗
秋容浅淡映重门,七节攒成雪满盆。出浴太真冰作影,捧心西子玉为魂。
晓风不散愁千点,宿雨还添泪一痕。独倚画栏如有意,清砧怨笛送黄昏。

---

[1]《全唐诗》卷二九六张南史诗,中华书局,1960年,第3369页。
[2]《全唐诗》卷三五二柳宗元诗,中华书局,1960年,第3936页。
[3] 六首《咏白海棠》诗,皆出自(清)曹雪芹著:《红楼梦》第三十七回,人民文学出版社,1982年,第490—499页。

林黛玉诗

半卷湘帘半掩门,碾冰为土玉为盆。偷来梨蕊三分白,借得梅花一缕魂。
月窟仙人缝缟袂,秋闺怨女拭啼痕。娇羞默默同谁诉,倦倚西风夜已昏。

史湘云诗 其一

神仙昨日降都门,种得蓝田玉一盆。自是霜娥偏爱冷,非关倩女亦离魂。
秋阴捧出何方雪,雨渍添来隔宿痕。却喜诗人吟不倦,岂令寂寞度朝昏。

史湘云诗 其二

蘅芷阶通萝薜门,也宜墙角也宜盆。花因喜洁难寻偶,人为悲秋易断魂。
玉烛滴干风里泪,晶帘隔破月中痕。幽情欲向嫦娥诉,无奈虚廊夜色昏。

这几首咏白海棠诗,既限门盆魂痕昏,实际不仅限了韵部,也限了韵脚,连韵脚的顺序都限了,实际是"次韵",难度大大增加。也有学生敢于一试身手者,选二首如下:

次红楼梦韵白海棠诗 其一

回首东风不掩门,何妨碧野或苔盆。头簪冰雪玉肌骨,发系月光玄女魂。
向懒暄妍惟素影,从无妒艳有纤痕。谁言只有梅清逸,浅笑从容任晓昏。

次红楼梦韵白海棠诗 其二

只恐东君不入门,痴情怎奈种瓷盆。花如有意方凝雪,心若无瑕自断魂。
空把春风当誓语,错将晨露作愁痕。柔肠碎尽夜声里,付遍红尘月已昏。

对大多数初学者而言还是不提倡写"次韵"之作的,束缚太多,很难写出佳作。

限韵却是诗词竞赛中不得已的做法。我多年主持北京市和华北五省人文知识大奖赛,其中古诗创作,我们现场命题,写一首五律或七律,可是有的学校竟提前准备好一首,尽管扣题不紧,平仄格律却肯定没有问题,让评委很为难。于是我们只得既限题,也限韵,甚至规定好其中一个句子(入韵句)。如其中有一年命题如下:

以《旷达》为题,写七言律诗一首,要求符合以下条件:

以"豁达聊从造物游"(造物:创造万物或造化,引申为自然或命运)为首句或偶句(第二、四、六、八句),押平水韵"尤"韵。中间两联要对仗,平仄无大错(没有失粘、孤平和三平调)。内容健康,文笔较流畅,结构严谨,层次分明。

这样的命题,束缚较多,我们一般要注意韵不可太窄,甚至常常放宽到词韵(允许邻韵通押),而且将规定韵部常用字打印提供比赛者参考,以保证参赛作品有较高质量。

11. 用韵

用韵常有两种含义。

其一,押韵。诗词歌赋中,某些句子的末一字用韵母相同或相近的字,使音调和谐优美。宋欧阳修《六一诗话》:"退之笔力无施不可……而予独爱其工于用韵也。"[1]清李渔《闲情偶寄·词曲·音律》:"出韵则犯诗家之忌,未有以用韵太严而反来指摘者也。"[2]

其二,和韵的一种。即以原诗韵脚为韵脚,而不按其次序。宋刘攽《中山诗话》:"唐诗赓和,有次韵(先后无易),有依韵(同在一韵),有用韵(用彼韵不必次),吏部和皇甫《陆浑山火》是也,今人多不晓。"[3]清吴乔《答万季野诗问》:"用其韵而次第不同者,谓之用韵。"[4]

诗的选韵

每写一首诗都要在一个韵部中选一些字作韵脚。怎样选韵?有五点:

一是从所要表达的感情出发选韵。《诗韵新编》十八个韵部,《中华韵典》二十个韵部,有的发音响亮高亢,如"麻""豪""寒""阳",比较适合写感情激昂奔放的诗词;有的发音轻微低沉,如"歌""佳""支""微""虞""鱼",比较适合写感情上孤寂凄苦悲凉的诗词;其他韵部发声适中,对写不同感情的诗词有广泛适用性。

---

[1] (宋)欧阳修:《六一诗话》,收入(清)何文焕《历代诗话》,中华书局,2004年,第272页。
[2] (清)李渔:《李渔全集》第三卷《闲情偶寄》,浙江古籍出版社,1991年,第34页。
[3] (宋)刘攽:《中山诗话》,收入(清)何文焕《历代诗话》,中华书局,2004年,第289页。
[4] (清)吴乔:《答万季野诗问》,收入《清诗话》,上海古籍出版社,1999年,第25页。

二是从韵部的宽窄考虑选韵。普通话新韵多数韵部的字很多,但也有少数韵部的字不多,如"佳"韵和"支"韵。字多的,称为宽韵,字少的称为窄韵。选韵要选宽韵用,可供选择的字多。

三是从作品可能用到的韵字出发选韵。写诗,或者先得素材,有了兴发感动,便得了诗意,相随而来的必然是得句,那么从这一句出发,你就大致可以确定将要用到哪些字押韵了,于是就确定了韵部。

四是从作者对韵部的熟悉程度及个人用韵习惯选择韵部。

五是先有了某成句,乃至一联,韵脚也就定了。这种情况在写诗中非常常见。这成句往往成为诗中警句或点睛之笔。

一首诗的选韵一定程度上可以表现出这首诗的诗风。

一东之韵宽洪,二冬之韵稳重,
三江示爽朗,四支显缜密,
五微蕴藉,六鱼幽咽,
七虞细贴,八齐整洁,
九佳舒展,十灰潇洒,
十一真严肃,十二文含蓄,
十三元清新,十四寒挺拔,
十五删隽妙。

一先雅秀,二萧飘逸,
三肴灵俏,四豪超脱,
五歌端庄,六麻豪放,
七阳宏亮,八庚清厉,
九青深远,十蒸清淡,
十一尤回旋,十二侵沉静,
十三覃(读作"潭")萧瑟,十四盐谦恬,
十五咸通变。

关于作诗应该用古韵还是用今韵,李渔在《〈诗韵〉序》里有一段很透辟的议论:

以古韵读古诗,稍有不协,即叶而就之者,以其诗之既成,不能起古人而请易,不得不肖古人之吻以读之,非得已也。使古人至今而在,则其为声也,亦必同于今人之口。吾知所为之诗,必尽如"关关雎鸠,在河之洲,窈窕淑女,君子好逑"数韵合一之诗,必不复作"缔兮绤兮,凄其以风,我思古人,实合我心"之诗,使人叶"风"为"乎金反"之音,以就"心"矣,必不复作"鹑之奔奔,鹊之彊彊,人之无良,我以为兄"之诗,使人叶"兄"为"虚王反"之音以就"彊"矣。我既生于今时而为今人,何不学《关雎》悦耳之诗,而必强效《绿衣》《鹑奔》之为韵,以聱天下之牙而并逆其耳乎?[1]

关于当代人押韵采用《中华新韵》等与当今普通话相匹配的语音系统,我并不反对,但主张在通晓古韵的基础上再提创新,否则连欣赏古诗词也谈不上,创新只是自欺欺人。

押韵常见错误

1. 出韵

出韵也叫落韵、窜韵、走韵,是指在律诗偶句韵脚上不用本韵之字,而用邻韵或他韵中的字,出韵与格律诗一韵到底的要求不合,是诗家大忌。诗出了韵,无论诗怎样高超都是不合格的,诗出韵与否要参照与其同时的韵字归部情况。

2. 平仄通押

平仄不分,本质上也是落韵,因为韵母相同而声调不同的字不在一个韵部,格律诗只能用平声字押韵,不能用仄声字押韵。例如一首绝句首句入韵用的是"阳"字,第二句韵脚用"光"字,韵母都是"ang",又都是平声字,正确,可是结句韵脚却用了个"亮"字,它的韵母虽然也是"ang",但它是去声,走调了。

3. 凑韵

凑韵又称趁韵、挂脚韵,是指在韵脚上用一个与全诗意思毫无相关的字,硬凑的韵脚。例如我们学生作业中就常有一些韵脚字有拼凑之嫌,如《初夏》:"骄阳微雨过,踯躅漫山燃。俯看江中色,重添一点炎。"《离别》:"正恼骊歌

---

[1] 见李渔:《〈诗韵〉序》,收入《李渔全集》第一卷《笠翁一家言文集》,浙江古籍出版社,1991年,第36页。

尽，又烦归燕旋。眼前恨路阔，身后怨山绵。归日无心数，相思不忍眠。应怜隔山处，再看是明年。"其中韵脚字"炎""绵"便显得牵强，有凑韵之嫌。

4. 重韵

韵字重复是词穷。重韵就是前后句韵脚用了相同的字。诗词中除叠字外，尽量避免重字，重韵更是大忌。初学者也不能原谅。就我几十年教学情况，重韵是很少见的，至少在律绝、律诗中几乎见不到。

5. 哑韵

押韵小心哑，干干涩涩诗情假。哑韵是指有些字是合口呼，又干又涩，声音不响亮，不太适合用以押韵，那就换成同义、同韵又响亮的字。例如芳不如香，花不如葩。

6. 同义韵

意义重复少情趣。同义韵是指前后韵脚所用的字，虽然字不同，但韵部相同、意义相同，接近用同一个字，是应当防止的。例如芳与香、忧与愁、先与前、花与葩等。

7. 倒韵

倒韵就是为了押韵，把正常的词颠倒过来。比如风雨、先后、新鲜、慷慨、凄惨、玲珑、参商、琴瑟，等等，把它们颠倒过来写，就觉得非常别扭。平时习惯怎么用就怎么用，不能为了押韵而有意颠倒词的习惯顺序。

8. 僻韵

就是用不常见的生僻的字押韵。袁枚说："李杜大家，不用僻韵，非不能用，乃不屑用也。"[1]

9. 撞韵

就是不用韵的句子最后一个字（为了与"韵脚"相对应，我们叫它"白脚"，比如七绝的第三句的末字）也用了与韵脚同韵母的字，虽然平仄不同，但韵母重复，成为撞韵。

10. 连韵

就是相邻的两个押韵句的韵脚用了同音字作韵字。连韵也叫"合音"。

只弄懂了规则还不够，还要进行必要的练习，大家可以从下面的练习开始我们的诗词格律学习之旅。

---

[1] 袁枚：《随园诗话》第六卷第四九条，人民文学出版社，1982年，第186页。

1.开始背诵《声律启蒙》,每周背两个韵部;

2.背诵《平水韵》30个平声韵目字,带序号背,顺序不得颠倒,要很熟很熟;

3.试指出《唐诗三百首》中五律、七律、五绝、七绝各首所押韵的韵部(依平水韵)。

第二章　四声 入声辨别

汉语有四声

四声的声,指声调。汉语是区分声调的语言,中古汉语有平、上、去、入四种声调。

唐代神珙的《四声五音九弄反纽图序》描述了四声的声情特点:"平声者哀而安;上声者厉而举;去声者清而远;入声者直而促。"[1]明朝释真空的《玉钥匙歌诀》说:"平声平道莫低昂;上声高呼猛烈强;去声分明哀远道;入声短促急收藏。"[2]

汉语声调有四声,一般认为是齐、梁时期文人的发现。《文镜秘府论》记载:"经数闻江表人士说,梁主萧衍不知四声,尝从容谓中领军朱异曰:'何者名为四声?'异答云:'天子万福,即是四声',衍谓异:'天子寿考,岂不是四声也?'以萧主之博洽通识,而竟不能辨之。"[3]按中古汉语的读音,天是平声,子是上声,万是去声,福是入声,天子万福的声调组合起来刚好是平上去入四声。萧衍问的"天子寿考"四字,天、子、寿分别是平、上、去,考却不是入声,可见当时一般的人也搞不清楚什么是入声。

---

[1] 陈尚君辑校:《全唐文补编》卷一二二,中华书局,2015年。
[2] (明)程明善辑:《啸余谱》卷六九,明万历刻本。
[3] (日)遍照金刚撰,卢盛江校考:《文镜秘府论汇校汇考·天卷·四声论附录》,中华书局,2006年,第298页。

那么什么是入声呢？入声带有塞音韵尾[-p]、[-t]、[-k]，因此具有发音短促、突然停止、不能延长的特点。与之相较，平、上、去三声的韵尾，往往是鼻音韵尾[m]、[n]、[ŋ]或元音韵尾[i]、[u]，或者直接以元音结尾。塞音在发音时要先把喉咙阻塞一下，然后再送气爆破出声。在入声中，只有阻塞，没有送气爆破，叫做不完全爆破，比如英文的stop，美式英语在发这个词时，并不真地发出[p]音，而只是合一下嘴就完了，这就是不完全爆破，与入声有相似之处。

在普通话中，入声已经消失了。原来发音不同、分属不同韵部的入声字，有的在今天读起来就完全一样。比如"乙、亿、邑"，在平水韵中分属入声四质、十三职、十四缉三个韵，在普通话读来韵母毫无差别（用闽南语来读，则分得清清楚楚，分别读做[ik]，[it]，[ip]）。

如今的江淮官话、晋语及南方方言区如吴语、粤语、赣语、闽南语等方言还保留四声，即平、上、去、入；在吴语中，入声韵尾大都退化成了较不明显的喉塞音[ʔ]收尾了。

粤语中的入声分为高阴入、低阴入和阳入，和韵尾不是一一对应的。实际上高阴入、低阴入、阳入声调的音高，与阴平、阴去、阳去是一样的，不过是用[-p]、[-t]、[-k]韵尾予以区分。由于声调的定义，是包括抑扬性（即实际音高）和顿挫性，而入声韵尾[-p]、[-t]、[-k]正是影响了其顿挫性。因此，一般说粤语有六调九声，不能称作只有六个声调。

汉字大概于魏晋时代传入日本，当时的汉语具有入声，因而日语将入声的痕迹保存至今，但其破音音尾已独立成另一个音节。相较之下，韩语、越南语汉字的入声发音，则较为接近现代南方汉语的发音。

四声入韵

虽然在学理上认识四声要到南朝时期，但是在实际的诗歌创作里，按四声押韵早已存在，特别是押入声韵，甚至可以追溯到《诗经》《楚辞》。如：

诗经·魏风·伐檀

坎坎伐**辐**兮，置之河之**侧**兮，河水清且**直**猗。不稼不穑，胡取禾三百**亿**兮？不狩不猎，胡瞻尔庭有县（悬）**特**兮？彼君子兮，不素**食**兮！

所有韵脚字（除去句末语助词）"辐、侧、直、亿、特、食"均为入声。再如：

诗经·魏风·硕鼠
硕鼠硕鼠，无食我**麦**！三岁贯汝，莫我肯**德**。
逝将去汝，适彼乐**国**。乐国乐国，爰得我**直**。

离　骚　（战国）屈原
惟夫党人之偷**乐**兮，路幽昧以险**隘**。岂余身之惮殃兮，恐皇舆之败**绩**。
忽驰骛以追**逐**兮，非余心之所**急**。老冉冉其将至兮，恐修名之不**立**。
步余马于兰皋兮，驰椒丘且焉**止息**。进不入以离尤兮，退将复修吾初**服**。
吾令羲和弭**节**兮，望崦嵫而勿**迫**。路漫漫其修远兮，吾将上下而求**索**。

怨歌行　（汉）班婕妤
新裂齐纨素，皎洁如霜**雪**。裁作合欢扇，团团似明**月**。出入君怀袖，动摇微风**发**。常恐秋节至，凉飙夺炎**热**。弃捐箧笥中，恩情中道**绝**。

明月皎夜光　古诗十九首之七
明月皎夜光，促织鸣东**壁**。玉衡指孟冬，众星何历**历**。
白露沾野草，时节忽复**易**。秋蝉鸣树间，玄鸟逝安**适**。
昔我同门友，高举振六**翮**。不念携手好，弃我如遗**迹**。
南箕北有斗，牵牛不负**轭**。良无盘石固，虚名复何**益**？

上述例子均押入声韵（字体加粗者）。齐梁时期，文人把诗歌押韵中广泛运用的四声推进到诗的每个字，并且将四声再区分为平仄二类，从而使诗歌格律化，使诗歌与音乐形成最完美的结合。齐梁文人的开创之功是巨大的，没有诗歌的格律化，唐诗、宋词的繁荣大概也不会出现或者会大打折扣。

入声的辨别

在无入声调类的普通话中，中古的入声字被分派入平声、上声、去声中，此现象称为"入派三声"。如何分派有若干规律可循（仅少量例外）。入派三声的基本规律是:1.全浊声母字派入阳平或去声(如:薄 夺 续 寂)。 2.次浊声母字派入去声(如:落 弱)。 3.清声母字可能派入阴平、阳平、上声、去声之任一类,无固定规律。入派三声以后,其中二分之一读为去声,近三分之一读为阳平,约15%读为阴平,6%读为上声。

我国各地方言保留的唐宋音特征多少不一,是一个庞大的体系,分许多特征鲜明的方言区。各方言区又可以细分为诸多子方言,如图1所示。

图1

入声在子方言中也有诸多变化,江淮官话中有的入声发生了变异:如:"这",发入声却非入声;"错"发不出入声却是入声。

江淮官话中保留了约17个入声韵,但具体各地又略有差异:扬州13个,镇江13个,盐城15个,连云港10个,淮安12个,泰州13个。安徽的江淮官话入声韵是更少了,这里不细讲了。

吴语中保留的入声比江淮官话(特别是通泰片)略少,据钱乃荣《当代吴语研究》,上海有6个,苏州10个,常州10个,嘉兴10个,杭州7个,绍兴9个。

可是毕竟现代汉语普通话中没有入声,根据前人的研究成果和我们的经验,一些家乡方言里未保留入声的同学可以用以下五种方法辨别入声字。

其一、从现代汉语拼音辨入声字[1]

1. 不送气塞音、塞擦音 b、d、g、j、zh、z 六个声母阳平字是入声。

2. fa、fo 不论阴阳上去都是古入声字。

3. d、t、n、l、z、c、s 七声母拼 –e 韵母,不论阴阳上去(实际上只有阳平、去声)都是古入声。

4. k、zh、ch、sh、r 五声母拼 –uo 的韵母不论阴阳上去(实际没有上声)都是古入声字。

5. b、p、m、d、t、n、l 七声母拼 –ie 韵,除了"爹"字是古平声外,不论阴阳上去都是古入声。

6. -üe 韵母除了嗟、瘸、靴之外,都是古入声。

7. d、g、k、h、z、s 六声母拼 –ei 韵母,不论阴阳上去(实际上没有去声),都是入声字。

8. 有些字文言白话读音不同,文言读开尾韵,白话读 -i 尾韵 或 -u 尾韵,这些字是古入声。

具体举例从现代汉语拼音辨入声字:

1. 声母 b、d、g、j、zh、z 六个声母阳平字都是入声。

b:跋、拔、魃;博、伯、薄、搏、柏、勃、泊、驳、膊、钵、脖、铂、帛、渤、舶、箔、亳、礴、荸、鹁、馎;鼻;白、柏、伯;雹、薄;别、蹩、鳖;

d:达、答、嗒、哒、妲、怛、靼、奋、笪;的、得、德;迪、荻、敌、笛、狄、涤、嫡、籴、独、读、毒、犊、渎、牍、黩、椟;夺、铎、度、踱;

g:格、革、隔、阁、咯、搁、镉、嗝、膈、鬲、塥、骼、滆、閤;骨(骨头);国、掴、蝈、帼、虢;

j:及、即、级、集、极、急、吉、疾、籍、辑、脊、藉、汲、棘、嫉、亟、缉、蕺、咭、戟、殛、笈、楫、佶、诘、瘠、嵴、芨、蒺、岌;夹、荚、袷;洁、劫、杰、节、捷、截;局、菊;决、诀、掘、角、厥、橛、蹶、钁、觉、爵、嚼、绝;

zh:扎、闸、札、轧、铡;宅、翟;着、折、哲、辙、褶、辄、蛰、蜇、谪、柘、磔;竹、逐、烛;酌;职、直、殖、值、植、执、侄、跖、咫;

z:杂、凿;则、择、泽、贼;足、卒、族、咋。

2. fa、fo 不论阴阳上去都是古入声字。

fa:发、法、乏、伐、罚、阀、筏、珐;

---

[1] 本条内容参考李荣:《四声答问》,收入李荣《音韵存稿》,商务印书馆,1982年,第5–8页。

fo：佛、坲。

3. d、t、n、l、z、c、s 七声母拼 e 韵母，不论阴阳上去（实际上只有阳平、去声）都是古入声。

d：的、得、地、德；

t：特、忒、忑、慝；

n：呐、讷；

l：乐、勒、仂、肋；

z：啧、则、择、责、仄、泽、箦、帻、赜、舴、齰、蕡；

c：测、侧、册、策、厕、恻；

s：色、瑟、涩、塞、啬、穑。

4. k、zh、ch、sh、r 五声母拼 –uo 的韵母不论阴阳上去（实际没有上声）都是古入声字。

k：括、阔、廓、扩；

zh：着、捉、卓、桌、浊、拙、灼、啄、酌、琢、濯、焯、镯、斫、擢、倬、茁、涿、浞、诼；

ch：绰、戳、踔、踔、辍、龊；

sh：说、硕、数、朔、烁、铄、欶、搠、妁；

r：若、弱、偌、箬、蒻、婼、蒻、篛。

5. b、p、m、d、t、n、l 七声母拼 –ie 韵，除了"爹"字是古平声外，不论阴阳上去都是古入声。

b：别、憋、鳖、瘪、蹩、蟞、蛪；

p：撇、氕；

m：灭、蔑、篾；

d：跌、碟、叠、迭、谍、牒、耋、堞、褋、蝶、垤；

t：贴、帖、铁、餮、怗；

n：捏、聂、涅、孽、乜、啮、嗫、蘖、蹑、镊、臬、陧；

l：列、咧、烈、裂、猎、劣、冽、洌、鬣、捩、趔、埒、睩。

6. –üe 韵母除了嗟、瘸、靴之外，都是古入声。

n：虐、疟、瘧；

l：略、掠；

j：绝、决、觉、角、掘、诀、爵、珏、倔、厥、撅、孓、嚼、蕨、攫、崛、谲、蹶、抉、矍、镢、橛、桷、獗、劂、爝、玦、赽、觖、趹、刌；

q：却、缺、确、雀、阙、鹊、阕、炔、榷、悫、卻、埆、峮、搉；

x：学、薛、血、雪、穴、削、谑、鳕、歇、嚎；

y：曰、约、哕、悦、月、越、粤、岳、乐、跃。

7. d、g、k、h、z、s 六声母拼 –ei 韵母，不论阴阳上去（实际上没有去声），都是入声字。

d：得；

g：给；

k：剋；

h：黑、嘿、嬒；

z：贼；

s：塞。

8. 有些字文言白话读音不同，文言读开尾韵，白话读 -i 尾韵或 -u 尾韵，这些字是古入声。

文言为 e，白话为 ai 的：色、册、策、摘、宅、翟、窄、择、塞；

文言为 e，白话为 ei 的：贼、肋、勒、北、克、黑、得、忒；

文言为 o，白话为 ai 的：白、百、柏、伯、麦、陌、脉；

文言为 o，白话为 ao 的：薄、剥、摸；

文言为 uo，白话为 ao 的：着、凿、落、络；

文言为 uo，白话为 ou：肉、粥、轴、舳、妯、熟；

文言为 u，白话为 iu：六；

文言为 üe，白话为 iao：乐、药、跃、钥、觉、嚼、脚、角、削、学、雀。

其二、否定法

1. 凡是有鼻音韵尾 n 和 ng 的字，不是入声字；

2. 声母为 m、n、l、r，而读阴平、阳平或上声的字，不是入声字（少数例外：捏 niē，辱 rǔ）；

3. 读 zi、ci、si 三个音节的字，不是入声字；

4. 读 uei 音节的字，不是入声字；

5. 韵母为 er 的也不是入声字；

6. 韵母为 ai、ei、ao、iao、ou、iou 的字，大多数不是入声字；

7. 声母为 p、t、k、q、c、ch 的阳平（二声）字，不是入声字。（少数例外：咳 ké，壳 ké，察 chá，仆 pú，璞 pú）

其三、从形声字的声旁辨别入声字

1.白、百、柏、伯、佰、栢、粨、皕、迫、泊、魄、珀、粕、洦、湘、砶、箔、铂、帛、舶、怕、帕、萡、袙；陌、貊、鉑、綊、帓、袹、劰、蛨（以"白"为形旁者，如"皓"，非入声）；

2.发、拔、跋、魃、鲅、胈；

3.辟、壁、璧、薛、襞、嬖、繴、躄、劈、癖、僻、噼、霹、甓、擗；

4.卜、朴、扑、仆、卦、穙、噗、璞、濮、蹼、镤、纀、樸、撲、樸、贌；

5.末、抹、沫、茉、秣、靺、眜、林、粖、昧；

6.木、沐、沭、霂、炑、蚞、狇（以"木"为形旁者，如"树"皆非入声）；

7.读、牍、犊、椟、黩、渎、赎、续；

8.目、钼、苜、睦；

9.答、搭、嗒、瘩、褡、笡、鎝；

10.滴、敌、嫡、嫡、镝、敵；

11.即、节（節）、疖（癤）、鲫、唧、鲫、枾（櫛）；

12.戢、辑、缉、楫、葺、檝；

13.捷、婕、睫、崨、倢、踕；

14.及、级、极、汲、笈、圾、芨、岌、伋、忣、岋、彶；

15.吉、咭、髻、诘、佶、结、洁、颉、桔、秸、拮、鲒、狤、袺、趌、劼；

16.夹、颊、荚、铗、郏、蛱、浃、侠、峡、狭、筴、挟、鹣、硖、挟；

17.决、诀、鴂、刔、玦、抉、砄、趹、鈌；

18.厥、撅、鳜、剐、獗、镢、橛、蹶、蕨、噘；

19.爵、嚼、爝、皭、醮；

20.匊、菊、鞠、掬、椈、婍、鞠、踘、鞠、淘、諊；

21.各、格、阁、硌、搁、胳、骼、袼、橊、落、洛、骆、络、烙、骆、貉；

22.孛、勃、脖、渤、悖、鹁、浡、郣；

23.博、搏、膊、薄、礴、愽、镈、煿、髆；

24.伐、阀、筏、垡、栰；

25.甲、钾、岬、胛、珅；押、鸭；

26.局、鋦、焗、挶、偈；

27.足、哫、促、蹙、趆、跦、跾、浞、捉、踅、娖；

28.失、迭、跌、瓞、昳、詄、肤、眣、軼；

29. 碟、蝶、褋、牒、谍、鲽、堞、喋、蹀、殜、艓、艓；
30. 直、殖、值、置、植、寔、埴、稙、犆、徝、植；
31. 莫、谟、摸、膜、漠、寞、貘、嫫、镆、瘼、膜、模；
32. 息、熄、媳、螅、鄎；
33. 术、述、沭、秫、怵、絉、鶐；
34. 叔、淑、菽、俶；
35. 朔、塑、溯、愬、遡、㑸、鎙、槊、搠、槊；
36. 录、禄、碌、绿、渌、逯、箓、椂、稑、菉、醁、逯；
37. 卓、倬、焯、晫、啅；
38. 敝、憋、鳖、蟞、弊、蟞、鼈；
39. 列、咧、烈、裂、洌、峛、洌、趔、蛚；
40. 国、掴、帼、腘、啯、蝈；
41. 谷、俗、浴、欲、峪、鹆、郤、谷、磎（溪）；
42. 属、嘱、瞩；
43. 曷、喝、褐、鞨、鹖、餲；
44. 则、侧、厕、萴；
45. 弗、拂、氟、佛、绋、砩、怫、艴、彿、咈；
46. 束、速、涑、欶、漱、觫、辣、竦、疎；
47. 折、浙、哲、蜇、晢、晰；
48. 责、啧、箦、帻、赜；
49. 择、泽、襗、撢、襗；
50. 夕、汐、矽、岁、钐；
51. 立、泣、粒、笠、苙、泣。

利用谐声偏旁记忆中古入声字，并不是绝对可靠的，因为声符相同的字，在中古并不一定属于同一韵部。例如："读、犊、牍、椟、黩"等字均为入声屋部，但它们的声符"卖"却在去声卦部，而"续、赎"等字有在入声沃部。所以，利用偏旁类推时要格外注意一些例外的情况。

复如，"辟"以及从"辟"得声的字"壁、薜、璧、劈、僻、霹、擗、癖、檗、擘"等字都是入声字，但是"避"字却不是入声字。

再如"亿（億）、忆（憶）、臆、噫、薏、癔"等字是入声字，而"意"字却不是入声字。

"昨、作、炸、蚱"等字是入声字，但是"乍"不是入声字；"窄"是入声字，而

"榨"不是入声字。

这些例外情况都是我们必须认真注意的。

其四、背诵一些押入声韵的诗歌来记忆入声字

这是一种颇有兴味的记忆方法。如杜甫的《北征》《自京赴奉先县咏怀五百字》《哀江头》，李白的《大车扬飞尘》，柳宗元的《渔翁》《江雪》等，都是押入声韵的。

其五、归入平声的常用入声字

1. 屋韵

屋、竹、福、幅、服、熟、族、菊、轴、逐、伏、读、犊、粥、哭、斛、仆、叔、淑、独、秃、孰；

2. 沃韵

俗、足、曲、烛、毒、督、赎；

3. 觉韵

觉、角、捉、卓、琢、剥、驳、雹、浊、擢、学；

4. 质韵

出、实、疾、一、虱、七、漆、膝、悉、吉、侄、苗；

5. 物韵

弗、拂、佛、屈；

6. 月韵

骨、发、忽、窟、歇、突、曰、伐、筏、罚、卒、竭、勃、掘、核；

7. 曷韵

曷、达、活、夺、葛、钵、脱、割、拨、豁、掇、喝、撮、咄；

8. 黠韵

黠、辖、札、拔、滑、八、察、杀、刷；

9. 屑韵

节、绝、结、穴、说、洁、别、决、缺、折、拙、切、辙、诀、杰、哲、鳖、截、跌、揭、桀、薛、噎、碣；

10. 药韵

薄、阁、爵、约、脚、郭、酌、托、削、铎、灼、凿、着、泊、勺、嚼、桌、搏、礴、昨；

11. 陌韵

石、白、泽、伯、迹、宅、席、籍、格、帛、额、柏、积、夕、革、脊、隔、责、惜、择、摘、藉、骼、瘠、昔；

12. 锡韵

锡、击、绩、笛、敌、滴、镝、檄、激、翟、析、狄、荻、剔、踢、涤、戚；

13. 职韵

职、国、德、食、蚀、极、息、直、得、黑、贼、则、殖、值、植、棘、织、识、即、逼、亟；

14. 缉韵

缉、辑、集、急、湿、习、十、拾、什、袭、及、级、揖、汁、蛰、执、汲、吸、楫；

15. 合韵

合、答、杂、匝、阖、鸽、盍；

16. 叶韵

贴、帖、接、堞、蝶、叠、捷、颊、挟、辄；

17. 洽韵

狭、峡、匣、压、鸭、乏、劫、胁、插、押、狎、柙、夹、浃。

上列入声字按笔画编排：

一画：一；

二画：七、八、十；

三画：兀、孑、勺、习、夕；

四画：仆、曰、什、及；

五画：扑、出、发、札、失、石、节、白、汁、匝；

六画：竹、伏、戍、伐、达、杂、夹、杀、夺、舌、诀、决、芍、则、合、宅、执、吃、汐；

七画：秃、足、卒、局、角、驳、别、折、灼、伯、狄、即、吸、劫、匣；

八画：叔、竺、卓、帛、国、学、实、直、责、诘、佛、屈、拔、刮、拉、侠、狎、押、胁、杰、迭、择、拍、迪、析、极、刷；

九画：觉（觉悟）、急、罚；

十画：逐、读、哭、烛、席、敌、疾、积、脊、捉、剥、哲、捏、酌、格、核、贼、鸭；

十一画：族、渎、孰、斛、淑、啄、脱、掇、郭、鸽、舶、职、笛、袭、悉、接、谍、捷、辄、掐、掘；

十二画：菊、犊、赎、幅、粥、琢、厥、揭、渤、割、葛、筏、跋、滑、猾、跌、凿、博、晰、棘、植、殖、集、逼、湿、黑、答、插、颊；

十三画：福、牒、辐、督、雹、厥、歇、搏、窟、锡、颐、楫、睫、隔、滴、叠、塌；

十四画：漆、竭、截、牒、碣、摘、察、辖、嫡、蜥；

十五画：熟、蝠、膝、瘠、骼、德、蝶、瞎、额；

十六画：橘、辙、薛、薄、缴、激；

十七画：擢、蟋、檄；

十九画：蹶；

二十画：籍、黩、嚼。

词中的入声韵

南朝以前的韵文，对所押韵部的选择往往是感性的，到了宋代填词，格律精严，择韵也有很多法门。有一些专门押入声韵的词牌，形成独特的风格。（清）戈载《词林正韵·发凡》谈到：

> 词之用韵，平仄两途。而有可以押平韵又可以押仄韵者，正自不少。其所谓仄，乃入声也。如越调又有"霜天晓角""庆宫春"，商调又有"忆秦娥"，其余则双调之"庆佳节"、高平调之"江城子"、中吕宫之"柳梢青"、仙吕宫之"望梅花""声声慢"、大石调之"看花回""两同心"、小石调之"南歌子"，用仄韵者皆宜入声。"满江红"有入南吕宫，有入仙吕宫；入南吕宫者，即白石所改平韵之体，而要其本用入声，故可改也。外此又有用仄韵而必须入声者，则如越调之"丹凤吟""大酺"、越调犯正宫之"兰陵王"、商调之"凤皇阁""三部乐""霓裳中序第一""应天长慢""西湖月""解连环"、黄钟宫之"侍香金童""曲江秋"、黄钟商之"琵琶仙"、双调之"雨霖铃"、仙吕宫之"好事近""蕙兰芳引""六幺令""暗香""疏影"、仙吕犯商调之"凄凉犯"、正平调近之"淡黄柳"、无射宫之"惜红衣"、正宫中吕宫之"尾犯"、中吕商之"白苎"、夹钟羽之"玉京秋"、林钟商之"一寸金"、南吕商之"浪淘沙慢"，此皆宜用入声韵者，勿概之曰仄而用上去也。[1]

如岳飞的《满江红》，用入声韵表达愤激慷慨的感情：

> 怒发冲冠，凭阑处、潇潇雨歇[hiat]。抬望眼，仰天长啸，壮怀激烈[liĕt]。

---

[1] 戈载：《词林正韵·发凡》，上海古籍出版社据翠薇花馆本影印，1981年，第68—70页。

三十功名尘与土,八千里路云和月[ngüat]。莫等闲、白了少年头,空悲切[tsët]。

靖康耻,犹未雪[süet];臣子恨,何时灭[miët]?驾长车、踏破贺兰山缺[khüet]。壮志饥餐胡虏肉,笑谈渴饮匈奴血[huët]。待从头、收拾旧山河,朝天阙[khüat]。

柳宗元的《江雪》,用入声韵营造孤冷清寂的意境:

千山鸟飞绝[dzüet],万径人踪灭[miët]。
孤舟蓑笠翁,独钓寒江雪[süet]。

不同声调的声情特征,古人填词时深谙其妙。龙榆生在《词曲概论》中说:入声短促,没有含蓄的余地,所以宜于表达激越峭拔的思想感情;上声舒徐,宜于表达清新绵邈的思想感情;去声劲厉,宜于表达高亢响亮的思想感情。但上、去两声与入声比较起来,总是要含蓄得多,所以上去互叶,适宜表达悲壮郁勃的情趣。[1]学习诗词者也要用心体会其中的奥妙。

---

[1] 龙榆生:《论适用入声韵和上去声韵的长调》,收入龙榆生《词曲概论》,北京出版社,2004年,第252页。

第三章 平仄 律句 准律句

近体诗对字的声调有严格要求,平、上、去、入四声分为平仄两类,平声为平,上、去、入为仄,一般以两个字为一个平仄变换的单位,通过严格的平仄搭配,使诗句读起来具有和谐的美。

平　仄

《南史》卷五〇"庾肩吾传"曰:"齐永明中,王融、谢朓、沈约文章始用四声,以为新变。"

《南史》卷四八"陆厥传"曰:"时盛为文章,吴兴沈约、陈郡谢朓、琅琊王融以气类相推毂。汝南周颙善识声韵。约等文皆用宫商,将平上去入为四声。以此制韵,有平头、上尾、蜂腰、鹤膝。五字之中,音韵悉异,两句之内,角徵不同,不可增减,世呼为'永明体'。"

《宋书》卷六七"谢灵运传"曰:"欲使宫羽相变,低昂互节。若前有浮声,则后须切响。一简之内,音韵尽殊;两句之中,轻重悉异,妙达此旨,始可言文。"

以上材料可以看出齐梁文人对诗律的研究是多么精深。沈约等还提出"八病"之说,即作诗的八种毛病[1]:

平头:五言诗第一字不得与第六字同声,第二字不得与第七字同声。

上尾:五言诗中,第五字不得与第十字同声。

---

[1] 以下关于八病的论述,出自(日)遍照金刚撰,卢盛江校考:《文镜秘府论汇校汇考·西·文二十八种病》,中华书局,2006年,第913-1043页。

蜂腰：五言诗一句之中，第二字不得与第五字同声。言两头粗，中央细，似蜂腰也。

鹤膝：五言诗第五字不得与第十五字同声。言两头细，中央粗，似鹤膝也，以其诗中央有病。

大韵：五言诗若以"新"为韵，上九字中，不得安"人、津、邻、身、陈"等字，既同其类，名犯大韵。

小韵：除韵以外，而有迭相犯者，名为犯小韵病也。"搴帘出户望，霜花朝濩日"，"望"和"濩"同韵，就是犯小韵。

旁纽：指五言诗中两句各字不能同声母。一句之中有"月"字，更不得安"鱼、元、阮、愿"等字，此即双声，双声即犯旁纽。

正纽：五言诗两句内不能杂用声母、韵母相同的四声各字。如"壬、衽、任、入"，四字为一组，一句之中，已有"壬"字，更不得安"衽、任、入"等字。

平仄的对立，实质上就是高低调和长短调的对立，也是平声与不平声的对立。由于平、上、去、入四声不同的发音特点，当不同声调的音节在诗句中有规则地交替或重复时，诗句就有了一种音韵美，会抑扬顿挫、朗朗上口、富有韵律感。

袁行霈先生在《中国古典诗歌语言的音乐美》中解释了近体诗的音调之美："中国古典诗歌的音调主要是借助平仄组织起来的。平仄是字音声调的区别，平仄有规律的交替和重复，也可以形成节奏，但并不鲜明。它的主要作用在于造成音调的和谐。那么，平仄的区别究竟是什么呢？音韵学家的回答并不一致。有的说是长短之分，有的说是高低之别。赵元任先生经过实验认为：'一字声调之构成，可以此字之音高与时间之函数关系为完全适度之准确定义。'这就是说平仄与声音的长短、高低都有关系。但这种测定并没有考虑上下文的影响。拿诗来说，一句诗里每个字读音的长短，要受诗句节顿规律的制约。同一个字在不同的位置上读音的长短并非固定不变的。例如，平声字应当是较长的音，但若在诗句的第一个音节的位置上就不能拖长。'君问归期未有期，巴山夜雨涨秋池。'这两句诗中的'君'字、'巴'字如果读成长音岂不可笑？相反地，一个仄声字本来应该读得比较短，如果在一句五言诗的第二个音节的位置，或七言诗第四个音节的位置，却须适当拖长。例如：'君家何处住？妾住在横塘'，第二句的那个'住'字；'劝君更尽一杯酒，西出阳关无故人'中的那个'尽'字，都是仄声，却要读成长音。这样看来，在诗句之中平仄的区别主要不在声音的长短上，而在声音的高低上。可以说平仄律是借助有规律的抑扬变化,以造成音调的和谐优美。"[1]

律　句

按平仄交替规则组成的句子,称作律句。在同句中平仄是交替的,在一联的两个对句之间,位置相对的字平仄是相反的。

1. 基本的五言律句

五言律句有四种基本平仄格式,往往以前两字是平起还是仄起、第五字是入韵还是不入韵做标志予以区分。

仄仄平平仄　　称为仄起不入韵式
平平仄仄平　　称为平起入韵式
平平平仄仄　　称为平起不入韵式
仄仄仄平平　　称为仄起入韵式

其中,仄仄仄平平格式要特别警惕写成仄仄平平平,这叫做三平调。结尾三平调是大忌,如"春巷茶烹城""家道存殷昌""日月增光辉"之类。

还有"仄仄平平仄"格式,第二字与第五字都为仄声,但力求具体声调不同,即上去入不同。

以下是二、五字不同声调的例子:

江静潮初落　（宋之问《题大庾岭北驿》）
建德非吾土　（孟浩然《宿桐庐江寄广陵旧游》）
明月松间照　（王维《山居秋暝》）
倚杖柴门外　（王维《辋川闲居赠裴秀才迪》）
细草微风岸　（杜甫《旅夜书怀》）
近泪无干土　（杜甫《别房太尉墓》）
烽火连三月　（杜甫《春望》）
渡远荆门外　（李白《渡荆门送别》）
白发悲花落　（岑参《寄左省杜拾遗》）

---

〔1〕　袁行霈:《中国诗歌艺术研究》,北京大学出版社,1987年,第122页。

曲径通幽处　（常建《题破山寺后禅院》）

同学的习作中经常会忽略二、五字不同声调的规则：

　　　　梦遍长亭路　　岁岁红莲夜
　　　　冷夜孤灯尽　　最恨黄花径
　　　　临阆千秋在　　小小龙抄手
　　　　碧水闲云影　　冷落一江月
　　　　银杏黄铺道　　幸得云开日
　　　　更漏书难定　　素手折枝舞

以上十二句都是二、五字同调，确感声韵凝滞，缺少变化。但是对此规则，诗学界意见不一，即使二、五字同声调，也不算大错。

2. 基本的七言律句

与五言律句相对应的，七言律句也有四种基本格式，就是在五言律句之前加两个字：

　　　　平平仄仄平平仄
　　　　仄仄平平仄仄平
　　　　仄仄平平平仄仄
　　　　平平仄仄仄平平

同样的，平平仄仄仄平平格式也要警惕出现结尾三平调，即平平仄仄平平平，如：

　　　月清冷苑啼乌鸦　　风和绣户栖黄鹂
　　　风冷楚水凋青荷　　寒霜不染幽林枫
　　　和风尽拂庭前花　　怒风劲扫河边杨

这样的句子是要坚决避免的。

3. 两种准律句

平平仄平仄
仄仄平平仄平仄

这两种准律句。分别从五言律句"平平平仄仄"和七言律句"仄仄平平平仄仄"变化而来,是五言句三四字、七言句五六字平仄交换位置而来。古人很喜欢这种变化了的用法,王力先生认为其出现的频率甚至高于原律句(五言:"平平平仄仄",七言:"仄仄平平平仄仄")。根据我本人的观察,唐人五律、七律的第七句喜欢用准律句,相反,其第三句用准律句较少。

以谢朓《晚登三山还望京邑》为例看看律句、准律句的运用:

灞涘望长安,	仄仄仄平平
河阳视京县。	平平仄平仄
白日丽飞甍,	仄仄仄平平
参差皆可见。	平平平仄仄
余霞散成绮,	平平仄平仄
澄江静如练。	平平仄平仄
喧鸟覆春洲,	仄仄仄平平
杂英满芳甸。	(非律句)
去矣方滞淫,	(非律句)
怀哉罢欢宴。	平平仄平仄
佳期怅何许,	平平仄平仄
泪下如流霰。	仄仄平平仄
有情知望乡,	(非律句)
谁能鬒不变?	平平平仄仄

这是一首典型"永明体"的诗,谢朓乃"永明体"的代表作家之一。此诗绝大多数句子均为律句或准律句,仅三句非律句,尤其是"余霞散成绮,澄江静如练"二名句,其平仄格式皆为"平平仄平仄",为准律句。可见,到谢朓时,诗人写诗讲究平仄,运用本句平仄交替达到音韵美,已经成为自觉行动。但对句平仄相反(对),以及不同律句间规则交替(粘)还未完全形成,诗歌的完全格

律化还要经历一个较长的发展过程。

以下是唐诗中准律句运用的例子：

何时倚虚幌　（杜甫《月夜》）
仍怜故乡水　（李白《渡荆门送别》）
无人信高洁　（骆宾王《在狱咏蝉》）
明朝望乡处　（宋之问《题大庾岭北驿》）
秋风不相待　（张说《蜀道后期》）
情人怨遥夜　（张九龄《望月怀远》）
乡心正无限　（司空曙《寒塘》）
无为在歧路　（王勃《送杜少府之任蜀州》）
直道相思了无益　（李商隐《无题》）
正是江南好风景　（杜甫《江南逢李龟年》）
羌笛何须怨杨柳　（王之涣《凉州词》）

在五言律句中二、四字的平仄永远不同（除准律句外）；在七言律句中二四字、四六字的平仄永远不同（除准律句外）。

粘　对

律诗有"粘对"的讲究。

1. 对

所谓"对"，即一联中的两句，相应位置上的字平对仄、仄对平。出句是仄起，则对句须平起；出句是平起，则对句须仄起。也就是在对句中，五言的第二个字或七言的第二、四个字，平仄完全是对立的。

五言绝句的对：

仄仄平平仄，平平仄仄平。
平平平仄仄，仄仄仄平平。

七言绝句的对：

平平仄仄平平仄，仄仄平平仄仄平。
仄仄平平平仄仄，平平仄仄仄平平。

对的规则在齐梁时就确立了,所以在唐诗中失对的情况并不多。杜甫《寄赠王十将军承俊》一首出现了失对:

将军胆气雄,臂悬两角弓。缠结青骢马,出入锦城中。
时危未授钺,势屈难为功。宾客满堂上,何人高义同。

第一、二句除了第一个字,其他各字的平仄完全相同,是为失对。这可能是赠诗时未来得及仔细加工而一时疏忽。

还有一种情况,是为了表达的需要而不顾格律。比如杜甫的另一首名诗《白帝》:

白帝城中云出门,白帝城下雨翻盆。
高江急峡雷霆斗,古木苍藤日月昏。
戎马不如归马逸,千家今有百家存。
哀哀寡妇诛求尽,恸哭秋原何处村?

第二句的第二字本来应该用平声,现在用了仄声字"帝",既跟第一句失对,又跟第三句失粘。但这是有意要重复使用"白帝城"造成排比,所以只好牺牲格律了。

以下是一些唐诗失对的例子:

山路元无雨,空翠湿人衣。(王维《阙题》)
两地俱秋夕,相望共星河。(韦应物《新秋夜寄诸弟》)
高梧一叶下,空斋归思多。(韦应物《新秋夜寄诸弟》)
且喜河南定,不问邺城围。(杜甫《忆弟》)
雨频催发色,云轻不作阴。(刘禹锡《春有情篇》)
忽闻歌古调,归思欲沾巾。(杜审言《和晋陵陆丞早春游望》)
举头望明月,低头思故乡。(李白《静夜思》)
空山松子落,幽人应未眠。(韦应物《秋夜寄丘员外》)

故人西辞黄鹤楼，烟花三月下扬州。（李白《黄鹤楼送孟浩然之广陵》）
天阶夜色凉如水，坐看牵牛织女星。（杜牧《秋夕》）

2. 粘

所谓粘，是指上联的对句和下联的出句的平仄类型必须是同一大类的：上联对句是平起型，则下联出句是另一种平起型；上联对句是仄起型，则下联出句是另一种仄起型。也就是后联出句第二字的平仄必须跟前联对句第二字的平仄一致，平粘平，仄粘仄，把两联粘联起来。粘，就是平粘平，仄粘仄。

试看五言绝句的粘：

仄仄平平仄
平平仄仄平
平平平仄仄
仄仄仄平平

这是仄起不入韵的格式，四种五言律句规则交替，其中第二句、第三句第二字平仄皆为"平"。例如王之涣的《登鹳雀楼》：

白日依山尽，黄河入海流。
欲穷千里目，更上一层楼。

第二、三句的第二字"河"和"穷"都是平声，是为相粘。又如王维的《鸟鸣涧》：

人闲桂花落，夜静春山空。
月出惊山鸟，时鸣春涧中。

第一联的对句"夜静春山空"是仄起入韵式，第二联的出句就要用仄起不入韵式"月出惊山鸟"，两句的第二字"静"和"出"都是仄声，是为相粘。

七言绝句的粘与之同理：

平平仄仄平平仄

仄仄平平仄仄平
仄仄平平平仄仄
平平仄仄仄平平

　　四种七言律句规则交替，其中第二句、第三句第二字皆为"仄"、第四字皆为"平"。
　　为什么邻句必须相粘呢？原因很简单，是为了有规则地变化句型，不单调。如果对句相对，邻句也相对，就成了：

仄仄平平仄
平平仄仄平
仄仄平平仄
平平仄仄平

　　两联的平仄完全相同，缺乏变化。再看五言律诗的粘，有三处需要粘：

仄仄平平仄
平平仄仄平
平平平仄仄
仄仄仄平平
仄仄平平仄
平平仄仄平
平平平仄仄
仄仄仄平平

　　这是五言律诗仄起不入韵的格式（共四种格式，此为其一），其中第二、三句第二字平仄同为"平"，第四、五句第二字平仄同为"仄"，第六、七句第二字平仄同为"平"。不仅这邻近二句平仄相同，还须两两交替。为什么只考虑第二字？因为在五言律句中，会允许发生某些变化，如前文已讲到的准律句，后文要讲到的"拗救"等等，五言律句中除第五字外，只有第二字没有变化，如果变了，也就不是律句了。
　　七言律诗的粘，也与五律同理：

平平仄仄平平仄
仄仄平平仄仄平
仄仄平平平仄仄
平平仄仄仄平平
平平仄仄平平仄
仄仄平平仄仄平
仄仄平平平仄仄
平平仄仄仄平平

  这是七言律诗平起不入韵的那种格式（共四种格式，此为其一），其中第二、三句第二字平仄同为"仄"，第四字同为"平"；第四、五句第二字平仄同为"平"，第四字同为"仄"；第六、七句第二字平仄同为"仄"，第四字同为"平"。不仅这邻近二句平仄相同，还须两两交替。

  这是完全定型以后的格式，实际在诗歌格律化过程中，有过句句为律句，因不守粘对规则，全诗却非律诗的情况，例如：

临高台 （齐）王融

游人欲骋望，	平平仄平仄
积步上高台。	仄仄仄平平
井莲当下吐，	仄平平仄仄
窗桂逐秋开。	平仄仄平平
花飞低不入，	平平平仄仄
鸟散远时来。	仄仄仄平平
还看云栋影，	平平平仄仄
含月共徘徊。	平仄仄平平

  第一、第二联完全相同。在唐以前的所谓齐梁体律诗，就是只讲相对，不知相粘，从头到尾，就只是两种句型不断地重复。唐以后，既讲对句相对，又讲邻句相粘，在一首绝句里面就不会有重复的句型了。

  粘对的规则，使声调多样化，在诗句均为律句的前提下，如果不对，上下两句平仄就雷同了，如果不"粘"，前后两联平仄又雷同了。

王力先生《古代汉语》总结到："不合乎粘的规则的，叫'失粘'；不合乎对的规则的，叫'失对'。初唐时，格律未严，粘的规则尚未确定下来，所以有少数失粘的现象，直到王维还是如此。杜甫的诗中也有个别失粘的例子，如《咏怀古迹》（其二）的颔联和首联就是失粘。至于对的规则，似乎确定得较早，所以在唐诗中极少失对的情形。宋代以后，失粘和失对成为大忌，更没有人犯这些规则了。[1]

咏怀古迹五首之二　杜甫

摇落深知宋玉悲，风流儒雅亦吾师。
怅望千秋一洒泪，萧条异代不同时。
江山故宅空文藻，云雨荒台岂梦思！
最是楚宫俱泯灭，舟人指点到今疑。

　　其中"风流儒雅亦吾师"的平仄是平平平仄仄平平，"怅望千秋一洒泪"的平仄是仄仄平平仄仄仄，这两句平仄相反，是为失粘。

使至塞上　王维

单车欲问边，属国过居延。
征蓬出汉塞，归雁入胡天。
大漠孤烟直，长河落日圆。
萧关逢候骑，都护在燕然。

　　第二、三句第二字平仄不同，"征蓬出汉塞"句以三仄调收尾，非正常律句。此首虽为收入《唐诗三百首》的名篇，也是王维边塞诗的代表作，粘对、平仄却有问题，说明到盛唐时五言律诗的格律要求还不是很严苛。

登金陵凤凰台　李白

凤凰台上凤凰游，仄平平仄仄平平
凤去台空江自流。仄仄平平平仄平
吴宫花草埋幽径，平平平仄平平仄

---

[1]　王力：《古代汉语》第四册，中华书局，1999年，第1528页。

晋代衣冠成古丘。仄仄平平平仄平
三山半落青天外，平平仄仄平平仄
二水中分白鹭洲。仄仄平平仄仄平
总为浮云能蔽日，平仄平平平仄仄
长安不见使人愁。平平仄仄仄平平

第一联与第二联平仄重复，被称为顺风调，为七律之变体。

孤平　拗救

1. 犯孤平

何为犯孤平，古人并没有明确的定义，甚至没有可信的说法。今人的说法也分为两派。甲派认为，在五言"平平仄仄平"句中第一字必用平声；如果用了仄声字，就是犯孤平。因为除了韵脚之外，只剩下一个平声字了。乙派是从字面定义的，孤平即是两仄夹一平。乙派关于孤平的定义并不限于五言，七言也包括在内，而且也不限于韵句，不入韵的句子也包括在内。由乙派所定义的孤平就会有很多种实例，任何位置，只要是两仄夹一平，就是犯孤平，如仄平仄仄平仄，平平仄仄仄平仄。

现代学者里，如果王力算是甲派理论的代表，启功或可算是乙派理论的代表。启功在他的《诗文声律论稿》提到："律句中忌'孤平'，是从来相传的口诀，但没有解释的注文，也没说哪个字的位置例外。如果有人看到'孤'字而推论到句首、句尾的单个平声也要避忌，岂不大错？因为'孤平'实指一平被两仄所夹处，句子首尾的单平并不在内。"[1]如"君至石头驿"中，"头"字孤平，但"君"字不是孤平。

但是在实际创作中，存在大量的两仄夹一平的情况，并不算孤平。如：

汉文有道恩犹薄（刘长卿《长沙过贾谊宅》）
可怜此地无车马（韩愈《题榴花》）
一身去国六千里（柳宗元《别舍弟宗一》
此生此夜不长好（苏轼《中秋月》）

---

[1] 启功：《诗文声律论稿》第十章《永明声律说与律诗的关系》，中华书局，2000年，第67-68页。

以上四句的前三字都是"仄平仄",都应该算启功先生所说的孤平,即"两仄夹一平即为孤平"。

这个论点实际要比王力先生清晰一些,能解释更多现象。但也存在局限。其一,会将一些律句误读为孤平,例如"一行白鹭上青天",前三字两仄夹一平,按理论便是孤平了,实际这是很常见的律句。其二,过于强调局部,而忽略了整体。例如"平平平仄仄",有一种很普及的变体为"平平仄平仄"。按照理论,后三字两仄夹一平,整句成了孤平。既然孤平是不小的问题,本来没毛病的格律,古人为何非要给它调整成孤平?

我们可以从近体诗对于平声的重视这一角度来理解孤平的问题。

近体诗押的都是平声韵,很少有仄韵。这是与近体诗的产生背景与审美情趣密切相关的。平声为清,仄声为浊,近体诗与古体相比,审美更趋向清扬典雅,选择平声韵也是很合理的事。同理,律诗最基本的要求是尽可能多用平声,少用仄声,以使诗读来高亢清朗。这个基本要求不仅对整首诗而言,单句而言也是如此,所以犯孤仄可以,犯孤平不行,如平平平仄平,是合律的;而仄仄仄平仄,却是出律的。

相对而言,诗律上对韵句的要求比出句更严格,韵句中,又由左向右至韵字,一字比一字严格,所以出句可以宽一些,而入韵句的孤平却必须救。这就可以理解王力先生代表的甲派对孤平的说法。即在韵句"平平仄仄平"中,出现"仄平仄仄平"是犯孤平,必须改为"仄平平仄平"来救。

王力先生亲自组织学者在《全唐诗》里寻找犯孤平毛病的律句,结果只找到两个例子:

醉多适不愁。(高适《淇上送韦司仓》)
百岁老翁不种田。(李颀《野老曝背》)

赵执信在《声调谱》里,也没有关于孤平的定义。在提到仄平仄仄平的句式时他说:"律诗平平仄仄平,第二句之正格。若仄平平仄平,变而仍律者也(即是拗句)。仄平仄仄平则古诗矣。此格人多不知者,由一三五不论一语误之也。"[1]

---

[1] 赵执信:《声调谱·前谱》,收入《清诗话》,上海古籍出版社,1999年,第328页。

为什么说平仄仄平仄仄平也属于犯孤平？一首合律的七言律诗，只要去掉前面两个字，就成了一首合律的五言律诗。根据这一理论，如果说平仄仄平仄仄平是合律的话，那么去掉两个字也应该是合律的。而实际上，平仄仄平仄仄平被去掉了两个字后，就成了仄平仄仄平，是不合律的，所以说平仄仄平仄仄平就是不合律的句子了。哪个字出律了呢？我们不能确切地指出来，自然就是犯孤平了。

2. 拗救

凡平仄不依常格的句子，叫拗句。拗句有时可以采取补救的办法，就是在本句或邻句中，改变其他字的平仄安排，这种方法称为拗救。凡经过拗救的句子，就算合律。主要有本句自救和对句相救两种方法。

① 本句自救，即救孤平

宿五松山下荀媪家　李白

我宿五松下，寂寥无所欢。
田家秋作苦，邻女夜舂寒。
跪进雕胡饭，月光明素盘。
令人惭漂母，三谢不能餐。

第一句"五"字、第二句"寂"字都是该平而用仄，"无"字平声，既救第二句的第一字，也救第一句的第三字。第六句是孤平拗救，即"明"救了"月"字，和第二句同一类型，但它只是本句自救，跟第五句无拗救关系。

② 对句相救

A. 大拗必救

出句为仄起不入韵句型（仄仄平平仄），五言第四字拗，七言第六字拗，必须在对句的五言第三字、七言第五字用一个平声字作补偿。

五言：仄仄平平仄，平平仄仄平　变为：仄仄平平仄，平平平仄平

七言：平平仄仄平平仄，仄仄平平仄仄平　变为：平平仄仄平仄仄，仄仄平平平仄平

举例如下：

远送从**此**别，青山空复情。（杜甫《奉济驿重送严公四韵》）
孤雁不**饮**啄，飞鸣声念群。（杜甫《孤雁》）

野火烧**不**尽，春风吹又生。（白居易《赋得古原草送别》）

"此""饮""不"应用平声，现用了仄声，在对句应用仄声的第三字处改用了平声"空""声""吹"，是对句相救。

B. 小拗可救可不救

指出句仄起不入韵句型（仄仄平平仄），五言第三字拗，七言第五字拗，可以在对句五言第三字、七言第五字用一个平声字作为补偿。这种小拗可以不救，但是诗人往往用救。如：

我宿五松下，寂寥无所欢。（李白《宿五松山下荀媪家》）
吾爱孟夫子，风流天下闻。（李白《赠孟浩然》）
况与故人别，那堪羁宦愁。（韩愈《祖席》）
挥手自兹去，萧萧班马鸣。（李白《送友人》）
寂寂竟何待，朝朝空自归。（孟浩然《留别王维》）

以上五个例句，出句都是"仄仄平平仄"格式，但第三字"五""孟""故""自""竟"都是应用平声而用了仄声，在对句该用仄声的第三字处改用了平声字"无""天""羁""班""空"，作为补救。

大拗与孤平拗救经常在一联中同时出现，如：

人世有代谢，往来成古今。（孟浩然《与诸子登岘山》）"有""代"都是应平而仄，拗了，"往"犯孤平，"成"为平声，救了前面三字。

高阁客竟去，小园花乱飞。（李商隐《落花》）"客""竟"都是应平而仄，拗了，"小"犯孤平，"花"为平声，救了前面三字。

一身报国有万死，双鬓向人无再青。（陆游《夜泊水村》）"有""万"都是应平而仄，拗了，"向"犯孤平，"花"为平声，救了前面三字。

下面是小拗与孤平同救的例子，如：

木落雁南渡，北风江上寒。（孟浩然《早寒有怀》）"雁"当平而仄，由对句的"江"来救，"北"字犯孤平，也由"江"字来救。

荒戍落黄叶，浩然离故关。（温庭筠《送人东游》）"落"当平而仄，由对句的"离"来救，"浩"字犯孤平，也由"离"字来救。

为了尽快掌握格律，可以拿《唐诗三百首》作标本，分析其五律、七律的押韵和粘对情况，找一找三平调、犯孤平、二四或四六字同声调的情况，指出其中拗救的例子。如果对字的平仄没有把握，可借助平水韵常用字表，随时查检。

第四章 对　仗

对仗是近体诗的基本要求

汉语是以单音节为基本单位的语言，音节、语素、文字三位一体。汉语每个音节独立性强，都有确定的长度和音调，音调有平、上、去、入四声，其中上、去、入三调为仄声，平声对仄声即谓相谐。这样，汉语的语素与语素之间（即字与字之间）就能建立起字数相等、平仄相谐的对仗关系。

在中国古诗文中，很早就出现了一些比较整齐的对偶句。流传至今的几篇上古歌谣已见其滥觞，如"凿井而饮，耕田而食""日出而作，日入而息"之类。至先秦两汉，对偶句更是屡见不鲜。《易经》卦爻辞中已有一些对偶工整的文句，如："眇能视，跛能履"（《履》卦"六三"），"初登于天，后入于地"（《明夷》卦"上六"）。

远在两千五百年前就已编定的《诗经》里，已经有了对仗的外在形式。如："昔我往矣，杨柳依依；今我来思，雨雪霏霏。"（《小雅·采薇》）

《楚辞》中也有类似的句子，如："与天地兮同寿，与日月兮齐光。"（屈原《九章·涉江》）

对仗的叫法来源于秦始皇设立的皇宫卫队。古代皇宫卫队的行列叫做"仗"，相当于我们现在说的"仪仗"。仪仗都是两两相对的，所以，两两相对的句子就叫对仗。

据考证，流传至今的最早的对句是《晋书·陆云传》记载的陆云（字士龙）

与荀隐(字鸣鹤)的对句:"云间陆士龙,日下荀鸣鹤。"两人的生活年代在公元262—303之间,一般认为对句出现于这段时间。其实不然。骈体文多由对句组成,骈体文起源于东汉的辞赋,兴于魏晋,盛于南北朝。骈体文从其名称即可知,它是崇尚对偶,多由对偶句组成的文体。这种对偶句连续运用,又称排偶或骈偶。刘勰在《文心雕龙·明诗》中评价骈体文是"俪采百字之偶,争价一句之奇"。

骈文可以王勃的《滕王阁序》一段为例:

时维九月,序属三秋。潦水尽而寒潭清,烟光凝而暮山紫。俨骖䯀(cānfēi)于上路,访风景于崇阿。临帝子之长洲,得仙人之旧馆。层台耸翠,上出重霄;飞阁流丹,下临无地。鹤汀凫渚,穷岛屿之萦回;桂殿兰宫,列冈峦之体势。

对偶和对仗是中国文学的一大特色。两个并列、结构相同的修辞单位,称为对偶。讲究平仄的对偶,称为对仗。把对偶和对仗区别开来,无论在理论上和实际上都非常重要。一切对仗都是对偶,但并非任何对偶都是对仗。只有讲究节奏和平仄的对偶,才能称为对仗。对仗的特点是上句和下句的平仄要相反,两句在同一位置上的字不能雷同。像"同声相应,同气相求"就只算对偶,不算对仗。

对仗也是近体诗的基本要求之一,体现了近体诗的对称美。律诗在形成之初,一般至少有一联(颈联)对仗,也有多至四联皆对的。律诗格律定型以后,一般要求颔联、颈联对仗。

对联与律诗中的对仗相似,只是字数、句数、用字均更宽泛一些,其最严格者即与律诗的对仗相同。

对仗的基本要求是:
1. 字数相等、节奏相同、词类相当;
2. 平仄相对,上联以仄声收尾,下联以平声收尾;
3. 意思相对或相反;
4. 出句与对句的字一般不得重复。

几种特殊的对仗

下面是几种特殊的对仗形式,体现了对仗特有的表达效果。

一、工对

对仗得特别工整、细致的叫工对,要求是:句式结构完全一致,相对位置上不仅词类相同,而且义类相同。

词汇特别是名词可以按照意义类别分为很多义类,如:

1. 天文:天、日、月、星、辰、阴、阳、斗、宿、云、霞、虹、霓、霄、汉、风、雨、雷、电、霜、雪、雹、露、雾、霰、烟;

2. 时令:朝、暮、晨、夕、昼、夜、早、晚、寒、暑、伏、腊、年、岁、月、日、春、夏、秋、冬、昏、晓、上元、元夕、上巳、寒食、清明、除夕;

3. 地理:土、地、山、川、江、河、潮、湖、海、池、溪、水、泉、关、塞、田野、城市、郡邑、乡镇、道路、岗谷、洞井;

4. 宫室:房、屋、庐、舍、窗、圃、斋、楼台、殿堂、馆阁、亭榭、轩栏、阶砌、亭除、户牖、梁柱、堞薨;

5. 乐律:钟、鼓、琴、瑟、笛、箫、笙、琵琶、箜篌;

6. 武备:将、兵、阵、营、甲、戈、矛、剑、戟;

7. 珍宝:金、银、铜、铁、锡、玉、璧、珊瑚、玛瑙;

8. 器用:舟、船、车、床、榻、席、鼓、角、刀、枪、剑、灯、镜、壶、杯;

9. 服饰:衣、裳、裙、巾、冠、环、佩、带、鞋、袍、盔、甲、裘、襦、衫;

10. 饮食:酒、茶、糕、饼、茗、酿、浆、饭、肴、蔬、菜、粥、盐、汤、蜜;

11. 花木:树、花、草、藤、杨、柳、菊、桂、兰、枝、条、桃、杏、李、梅;

12. 文具:笔、墨、纸、砚、印、筹、书、策、翰、毫、琴、弦;

13. 文学:诗、书、赋、檄、章、句、经、论、集、文、字、信、缄、令、符、旨;

14. 走兽:马、牛、鸡、犬、羊、虎、豹、龙、鱼、鸟、凤、燕、蜂、蝶、雁、鹊;

15. 形体:身、心、肌、肤、骨、肉、头、肩、眼、鼻、耳、手、足、胸、背、牙、爪;

16. 人事:功、名、恩、怨、才、情、吟、笑、谈、言、论、感、宠、憎、品、行;

17. 人伦:父、母、兄、弟、妻、子、女、君、臣、朋、友、叔、伯、圣、贤、仙、道;

18. 方位:东、南、西、北、中、外、里、边、前、后、上、下、左、右;

19. 数目:一、二……十、百、千、万、亿、兆、京、双、两、孤、独、群、几、半、众;

20. 颜色:红、黄、白、黑、青、绿、紫、碧、翠、蓝、朱、丹、玉、银、玄、素;

21. 干支:甲、乙、丙、丁、戊、己、庚、辛、壬、癸 子、丑、寅、卯、辰、巳、午、未、申、酉、戌、亥。

工对要求对仗的词有一大半是工的就可以,七个字有五个以上是工的,就是工对;七个字都是工的,叫全工对。

以下是各义类的工对的例子:

1. 天文对

太液天为水,蓬莱雪作山。(宗楚客《奉和人日清晖阁宴群臣遇雪应制》)
星临万户动,月傍九霄多。(杜甫《春宿左省》)

2. 时令对

送春唯有酒,销日不过棋。(白居易《官舍闲题》)
几时杯重把,昨夜月同行。(杜甫《奉济驿重送严公四韵》)

3. 地理对

气蒸云梦泽,波撼岳阳城。(孟浩然《望洞庭湖赠张丞相》)
树色随关迥,河声入海遥。(许浑《夜行次东关逢魏扶东归》)

4. 乐律对

香飘歌袂动,翠落舞钗遗。(白居易《代书诗一百韵寄微之》)
红烛短时羌笛怨,清歌咽处蜀弦高。(杜牧《见吴秀才与池妓别因成绝句》)

5. 人事对

奇情双亮,令名俱完。(陶渊明《管鲍》)
依依梦归路,历历想行店。(韩愈《喜侯喜至赠张籍张彻》)

6. 宫室对

草生元亮径,花暗子云居。(王绩《田家》)
柳塘春水漫,花坞夕阳迟。(刘长卿《酬刘员外见寄》)

7. 器用对

辛甚归长铗，居然照短檠。（范成大《上元纪吴中节物排谐体三十二韵》）
晚色催征棹，斜阳恋去桅。（杨万里《过张王庙》）

8. 饮食对

云暖采茶来岭北，月明沽酒过溪南。（许浑《秋晚怀茅山石涵村舍》）
一钟菰封米，千里水葵羹。（刘禹锡《历阳书事七十韵并引》）

9. 庄稼对

潢泉雨溢禾苗秀，石岭霜清橘柚腴。（刘崧《和郭庆守秋日相忆》）
方暑储麴糵，及秋舂秔稻。（苏辙《戏做家酿》）

10. 草木对

钓艇归时菖叶雨，缲车鸣处楝花风。（苏轼《仆年三十九在润州道上过除夜作此诗又二十年在惠州录之以付过》）
黄芦千里月，红叶万山霜。（戴缙《楚江旅怀》）

11. 飞禽对

片云随雁度，疏雨约蝉吟。（郭钰《秋望》）
草枯鹰眼疾，雪尽马蹄轻。（王维《观猎》）

12. 走兽对

牧童驱犊返，猎马带禽归。（王绩《野望》）
废邑狐狸语，空村虎豹争。（杜甫《奉送郭中丞兼太仆卿充陇右节度使三十韵》）

13. 颜色对

客路青山外，行舟绿水前。（王湾《次北固山下》）
白云回望合，青霭入看无。（王维《终南山》）

14. 数目对

城阙辅三秦，风烟望五津。（王勃《送杜少府之任蜀州》）
星临万户动，月傍九霄多。（杜甫《春宿左省》）

工对中连绵字只能跟连绵字相对。连绵字当中又分名词连绵字、形容词连绵字、动词连绵字、副词连绵字。相对的连绵字必须词性相同。连绵字用得好，也能为对仗的工整增色。例如：

九天阊阖开宫殿，万国衣冠拜冕旒。（王维《和贾舍人早朝大明宫之作》）
诗思沉浮樯影里，梦魂摇曳橹声中。（戴复古《月夜舟中》
天际欲销重惨淡，镜中闲照正依稀。（韩琮《霞》）

二、宽对

一联中相对的两句诗，句式结构虽相同，但相对位置上的字词不能用同类或邻类的词语构成对偶，义类相隔较远，仅仅词类相同，有时连词类也不相同，甚至连句式结构也有些差别，此类对仗称宽对。这个"宽"主要体现在：

1. 平仄方面放宽

汉字的四声可以分为平仄两类，其中平声即为平，上、去、入三声皆为仄声。上下联的字词，要求平仄相对，只有平仄交替使用，读起来才抑扬顿挫、铿锵有致。七言联律与七言律诗中的两副对偶句一样，有时为避免因韵害义的现象，可以"一、三、五（字）不论，二、四、六（字）分明"。这里所说的"不论"，即指平仄从宽，而"分明"，即指平仄从严。有时在不"因词害意、因韵害义"的情况下，对"二、四、六"（字）的个别平仄还可放宽一点，但不宜过宽。

2. 词性方面放宽

对联的词句应要词性相同，即实词中的动词对动词，名词对名词，形容对形容词,数词对数词;虚词中的副词对副词,介词对介词,连词对连词,助词对助词,叹词对叹词。

在实际运用中,为达到特定、特殊的联意内容的相对统一性,可在词性方面容宽,如以形容词对动词,副词对助词等。但也不宜太滥太宽。

3. 结构语词方面放宽

上下联语法结构、节奏停顿应该一一相对,宽对可以不完全对应。还有语词方面,工对忌重字,宽对则不避。

如北京古藤书屋一联:

一庭芳草围新绿;
十亩藤花落古香。

"芳"为形容词,"藤"则为名词。但同是修饰后面的形容词,对亦可也。"绿"与"香"对也不工。

宽对举例:

有弟皆分散,无家问死生。(杜甫《月夜忆舍弟》)
此地一为别,孤蓬万里征。(李白《送友人》)
为我一挥手,如听万壑松。(李白《听蜀僧濬弹琴》)
明月清风非俗物,轻裘肥马谢儿曹。(黄庭坚《答龙门潘秀才见寄》)

初学者,最好先在工对上下点工夫,把各类词性搞清楚,把对仗的基础打好,然后再学宽对。宽对做得好,很不容易,它虽然修辞美、整齐美不如工对,但它更讲究寓意深刻、比喻恰当、形象生动、语言流畅。钱钟书说:"律诗之有对仗,乃撮合语言,配成眷属。愈能使不类为类,愈见诗人心手之妙。"[1]

三、邻对

近体诗对仗中的一种。用词义门类比较接近的词为对,便叫邻对。所谓词义门类相近,如天文与时令、地理与宫室、器物与衣饰、植物与动物、方位与数量等的关系。用这些意义接近的词为对,就是邻对。

---

[1] 钱钟书:《谈艺录》,中华书局,1984年,第185页。

如白居易《感春》中的两句："草青临水地，头白见花人"，草与头不同类，水与花不同类，地与人不同类，这可以算是邻对。再如：

感时花溅泪，恨别鸟惊心。（杜甫《春望》，花和鸟相对）
敏捷诗千首，飘零酒一杯。（杜甫《不见》，诗跟酒相对）
贮愁听夜雨，隔类数残葩。（柳宗元《同刘二十八院长述旧言怀感时书事奉送澧州》，夜雨与残葩相对）

四、流水对

指出句跟对句在意思上上下贯通、一气相承的对仗。普通的对仗，上下两句所述的是并列的事物或是平行的事件，即使互换，原则上是不影响其意思的。流水对则不同，两句有时间上的先后、逻辑上的因果等关系，不能颠倒。同一联中的两句话，从形式看是两句话，但意思上是一整句话分开成两句来说。也就是这两句话在理解时应该是如同流水般一气贯穿下来，所以叫做流水对。如：

即从巴峡穿巫峡，便下襄阳向洛阳。（杜甫《闻官军收河南河北》）
泥上偶然留指爪，鸿飞那复计东西。（苏轼《和子由渑池怀旧》）
偶值大心离火宅，终遗高塔念瀛洲。（鲁迅《题三义塔》）
请看石上藤萝月，已映洲前芦荻花。（杜甫《秋兴》）

流水对用得好，一气呵成，语意连贯，如行云流水，亦可增强诗的艺术感染力。又如：

欲穷千里目，更上一层楼。（王之涣《登鹳雀楼》）
野火烧不尽，春风吹又生。（白居易《赋得古原草离别》）
那堪玄鬓影，来对白头吟。（骆宾王《在狱咏蝉》）
孤舟蓑笠翁，独钓寒江雪。（柳宗元《江雪》）
欲寻芳草去，惜与故人违。（孟浩然《留别王侍御维》）
惟将终夜长开眼，报答平生未展眉。（元稹《遣悲怀》）
塞上长城空自许，镜中衰鬓已先斑。（陆游《书愤》）

流水对在律诗和对联中最受人欣赏,艺术性较高,是难度比较大的一种对子。一首诗里面有了一联流水对,就显得灵动了许多。

明胡震亨《唐音癸签·法微三》曰:"严羽卿以刘眘虚'沧浪千万里,日夜一孤舟'为十字格,刘长卿'江客不堪频北望,塞鸿何事又南飞'为十四字格。谓两句只一意也,盖流水对耳。"清沈德潜《说诗晬语》卷上曰:"五言律中联以虚实对、流水对为上。"

五、扇面对

也叫扇对、隔句对。隔句对者,第一句与第三句对,第二句与第四句对,如此之类,名为隔句对。

(日)遍照金刚《文镜秘府论·东卷》云:"诗曰:'昨夜越溪难,含悲赴上兰。今朝逾岭易,抱笑入长安。'释曰:第一句'昨夜'与第三句'今朝'对,'越溪'与'逾岭'是对;第二句'含悲'与第四句'抱笑'是对,'上兰'与'长安'对。并是事对,不是字对。如此之类,名为隔句对。"

"又曰:'相思复相忆,夜夜泪沾衣;空悲亦空叹,朝朝君未归。'释曰:两'相'对于二'空',隔以'沾衣'之句,'朝朝'偶于'夜夜',越以'空叹'之言,从首至末,对属间来,故名隔句对。"

词中也使用扇面对,如柳永的《玉蝴蝶》上片:"水风轻,蘋花渐老;月露冷,梧叶飘黄",下片"念双燕,难凭远信;指暮天,空识归航",都是扇面对。

扇面对与普通的对仗有很大的不同,普通对仗的出句与对句的平仄要相对,特别是句末的平仄总是相反的,而扇面对的第一、第三句,句末都是仄声,第二、第四句的句末都是平声,不能做到平仄相反。如:

寄裴晤员外　郑谷
昔年共照松溪影,松折碑荒僧已无;今日重思锦城事,雪消花谢梦何殊。

韦庄的七言律诗《杂感》中的前两联:

莫悲建业荆榛满,昔日繁华是帝京;莫爱广陵台榭好,也曾芜没作荒城。

和郁孤台诗　苏轼
解后陪车马,寻芳谢朓洲。凄凉望乡国,得句仲宣楼。

六、正对和反对

正对是指出句、对句的意思是同一方向并立的,相互补充,相互烘托。初唐诗人元兢曰:"正对者,若'尧年''舜日'。尧、舜皆古之圣君,名相敌,此为正对。若上句用圣君,下句用贤臣;上句用凤,下句还用鸾:皆为正对也。如上句用松桂,下句用蓬蒿,松桂是善木,蓬蒿是恶草,此非正对也。"[1]

例如:杜甫《登楼》的颔联:"锦江春色来天地,玉垒浮云变古今。""锦江"对"玉垒","来"对"变","天地"对"古今",而且这两句都是登到高楼上见到的景色,是典型的正对。再如鲁迅的《自嘲》的颔联:"破帽遮颜过闹市,漏船载酒泛中流",这两句都是写在险恶环境中的困顿,"破帽"对"漏船","过"对"泛","闹市"对"中流",对得比较工整而且内容相呼应。

这类对仗虽然上下两句意思同一方向并立的,但各具意义,内容并不相同。正对上下两句的内容,须力避同义、近义。因为短小的近体诗中须包含丰富的内容,若出现重复内容,哪怕是一点,也会使诗作显得臃肿、苍白。

反对是指出句、对句的意思反向并立,具有强烈对比、映衬作用。如:

横眉冷对千夫指,俯首甘为孺子牛。(鲁迅《自嘲》)

新松恨不高千尺,恶竹应须斩万竿。(杜甫《将赴成都草堂途中有作先寄严郑公》)

这类对仗揭示矛盾尖锐,表达爱憎分明,形象对比强烈,做得好具有很高的艺术感染力。刘勰《文心雕龙·丽辞》曰:"故丽辞之体,凡有四对:言对为易,事对为难;反对为优,正对为劣。……反对者,理殊趣合者也;正对者,事异义同者也。""仲宣《登楼》云:'钟仪幽而楚奏,庄舄(xì)显而越吟'。此反对之类也。孟阳《七哀》云:'汉祖想枌(fén)榆,光武思白水。'此正对之类也。幽显同志,反对所以为优也;并贵共心,正对所以为劣也。"

七、句中自对(本句对)

洪迈《容斋随笔·续笔》卷三曰:"唐人诗文,或于一句中自成对偶,谓之当

---

[1] (日)遍照金刚撰,卢盛江校考:《文镜秘府论汇校汇考·东·二十九种对》,中华书局,2006年,第689页。

句对。盖起于《楚辞》'蕙烝（蒸）兰藉''桂酒椒浆''桂棹兰枻（yì）''斫冰积雪'。自齐、梁以来，江文通、庾子山诸人亦如此。如王勃《宴滕王阁序》一篇皆然。"

本联自对，又上下联相对仗，称为虾须对。多层对仗，内容互相生发，是比较难做的佳对。如：

风急天高猿啸哀，渚清沙白鸟飞回。（杜甫《登高》）
吴楚东南坼，乾坤日夜浮。（杜甫《登岳阳楼》）
江流天地外，山色有无中。（王维《汉江临眺》）
蕃汉断消息，死生长别离。（张籍《没蕃故人》）
三峡楼台淹日月，五溪衣服共云山。（杜甫《咏怀古迹五首之一》）

在对联中，上下联分别包含自对，叫同边自对。如：

下笔千言，正桂子香时、槐花黄后；
出门一笑，看西湖月满、东浙潮来。

这是阮元题杭州府贡院联，由三个四言句加一领字（正／看）组成。贡院是考举人的场所。上联讲考试的季节很美，考试时文思潮涌，下笔千言，个个都有中举的希望。"桂"和"槐"隐含"折桂"和"槐厅"之意，即读书、应试、做官。下联讲考试的地方很美，考完后不管成绩如何，应该放松一下，去西湖赏月，钱塘观潮。用诗一般的语言给考生做思想政治工作，实在高明。此联"桂子香时，槐花黄后"和"西湖月满，东浙潮来"分别都是同边自对，有极强的艺术魅力。

全国各地的景点保留有很多这样的对联，如：

北京昌平居庸关联
据此雄关，易守难攻，庸人慎勿自扰；
凭斯险寨，克敌制胜，壮士尽可荣归。

上海市豫园一笠亭联
游目骋怀，此地有崇山峻岭；

仰观俯察，是日也天朗气清。

南京市夫子庙明远楼联

矩令若霜严，看多士俯伏低徊，群嚣尽息；
襟期同月朗，喜此地江山人物，一览无余。

八、借对

借对，又称"双关对""假对"，主要有借义、借音两种（或谓另有借形、借通假字二种）。

魏庆之《诗人玉屑》卷七有"借对"条曰："沈佺期《回波词》云：'姓名虽蒙齿录，袍笏未换牙绯。'杜子美诗：'饮子频通汗，怀君想报珠'，以'饮子'对'怀君'，亦'齿录''牙绯'之比也。"其后引用《蔡宽夫诗话》曰："诗家有假对，本非用意，盖造语适到，因以用之。若杜子美'本无丹灶术，那免白头翁'，韩退之'眼穿长讶双鱼断，耳热何辞数爵频'，'丹'对'白'，'爵'对'鱼'，皆偶然相值，立意下句，初不在此。而晚唐诸人，遂立以为格。贾岛'卷帘黄叶落，开户子规啼'，崔峒'因寻樵子径，偶到葛洪家'为例，以为假对胜的对，谓之高手。所为痴人面前不得说梦也。"

借义对，指一字多义的，诗中用甲义，同时又借其乙义或丙义跟联句中相应的字相对。如毛泽东《到韶山》中"为有牺牲多壮志，敢教日月换新天"。看上去，"牺牲"和"日月"不能相对，前者是动词，后者是名词。但"牺牲"还有另一意义——古代把作为祭品的牲畜称为"牺牲"。这样，"牺牲"作为名词，就可以对"日月"了（按上下两句的关系看，这一联还是流水对；按"牺"与"牲"相对，"日"与"月"相对，这一联又是"句中对"，所以这一联分属三型）。

杜甫《曲江二首》中的"酒债寻常行处有，人生七十古来稀"，"寻常"怎么能对"七十"呢？原来古代八尺为寻，一丈为常，"寻常"作为数目，就可以对"七十"了。

温庭筠《苏武庙》中的"回日楼头非甲帐，去时冠剑是丁年"，"铠甲"的"甲"借"甲乙"的"甲"，"丁壮"的"丁"借"丙丁"的"丁"，"甲""丁"同为天干，互为对仗，极为工整。

借义对举例：

行李淹吾舅，诛茅问老翁。（杜甫《巫峡敝庐奉赠侍御四舅别之澧朗》，

"李"对"茅")

曾是寂寥金烬暗,断无消息石榴红。(李商隐《无题》,"金"对"石")
开筵当九日,泛菊外浮云。(孙昌胤《和司空曙刘眘虚九日送人》,"日"对"云")

借音对:甲字的发音跟乙字的发音相同,诗中用甲字,借同音的乙字跟联句中的相应的字相对。如李商隐《锦瑟》中的"沧海月明珠有泪,蓝田日暖玉生烟","沧"字发音与颜色词"苍"字同,所以可与同为颜色的"蓝"字相对。

杜甫《秦州杂诗》中的"马骄珠汗落,胡舞白蹄斜","珠"与"朱"同音,可与"白"相对。

借音对举例:

思家步月清宵立,忆弟看云白日眠。(杜甫《恨别》,"清"对"白")
次第寻书札,呼儿检赠篇。(杜甫《哭李常侍峄》,"第"对"儿")
清秋将落帽,子夏正离群。(张贲《贲中间有吴门旅泊之什蒙鲁望垂和更作一章以伸酬谢》,"秋"对"夏")
住山今十载,明日又迁居。(魏庆之《诗人玉屑》引,"十"对"迁")

九、掉字对

就是同一句中使用相同的字作对仗,这种对仗也是古诗中常见的。杜甫的七律中掉字对很多,用得很精妙,如《曲江对酒》的颔联"桃花细逐杨花落,黄鸟时兼白鸟飞",出句中的两个"花"字与对句中的两个"鸟"字相对。

《江村》的颔联"自去自来梁上燕,相亲相近水中鸥",出句中的两个"自"字与对句中的两个"相"字相对。

《白帝》的颈联"戎马不如归马逸,千家今有百家存",出句中的两个"马"字与对句中的两个"家"字相对。

《闻官军收河南河北》的尾联"即从巴峡穿巫峡,便下襄阳向洛阳",出句中的两个"峡"字与对句中的两个"阳"字相对。

掉字对同时也是"就句对"。如以上例句中,"桃花"与"杨花"对,"黄鸟"与"白鸟"对;"自去"与"自来"对,"相亲"与"相近"对;"戎马"与"归马"对,"千家"与"百家"对;"巴峡"与"巫峡"对,"襄阳"与"洛阳"对。

掉字对实际上是"同字对"与"就句对"的结合,所以更能增加对仗的工整,同时读起来朗朗上口,显示其音律美。

还有一种"借音掉字对",就是在同一句中用音同义不同的字作对仗,如白居易《放言》(其五)的颈联"何须恋世常忧死,亦莫嫌身漫厌生",这一联出句的"世"与"死",对句的"身"与"生"都是音同义不同的字,对仗更为别致。这类对仗也是比较难作的,作者须具有相当的修辞素养。

十、联绵对

联绵对主要特征是字的重叠,这本是一种修辞手法,其方法是将一个字接二连三地用在一起,加强语言的形象性与音节美。(日)遍照金刚《文镜秘府论·二十九种对》曰:"联绵对者,不相绝也。一句之中,第二字、第三字是重字,即名为联绵对。上句如此,下句亦然。"并举以下诗句为例:

"看山山已峻,望水水仍清;听蝉蝉响急,思乡乡别情。"
"嫩荷荷似颊,浅河河似带,初月月如眉。"
"烟离离万代,雨绝绝千年。"
"望日日已晚,怀人人不归。"

另一种情况,就是在联句中用叠词,叫叠字对。古诗中叠词是很常见的,如朝朝、夜夜、灼灼、菁菁、赫赫、辉辉、汪汪、落落、索索、萧萧、穆穆、堂堂、巍巍、诃诃等,如此之类。例如:

寂寂竟何待,朝朝空自归。(孟浩然《留别王侍御维》)
漠漠帆来重,冥冥鸟去迟。(韦应物《赋得暮雨送李胄》)
晴川历历汉阳树,芳草萋萋鹦鹉洲。(崔颢《黄鹤楼》)
漠漠水田飞白鹭,阴阴夏木啭黄鹂。(王维《积雨辋川庄作》)
无边落木萧萧下,不尽长江滚滚来。(杜甫《登高》)

十一、双声叠韵对

声母相同的连绵字叫双声词,韵母相同的连绵字叫叠韵词。例如"依稀"两字的韵母都是"i",这连绵字就叫叠韵词;"彷佛"两字的声母都是"f",这连绵字就叫双声词。双声词互对叫双声对;叠韵词互对叫叠韵对。

《文镜秘府论·二十九种对》引《笔札华梁》:"诗曰:'秋露香佳菊,春风馥丽兰。'释曰：'佳菊'双声，系之上语之尾；'丽兰'叠韵，陈诸下句之末。秋朝非无白露，春日自有清风，气侧音谐，反之不得。'好花''精酒'之徒，'妍月''奇琴'之辈，如此之类，俱曰双声。"诗曰：'放畅千般意，逍遥一个心。漱流还枕石，步月复弹琴。'释曰：'放畅'双声，陈之上句之初；'逍遥'叠韵，放诸下言之首。双道二文，其音自叠；文生再字，韵必重来。'旷望''徘徊''绸缪''眷恋'，例同于此，何藉烦论。"

再如许浑《寻周炼师不遇留赠》："零落槿花雨，参差荷叶风。""零落"和"参差"都是双声，是双声对。朱淑真《元夜》"但愿暂成人缱绻，不妨常任月朦胧。""缱绻"(qiǎn quǎn)、"朦胧"都是叠韵，称叠韵对。鲁迅《悼柔石》："梦里依稀慈母泪，城头变幻大王旗。""依稀"和"变幻"都是叠韵词，这对仗也称叠韵对。

学做双声叠韵对须掌握较丰富的连绵字和必要的声韵知识。

十二、错综对

对仗自然以位置相当的字相对为正例，但是诗人偶然也用一种错综对，就是不拘位置，颠倒错综，以成对仗。如：李群玉《杜丞相惊筵中赠美人》"裙拖六幅湘江水，鬓耸巫山一段云"，这一联中以"六幅"对"一段"，以"湘江"对"巫山"，都错了位。诗人所以用错综对，一是为了押韵，二是为了句顺，三是为了迁就平仄。

又如，王维的五律《辋川闲居赠裴秀才迪》中的颔联："倚杖柴门外，临风听暮蝉。"出句后三字是"柴门外"，对句后三字是"听暮蝉"，"柴门"和"暮蝉"，都是前一字修饰后一字，可以相对，但从词组位置来看是错开的，故属错综对。因为"柴门外"是以方位词"外"作"柴门"的修饰语而置于后面；"听暮蝉"却是以动词"听"来修饰宾语"暮蝉"。如要相对，必须把"柴门"放在"外"字后面，或是把"暮蝉"移在"听"字前面方能成对。但是不论移动上句的"柴门"还是下句的"暮蝉"，不但都不合平仄和韵脚在格律上的要求，而且也不合语法规则。在这种情况下，利用交错对的形式把应对的词语错开来补救，就解决了这个问题，读起来也很自然。

再如，杜甫的五律《长江》二首之一的起联："众水会涪万，瞿塘争一门。"从这一联上下句词组的性质来看，上联的"众水"应与下联的"一门"相对，"涪万"应与"瞿塘"相对，但如果把"一门"与"瞿塘"的位置互易，变成"一门争瞿塘"，意义就含混不清了，所以只能照现在这样安排。当然，这两句诗是此诗的起首一联,并不要求使用对仗。

十三、合掌

合掌被认为是艺术性不高的对仗。所谓"合掌",就是一联的出句和对句的意义相同,即同义词相对,例如:"千忧集日夜,万感盈朝昏"。像这样的整个对仗都用同义词相对是罕见的,但同义、近义相对,如"日月如梭逝,光阴似箭飞"这样的对仗,在初学者的作品中却是常见的。这两句都是形容时光流逝的,"梭逝""箭飞",形象没有什么差别。合掌同作为修辞手段的博喻不同,博喻的各种喻体各有其特征,使被形容的本体更丰满、更鲜明,而合掌的喻体同义、近义,徒增累赘。在介绍"正对"时曾讲过,作诗讲究言简意赅,力避内容重复,故诗家视"合掌"为大忌。

诗词对仗,须忌合掌。毛先舒《诗辩坻》云:"古最忌合掌对,如'朝'对'晓','听'对'闻'之类,古人亦多有之。玄宗'马色分朝景,鸡声逐晓风',郎君胄'暮蝉不可听,落叶岂堪闻',虽时有拙致,似不足效。"

其实合掌在一些名家名著中还是可以见到的,比如《红楼梦》第五回描写太虚幻境的仙姑招待贾宝玉,设酒馔,真是"琼浆满泛玻璃盏,玉液浓斟琥珀杯"。毛主席和郭沫若的《满江红》,有"四海翻腾云水怒,五洲震荡风雷激"的句子。

民间常用的一副对联"生意兴隆通四海,财源茂盛达三江",都有合掌之嫌,但不是五七律这样严格的近体诗,也无伤大雅。

凡是出句与对句可以合为一句者为合掌。凡是出句与对句部分意思重合者为部分合掌。

学生对联习作与点评(上)

我在东南大学和清华大学讲授"诗词格律与写作"课程,每一部分都有作业,帮助同学们练笔,大学生展现出了令人感动的情怀和才华,我把这些作业整理出来,从本章开始,配合每章所讲的内容,按体裁编排,并加以点评,呈现在读者面前。

要求:请给下列句子对出下联:
1.万里春光满 2.细雨重阳菊 3.门庭多喜气 4.水清芳草茂
5.拙因知事少 6.满杯酬冷月 7.穷达尽为身外事 8.四面湖山来眼底

9.万里江山,俱见红桃绿柳

指导:

对下联前,先从以下几个方面分析上联的特点:

1.仔细辨别上联的平仄类型,下联应对何句型;

2.辨别上联对联的属性(内容性质);

3.上联有无叠词或连绵字;

4.上联有没有运用句中对;

5.上联有无数目词、方位词、颜色词、双声叠韵词、人名地名及隐性的数量词等其他较特殊的词类;

6.上联的句法结构;

7.有无借字对、流水对、扇面对。

对出下联后,可用以下方法检查完善:

1.下联是否已充分考虑上述七点要求,所对句型是否符合?

2.下联是否以平声收尾?不能辨别入声字的同学有无核实下联末字是否为转入平声的常用古入声字?

3.对照工对的要求,所用词性是否相同,义类是否相同?

4.下联的内容和上联是否相似或相同,是否会合掌或小合掌(部分合掌)?

5.如果上联为律句,对句中有无两个相连的平声字(否则犯孤平),结尾有无三平调?

6.短联中(上下联各一、二句)下联与上联有无重字?长联中有无实词重字?

7.如果运用句中对,其偶数字的平仄是否相对?如果上联有两句(包括隐含两句)以上,对句每小句结尾的平仄是否与之相对?

8.是否检查律句中二、四字或四、六字(除准律句外),平仄决不可相同?

9.如果是掉字对,下联与上联的掉字平仄是否相反?

10.可否再对出其他下联?

11.检查是否每一条都已完成?

下面先为每个上联提供一个参考答案,并提示注意事项,然后选择同学作业中有代表性的予以点评。

1. 万里春光满（仄仄平平仄），千门瑞气新（平平仄仄平）。

提示： 此属春联之类，有新春喜庆气氛，其平仄为：仄仄平平仄，下联应对：平平仄仄平（第一种格式）；这类下联特别注意第一字的平仄，首字不能轻易改为仄，如果改变，第三字应改仄为平，即：仄平平仄平，以保证句子中有两个相连的平声字，否则犯孤平，乃大错。

对得较工的下联：

百年月华新　千山柳色新　千山细雨濛　千山绿意浓　千山气象宏
千山草色新　三江柳色新　千家暖意融　千山景色新　千家喜气盈

有问题下联：

第二字当平而仄：四海瑞气新　十月秋风寒
以仄声收尾：千条垂柳绿　三山绮色绝
犯孤平（首字用仄未救）：八方气象新　独园夏意深　九州月色明

点评： 下联必须平声收尾，故以仄声收尾为大错，是完全不懂格律的错误。上联平仄为：仄仄平平仄，下联应对：平平仄仄平；"四海""十月"均为仄声，拗。"秋风寒"还涉及"三平调"。"八方气象新"等三句均首字当平而仄，第三字又未用平声补救（拗救），所以犯孤平，也属大错。

2. 细雨重阳菊（仄仄平平仄），和风上巳兰（平平仄仄平）。

提示： 基本同第一题，上联用了"重阳"二字，此乃节令，下联相应位置应对节令词，而且其平仄为"仄仄"或"平仄"。

对得较工的下联：

轻风白露荼　微风端午兰　晨风夏至莲
寒霜腊八梅　和风惊蛰雷　轻风二月兰

有问题下联:

误以仄声收尾:

薄烟上巳酒　和风端午粽　微风夏至柳　晓风中秋月

春雷惊蛰柳　柔风乞巧月　微风上巳竹　寒烟腊八粥

三、四字仍用平声:瑞雪元宵灯

孤平句:薄烟上巳酒　晚晴二月花

点评: 这是一个较易对的上联,中间夹有"重阳"一节令名。对下联中出现的三种情况,第一种"误以仄声收尾",除初学者,这是一般不会发生的错误。下联以平声收尾是对仗的基本常识,除少数辨别入声困难的同学会将普通话里归入平声字的入声字当平声用于下联的句末,其他以仄声作下联结尾的就是太不用心了。上联"重阳"为平声,对应下联应用仄仄,三、四字仍用平声,此粗心所致。第二种"三、四字仍用平声",上联其平仄为:仄仄平平仄,下联应对:平平仄仄平。第三种为"孤平句",这类下联特别注意第一字的平仄,首字不能轻易改为仄,如果改变,第三字应改仄为平,即:仄平平仄平,否则犯孤平,乃大错。此处所举"薄烟"等二句均为孤平句,当然有的句子还不仅为孤平,也还有其他毛病。

3.门庭多喜气(平平平仄仄),山水遍春光(仄仄仄平平)。

提示: 此属春联之类,有新春喜庆气氛。上联平仄为:平平平仄仄,下联应对:仄仄仄平平(第二种格式),可以放宽为:平仄仄平平。这类下联特别注意第三字的平仄,不能轻易改仄为平,容易出现三平调(句子结尾出现三个平声字),也大错。

对得较工的下联:

山水有清音　丘壑尽欢颜　户室满春风　轩榭有欢歌

堂室聚英才　竹木富清阴　苑榭尽春光　眉宇少愁云

有问题下联:

小合掌:院落满欢声　屋室满欢声　家室少忧思　居室有欢声

户牖少愁情　　馆舍尽欣颜　　户院满欢颜　　和家尽欢颜

三平调：家室添春光　　家道存殷昌　　日月增光辉

点评：这是充满喜气的五言对，可以视作春联。适合农村春节使用。这类对联最容易犯的毛病为合掌或小合掌，这里上联为"门庭多喜气"，下联为"院落满欢声"，"门庭""院落"同义，"多喜气""满欢声"同义，故称合掌或小合掌。为了防止犯此类错误，要注意上下联中不仅要少用或不用同义词，也不能意思过于一致，两句话差不多等于一句话了，就成了合掌或小合掌了。就平仄而言，出现三平调是大错。"家室添春光"等三个例句便是典型的三平调。

4. 水清芳草茂（仄平平仄仄），山碧彩云归（平仄仄平平）。

提示：此乃诗之对仗句，从平仄而论，上联为仄平平仄仄，实际属平平平仄仄句式，下联应对仄仄仄平平，当然也可以对平仄仄平平。特别注意第三字不可用平声，会出现三平调。此题难度最大的是它偏旁的特殊，第一字"水"是第二字"清"的偏旁，而后三字均有共同的"草字头"，故参考下联虽顺达有意境，但并不最工。

对得较工的下联：

山峭朽枝横　　日暖柳枝柔　　山屺骏驹驰　　山峭碎砂磷
禾秀柳枝柔　　云霁旭阳明　　月朗鹧鸪鸣　　山峭瀑流湍　　雨霁晓星明
雨霁峻峰幽　　月朗柳枝柔　　山险奇石生　　山翠锦花繁　　山静野花香
山静路人稀　　山险劲松多　　天朗白云疏　　崖险秀木疏　　林秀素云蒸

有问题下联：

句式判断错误：林深鸟兽丰

三平调：
山峻炊烟燃　　泪浊尘心枯　　月谧寒梅香　　月隐星河深　　泉浊幽兰枯
山翠春花红　　风冽行人稀　　山秀芝兰香　　山高红梅香

第四字当平而仄：日暖骏马腾　　山陡怪石稀　　崖险秀木疏　　山险古木丰

点评：以平仄论，"林深鸟兽丰"是对句型判断错误，对成了平平仄仄平句。另外,仄仄仄平平句要特别注意第三字不可用平声,会出现三平调,此题出现三平调的概率特别高。"第四字当平而仄",这里列举四例,可见频率并不低,应引起注意。此题是本单元对联中最难对的,正如提示所说:此题难度最大的是它偏旁的特殊,难度大大增加,但是同学们仍提交了不少令人满意的答案,对得较工的下联栏列举的"山峭朽枝横"等句,均兼顾到第一字又作第二字之偏旁,第三、四、五字同部首,有的还较流畅优美,非常难得。

5. 拙因知事少(仄平平仄仄),老悔读书迟(仄仄仄平平)。

提示:此题平仄与第4题完全相同,但其意义节奏(句式结构)不同,这句为"一四"句式,与杜甫《月夜忆舍弟》的"露从今夜白,月是故乡明"相似,有对第一字强调的意思,其下联也应如此。

对得较工的下联:

慧自读书多　庸为读书迟　慧是读书多　贤自阅人多
痴自用情深　巧故扰烦多　苦为扰心多　善自惠人多

有问题下联:

句式判断错误:公以断案明　黠由算计多　慧为致学勤　慧为勉励勤
仄声收尾:巧自磨砺出　朴自遇人淑　雅须读书博
第四字当平而仄:
智为博学多　陋由牙慧多　贤自秉烛勤　苦自我执深　殆自明理迟
智以见识多　愚盖晓理迟　聪以学识勤　穷赖守节多
与上联重字:智乃历事多
三平调:愁起思人多　达乃糊涂多

点评:这副对联不好对,出错较多。上联平仄应为平平平仄仄,下联应对仄仄仄平平。"公以断案明"对成了平仄仄仄平,是句式判断错误;其后三句在判断失误句型的情况下又将第一字写成仄声字,即使句型错误不考虑也是一孤平句,亦为大错。仄仄仄平平句型容易出现三平调,此题有两例。以"仄声收尾"和"第四字当平而仄"两种情况,其原因是入声辨别困难,涉及关键字:学、烛、执、识、出、淑、博等均为入声字。"智乃历事多"句中"事"与上联重字,这些问题均为初学者易犯,经过一段时间,情况会好一些。

6. 满杯酬冷月(仄平平仄仄),一曲醉春风(仄仄仄平平)。

提示:平仄格式与上两题相同。需注意的是,"满"可视为数量,故下联可以"一曲"相对。

对得较工的下联:

孤影伴凄风　启户谢清风　陋室溢春风　孤箸伴青灯
虚影揽清风　孤客泣寒星　振袖对西风　一剑舞清霜
残夜噤寒蝉　半阁和清风　孤枕对寒风　孤琴奏寒霜

有问题下联:

句式判断错误:孤琴和晚风
以仄声收尾:孤影醉高阁　孤盏敬残烛
第四字当平而仄:落泪忆昔人
部分小合掌:孤盏酹残星　空盏谢清霜　孤盏敬残烛　半盏对微星
　　　　　孤盏酹停云　倾盏祭孤星　一盏醉清秋

点评:这是没有显著内容特点的对仗句,应出现在诗句中,参考答案"一曲醉春风"一联是颇有诗人气质的诗句,但不排除可以写较凄婉悲凉的内容。有问题的对句并不多,但错误的形式倒很多样。一是"句式判断错误",上联平仄为平平平仄仄,下联应对仄仄仄平平,可是"孤琴和晚风"句平仄是平平仄仄平,句型完全错误;二是"以仄声收尾",两例句其结尾字"阁""烛"均为入声,可能是学生还不能辨别入声所致;三是"第四字当平而仄",例句第四字"昔"也一入声字,恐也因不能辨别入声所致。四是"部分小合掌",上联"满杯"二字下联用同义近义词相对,造成部分小合掌,对联中要慎用或不用同义近义词。

7. 穷达尽为身外事(仄仄平平平仄仄),升沉不改故人情(平平仄仄仄平平)。

提示：这可以是诗联，也可以作勉志联。"穷达"为句中对。也要警惕出现三平调。

对得较工的下联：

死生不负口中言　悲欢原是眼前云　是非多是眼前人　辱荣皆是眼底云
沉浮终作土中人　功名只作耳边风　盈虚皆付笑谈间　浮沉难改性中情
兴衰仍守士人心　合分皆是世间缘　晦明无染世间尘　亲疏总是眼前人

有问题下联：

句式判断错误：
日月常播去日辉　雅俗皆开艺术花　庸慧皆成万卷书　福祸皆因命内缘
贵贱皆由志趣殊　贵贱应在生后名　德艺皆成史上名　迁谪不移兼济心
苦乐全凭心内情　进退皆怀百姓忧　起落无求生后名　祸福全凭肩上担
廉腐莫当耳后风

二六字皆拗：
生死皆作故国魂　荣辱无改社稷忧　胜败皆作壁上观　荣辱唯关槛内人

第六字拗：
浮沉不改报国情　沉浮不改济国心

三平调：
喜悲多是心中由　贤仁才是生前思　荣辱皆是生前名
爱憎皆是心中情　悲喜皆是心中思　爱憎不过红尘情

以仄声收尾：成败皆因后人评　得失不改骨中节

点评：这可以是诗联，也可以作励志联。此类句型也要警惕出现三平调，此处列举了六个三平调的失误句例，可见本题出现三平调的机会较大，要特别重视。本题出现句式判断错误仅列为例句的就达十三个，为本单元错误之最，可见如果句式判断错误，二、四、六所有节奏点全错，应特别注意，拿到上联，第一重要的是判断它是否律句，是何种平仄形式，其下联平仄应该如何。失之毫厘，谬以千里。

8. 四面湖山来眼底（仄仄平平平仄仄），万家忧乐到心头（仄平平仄仄平平）。

提示:"四"为数词,需用数词对。这种句型也要警惕出现三平调。

对得较工的下联:

九州悲喜上心头　千年风雨入心间　八方日月耀神州
八方云气入胸中　八方风雨入心中　万般滋味到心头

有问题下联:

第二第四字均拗:万丈离愁寄天涯　百代兴衰聚心头
仅第四字拗:九州兴亡到心间

点评: 也要警惕出现三平调。格式和平仄方面,学生的作业此题正确率较高,个别错误也无普遍性,多为粗心所致。上联"四面湖山来眼底",眼界很高,下联也应该有胸襟,有气魄。同学们的下联思接千年,胸怀八方,不愧是同学少年。

9. 万里江山,俱见红桃绿柳(仄仄平平 仄仄平平仄仄);
   九州禾木,共沾时雨春风(仄平平仄 仄平平仄平平)。

提示: 这是双句对(或扇面对),"万里"为数量词,"红桃绿柳"为句中对,对句句中对不必颜色对,却必须偶字平仄相对。全句有喜庆意味,对仗时也应注意。

对得较工的下联:

千家庭院,尽闻燕舞莺歌。　　千秋霸业,无非暮雨朝云。
一衣带水,都为好友亲朋。　　千年古刹,只闻法号锣声。
千年文社,皆有墨客骚人。　　千章曲赋,皆为妙句佳文。
千年兴废,犹存汉瓦秦砖。　　千年盛世,同迎国泰民安。
千般雅韵,全凭书画琴棋。　　千秋岁月,常怀义士仁人。
一方小院,常闻秀曲清音。　　八方墨客,齐倾陆海潘江。
九州天地,常闻鸟语花香。　　千秋社稷,欣迎政顺人和。
千家闾巷,唯闻笑语欢声。　　千秋盛世,同为富国强民。

千城草木，合听雅韵闲吟。　　三秋日月，都闻舞燕歌莺。
千秋功业，不闻铁马金戈。　　九州百姓，同歌乐业安居。
三寻巷陌，惟闻黄发垂髫。　　千家门户，共迎细雨春风。

有问题下联：

句式判断错误：
千嶂峰峦，尽听蝉鸣鸟啼。　　万户人家，皆闻笑语欢声。
千番豪情，都成铁马冰河。

前后句第二字当平而仄：
千顷原野，随处碧水蓝天。　　半生诗酒，岂惜虚禄浮名。
千载史册，终归苦尽甘来。　　百尺画卷，皆无碧水蓝天。
千秋社稷，常得物阜民安。　　一顷草木，皆闻岸芷汀兰。
一蓑烟雨，不敌水月镜花。　　百十城阙，皆知玉宇琼楼。

后句末四字未用句中对：
半生戎马，难得刻石纪功。　　千秋万代，当问乱世英豪。
千秋史册，同书锦绣华章。

点评：个别同学对句型平仄判断有误，如所举三例，说明知识掌握上还有不足，不仅仅因为粗心大意。一些关键位置上平仄出错，具体说，前后句第二字均当平而仄，这里列举八例，可见情况较严重。上联中"红桃绿柳"为句中对，也有同学对句中对掌握不好，未能以句中对来相对。

第五章　对联的鉴赏与写作

对联基本知识

对联作为一种习俗，是中华民族优秀传统文化的重要组成部分。2005年，国务院把楹联习俗列为第一批国家非物质文化遗产。楹联习俗在华人乃至全球使用汉语的地区以及与汉语汉字有文化渊源的民族中传承、流播，对于弘扬中华民族文化有着重大价值。

楹联不仅是语言艺术，也是装饰艺术。作为装饰艺术的一副楹联，要求整齐对称，给人和谐对称之美。汉字又恰好具备实现整齐对称的条件，它是以个体方块形式而存在的，方方正正，整整齐齐，在书写中各自占有相等的空间位置。它具有可读性，又具可视性。其方块构形，既有美学的原则，又包含着力学的要求。它无论是横写还是竖排，都能显得疏密有致、整齐美观。

楹联者，对仗之文学也。中国楹联的哲学渊源及深层民族文化心理，就是阴阳二元观念。阴阳二元论，是古代中国人世界观的基础，以阴阳二元观念去把握事物，是古代中国人思维方法。这种阴阳二元的思想观念渊源甚远，《易经》中的卦象符号，即由阴阳两爻组成，《易传》谓："一阴一阳之谓道。"老子也说："万物负阴而抱阳，冲气以为和。"（《老子》第42章）荀子则认为："天地合而万物生，阴阳合而变化起。"（《荀子·礼论》）这种阴阳观念，不仅是一种抽象概念，而且广泛地浸润到古代中国人对自然界和人类社会万事万物的认识和解释中。

联语是脱离了诗歌、辞赋而独立使用的一种文学体裁，没有脱离诗歌、辞赋等不能算为联语。现在可考的最早的联语是东汉末年孔融(153—208)从他原诗中抽出的一联:"座上客常满,杯中酒不空。"但通过比较对联中对句与联语的特点、范畴、艺术美学并其发展逻辑来看,对句的出现应早于联语。此后,对句和联语在发展成为对联的过程中相互独立又交叉进行。

明代万历年间(1573—1620),沈德符在《万历野获编》写到:"江陵(张居正)盛时,有送对联者。"对联一词首次出现,这才把对子、联语合二为一,统称为对联。此后对句与联语不再分开,而是作为统一在对联名下的一个部分。

对联也讲究平仄,根据字数的不同,一字联至七字联的基本平仄分别是:

一字联:仄——平

  古——今;是——非;

二字联:平仄——仄平

  兔短——鹤长;鱼阵——雁行;红玉——绿珠;诗骨——酒肠;

  仄仄——平平

  霹雳——虹霓;桂岭——梅溪;郢曲——吴讴;暑雨——凉风;

三字联:平仄仄——仄平平

  横醉眼——捻吟须;星拱北——月流西;花坞雨——板桥霜;

  平平仄——仄仄平

  清和月——料峭天, 仁无敌——德有邻;藏春坞——消夏园;

四字联:平平仄仄——仄仄平平

  齐蝉噪晚——蜀鸟啼宵;无人茅舍——有客竹亭;

  仄平平仄——平仄仄平

  海蟾轮满——江水流长;日迟风暖——雪冷霜严;

五言联:仄仄平平仄——平平仄仄平

  倒卷全江雨——狂驱大泽云;夏暖薰杨柳——春浓醉海棠;

  平平平仄仄——仄仄仄平平

  秋庭花锁月——夏榭水笼烟;清风生酒舍,皓月照书窗;

六言联只有一种形式:仄仄平平仄仄——平平仄仄平平

  日落江声带湿——风来海气含腥;

七言有两种格式:平平仄仄平平仄——仄仄平平仄仄平

  晚风鼓急喧红玉——秋雨楼空感绿珠;

  仄仄平平平仄仄——平平仄仄仄平平

  觅醉花间三爵酒——消闲竹外半床书

在上联（或下联）中，如果节奏点上连续用平声或仄声，不作交替，就称"串声"或"失替"。如果上下联节奏点对应处平对平，仄对仄，就叫"串调"或"失对"。如：

沃野千里风光美，良田万顷稻花香。

"野、里"皆仄声，为串声；"里、顷"皆仄声，"光、花"皆平声，为串调。

梅腮吻雪香涵画；柳枝拂春翠吟诗。

"腮、枝"，"涵、吟"在节奏点上平对平，为串调；"吻、拂"在奇位上，可不拘。"枝、春、吟"均在节奏点上，均是平声，为串声。

对联可以有很多句，一般说来，上下联各含三个以上句子的对联称为长联。长联的平仄也和短联一样要符合联律，平仄要相谐。常见的韵脚平仄格式有：

第一式句脚平仄为马蹄韵。马蹄韵的"马蹄"是指马蹄行进规律。马之行步，后蹄总是踏着前蹄蹄印走，每个蹄印都要踏两次，而且，总是左右脚轮流迈进。若以左边（或右边）的马蹄为平，另一边的马蹄为仄，左右轮流行进，那么"平平"之后便是"仄仄"，"仄仄"之后又是"平平"了。鉴于后脚之最初站立点与立定时前脚之站立点，并无后继，所以起句和末句的句脚，一般都是单平或者单仄。也可以把一字和二字联的音律，看作是马蹄韵的特殊形式。如此，则其平仄为：

平仄仄平平仄仄　仄平平仄仄平平

伊秉绶题扬州平山堂联：

几堆江上画图山，繁华自昔。试看奢如大业，令人讪笑，令人悲凉。应有些逸兴雅怀，才领得廿四桥头，箫声月色；

一派竹西歌吹路，传诵于今。必须才似庐陵，方可遨游，方可啸咏。切莫把秾花浊酒，便当了六一翁后，余韵风流。

这副平山堂联，上下联的前半部分韵脚都是马蹄韵，后半部分却有变形。其实可以按内容将上下联都分成三句，则其句脚平仄为：

平仄——仄仄平——平平仄　　仄平——平平仄——仄仄平

上下联平仄一一相对,很工整。三句结尾处的韵脚,上联为仄平仄,下联为平仄平,平仄相间,平仄相对。所以长联的韵脚是变化多端的,须用心体会各自的匠心。

第二式句脚平仄为:平仄平仄　　仄平仄平

裴恕之武汉晴川阁联:

隔岸眺仙踪,问楼头黄鹤,天际白云,可被大江留住;
绕栏寻胜迹,看树外烟波,洲边芳草,都被杰阁收来。

第三式句脚平仄为:平平平仄仄　　仄仄仄平平

李吉玉四川望江楼联:

望江楼,望江流,望江楼上望江流,江流千古,江楼千古;
印月井,印月影,印月井中印月影,月影万年,月井万年。

第四式句脚平仄为:平——平平平仄　　仄——仄仄仄平

此式为清代末年朱恂叔及其弟子南社诗人吴恭亨始用,被称为朱吴规则。刘再清湖南桃花源遇仙桥联:

开口说神仙,是耶,非耶,其信然耶?难为别人道也;
源头寻古洞,秦欤,汉欤,将近代欤?欲呼鱼子问之。

对联欣赏

常用对联主要包括:春联、婚联、勉志联、寿联、挽联等。

春联

春联以渲染节日的喜庆为目的,内容上要表达迎新的喜悦和对幸福生活的期盼,除了有意表现个性以及发泄负面情绪的个别事例外,古今春联一般都要以昂扬向上的格调,表现积极进取的精神,以强化喜庆祥和的气氛。

从内容来说,春联一般以切时为主,春联在对联中最能反映时代风貌,直接反映当时的政治、文化及社会事件,容易打上明显的时代烙印。大部分内容陈陈相因,俗套很多,文学性差。

春联应当追求内容新鲜,意境高雅,语言优美,形象生动,反对写成跟风的标语。

爆竹一声除旧,桃符万象更新。
山青水秀风光好,人寿年丰喜事多。
美酒千盅辞旧岁,梅花万树庆新春。
绿竹别具三分景,红梅正报万家春。横批:春回大地
红梅含苞傲冬雪,绿柳吐絮迎新春。横批:欢度春节
汗马绝尘安外振中标青史,锦羊开泰富民清政展新篇。横批:春满人间

婚联

婚联为庆贺婚事之用,男女婚礼之事最不易工笔,贴切更难。婚联题面窄,常用《诗经》之典,常用鸳鸯、凤凰、鹦鹉及桃李、梧桐、琴瑟、莲花为喻,不易创新。

琴瑟永偕千岁乐,芝兰同介百年春。
巧借花容添月色,欣逢秋夜作春宵。
碧沼红莲开并蒂,芸窗学友结同心。
诗题红叶同心句,酒饮黄花合卺杯。
海阔天空欣比翼,月圆花好共知心。

励志联

励志联包括格言联、自题联、互赠联等,含劝勉、自勉等激励之意。内容多为珍惜时光、奋发图强、自尊自强、戒骄戒躁、克服困难、淡泊明志、廉洁奉公、开阔心胸等。

清戴远山赠友人上任联:
诗堪入画方称妙,官到能贫乃是清。

曾国藩联:
大处着眼,小处着手;群居守口,独居守心。

林则徐联：

海纳百川，有容乃大；壁立千仞，无欲则刚。

治学联：

学如逆水行舟，不进则退；心似平原走马，易放难收。

寿联

立题作论，依人陈言，常与被贺人寿数结合，内容应密切结合被贺者的性别、地位、事业、品德。既有勉励，也有劝诫，颂扬不可太过，要不失其真。

传统寿联：

福如东海长流水，寿比南山不老松。
萱花挺秀辉南极，梅萼舒芬绕北堂。

王叔兰贺梁章钜七十寿联：

二十举乡，三十登第，四十还朝，五十出守，六十开府，七十归田，须知此后逍遥，一代福人多暇日；

简如格言，详如随笔，博如旁证，精如选学，巧如联话，富如诗集，略数平生著述，千秋大业擅名山。

郑板桥六十自寿联：

常如作客，何问康宁！但使囊有余钱，瓮有余酿，釜有余粮，取数页赏心旧纸，放浪吟哦。兴要阔，皮要顽，五官灵动胜千官，过到六旬犹少；

定欲成仙，空生烦恼。只令耳无俗声，眼无俗物，胸无俗事，将几枝随意新花，纵横穿插。睡得迟，起得早，一日清闲似两日，算来百岁已多。

挽联

挽联，为哀悼去世之人所作，特别是当有声望、有功业、有道德的老年人去世以后。挽联的内容，主要是悼念死者的秉性气质、品德才华、功业声望、人际关系等。

挽联的内含，悼念感慨，淋漓情哀；语言雄伟突兀，如华岳拔起，长江汇海，庄严凝重，哀情暗涌，残月西沉。往往言衷而易，言实而难。

传统挽联
想见音容云万里,深思教训月三更。
美德常与天地在,英灵永垂宇宙间。
撒手又何悲,数十年贫病交加,纵我留君生亦苦;
贱躯何足惜,八千里翁姑未殡,因君累我死犹难。

扬州史可法衣冠墓
殉社稷,只江北孤城,剩水残山,尚留得风中劲草,
葬衣冠,有淮南抔土,冰心铁骨,好伴收岭上梅花。

扬州史阁部祠堂
数点梅花亡国泪,二分明月故臣心。

宋荦《题范文正公祠》
兵甲富于胸中,一代功名高宋室;
忧乐关乎天下,千秋俎豆重苏台。

蒋益澧题岳王庙
史笔炳丹书,真耶伪耶,莫问那十二金牌,七百年志士仁人,更何等悲歌泣血;
墓门凄碧草,是也非也,看跪此一双顽铁,亿万年奸臣贼妇,受几多恶报阴诛。

杭州西湖岳坟
青山有幸埋忠骨,白铁无辜铸佞臣。

成都武侯祠
心悬八阵图,初对策,再出师,共仰神明传将略;
目击三分鼎,东联吴,北拒魏,常怀谨慎励臣躬。

生活中对联种类很多,除了以上几类,还有风景名胜联、职业联、讽刺联等,对联在当代生活中依然焕发着光彩。

学生对联习作与点评（下）

要求：请对出下联

春联：

1. 向阳门第春长在

2. 水绿山青，一片彩云迎旭日

婚联：

3. 佳期值佳节，喜看阶前佳儿佳妇成佳偶

4. 梦寐以追求，结就这般良缘，家齐国治

励志联：

5. 莫嫌老圃秋容淡

6. 立身以至诚为本

寿联：

7. 体健身强宏开寿域

8. 为国育英才，手栽桃李三千树

挽联：

9. 想见音容空有泪

10. 明月照寒窗，细检遗文长拭泪

与上一章采用相同的格式，先为每个上联提供一个参考答案，并提示注意事项，然后选择同学作业中有代表性的予以点评。

春联：

1. 向阳门第春长在（平平仄仄平平仄）

　　积善人家庆有余（仄仄平平仄仄平）

提示：这是一副传统春联，这类型句子要特别注意三、四字均应用平，否则容易犯孤平。

对得较工的下联：

积善人家福永存　　书卷人家气自馨　　临水庭园草自青　　临水岸汀莺久啼

承雨圃园花遍开　　诗礼人家雅意留　　行善人家福满盈

有问题下联：

句型判断错误：月明玉室蒂红花　书香世家墨相传
第二字拗：临风阁台意永存　立峰柏松影亦高　乐天翁媪寿永昌
第四字拗：临海府宅福永存
第六字拗：近水楼台月恒圆
犯孤平：立峰柏松影亦高　罢相府居客始稀

点评： 这是一副传统春联，看似简单，其实容易出现错误。首先是句型判断错误，下联应对：仄仄平平仄仄平，可是"月明玉室蒂红花""书香世家墨相传"对成了平平仄仄仄平平，句型完全错误。这类型句子要特别注意三、四字均应用平，否则容易犯孤平，"立峰柏松影亦高"即为孤平句，全句中完全没有相连的两个平声字。此外第二、第四、第六字不能"拗"，所以对仗的基本功还要打扎实。

2. 水绿山青，一片彩云迎旭日（仄仄平平，仄仄平平平仄仄）
　　莺歌燕舞，千条金线带春烟（平平仄仄，平平平仄仄平平）

提示： 这是较严格的两个律句组成的扇面对，上联前句用句中对，后句中有数词。前句一定以仄声收尾，后句也要谨防三平调。

对得较工的下联：

星疏月朗，三更渔火送归人。	钟灵毓秀，千丝垂柳引朝霞。
花红柳碧，两行飞鸿向春风。	枝繁叶茂，千园杂树笑春风。
云低江阔，三声断雁叫西风。	风平浪静，半江春水映晚霞。
月圆花好，三声幽笛送佳人。	云曦日暖，半塘秀水绕松山。
花香鸟语，满庭晨露映朝霞。	花香鸟语，三江春水送韶光。
风清云淡，三分明月照花枝。	莺飞草长，千条垂柳映朝霞。
桃红柳绿，数点轻蝶绕花开。	丹香蟹嫩，满园金菊带晚霜。
莺歌燕舞，三秦民众闹元宵。	花红柳绿，两行白鹭上青天。

有问题下联：

句型判断错误：

风和日丽，万缕红霞送夕阳。　物阜民丰，遍地英雄下夕烟。

民泰国安，三番瑞雪贺新春。

与上联有重字：花红柳绿，两行白鹭上青天。（"绿"与"青"重）

后句第二字拗：

风轻霜淡，几朵雏菊映朝霞。　桃红柳绿，数点轻蝶绕花开。

云开雨霁，七道明虹染苍天。　风清月白，半缕情思念心头。

后句第六字拗：

风平浪静，半江春水映晚霞。

花繁叶茂，万枝细柳唱晚春。

点评：这是较严格的两个律句组成的扇面对，上联前句用句中对，后句中有数词。绝大多数同学判断准确，对仗工稳。下联应对：平平仄仄　平平仄仄仄平平，"民泰国安"应为平平仄仄，颠倒即可。"万缕红霞送夕阳""遍地英雄下夕烟"均为仄仄平平仄仄平，应该为平平仄仄仄平平，句型判断错误，因此出现二、四、六字平仄完全相反。后句也要谨防三平调。

婚联：

3.佳期值佳节，喜看阶前佳儿佳妇成佳偶（平平仄平仄　仄仄平平平平平仄平平仄）

　　贵府逢贵筵，恭祝堂上贵郎贵卿诞贵人（仄仄平仄平　平仄平仄仄平仄平仄仄平）

提示：内容上这是一副婚联，形式上又是一副非常典型的掉字对，上联"佳"字共重复五次，掉字对下联与"佳"字对应的字（掉字）与"佳"平仄尽量相反。下联前句一定要平收。

对得较工的下联：

好合正好时，乐闻事后好山好水育好人。

妙龄逢妙人，笑观筵上妙品妙迹贺妙婚。

好水映好花，笑临堂外好月好风结好缘。
福地庆福缘，笑盼堂下福子福孙满福家。
吉日逢吉时，醉听屋外吉人吉语话吉祥。

有问题下联：

句型判断错误：
美人对美酒，悄言耳畔美景美辰结美缘。
春庭开春宴，敬教座上春日春人坐春风。
贵府逢贵筵，恭祝堂上贵郎贵卿诞贵人。
好事逢好景，乐闻檐下好虫好鸟唱好音。
掉字平仄未相反：
良夜正良宵，笑对廊下良宾良朋贺良缘。
春日恰春浓，欣与庭下春光春色共春风。
英主正英年，笑观殿下英杰英俊论英雄。
新人翻新篇，戏作案前新词新句贺新婚。
良景遇良才，谨闻堂上良父良母赐良言。
真爱遇真情，且教庐外真水真山证真心。
长思又长守，笑迎日后长海长天寄长情。
红烛映红妆，乐谈堂下红喜红福兆红年。
新婚逢新季，羞见月下新郎新娘入新房。
痴梦对痴人，漫叹世间痴男痴女尽痴心。
前句用同义词：
良宵逢良辰，欢对堂下良友良亲祝良缘。
良辰遇良日，欣闻堂下良婿良女缔良缘。
妙日逢妙时，欣得月下妙子妙人结妙缘。

点评：内容上这是一副婚联，形式上又是一副非常典型的掉字对，上联"佳"字共重复五次。掉字对上联重复的字与下联重复的字平仄尽量相反。"对得较工的下联"中各组均做到了这一点。后面所举"掉字平仄未相反"十例中掉字依然为平声。其中还有两例，前一句结尾未跟上联平仄相反。最后三例，前句用同义词，"良宵"与"良辰"、"良辰"与"良日"、"妙日"与"妙时"意均相近。

4. 梦寐以追求,结就这般良缘,家齐国治(仄仄仄平平 仄仄仄平平平 平平仄仄)

　　云霞何灿烂,衬得成双俪影,玉润珠圆(平平平仄仄 仄仄平平仄仄 仄仄平平)

提示:这算是一副小长联,就平仄而言特别注意每小句末尾一字平仄一定要相反,此题最后一句运用了句中对,要引起注意。

对得较工的下联:

云霞何灿烂,衬得成双俪影,玉润珠圆。
清心以守候,觅得如斯佳偶,举案齐眉。
风雨共相伴,幸得如此佳侣,琴和箫谐。
上下而寻索,到得此等境界,人和事兴。
三星何璀璨,天成如花美眷,凤鸾龙翔。
壮心不能已,拜得如此贤长,心正意诚。
志同而道合,成得如此伉俪,人旺事兴。
烟霞何灿烂,映出如此伉俪,比翼连枝。
朝思而暮想,促成如此佳偶,花好月圆。
天涯而相许,留得如此佳话,燕舞莺歌。
坚贞同相守,永葆此番恩爱,地老天荒。

有问题下联:

下联首句结尾拗:
学富达五车,干成那番事业,性养身修。
佳偶自天成,凤缔丝萝有托,意密情浓。
朝暮而思牵,求得如斯美眷,瑟和琴谐。
凤凰于高飞,合成此等佳话,户对门当。
鱼水之和谐,得成如此佳偶,人健月圆。
赌书以泼茶,共得此样美眷,人和事兴。
众里以寻他,得觅如此眷侣,意绵情深。
下联次句结尾拗:

朝思而暮想，喜得美丽佳人，爱满心田。
此生当无憾，取得此等贤妻，花好月圆。
辗转还反侧，促成那刻春宵，意诚身修。
悉心以呵护，想见此后嘉年，凤和鸾鸣。
一、二句结尾均拗：
魂牵因相思，苦等几度春秋，花好月圆。
心悦而遐思，忆起那时韶光，女貌郎才。
下联以仄声收尾：
修行需净土，省去多种烦扰，意满情得。
辗转又反侧，求得如此君子，心满意足。
相思而附会，留得多少知音，高山流水。
用词不妥：
溯回而寻觅，载明今生鸳谱，海烂石枯。
与婚联内容不和谐：
出人之意料，招来如此惨祸，雨散云收。
辗转相决断，斩别那种情网，形孤影只。
恍惚间梦醒，终成此等境地，人去楼空。
辗转而反侧，求得几分淡漠，意冷心灰。
朝思而暮想，点通如此美运，意乱情迷。

点评：这算是一副小长联，就平仄而言特别注意每小句末尾一字平仄一定要相反，此题最后一句运用了句中对，要引起注意。所列三组有问题"拗"例均出在各句结尾的平仄上，上联一、二句均平声收尾，下联这两句当用仄声。总体而言，此联是学生最有施展空间的对联之一。错例中有三联以仄声收尾，其中"得""足"二字为入声。最后一组五个例子，不宜在婚联中出现，与上联也不相配。

励志联：
5. 莫嫌老圃秋容淡（平平仄仄平平仄）
   且看黄花晚节香（仄仄平平仄仄平）

提示：看似写田园内容，实是励志，要注意下联的思想性，有深刻哲理意味方好。同时三、四字用平声不可轻易改变,容易犯孤平。

对得较工的下联:

最爱黄梅腊月香　　当赞苍松晚节高
犹美东篱春意浓　　且赏幽园晓气清　　且看孤枝傲骨香
常爱新诗酒兴浓　　犹爱新篱菊影香

有问题下联:

犯孤平:
应看夕阳晚色浓　　犹记寒菊傲骨香　　却看晚梅傲骨香
但喜野菊花色深　　且看新菊今日香　　犹显夕阳照影长
且看枯草石隙生　　应爱陶菊老叶香

第六字当仄而平:
且看乔松晚年青　　还送新菊晚香浓　　犹见枯枝嫩芽新
但见斜阳落霞绯　　不见云英暗香幽

点评:错例中列举犯孤平者有八例之多,应该引起警觉。第六字好几位同学以平声相对,也过于疏忽了。

6. 立身以至诚为本(平平仄仄平平仄)
   处世思仁义在先(仄仄平平仄仄平)

提示:这也是一副励志联,强调中国传统美德"诚信",下联也应与此类主题一致。这类平仄格式要提防孤平。

对得较工的下联:

行事当明理在先　　处世须谦逊作根　　修德须仁义在心
成事须勤勉在先　　治学当勤奋是先　　成器唯坚忍是真
治国需从谏若流　　处事当三思后行　　处事须通达乃佳
治学当严谨在先　　入仕须廉正在先　　处变唯坚毅至真
行事持明德作纲　　行事凭仁义作根　　行事唯仁德是求
入仕忧家国在先

有问题下联：

"以""为"重字：

治国以合道为先　为人以仁义为先　处世以明善为根
经世以弘毅为先　交友以平淡为真　治国以安民为先
治国以合道为先

犯孤平：

修性由极简作纲　处事由极善作基　为事首勤恳作根
建业唯极勉是箴　治事唯细谨是先　处世凭正直作基
明志应道远任长　处世应恬淡作崇　行事应恭谨在先
求学须笃敬当先　建业唯极勉是箴

点评：错例中列举多例，其第三、四字有改平为仄者，导致全句无两个相连的平声字，故称犯孤平。此题一个较普遍的作法是重复"以""为"二字，在长联中这类虚词是可以重复，可以同字相对，但在短联中不可以，故列为错误。

寿联：

7. 体健身强宏开寿域（仄仄平平 平平仄仄）
　 孙贤子肖欢度晚年（平平仄仄 平仄仄平）

提示：与上题结构平仄均相似，"体健身强"为句中对。"域"为入声。第四字平仄尤当注意。

对得较工的下联：

乐施好善长伴福星　儿龙女凤各展鸿图　云蒸霞蔚广布阳春
谷香稻满喜遇丰年　家和事美乐享天伦　德高年劭再树丰碑
苍松翠柏永驻青春

有问题下联：

小合掌：

心宽意远广拓遐龄　亲慈子孝共祝延年　子贤孙孝颐养天年

心宽胸广乐享天年　神清气爽瑞启颐年　家和事旺长拓福疆
思想落后:恩深福厚广承君心
与上联重字:心宽体胖颐享天年
未用句中对:文采精华漫拟华章　丹青笔妙尽是名篇
以入声收尾:家和人睦长延福泽　德高望重广布仁泽

点评:"体健身强"为句中对,错例中有两例未用句中对;"心宽体胖颐享天年"句与上联"体"字重复;尚有二例以入声结尾。以上都是形式上的问题,还比较好改进,最大的问题在于内容合掌,上联为"宏开寿域"意期望延年益寿,所列"小合掌"六例基本也是延年益寿之意,"长拓福疆"虽改"寿"为"福"而用语更为近似。"恩深福厚广承君心",封建意识明显,应予纠正。

8. 为国育英才,手栽桃李三千树（仄仄仄平平,平平仄仄平平仄）
   终生薄名利,坐守青毡数十年（平平仄平仄,仄仄平平仄仄平）

提示:这是一副为老教师祝寿的寿联,上联两句均为规范的律句,后句用到数词。上联"国"为入声字。前句要提防三平调,后句要谨防犯孤平。

对得较工的下联：

与人成表率,品效梅兰万里香。　潜心研圣典,胸有诗书十万章。
替天修圣典,亲作春秋两百年。　终生薄名利,身立清贫数十年。
铁肩担道义,德济苍生数十秋。　终生操健笔,心著文章四十年。
以身传善德,笔撰华章六十年。　以身诠玉品,心向梅兰几今春。
毕生传圣道,腹有经纶八斗才。　含辛传道业,坚守台坛数十年。
鞠躬愿尽瘁,身作人梯四十年。　于身修懿德,躬守边疆数十秋。
终生痴翰墨,笔走龙蛇百万言。

有问题下联：

句型判断错误:
奉命伐胡虏,血染暮云十里天。　怀志兴伟业,心存社稷一百年。
治学推创造,独领风骚一百年。　提笔报国家,写得文章八百篇。
于世行善举,心系九州亿万民。　于己不求利,心奈清贫两袖风。

待世有悲愿，力度天地万亿身。　　于己修明德，胸怀瑜瑾万丈天。
内容距离太远：
替民开太平，亲历风雨几万遭。　　将身赴战场，力破蛮荒百万军。
汗青铭热血，身许长空一片情。　　于民安社稷，身启康庄数百年。
后句犯孤平：
对人怀大义，心系家国数十年。　　舍家弃名利，身立杏坛二十年。
宏图开盛世，心系九州十亿氓。　　舍身燃蜡炬，心献赤诚一片情。
教人学道理，甘作烛光一路明。　　立心传圣学，日诵古书百二篇。
树人轻己利，恪守杏坛四十年。　　全心奉教育，埋首讲台五十年。
一心求真理，发表论文数十篇。　　生平轻利禄，身守德贞数十年。
立言传道义，笔著等身数百篇。　　丹心雕栋梁，教得高足九州才。
躬行传教化，革正社风万里清。　　替天行圣道，心系庶民亿万家。
毕生创伟业，心有天下十万山。
前后句第二字、第四字或第六字拗：
终生达四海，身成白头一片心。　　处事为师表，身传德行一百年。
以道济天下，身传学业数十年。　　丹心雕栋梁，教得高足九州才。
丹心重才智，坐守方台百世师。　　行德怀热血，身持风雨廿载灯。
先世忧伟难，胸怀肝胆五十年。　　胸中怀经纬，墨撰苍黄十万言。

点评：这是一副为老教师祝寿的寿联，"替民开太平,亲历风雨几万遭"等联显然不是针对老师身份所写，内容距离太远，"替民开太平"也非老师职责。上联两句均为规范的律句，前句仄仄仄平平，"句型判断错误"栏列举各例均未对以"平平平仄仄"，第二字全为仄声。此类型句要十分警惕犯孤平，错例中列举"犯孤平"各例，后句均无两个相连的平声字，犯孤平，错例数量之多令人心惊。

挽联：
9. 想见音容空有泪（仄仄平平平仄仄）
   欲聆教训杳无声（仄平仄仄仄平平）

提示：这类句型也要提防三平调。"音容"容易以近义词相对造成小合掌。

对得较工的下联：

欲闻教诲恨无缘　　忆回旧事独无言　　欲追亮节永长存
念及忠义愈伤悲　　梦闻细语独伤悲　　欲追精魄渺无途
欲寻故垒了无踪　　欲弹琴瑟少知音　　一朝梦聚却无言
欲回往日奈无门　　追思恩意愧为文　　难回故地尽伤情
长思旧事慰初心　　欲闻笑语寂无声　　欲听高论渺无人
欲寻过往已成烟　　偏知岁月最无情　　欲听教诲却无声
独余翰墨自长嗟　　欲承面命竟无缘　　欲倾苦楚却无言

有问题下联：

部分合掌：
但思笑貌独徘徊　　欲闻笑语惟余悲　　梦闻细语独伤悲
回思笑靥已随风　　徒思颦笑总关情　　欲追形影却无从

第二字当平而仄：
欲得指教杳无音　　思习妙语了无心　　思睹笑貌却无声
遥忆故人白伤心　　欲瞥笑貌亦无声　　欲话夜雨却无声
欲梦故往却无眠　　思及气节徒伤心　　欲奏流水寂无听
焚却书笺但留香（吊荀令君）

三平调：
欲闻笑貌徒含情　　欲闻笑语惟余悲
欲闻佳音徒生思　　思及气节徒伤心

第四字拗：身逢别离岂无悲

仄声结尾：闻说故事只余惜　　忆回那日锦衫湿　　思念容若惟流涕

点评：上联平仄为：仄仄平平平仄仄，下联应对：平平仄仄仄平平。这类句型也要提防三平调，错例中列举多例三平调，可见犯此错者并非个别。"音容"容易以近义词相对，错例中列"部分合掌"，专收此类例句。第二字当平而仄者不少，其中有一大部分为入声：得、习、忆、瞥、及等，至于以入声结尾，更是对入声辨别能力不够所致。

10. 明月照寒窗，细检遗文长拭泪（仄仄仄平平，仄仄平平平仄仄）

子规啼午夜,重怀旧事倍伤神（仄平平仄仄,平平仄仄仄平平）

提示: 仄也是两个规范的律句,前后句要谨防三平调,前句一定要仄收。就内容而言,我们课上涉及的均为较宽泛的,便于同学们实际使用时充实改造。

对得较工的下联:

冷风迎人面,静思教诲倍伤心。　　清风扬细柳,重温教诲永铭心。
秋风哀木叶,空斟薄酒独浇愁。　　凄风摧剩烛,空余断笔永留魂。
秋风吹落叶,重思往事总沾衣。　　晚风侵弱烛,轻拨旧瑟再怀君。
青云辞故里,追思善训永铭心。　　孤灯温浊酒,追思音容不成眠。
孤灯明陋室,历说往事尽伤怀。　　满庭皆旧影,忍看流水黯思人。
孤星垂永夜,频思往事更添悲。　　苍松依古寺,悲怀旧事默抚琴。
孤灯怜剪影,重怀旧貌倍伤心。　　晚风拂笛韵,重怀折柳更添哀。
梨花飞旧梦,贪凝笑貌复添愁。　　清风催竹影,追思寄语更伤怀。
冷风盈素帐,沉思往事泣沾襟。　　子规啼夜月,重回故里更堪愁。
清风摇画烛,深思笑魇久伤怀。　　子规啼午夜,孤斟冷酒倍思君。
孤星垂牧野,频思旧事更伤情。　　孤星垂永夜,频思往事更添悲。

有问题下联:

句型判断错误:

清风拂山冈,常思教诲久铭心。　　清风拂素琴,静闻旧音空哀叹。
冰霜笼孤坟,深思教导永铭心。　　清风送故人,轻吹旧事总关情。
清风开薄襟,重游故地忽收容。　　冷星映金灯,慢谈旧事又默声。
残轩悲孤红,长念音容空有思。　　暗夜笼高楼,长忆昔容慢转身。
流星划夜空,回忆教诲记于心。　　残灯映愁容,重怀旧事倍伤神。
桂香飘空房,慢书悼帖涕沾裳。　　梳妆旧亭台,夜来空梦叹阴阳。

三平调:

空床对烛影,重怀旧事空临风。　　冷风摇庭树,慢嚼往事徒增哀。
夕阳送落木,无还昔日徒生悲。　　幽兰洒夜露,永昭慈训恒端行。
夜雨滴红烛,苦思旧事轻披衣。　　秋风缠落叶,重思往事空遗思。
门生游故地,重怀旧事徒伤心。　　清风拂暖榭,复游旧地空余思。

落花叠冷苑，重温旧岁难销悲。
前后句二、四、六字拗：
清风拂冷院，重拾故语久含悲。　　冷风临古阁，轻拂旧物黯神伤。
夜风扶细柳，重激旧梦再还乡。　　落乌啼子夜，重拾旧忆满伤悲。
孤雁栖广厦，流连故土恍隔年。　　秋风拂栏杆，重怀旧事总伤神。
蜡烛陪子影，重怀故事久凝神。　　故园怀旧友，漫扫庭阶竟无言。
青灯对重影，魂归故里半推门。　　鹃啼惊谧夜，偶得旧物已难眠。
西风拂枯草，闲谈故里尽堪愁。

点评：上联也是两个规范的律句格式：仄仄仄平平　仄仄平平平仄仄，下联当为：平平平仄仄　平平仄仄仄平平。前句要提防以平声收尾，后句要谨防三平调。错例列举前句本为平平平仄仄，不少同学错成平平仄平仄，此为大错。即使为长联，每小句结尾字的平仄也须讲究。还有"拗"例，均当平而仄，皆入声引起，如"拾""激""拂"，普通话读平声，中古音都读入声。

第六章　五绝的鉴赏与写作

五绝的产生及格律要求

绝句之名由何而来的呢？我们先看南朝梁诗人何逊的两首绝句：

闺怨绝句二首　何逊
竹叶响南窗，月光照东壁。谁知夜独觉，枕前双泪滴。

闺阁行人断，房栊月影斜。谁能北窗下，犹对后庭花。

这两首一押入声韵，一押平声韵。押入声韵的情况入唐以后依然存在，清人编《唐诗三百首》，就收王维《竹里馆》、李白《玉阶怨》、崔颢《长干行》、柳宗元《江雪》等仄韵绝句。南朝陈徐陵编《玉台新咏》，就把绝句单列一卷，说明绝句作为一种体裁得到确认。

北周诗人庾信《和侃法师三绝》之一：

客游经岁月，羁旅故情多。近学衡阳雁，秋分俱渡河。

此诗平仄粘缀，完全符合唐人格律，第二、四句句尾是平声韵，第一、三句句尾都用仄声字，与唐代定型后的律绝已无任何区别。但在唐以前如庾信般工整的五言绝句并不多，后来人们把不符合规律的绝句称为"古绝"。

绝句作为一种诗体如何产生的呢？

（清）施补华《岘佣说诗》云："绝句，盖截律诗之半。或截首尾两联，或截前半首，或截中二联而成。"

（明）胡应麟《诗薮》杂编卷三："宋刘昶入魏，作《断句诗》云：'白云满鄂来，黄尘半天起，关山四面绝，故乡几千里。'按此即今绝句也，绝句之名当始此。以仓卒信口而成，止于四句，而篇足意完，取断绝之义，因相沿为绝句耳。或谓汉、魏已有绝句者，不然。盖汉、魏自有小诗四句者，后人集诗，以其体相类，故以此名之，非本名绝句也。"

（清）董文涣《声调四谱图说》云："绝句之名，唐以前即有之。徐东海撰《玉台新咏》，别为一卷，实古诗之支派也。至唐而法律愈严，不惟与律体异，即与古体亦不同。或称'截句'，或称'断句'，世多谓分律诗之半即为绝句，非也。""盖律因绝而增，非绝由律而减也。绝句云者，单句为句，句不能成诗；双句为联，联则生对；双联为韵，韵则生粘；句法平仄各不相重，无论律古，粘对联韵必四句而后备，故谓之'绝'。"

王力云："古体绝句产生在律诗之前，有平韵，有仄韵（仄韵也许比较多些），句中的平仄不受律诗平仄规律的限制。近体绝句产生在律诗之后，在原则上只用平韵（仄韵罕见），句中的平仄受律诗平仄规律的限制。"[1]

由于受字数的限制，较之其他体制的诗歌，五言绝句在创作时对其语言和表现手法就要求得更加简练、概括，创作难度就更大。（清）张谦宜《絸斋诗谈》卷二对此就以"短而味长，入妙尤难"八字加以概括，因此，五言绝句自然而然地成为盛唐诗歌中璀璨的明珠，呈现许多佳作。

五绝在初唐时起点较高，像初唐四杰、宋之问等都有佳作，特别是王勃的五绝，以其优柔不迫被沈德潜誉为"正声之始"[2]。盛唐时，崔国辅、孟浩然、储光羲、祖咏等一大批文人对五绝作了进一步推动和完善，其中王维、李白更是把五绝的创作推向了极致，使五绝发展达到了繁盛的顶峰。

由于绝句可以看作是律诗的截取，所以对于对仗的要求也就不太严格。因律诗是一般要求颔联和颈联对仗的，对于首联和尾联是否对仗并不作明确要求，那么当把绝句看作律诗的后半截时，就是一、二句要对仗，三、四句不用，如王之涣的《登鹳雀楼》；要看作是律诗的首、尾两联，则都不用对仗，如王维

---

[1] 王力：《汉语诗律学》，上海教育出版社，2002年，第42页。
[2] 沈德潜：《唐诗别裁集》，上海古籍出版社，1979年，第605页。

《相思》；如果看作是律诗前半截，则三、四句要对仗，一、二句不用；若看作是颔联和颈联的截取，则都要对仗。而后两种情况不多见。

五绝的平仄格式就是用前面所讲的四种五言律句交替而成。

五言绝句的平仄 ①

仄仄平平仄 ㈠
平平仄仄平 ㈡
平平平仄仄 ㈢
仄仄仄平平 ㈣

五言绝句的平仄 ②

平平平仄仄 ㈢
仄仄仄平平 ㈣
仄仄平平仄 ㈠
平平仄仄平 ㈡

五言绝句的平仄 ③

仄仄仄平平 ㈣
平平仄仄平 ㈡
平平平仄仄 ㈢
仄仄仄平平 ㈣

五言绝句的平仄 ④

平平仄仄平 ㈡
仄仄仄平平 ㈣
仄仄平平仄 ㈠
平平仄仄平 ㈡

以上是五言绝句的四种平仄格式，本章讲到的五绝诗题之后的①②③④就代表其平仄类型。五言绝句以首句不入韵即第①②种较常见。

五绝经典赏析

下面赏析一些最优秀最有代表性的五绝。古人最主流的赏析诗歌的方式是评点，言简意赅，一语中的。所以每一首诗精选数则最精当的古人点评之语，读者潜心体会，必能领悟读诗作诗的方法。

相思① 王维
红豆生南国，春来发几枝？
愿君多采撷，此物最相思。

王维"红豆生南国"，王之涣"杨柳东门树"，李白"天下伤心处"，皆直举胸臆，不假雕镂，祖帐离宴，听之悯悯，二十字移情固至此哉！（清·管世铭《读雪山房唐诗序例》）

一气呵成，亦须一气读下。（清·章燮《唐诗三百首注疏》卷六）

睹物思人，恒情所有，况红豆本名相思，"愿君多采撷"者，即谆嘱无忘故人之意。（民国·王文濡《唐诗评注读本》卷三）

折芳馨以遗所思，采芍药以赠将离，自昔诗人骚客，每藉灵根佳卉，以寄芳悱宛转之怀。况红豆号相思子，故愿君采撷，以增其别后感情，犹郭元振诗以同心花见殷勤之意。近人有以"把酒祝东风，种出双红豆"图，所谓愿天下有情人都成眷属也。（民国·俞陛云《诗境浅说续编》）

宫词① 张祜
故国三千里，深宫二十年。
一声何满子，双泪落君前。

张祜"故国三千里"，亦自激楚动人。（清·管世铭《读雪山房唐诗序例》）

"故国三千里"，离乡远也。"深宫二十年"，侍君久也。末二句，言不能保其身。居于深宫者且然，而况在于国外者乎？此诗疑指沧洲歌者作。（清·章燮《唐诗三百首注疏》卷六）

渡汉江① 宋之问

岭外音书绝（一说"断"），经冬复立春。
近乡情更怯，不敢问来人。

第一句言道阻且长，第二句言岁月淹留。渡汉江，则家乡渐近矣，见来人而不敢问，盖恐家中或生事变，因音书久绝故也，与起句呼应。（民国·王文濡《唐诗评注读本》卷三）

江南曲① 李益

嫁得瞿塘贾，朝朝误妾期。
早知潮有信，嫁与弄潮儿。

荒唐之想，写怨情却真切。（明·钟惺、谭元春《唐诗归》）

诗又有以无理而妙者，如李益"早知潮有信，嫁与弄潮儿"，此可以理求乎？然自是妙语。（清·贺裳《载酒园诗话》卷一）

正有无理而妙者，如李君虞"嫁得瞿塘贾……"语圆意足，信手拈来，无非妙趣。（清·方贞观《辍锻录》）

王翼云云：以"信"字为眼，文心波折。（清·章燮《唐诗三百首注疏》卷六）

八阵图① 杜甫

功盖三分国，名成八阵图。
江流石不转，遗恨失吞吴。

少陵咏诸葛武侯诗云："功盖三分国，名成八阵图。"此二句，言其功有在于当时，名可传于后世。第三句"江流石不转"，言其沙石所列八阵图，虽吞涛奔驶，不为少乱，见其精神在天地间，犹不没也。末句"遗恨失吞吴"，则言所可恨者，不当汲汲于吴，以图复云长之仇，而魏人得以无虑东南，乃专意以谋汉也。此言不为无见。（明·游潜《梦蕉诗话》卷上）

说是诗者，言人人殊。大率皆以吞吴失计之恨，与武侯失于谏止之恨，坐煞武侯心上着解。抛却"石不转"三字，致全诗走作。岂知"遗恨"从"石不转"生出耶？盖阵图正当控扼东吴之口，故假石以寄其惋惜。云此石不为江水所转，天若欲为千载留遗此恨迹耳。如此才是咏阵图之诗。彼纷纷推测者，皆不

免脱母。(清·浦起龙《读杜心解》卷六之上)

送　别① 王维

山中相送罢，日暮掩柴扉。
春草明年绿，王孙归不归？

慷慨寄托，尽末十字，蕴藉不觉。深味之，知右丞非一意清寂、无心用世之人。(明·钟惺、谭元春《唐诗归》)

此诗起言送别之处，承言别后归家之时。转笔脱开一层，言春草之绿有定期，王孙之归无定期，即兴体也。末句别后望归，语长心重。(民国·刘坡公《学诗百法》)

听　筝② 李端

鸣筝金粟柱，素手玉房前。
欲得周郎顾，时时误拂弦。

此诗能曲写女儿心事。银筝玉手，相映生辉。尚恐未当周郎之意。乃误拂冰弦，以期一顾。夫梅瓣偶飞，点额效寿阳之饰；柳腰争细，息肌服楚女之丸。希宠取怜，大率类此，不独因病致妍以贡媚也。(民国·俞陛云《诗境浅说续编》)

长干行② 崔颢

君家何处住，妾住在横塘。
停船暂借问，或恐是同乡。

急口遥问语，觉一字未添。(明·钟惺、谭元春《唐诗归》)

论画者曰："咫尺有万里之势。"一"势"字宜着眼。若不论势，则缩万里于咫尺，直是《广舆记》前一天下图耳。五言绝句，以此为落想时第一义。唯盛唐人能得其妙，如"君家住何处"，墨气所射，四表无穷，无字处皆其意也。(清·王夫之《姜斋诗话》)

绝无深意，而神采郁然，后人学之，即为儿童语矣。(清·吴乔《围炉诗话》卷二)

读崔颢《长干曲》,宛如舣舟江上,听儿女子问答,此之谓天籁。(清·管世铭《读雪山房唐诗序例》)

行 宫 ③　元稹
寥落古行宫,宫花寂寞红。
白头宫女在,闲坐说玄宗。

语意妙绝。合(王)建七言《宫词》百首,不易此二十字也。(明·胡应麟《诗薮》内编卷六)

"说玄宗",不说玄宗长短,佳绝。只四语,已抵一篇《长恨歌》矣。(清·沈德潜《唐诗别裁集》卷十九)

首句宫中寥落,次句花之寂寞,已将白头宫女之所在环境景象之可伤描绘出来,则末句所说之事,虽未明说,亦必为可伤之事。二十字中,于开元、天宝间由盛而衰之经过,悉包含在内矣。此诗可谓《连昌宫词》之缩写。白头宫女与《连昌宫词》之老人何异!(今人·刘永济《唐人绝句精华》)

哥舒歌 ③　西鄙人
北斗七星高,哥舒夜带刀。
至今窥牧马,不敢过临洮。

与《敕勒歌》同是天籁,不可以工拙求之。(清·沈德潜《唐诗别裁集》卷十九)

"北斗七星高",比也,以下赋也。《星经》:北斗星谓之七政。天之诸侯,亦谓帝车。魁四星为璇玑,杓三星为玉衡,齐七政。斗为人君号令之主,以北斗七星比哥舒翰之威也。"哥舒夜带刀",夜带刀以出师,冲折其阵,所向披靡,使吐蕃心胆俱裂。"至今窥牧马,不敢过临洮。"《汉书·地理志》:陇西郡,临洮县。以为自哥舒征吐蕃之后,至今伺其牧马,且不敢过临洮,能再兴兵犯境乎?(清·章燮《唐诗三百首注疏》卷六)

塞下曲 四首之一 ④　卢纶
鹫翎金仆姑,燕尾绣蝥(máo)弧。
独立扬新令,千营共一呼。

前二句言弓矢精良,见戎容之暨暨。三句状阃帅之尊严,四句状号令之整肃。寥寥二十字中,有军容荼火之观。(民国·俞陛云《诗境浅说续编》)

塞下曲 四首之二 ③　卢纶
林暗草惊风,将军夜引弓。
平明寻白羽,没在石棱中。

《塞下曲》六首,俱有盛唐之音,"平明寻白羽,没在石棱中"一章尤佳。人顾称"欲将轻骑逐,大雪满弓刀",虽亦矫健,然殊有逗遛之态,何如前语雄壮。(清·贺裳《载酒园诗话又编》)

诗之妙全以先天神运,不在后天迹象。……卢纶"林暗草惊风",起句便全是黑夜射虎之神,不至"将军夜引弓"句矣。(清·潘德舆《养一斋诗话》卷二)

此借用李广事,见边帅之勇健。首句林暗风惊,不言虎而如有虎在。李广射虎事,仅言射石没羽,记载未详。夫弓力虽劲,以石质之坚,没镞已属难能,而况没羽。作者特以"石棱"二字表出之,盖发矢适射两石棱缝之中,遂能没羽。于情事始合。卢允言乃读书得闲也。(民国·俞陛云《诗境浅说续编》)

塞下曲 四首之三 ③　卢纶
月黑雁飞高,单于夜遁逃。
欲将轻骑逐,大雪满弓刀。

前二首仅闲叙军中之事,此首始及战事。言兵威所震,强虏远逃。月黑雁飞,写足昏夜潜遁之状。追奔逐者,宜发轻骑蹑之。而弓刀雪满,未得穷追,见漠北之严寒,防边之不易也。(民国·俞陛云《诗境浅说续编》)

《唐诗三百首》中也收有不少非以上四种格式的绝句,有的甚至不押平声韵。如:

怨　情　李白
美人卷珠帘,深坐颦蛾眉。
但见泪痕湿,不知心恨谁?

不闻怨语,但见怨情。颦,蹙也。首句写望,次句继之以愁,然后写出泪痕,深浅有序,信手拈来,无非妙笔。(清·章燮《唐诗三百首注疏》卷六)

拗句抽换平仄,较谐平仄者为难,而五绝句短字少,尤不能轻易著笔,且须有层折,有寄托,方为合度。李白《怨情》诗、刘长卿《弹琴》诗,均用拗句,而深深款款,余味曲包,殊觉百读不厌,学者宜熟玩之。(民国·刘铁冷《作诗百法》)

终南望余雪　祖咏

终南阴岭秀,积雪浮云端。(三平调)
林表明霁色,城中增暮寒。

余论古今雪诗,惟羊孚一赞,及陶渊明"倾耳无希声,在目皓已洁",及祖咏"终南阴岭秀"一篇,右丞"洒空深巷静,积素广庭闲"、韦左司"门对寒流雪满山"句最佳。(清·王士禛《渔洋诗话》卷上)

咏高山积雪,若从正面着笔,不过言山之高、雪之色,及空翠与皓素相映发耳。此诗从侧面着想,言遥望雪后南山,如开霁色,而长安万户,便觉生寒,则终南之高寒可想。用流水对句,弥见诗心灵活。且以霁色为喻,确是积雪,而非飞雪,取譬殊工。(民国·俞陛云《诗境浅说续编》)

秋夜寄邱员外　韦应物

怀君属秋夜,散步咏凉天。
空山松子落,幽人应未眠。

幽绝。(清·沈德潜《唐诗别裁集》卷十九)

韦公"怀君属清夜"一首,清幽不减摩诘,皆五绝之正法眼藏也。(清·施补华《岘佣说诗》)

幽人,指丘员外也。应未眠,料其逢秋触景,亦有所怀也。(清·章燮《唐诗三百首注疏》卷六)

新嫁娘　王建

三日入厨下,洗手作羹汤。
未谙姑食性,先遣小姑尝。

王建《新嫁娘》、施肩吾《幼女词》,摹事太入情,便落卑格。(清·毛先舒《诗辩坻》卷三)

王建之《新嫁娘》,即其乐府。(清·管世铭《读雪山房唐诗序例》)

崔颢《长干曲》、金昌绪《春怨》、王建《新嫁娘》、张祜《宫词》等篇,虽非专家,亦称绝调,后人当于此问津。(清·沈德潜《唐诗别裁集》凡例)

诗至真处,一字不可移易。(同上,卷十九)

言新嫁娘之谨畏也。推之仕路中新进者,类皆若是。及其老练日久,果能始终敬畏,何患人臣不忠哉!(清·章燮《唐诗三百首注疏》卷六)

体贴入微。(民国·王文濡《唐诗评注读本》

登乐游原　李商隐

向晚意不适,驱车登古原。
夕阳无限好,只是近黄昏。

五七字绝句,最少而最难工,虽作者亦难得四句全好者。晚唐人与介甫最工于此。如李义山忧唐之衰云:"夕阳无限好,其奈近黄昏"……《折杨柳》云:"羌笛何须怨杨柳,春风不度玉门关。"皆佳句也。(宋·杨万里《诚斋诗话》)

李义山《乐游原》诗,消息甚大,为绝句中所未有。(清·管世铭《读雪山房唐诗序例》)

百感茫茫,一时交集,谓之悲身世可,谓之忧时事亦可。(清·纪昀《玉溪生诗说》)

何(义门)云:迟暮之感,沉沦之痛,触绪纷来,悲凉无限。纪(昀)云:妙在第一句,倒装而入,末二句,乃字字有根。(清·章燮《唐诗三百首注疏》卷六)

春　怨　金昌绪

打起黄莺儿,莫教枝上啼。
啼时惊妾梦,不得到辽西。

不惟语意之高妙而已,其篇法圆紧,中间增一字不得,着一意不得。起结极斩绝,然中自舒缓,无余法而有余味。(明·王世贞《艺苑卮言》卷四)

五言绝有两种:有意尽而言止者,有言止而意不尽者。言止意不尽,深得味外之味,此从五言律而来,故为五绝正格。意尽言止,则突然而起,斩然而住,中间更无委曲,此实乐府之遗音,故为变调。意尽言止,如"打起黄莺儿,莫教枝上啼。啼时惊妾梦,不得到辽西"……此乐府之遗音也。(清·黄生《诗麈》卷一)

此等诗,虽分四句,实系一事。蝉联而下,脱口一气呵成。五七绝中,如"松下问童子"诗,"君自故乡来"诗,"少小离家老大回"诗,纯是天籁,唐诗中不易得也。(民国·俞陛云《诗境浅说续编》)

仄韵绝句

鹿　柴　王维

空山不见人,但闻人语响。
返景入深林,复照青苔上。

首二句见辋川中花木幽深,静中寓动。后二句有一派天机,动中寓静。诗意深隽,非静观不能自得。(清·章燮《唐诗三百首注疏》卷六)

前二句已写出山居之幽景。后二句言深林中苔翠阴阴,日光所不及,惟夕阳自林间斜射而入,照此苔痕,深碧浅红,相映成彩。此景无人道及,惟妙心得之,诗笔复能写出。(民国·俞陛云《诗境浅说续编》)

(通体仄韵法)五绝宜用平韵,用仄韵则近五古矣。不知用平韵不如用仄韵之雅,用平韵不如用仄韵之朴。唐人故多有用之者,后世亦互相摹仿。然如王维之《鹿柴》,贾岛之《寻隐者不遇》,真上乘也,试一诵焉。(民国·刘铁冷《作诗百法》)

竹里馆　王维

独坐幽篁里,弹琴复长啸。
深林人不知,明月来相照。

顾(东桥)云:一时清兴,适与景会。(清·章燮《唐诗三百首注疏》卷六)
《南史·渔父传》:孙缅为寻阳太守,恒于渚际见一渔父,神韵潇洒,垂纶长啸。缅甚异之,欲招以共仕,渔父悠然鼓棹而去。人不知,不知弹琴长啸之意,知音者,唯林间明月耳!(同上)

此诗以"独坐"二字为主,弹琴长啸。在竹林中,更觉风雅。俗人虽不知之,而明月似解人意,偏来相照。"相"字与"独"字反对,但相照者为明月,则愈形其独也。言外有无尽意味。(民国·王文濡《历代诗评注读本》)

此诗言月下鸣琴,风篁成韵,虽亦一片静境,而以浑成出之。坊本《唐诗三百首》特录此首者,殆以其质直易晓,便于初学也。(民国·俞陛云《诗境浅说续编》)

杂　诗　王维

君自故乡来,应知故乡事。
来日绮窗前,寒梅著花未?

右丞只为短句,一吟一咏,更有悠扬不尽之致,欲于此下复赘一语不得。(清·赵殿成《王右丞集笺注》)

通首都是讯问口吻,不必作无聊语,即此寻常通问,而游子思乡之念,昭然若揭。四句一气贯注。(民国·王文濡《唐诗评注读本》卷三)

故乡久别,钓游之地,朋酒之欢,处处皆萦怀抱,而独忆窗外梅花。论襟期固雅逸绝尘,论诗句复清空一气,所谓妙手偶得也。(民国·俞陛云《诗境浅说续编》)

春　晓　孟浩然

春眠不觉晓,处处闻啼鸟。
夜来风雨声,花落知多少?

春气著人,睡最难醒,不知不觉,而便至晓矣。卯时阳气方开,鸟属阳,故群鸟皆鸣。此时尚未起身,何得下"处处"二字?此盖于枕上闻出来的,无处不是鸟声,枕上一一闻道。此句装得妙。做此二句,便煞住笔,复停,想到昨夜去,又到花上来。看他用笔不定,瞻之在前,忽然在后矣。或问余曰:何故不写夜来在前?余曰:汝何不看题中"晓"字?"处处闻啼鸟"下,若再连一笔,便不算晓矣,故特转到晓之前,下"夜来"二字。风雨声,紧跟"闻"字,花不耐风雨,闻过风雨声,故一心关花上。花落多少,顷间起身看便知,何须忖量。而不知天一晓,则鸟便啼,一闻鸟啼,即想花落,此在一刹那中,稍一迟,则日出天大亮矣,于"晓"字便隔寻丈。其作"晓"字,精微有若此。(清·徐增《而庵说唐诗》

卷七）

送灵澈上人　刘长卿
苍苍竹林寺，杳杳钟声晚。
荷笠带斜阳，青山独归远。

带斜阳，言送别时尚有斜阳照于荷笠，带而归寺也。"远"字应"杳杳"，"斜阳"应"晚"字。只二十字，先后映照。唐人作诗，不离此法。（清·章燮《唐诗三百首注疏》卷六）

四句纯是写景。而山寺僧归，饶有潇洒出尘之致。高僧神态，涌现毫端，真诗中有画也。（民国·俞陛云《诗境浅说续编》）

江　雪　柳宗元
千山鸟飞绝[dzüët]，万径人踪灭[miët]。
孤舟蓑笠翁，独钓寒江雪[süët]。

唐人五言四句，除柳子厚《钓雪》一诗之外，极少佳者。（宋·范晞文《对床夜语》卷四）

"千山鸟飞绝"二十字，骨力豪上，句格天成，然律以《辋川》诸作，使觉太闹。（明·胡应麟《诗薮》内编卷六）

刘（辰翁）云：得天趣，独由落句五字道尽矣。（明·高棅《唐诗品汇》卷四十三）

余谓此诗乃子厚在贬时所作以自寓也。当此途穷日短，可以归矣，而犹依泊于此，岂为一官所系耶？一官无味如钓寒江之鱼，终亦无所得而已，余岂效此翁者哉！（清·徐增《而庵说唐诗》）

余论古今雪诗，唯羊孚一赞，及陶渊明"倾耳无希声，在目皓已洁，"及祖咏"终南阴岭秀"一篇……若柳子厚"千山鸟飞绝"，已不免俗……世人怵于盛名，不敢议耳。（清·王士祯《渔洋诗话》）

清峭已绝。王阮亭尚书独贬此诗，何也？（清·沈德潜《唐诗别裁集》卷十九）

咏雪诗最难出色，古人非不刻划，而超脱大雅，绝不粘滞，后人著力求之，转失妙谛。……柳子厚"千山鸟飞绝"一绝，笔意生峭，远胜祖咏之平，而阮翁

反有微词,谓未免近俗,迨以人口熟诵,而生厌心,非公论也。(清·朱庭珍《筱园诗话》卷四)

雪大则鸟断飞,人绝迹,独此蓑笠老翁,犹棹孤舟而钓寒江之雪,其高旷为何如耶?子厚远谪江湖,宦情冷淡,因举此以自况云。(民国·王文濡《唐诗评注读本》卷三)

寻隐者不遇　贾岛

松下问童子,言师采药去。
只在此山中,云深不知处。

夫寻隐者不遇,则不遇而已矣,却把一童子来作波折,妙极!有心寻隐者,何意遇童子,而此童子又恰是所寻隐者之弟子,则隐者可以遇矣。问之,"言师采药去",则不可以遇矣……曰:"只在此山中","此山中"见甚近,"只在"见不往别处,则又可以遇矣。岛方喜形于色,童子却又云:"是便是,但此山中云深,卒不知其所在,却往何处去寻?"是隐者终不可遇矣。此诗一遇一不遇,可遇而终不遇,作多少层折!今人每每趁笔直下。古人有云:"笔扫千军,词流三峡",误尽后贤,此唐以后所以无诗也。(清·徐增《而庵说唐诗》)

长干行　崔颢

家临九江水,来去九江侧。
同是长干人,生小不相识。

刘(辰翁)云:只写相问语,其情自见。(明·高棅《唐诗品汇》卷四十引)

(末句下)"生小"字妙。(明·钟惺、谭元春《唐诗归》)

字字入耳穿心,真是老江湖语。(清·徐增《而庵说唐诗》)

(此)首承上首同乡之意,言生小同住长干,惜竹马青梅,相逢恨晚。……相送殷勤,柔情绮思,有《竹枝》《水调》遗意。视崔国辅《采莲曲》但言并看莲舟,更饶情致。(民国·俞陛云《诗境浅说续编》)

玉阶怨　李白

玉阶生白露,夜久侵罗袜。
却下水晶帘,玲珑望秋月。

无一字言怨,而隐然幽怨之意见于言外,晦庵所谓圣于诗者,此钦!(宋·杨齐贤,元·萧士赟《分类补注李太白集》)

题为《玉阶怨》,其写怨意,不在表面,而在空际。第二句云露侵罗袜,则空庭之久立可知。第三句云却下晶帘,则羊车之绝望可知。第四句云隔帘望月,则虚帷之孤影可知。不言怨而怨自深矣。(民国·俞陛云《诗境浅说续编》)

无一字说到怨,而含蓄无尽,诗品最高。"玉阶生白露",则已望月至夜半,落笔便已透过数层。次句以"夜久"承明,露侵罗袜,始觉夜深露重耳。然望恩之思,何能遽止,虽入房下帘以避寒露,而隔帘望月,仍彻夜不能寐,此情复何以堪?又直透到"玉阶"后数层矣。二十字中,具有如许神通,而只淡淡写来,可谓有神无迹。(清·李锳《诗法易简录》)

历代诗话论五绝

以下为历代诗话中总论五绝的条目精选:

唐五言绝,体最古……六朝篇什最繁,唐人多有此体,至太白、右丞,始自成家。(明·胡应麟《诗薮》内编卷六)

五言绝二途:摩诘之幽玄,太白之超逸。子美于绝句无所解,不必法也。(同上)

顾华玉云:五言绝,以调古为上乘,以情真为得体……调古则韵高,情真则意远,华玉标此二者,则雄奇俊亮,皆所不贵。论虽稍偏,自是五言绝第一义。……太白五言绝自是天仙口语,右丞却入禅宗。(同上)

太白五言,如《静夜思》《玉阶怨》等,妙绝今古,然亦齐梁体格。他作视七言绝句,觉神韵小减,缘句短逸气未舒耳。(同上)

五七言绝句,盖五言短古,七言短歌之变也。五言短古,杂见汉、魏诗中,不可胜数,唐人绝体,实所从来。(同上)

绝句之义,迄无定说,谓截近体首尾或中二联者,恐不足凭。五言绝起两京,其时未有五言律;七言绝起四杰,其时未有七言律也。但六朝短古,概曰歌行,至唐方曰绝句。(同上)

杨用修云:"唐乐府本自古诗而意反近,绝句本自近体而意反远,盖唐人偏长独至,而后人力追莫嗣者也。擅场则王江宁,偏至则李彰明,羽翼则刘中山,遗响则杜樊川。少陵虽号大家,不能兼美。近世爱忘其丑者,并取效之,过

矣。"用修平生论诗,惟此精确。（同上）

中唐绝,如刘长卿、韩翃、李益、刘禹锡,尚多可讽咏。晚唐则李义山、温庭筠、杜牧、许浑、郑谷,然途轨纷出,渐入宋、元。多歧亡羊,信哉！（同上）

初唐绝,"蒲桃美酒"为冠；盛唐绝,"渭城朝雨"为冠；中唐绝,"回雁峰前"为冠；晚唐绝,"清江一曲"为冠。"秦时明月"在少伯自为常调,用修以诸家不选,故《唐绝增奇》首录之。所谓前人遗珠,兹则掇拾。于鳞不察而和之,非定论也。（同上）

谓七言律难于五言律,是也；谓五言绝难于七言绝,则亦未然。五言绝,调易古；七言绝,调易卑。五言绝,即拙匠易于掩瑕；七言绝,虽高手难于中的。（同上）

五言绝,尚真切,质多胜文；七言绝,尚高华,文多胜质。五言绝,昉于两汉；七言绝,起自六朝。源流迥别,体制自殊。至意当含蓄,语务春容,则二者一律也。（同上）

盛唐绝句,兴象玲珑,句意深婉,无工可见,无迹可寻。中唐遽减风神,晚唐大露筋骨,可并论乎！（同上）

摩诘五言绝,穷幽极玄；少伯七言绝,超凡入圣,俱神品也。（同上）

五七言律,晚唐尚有一联半首可入盛唐。至绝句,则晚唐诸人愈工愈远,视盛唐不啻异代。非苦心自得,难领斯言。（同上）

五言绝句始自二京,魏人间作,而极盛于晋、宋间,如《子夜》《前溪》之类,纵横妙境,唐人模仿甚繁。然皆乐府体,非唐绝也,其间格调音响有酷类唐绝者。（同上）

唐五言绝,初、盛前多作乐府。然初唐只是陈、隋遗响,开元以后,句格方超。如崔国辅《流水曲》《采莲曲》,储光羲《江南曲》,王维《班婕妤》,崔颢《长干行》,刘方平《采莲》,韩翃《汉宫曲》,李端《拜新月》《闻筝曲》,张仲素《春闺曲》,令狐楚《从军行》《长相思》,权德舆《玉台体》,王建《新嫁娘》,王涯《赠远曲》,施肩吾《幼女词》,皆酷得六朝意象,高者可攀晋、宋,平者不失齐、梁。唐人五言绝佳者,大半此矣。（同上）

五言绝,须熟读汉、魏及六朝乐府,源委分明,径路谙熟。然后取盛唐名家李、王、崔、孟诸作,陶以风神,发以兴象,真积力久,出语自超。钱、刘以下,句渐工,语渐切,格渐下,气渐悲,便当著眼,不得草草。（同上）

唐五言绝,太白、右丞为最,崔国辅、孟浩然、储光羲、王昌龄、裴迪、崔颢次之。中唐则刘长卿、韦应物、钱起、韩翃、皇甫冉、司空曙、李端、李益、张仲素、

令狐楚、刘禹锡、柳宗元。(同上)

中唐五言绝,苏州最古,可继王、孟。《寄丘员外》《阊门》《闻雁》等作,皆悠然。次则令狐楚乐府,大有盛唐风格。(同上)

(中唐)绝句,李益为胜,韩翃次之。权德舆、武元衡、马戴、刘沧五言皆铁中铮铮者。"猿啼洞庭树,人在木兰舟。"真不减柳吴兴。《回乐峰》一章,何必王龙标、李供奉?(明·王世贞《艺苑卮言》卷四)

绝句固自难,五言尤甚。离首即尾,离尾即首,而腰腹亦自不可少。妙在愈小而大,愈促而缓。吾尝读《维摩经》得此法:一丈室中,置恒河沙诸天宝座,丈室不增,诸天不减,又一刹那定作六十小劫。须如是观乃得。(明·王世贞《艺苑卮言》卷一)

五言,初唐王勃独为擅场。盛唐王、裴辋川唱和,工力悉敌,刘须溪有意抑裴,谬论也。李白气体高妙,崔国辅源本齐梁,韦应物本出右丞,加以古淡。后之为五言者,于此数家求之,有余师矣。(清·王士禛《唐人万首绝句选·凡例》)

五言绝句,右丞之自然,太白之高妙,苏州之古淡,纯是化机,不关人力。他如崔颢《长干曲》、金昌绪《春怨》、王建《新嫁娘》、张祜《宫词》等篇,虽非专家,亦称绝调。后人当于此问津。(清·沈德潜《唐诗别裁集》凡例)

五绝即五古之短篇,如婴儿嚬笑,小小中原有无穷之意,解言语者定不能为。诗至于五绝,而古今之能事毕矣。窃谓六朝、三唐之善者,苏、李犹当退舍,况宋以后之人乎!以此体中才与学俱无用故也。五绝,仙鬼胜于儿童女子,儿童女子胜于文人学士,梦境所作胜于醒时。(清·吴乔《围炉诗话》卷二)

五言绝句起自古乐府,至唐而盛。李白、崔国辅号为擅场。王维、裴迪辋川倡和,开后来门径不少。钱、刘、韦、柳,古淡清逸,多神来之句,所谓好诗必是拾得也。历代佳什,往往而有。要之词简而味长,正难率意措手。六言作者寥寥,摩诘、文房,偶一为之,不过诗人之余技耳。(清·宋荦《漫堂说诗》)

五七绝句,古诗乐府之遗也,意旨微茫,无余法而有余味。而世俗竟以截律句为言,是但见龙门、大伾(pī),而岂知昆仑、岷山之有所自耶!(清·田同之《西圃诗说》)

五七绝句,唐亦多变。李青莲、王龙标尚矣,杜独变巧而为拙,变俊而为伧,后唯孟郊法之。然伧中之俊,拙中之巧,亦非王、李辈所有。元、白清宛,宾客同之,小杜飘萧,义山刻至,皆自辟一宗。李贺又辟一宗。唯义山用力过深,似以律为绝,不能学,亦不必学。退之又创新,然而启宋矣。(清·方世举《兰丛诗话》)

《作诗百法》是民国时期南社社员刘铁冷著的讲解古诗作法的书籍,专为学诗者指示门径。书中从声韵、对偶、字句、章法、规则、忌病、派别、体裁等方面各总结方法、昭示门径,适合初学者学习。当代学者刘鹏在整理《作诗百法》时考察了该书的出版情况:该书约成书于1923年,出版后颇受欢迎,民国时期就至少重印八次。但是1926年市面上出现了一部署名"吴县刘坡公"的《学诗百法》,不论书名、结构、篇章、文字乃至诗例,都对《作诗百法》有样学样,亦步亦趋,相似度很高。近年来,这两种书都被多家出版社多次印行。[1]本书我们选择参考刘铁冷的《作诗百法》一书。下面摘录与五绝作法相关的几则,大家可用心体会。

通体仄韵法

五绝宜用平韵,用仄韵则近五古矣。不知用平韵不如用仄韵之雅,用平韵不如用仄韵之朴。唐人故多有用之者,后世亦互相摹仿,然如王维之《鹿柴》、贾岛之《寻隐者不遇》,真上乘也。试一诵焉。

鹿柴　王维
空山不见人,但闻人语响。
返景入深林,复照青苔上。

此诗着眼"空山"二字,起句明点,最为轩豁。次句从不见递到有闻,是实写山空也。第三句是入林只有返景,人之不到可知。第四句折到青苔,则苔外当然无别物矣。然雄浑处,只在善用仄韵。

通体拗句法

拗句抽换平仄,较谐平仄者为难。而五绝句短字少,尤不能轻易着笔,且须有层折,有寄托,方为合度。李白《怨情》诗、刘长卿《弹琴》诗均用拗句,而深深款款,余味曲包,殊觉百读不厌。学者宜熟玩之。

怨情　李白
美人卷珠帘,深坐颦蛾眉。

---

[1] 参见刘铁冷著,刘鹏整理:《作诗百法》,文化艺术出版社,2018年,第18—19页、27—29页。

但见泪痕湿，不知心恨谁。

此诗虽就题正写，却通体均用拗句。首句因怨而望，次句因望而愁。三句顶次句作转，是怨之见于外；四句顶三句作收，是怨之藏于内。"但见"二字、"不知"二字，拗句中有余韵绕梁之概。

对句作起法

五绝只有四句，四句只二十字，直写则一泻无余，故宜用曲笔；顺写则一览已尽，故宜取逆势。然非知炼句、炼字不可，尤非从炼句、炼字、炼为对句不可。杜之《八阵图》，皇甫曾之《送王司直》，皆以对句作起也，宜玩其善炼而无痕迹。

八阵图　杜甫

功盖三分国，名成八阵图。
江流石不转，遗恨失吞吴。

此诗虽怀古感慨，而以对句作起，盖以"功"衬"名"，至次句始点题也。第三句言陈迹犹在，第四句则因图见恨，惓惓无穷。

对句作收法

五绝收笔，如钟韵远，宜清；如石堕地，宜重。若用对句，则绛树双声，黄华二腴，自有一种雅致，非俗气所能绕笔端也。祖咏《终南望余雪》诗、孟浩然《宿建德江》诗，皆用对句作收，可以援例。

终南望余雪　祖咏

终南阴岭秀，积雪浮云端。
林表明霁色，城中增暮寒。

此诗循题布置，而收句悠然，意已尽矣。然起句明点"终南"，次句即点"雪"字，暗含"望"字；第三句转到"望"字，故见"霁"色。第四句仍绾住"雪"字，因"雪"生"寒"，收虽对句，其层次固极井井。

学生五绝习作与点评

指导

初学者写作之前的建议：

1. 在传统题材和现实生活两类题材中，结合自己实际，选择写作题目，题目要小一些，尽可能写得新颖深刻一些。

2. 题目题材确定以后，请对照五绝的四种平仄格式选择其中一种，写作中经常检查其平仄。

3. 选择押韵韵部，将"平水韵"常用字表放在面前或显示在电脑上，对照某部的常用字选择韵脚字。

4. 平平仄仄平（七言为仄仄平平仄仄平）句，首字若用仄，第三字（七言第五字）得补一平声字，第二字（七言第四字）也必须用平声，否则犯孤平。

5. 仄仄平平仄句，要警惕二、五字不可同声调（虽同为仄，但不可同为上或去或入声）。

6. 仄仄仄平平（七言平平仄仄仄平平）句，要注意第三字（七言第五字）的平仄，容易犯三平调。

7. 对五七言律诗，中间两联要对仗，注意对仗句中要少用同义词和近义词，参照对仗、对联部分的作业要求。

8. 不得以所谓"创新"口实违反格律，初学者首先要入门，不入门无从谈创新。

写作完成之后，要认真检查以下各项：

1. 检查第二句和第三句第二字平仄是否相同，如果不同，意味着这首诗失粘，再对照五绝四种平仄形式，逐字检查其平仄。

2. 检查每句的第二、第四字平仄是否相同，如果是七言句，还要检查每句的第四、第六字平仄是否相同。如果相同，检查该句是否是准律句（平平仄平仄或仄仄平平仄平仄）句，如果不是，证明该句平仄有错。

3. 对照检查该诗所有押韵的韵脚字是否在同一韵部，如果首句押韵，理论上允许押邻韵，但初学者最好还是押同部的韵。

4. 检查平平仄仄平（七言为仄仄平平仄仄平）句，第一、二字（七言的三、四字）是否作平，如果第一字用仄，第三字有没有救，否则犯孤平。

5. 牢牢记住，在格律诗中，每句第二字的平仄是永远不能改变的，以任何理由都不行。

6. 检查诗的题目与内容是否吻合，题目是否有文采，并且简洁明白。

7. 检查诗的内容有无政治风险和逻辑错误，有无太熟的成语、俗语等陈词滥调，有无低俗的内容。

8. 认真进行艺术加工，自己读上二十遍，又无硬伤，基本可以达到你目前的最好水平，可以提交。

点评：通过对对联的练习，自选自撰对联练习，同学们开始初步体会到诗歌创作的甘苦。从写作五绝开始，我们才进入诗词创作，开始从诗词爱好者到诗词创作者乃至诗人词人的转变。五绝仅仅二十字，也得通过生活的某个片面，抒发一定的思想感情，说明一定的道理，进而达到愉悦和感染人的目的。大学生生活主要在学校，社会经历不足，对政治、经济、文化各领域的认识尚不深入，诗词创作不必要求他们写太多社会题材，否则也难有深刻的见地。

首先看几首写得较好的五绝：

观夕阳怀乡有感
不见汾河远，空知太岳低。
乡心追落日，夜夜到山西。

春 霖
沥沥春霖落，堪堪游子心。
卧阑听夜雨，许是故乡音。

红叶·忆乡
北国秋风起，萧萧落叶裁。
红笺无一字，可是信南来？

钓 翁
两岸炊烟起，江深倦鸟飞。
挥竿天地晚，闲钓彩霞归。

无　端
苔纸濡新墨，檐花旋入诗。
隔窗吹又去，片片遣情词。

寄远人
风动梨花叹，月浓柳色痴。
深春三五事，不忍与君知。

送　客
难系行舟远，花空绿水流。
眼中春似旧，秋意上心头。

登香山
北国红枫秀，香山名四方。
举头皆绿意，何处觅秋霜。

惜　时
偷闲惊一梦，未觉已更深。
待到鸡鸣时，需为起舞人。

这些是学生习作最常见的题材，如思乡怀归、课余活动和爱情等。纯真秀美，格律严谨。也有同学写得粗放一些，如：

归家将别
昨夜熬猪骨，今晨炖肉丸。
却知儿去后，咸菜就白馒。

偶　遇
春来风渐暖，碧落似非真。
正忆童年事，花间遇故人。

秋　思

久作京华客，思乡每断肠。
多情问去雁，几日到南疆？

秋　思

丹枫铺道赤，银杏覆阶黄。
落叶犹归土，人何不恋乡？

这些作品，虽然严谨不如上列各例，而且有的较粗俗，甚至还能挑出个别拗字（多情问去雁），却不难感受到青春气息扑面而来，更能感受到这些同学脉搏的跳动。《归家将别》一首，把父母爱儿之心写得淋漓尽致。他们敢想敢说，有一定深度。

可是，并非所有同学都达到如此水平，平庸之作固然不少，格律上有硬伤的也时有出现。归纳起来有以下几种：

1. 全部写景，主题不明

雾夜观湖

昏灯点寒雾，浅苇一虫鸣。
风骤推漪远，湖平坠玉清。

秋　晚

雾消城秋暖，赤雯照枫丹。
曦薄暮来急，月升竹语喧。

夜景两首之二

湖映桂华影，花漂水色清。
曲悠林渐醒，月映半山明。

冬日即事两首 其一

雪浴枫林暗，风吹柳木新。
夕阳迎落叶，花语若逢春。

沈德潜《说诗晬语》曾说:"中二联不宜纯乎写景",绝句更不宜通篇写景。通篇景语,主题自然不突出,是一大不足。

2. 结构松散,缺少内在联系

春 游
碧草满山甸,春江天地间。
流莺声入耳,人共野花闲。

3. 失粘

秋 晚
雾消城秋暖,赤雯照枫丹。
曦薄暮来急,月升竹语喧。

剑与诗
诗苦便习剑,剑难改作诗。
多少修学日,剑诗两误之。

清华园春日即景
长冬不及追,花艳柳依依。
来年草还绿,谁问归不归?

春 思
春日风光好,桃红柳绿天。
回首离家日,不觉又一年。

4. 以仄声收尾

与陈先生闲话
题得扇面诗,杀过倭国寇。
老来话汝听,莫怨陈词旧。

律绝须押平声韵,这一首不合要求,但别具一格。

5. 犯孤平(声调为仄平仄仄平)

蒙旧友赠新茶
赠我涤烦子,隔江共赏茶。(孤平)
不敢私品论,留它再返家。

花间笛
音飞三事远,指落万花倾。
凝翠非霞影,乱红是笛清。(孤平)

6. 凑韵或出韵

初 夏
骄阳微雨过,踯躅漫山燃。
俯看江中色,重添一点炎。(凑韵)

咏 梅
冷月寒芳蕊,冰霜尽染白。(出韵,"白"为入声)
繁华独寂寞,傲雪送香来。

7. 生硬克隆古人诗句

清华秋日
金扇铺行路,澄澄映鹊飞。
更深原未雨,露重湿人衣。

(克隆痕迹明显)

上面举出有代表性的七种问题,其实,被举例的有些作品,基础相当不错,只是有某些硬伤。我上课喜欢说:"有缺点的凤凰还是凤凰,没有缺点的苍蝇还是苍蝇。"其实最怕的是平庸,思想平庸,艺术也平庸,无病呻吟。

  社会上许多初学者也容易犯此毛病,写出许多被戏称为"日历诗"的作品:元旦歌颂新年,"五一"歌颂劳动人民,"六一"歌颂儿童……。当然,节日有感而发写诗再正常不过,但纯粹应景之作要尽量少写或不写,应景很难写出好作品。同学们的习作不一样,仿佛写毛笔字的临帖阶段,不可能都要有深刻的感受才写,但此类作品,除极少数优秀之作外,一般不要发表。《清华秋日》一首,后二句均从王维诗句"山路元无雨,空翠湿人衣"而来,写诗适当化用古人诗句是允许的,这是用典的一种,称用"语典",但所占诗的比重不可太大,五绝一般不宜直接引用,即使只用一句,也占全诗的1/4,何况这里用两句,占了全诗的一半,而且与一、二句衔接不紧,拼凑而已,应当警惕。

第七章 七绝的鉴赏与写作

七绝的格律形式

七言绝句的格律,可以以五言绝句为基础,在每句前面加两个字。也有四种基本格式:

七言绝句的平仄 ①
平平仄仄平平仄 （一）
仄仄平平仄仄平 （二）
仄仄平平平仄仄 （三）
平平仄仄仄平平 （四）

七言绝句的平仄 ②
仄仄平平平仄仄 （三）
平平仄仄仄平平 （四）
平平仄仄平平仄 （一）
仄仄平平仄仄平 （二）

七言绝句的平仄 ③
平平仄仄仄平平 （四）

仄仄平平仄仄平 ㈡
仄仄平平平仄仄 ㈢
平平仄仄仄平平 ㈣

七言绝句的平仄 ④
仄仄平平仄仄平 ㈡
平平仄仄仄平平 ㈣
平平仄仄平平仄 ㈠
仄仄平平仄仄平 ㈡

　　七言绝句的平仄，有一点与五言绝句很不相同。五言绝句里面以首句不入韵的最常见，相反，七言绝句里以首句入韵的最常见。所以，这样一来，五言绝句里面较多的形式是第一、第二种形式，而七言绝句里较多的是第三、第四种形式，即首句入韵的形式。

七绝经典赏析

江南逢李龟年[1]　　杜甫
岐王宅里寻常见，崔九堂前几度闻。
正是江南好风景，落花时节又逢君。

　　此诗非子美作，岐王开元十四年薨，崔涤亦卒于开元中，是时子美方十五岁。天宝后，子美未尝至江南。（宋·胡仔《苕溪渔隐丛话》前集卷十四）

九月九日忆山东兄弟　　王维
独在异乡为异客，每逢佳节倍思亲。
遥知兄弟登高处，遍插茱萸少一人。

　　不说我想他，却说他想我，加一倍凄凉。（清·张谦宜《𮈉斋诗谈》卷五）

---

〔1〕 杜甫晚年到过江南，到过湖南，但是这时杜甫的境遇跟这首诗里描述的内容相差颇远。这首诗经常被选在中小学语文课本里面，或许可以加个注释，说明作者存疑。

有首句不拈韵脚,而以仄对平者,如王维《九日忆兄弟》。(清·仇兆鳌《杜诗详注》卷十三)

即《陟岵》诗意,谁谓唐人不近《三百篇》耶?(清·沈德潜《唐诗别裁集》卷十九)

此非故学《三百篇》,人人胸中自有《三百篇》也。(清·黄培芳《唐贤三昧集笺注》)

夜上受降城闻笛　李益

回乐峰前沙似雪,受降城外月如霜。
不知何处吹芦管,一夜征人尽望乡。

李益《夜上受降城闻笛》,高格、高韵、高调,司空侍郎所谓"反虚入浑"者。(清·李慈铭《越缦堂读书简端记》)

李君虞绝句,专以此擅场,所谓率真语,天然画也。(清·黄叔灿《唐诗笺注》)

沙如雪,月如霜,上下交映,已觉苦寒,更闻芦管之声,益增凄恻。而征人触动离愁,安得不望乡以思归也?芦管,以芦为管,吹之以警军士。(清·章燮《唐诗三百首注疏》卷六)

对苍茫之夜月,登绝塞之孤城。沙明讶雪,月冷疑霜,是何等悲凉之境。起笔以对句写之,弥见雄厚。后二句,申足上意。言荒沙万静中,闻芦管之声,随朔风而起。防秋多少征人,乡愁齐赴。则己之郁伊善感,不待言矣。李诗又有《从军北征》云:"天山雪后海风寒,横笛偏吹行路难。碛里征人三十万,一时回首月中看。"意境略同,但前诗有夷宕之音。《北征》诗用抗爽之笔,均佳构也。(民国·俞陛云《诗境浅说续编》)

凉州词　王翰

葡萄美酒夜光杯,欲饮琵琶马上催。
醉卧沙场君莫笑,古来征战几人回!

此诗妙绝,无人不知,若非细细寻其针,其妙亦不可得而见。若论顿挫,"葡萄美酒"一顿,"夜光杯"一顿,"琵琶马上催"一顿,"醉卧沙场"一顿,"君莫笑"一顿,凡六顿。"古来征战几人回"则方挫去。夫顿处皆截,挫处皆连,

顿多挫少,唐人得意乃在此。(清·徐增《而庵说唐诗》)

故作豪饮之词,然悲感已极。杨仲弘论绝句,以第三句为主,而第四句发之,盛唐多与此合。(清·沈德潜《唐诗别裁集》卷十九)

作悲伤语读便浅,作谐谑语读便妙,在学人领悟。(清·施补华《岘佣说诗》)

此诗顿挫得法,顿得透,末句一挫,有力。文情曲折,余韵悠然。(清·章燮《唐诗三百首注疏》卷六)

首句言筵席之盛,不可不饮,乃欲饮而琵琶声已于马上相催,又不得饮,卒之醉卧沙场,仍复出于痛饮,上三句,句句用顿,末句一挫,便使全首精神,跃跃纸上。(民国·王文濡《唐诗评注读本》卷四)

诗言强胡压境,杖策从军,判决生死之锋,悬于顶上,何不及时为乐。檀柱拨伊凉之调,玉杯盛琥珀之光,拼取今宵沉醉。君莫笑其放浪形骸,战场高卧,但观白草萦骨,黄沙敛魂,能玉门关生入者,古来有几人耶?唐人出塞诗,如归马营空,春闺梦断,已满纸哀音。此于百死中,姑纵片时之乐,语尤沉痛。(民国·俞陛云《诗境浅说续编》)

早发白帝城　李白

朝辞白帝彩云间,千里江陵一日还。
两岸猿声啼不住,轻舟已过万重山。

白帝至江陵,春水盛时行舟,朝发夕至,云飞鸟逝不是过也。太白述之为韵语,惊风雨而泣鬼神矣。(明·杨慎《升庵诗话》卷一)

写出瞬息千里,若有神助。入"猿声"一句,文势不伤于直,画家布景设色,每于此处用意。(清·沈德潜《唐诗别裁集》卷二十)

太白七绝,天才超逸,而神韵随之。如"朝辞白帝彩云间,千里江陵一日还",如此迅捷,则轻舟之过万山不待言矣。中间却用"两岸猿声啼不住"一句垫之,无此句,则直而无味,有此句,走处仍留,急语仍缓,可悟用笔之妙。(清·施补华《岘佣说诗》)

友人请说太白朝辞白帝诗,馥曰:但言舟行快绝耳,初无深意,而妙在第三句,能使通首精神飞越,若无此句,将不得为才人之作矣。(清·桂馥《札朴》)

顺风扬帆,瞬息千里,但道得眼前景色,便疑笔墨间亦有神助。三、四设色托起,殊觉自在中流。(清·爱新觉罗·弘历敕编《唐宋诗醇》卷七)

逢入京使　岑参

故园东望路漫漫，双袖龙钟泪不干。
马上相逢无纸笔，凭君传语报平安。

人人有此事，从来不曾写出，后人蹈袭不得，所以可久。（清·徐增《而庵说唐诗》）

人人胸臆中语，却成绝唱。（清·沈德潜《唐诗别裁集》卷十九）

滁州西涧　韦应物

独怜幽草涧边生，上有黄鹂深树鸣。
春潮带雨晚来急，野渡无人舟自横。

刘（辰翁）云：此语自好，但韦公体出数字[1]，神情又别，故贵知言，不然不免为野人语矣。好诗必是拾得。此绝先得后半，起更难似，故知作者用心。（明·高棅《唐诗品汇》卷四十九）

春水泛溢，雨后之潮，晚来更急过渡者稀少，故有无人之舟，因水泛而自横耳。先以涧边幽草、深树黄鹂引起，写西涧之景，历历如绘。（民国·王文濡《唐诗评注读本》卷四）

寒　食　韩翃

春城无处不飞花，寒食东风御柳斜。
日暮汉宫传蜡烛，轻烟散入五侯家。

烛以传火，清明日取榆柳之火赐近臣，此唐制也。"五侯"，或指王氏五侯，或指宦官灭梁冀之五侯，总之先及贵近家也。（清·沈德潜《唐诗别裁集》卷二十）

"不飞花"，"飞"字窥作者之意，初欲用"开"字，"开"字不妙，故用"飞"字。"开"字呆，"飞"字灵，与下句"风"字有情。"东"字与"春"字有情，"柳"字与"花"字有情，"御"字与"宫"字有情，"斜"字与"飞"字有情，"蜡烛"字

---

〔1〕　陶敏等《韦应物集校注》卷八引此语，考证"字"当为"子"，可从。

与"日暮"字有情,"烟"字与"风"字有情,"青"字与"花"字有情,"五侯"字与"汉"字有情,"散"字与"传"字有情,"寒食"二字又装叠得妙。其用心细密,如一匹蜀锦,无一丝跳梭,真正能手。(清·徐增《而庵说唐诗》)

夜月　刘方平

更深月色半人家,北斗阑杆南斗斜。
今夜偏知春气暖,虫声新透绿窗纱。

写意深微,味之觉含毫邈然。(清·黄叔灿《唐诗笺注》)

(末句)春意盎然。(清·孙洙《唐诗三百首》卷八)

(前二句)言更深之时,一半人家照着月色也。北斗横于天,南斗斜于西,则更深矣。(后二句)春气暖则虫声初出,直透窗纱,令窗中人一一听之,触动春愁,不能安睡矣。(清·章燮《唐诗三百首注疏》卷六)

泊秦淮　杜牧

烟笼寒水月笼沙,夜泊秦淮近酒家。
商女不知亡国恨,隔江犹唱《后庭花》。

"烟笼寒水",水色碧,故云"烟笼"。"月笼沙",沙色白,故云"月笼"。下字极斟酌。夜泊秦淮,而与酒家相近,酒家临河故也。商女,是以唱曲作生涯者。唱《后庭花》曲,唱而已矣,那知陈后主以此亡国,有恨于其内哉!杜牧之隔江听去,有无限兴亡之感,故作是诗。(清·徐增《而庵说唐诗》)

盖《玉树后庭花》,陈后主所制也。商女何知,安识亡国之恨?所以亡国之后,犹闻亡国之音,则知唱者无心,而隔江听者,殊觉唏嘘悲感也。(清·章燮《唐诗三百首注疏》卷六)

寄扬州韩绰判官　杜牧

青山隐隐水迢迢,秋尽江南草未凋。
二十四桥明月夜,玉人何处教吹箫?

唐诗绝句,今本多误字,试举一二,如杜牧之《江南春》……,又《寄扬州韩绰判官》云"秋尽江南草未凋",俗本作"草木凋"。秋尽而草木凋,自是常事,不必说也，况江南地暖，草本不凋乎。此诗杜牧在淮南而寄扬州人者，盖厌淮南之摇落，而羡江南之繁华，若作草木凋，则与"青山明月""玉人吹箫"不是一套事矣。余戏谓此二诗绝妙，"十里莺啼"，俗人添一撇坏了，"草未凋"，俗人减一画坏了，甚矣，士俗不可医也。（明·杨慎《升庵诗话》卷八）

杜牧之"青山隐隐水迢迢……"，此等入盛唐亦难辨，惜他作殊不尔。（明·胡应麟《诗薮》内编卷六）

首句言列岫横云，遥波荡夕，谓扬州之远也。次言芳草一碧，未觉秋寒，谓气候之美也。后二句言，当年廿四桥头，飞羽觞而醉月，听微风之过箫。浓情化酒，滴滴皆甘。今宵明月依然，箫谱重修，何处问玉人踪迹？洵如其《遣怀》诗，所谓"一梦"青楼，真成薄幸矣。（民国·俞陛云《诗境浅说续编》）

赠 别　杜牧

多情却似总无情，唯觉樽前笑不成。
蜡烛有心还惜别，替人垂泪到天明。

杜牧之云："多情却是总无情，唯觉尊前笑不成。"意非不佳，然而词意浅露，略无余蕴。元、白、张籍，其病正在此，只知道得人心中事，而不知道尽则又浅露也。后来诗人能道得人心中事者少尔，尚何无余蕴之责哉？（宋·张戒《岁寒堂诗话》卷上）

前半以无情衬托多情，深情幽怨，全从侧面显示；后半以烛为喻，语意极其新鲜而又巧妙，所以一直为人传诵。（今人·沈祖棻《唐人七绝诗浅释》）

这种使无知之物人格化，以衬托人的感情的方法，古典诗歌中常见。（同上）

渭城曲　王维

渭城朝雨浥轻尘，客舍青青柳色新。
劝君更尽一杯酒，西出阳关无故人。

唐人尤用意小诗，其命意与所叙述，初不减长篇，而促为四句，意正理尽，高简顿挫，所以难耳。故必有可书之事，如王摩诘云："西出阳关无故人"，故行者为可悲，而劝酒不得不饮，阳关之词不可不作。（宋·范温《潜溪诗眼》二十五）

折腰体：谓中失粘而意不断。（宋·魏庆之《诗人玉屑》卷二）

风人之绝响也。（明·谢榛《四溟诗话》卷四）

"劝君更尽一杯酒，西出阳关无故人"，凡情真以不说破为佳。（清·张谦宜《絸斋诗谈》卷五）

出 塞　王之涣
黄河远上白云间，一片孤城万仞山。
羌笛何须怨杨柳？春风不度玉门关。

开元中，诗人王昌龄、高适、王之涣齐名。时风尘未偶，而游处略同。一日，天寒微雪，三人共诣旗亭，贳酒小饮。忽有梨园伶官十数人，登楼会宴，三诗因避席隈映，拥炉火以观焉。俄有妙妓四辈，寻续而至，奢华艳曳，都冶颇极。旋则奏乐，皆当时之名部也。昌龄等私相约曰：我辈各擅诗名，今者可以密观诸伶所讴，若诗入歌辞之多者，则为优矣。俄而一伶拊节而唱，乃曰："寒雨连江夜入吴，平明送客楚山孤。洛阳亲友如相问，一片冰心在玉壶。"昌龄则引手画壁曰："一绝句。"寻又一伶讴之曰："开箧泪沾臆，见君前日书。夜台何寂寞，犹是子云居"，适则引手画壁曰："一绝句。"寻又一伶讴曰："奉帚平明金殿开，强将团扇共徘徊。玉颜不及寒鸦色，犹带昭阳日影来。"昌龄则又引手画壁曰："二绝句"。之涣自以得名已久，因谓诸人曰："此辈皆潦倒乐官，所唱皆巴人下里之词耳，岂阳春白雪之曲，俗物敢近哉！"因指诸妓之中最佳者曰："待此子所唱，如非我诗，终身不敢与子争衡矣。脱是吾诗，子等当须列拜床下，奉吾为师。"因欢笑而俟之。须臾，次至双鬟发声，则曰："黄沙远上白云间，一片孤城万仞山。羌笛何须怨杨柳，春风不度玉门关。"之涣即揶揄二子曰："田舍奴，我岂妄哉！"因大谐笑。（唐·薛用弱《集异记》卷二）

芙蓉楼送辛渐　王昌龄
寒雨连江夜入吴，平明送客楚山孤。
洛阳亲友如相问，一片冰心在玉壶。

绝句之源，出于乐府，贵有风人之致，其声可歌，其趣在有意无意之间，使人莫可捉着。盛唐惟青莲、龙标二家诣极，李更自然，故居王上。（明·王世懋《艺圃撷余》）

（一、二句）自夜至晓，饯别风景，尽情描出。下二句，写临别之语。君自兹一别，他日至洛阳，遇亲友问我，则当告之曰：近见其所事清廉，存心明洁，有如一片冰心，贮玉壶之中，毫无尘垢相侵也。（清·章燮《唐诗三百首注疏》卷六）

枫桥夜泊　张继

月落乌啼霜满天，江枫渔火对愁眠。
姑苏城外寒山寺，夜半钟声到客船。

张继"夜半钟声到客船"，谈者纷纷，皆为昔人愚弄。诗流借景立言，惟在声律之调，兴象之合，区区事实，彼此暇计？无论夜半是非，即钟声闻否，未可知也。（明·胡应麟《诗薮》外编卷四）

枫桥在吴郡阊门外，距寒山寺甚近。首句言泊舟之时，次句言旅客之怀。后二句言夜半而始泊舟，见客子宵行之久；寺中尚有钟声，见山僧夜课之勤。作者不过夜行纪事之诗，随手写来，得自然趣味。诗非不佳，然唐人七绝，佳作林立，独此诗流传日本，几妇稚皆习诵之，诗之传与不传，亦有幸有不幸耶？（民国·俞陛云《诗境浅说续编》）

乌衣巷　刘禹锡

朱雀桥边野草花，乌衣巷口夕阳斜。
旧时王谢堂前燕，飞入寻常百姓家。

（《乌衣巷》《石头城》）二诗之妙，有风人遗意。意在言外，寄有于无。二诗皆用"旧时"字，绝妙。（宋·谢枋得《谢叠山诗话》）

谢（枋得）云：世异时殊，人更物换，高门甲第，百无一存，惟朱雀桥、乌衣巷之花草夕阳如旧，不言王谢第宅之变，乃云："旧时燕"飞入寻常百姓之家，此风人之遗巧也。（明·高棅《唐诗品汇》卷五十一）

言王、谢家成民居耳，用笔巧妙，此唐人三昧也。（清·沈德潜《唐诗别裁集》卷二十）

刘禹锡诗曰："旧时王谢堂前燕，飞入寻常百姓家。"妙处全在"旧"字及"寻常"字。四溟云：或有易之者曰："王谢堂前燕，今飞百姓家"，点金成铁矣。（清·何文焕《历代诗话考索》）

《乌衣巷》诗:"旧时王谢堂前燕,飞入寻常百姓家。"若作燕子他去,便呆。盖燕子仍入此堂,王、谢零落,已化作寻常百姓矣。如此则感慨无穷,用笔极曲。(清·施补华《岘佣说诗》)

纪(昀)云:言王谢旧宅已为民居,措词蕴藉。(清·章燮《唐诗三百首注疏》卷六)

朱雀桥、乌衣巷,皆当日画舸雕鞍,花月沈酣之地。桑海几经,剩有野草闲花,与夕阳相妩媚耳。茅檐白屋中,春来燕子,依旧营巢。怜此红襟俊羽,即昔之王谢堂前,杏梁栖宿者。对语呢喃,当亦有华屋山丘之感矣。此作托思苍凉,与《石头城》诗,皆脍炙词坛。(民国·俞陛云《诗境浅说续编》)

赤　壁　杜牧

折戟沉沙铁未销,自将磨洗认前朝。
东风不与周郎便,铜雀春深锁二乔。

晚唐绝"东风不与周郎便,铜雀春深锁二乔","可怜夜半虚前席,不问苍生问鬼神",皆宋人议论之祖。间有极工者,亦气韵衰飒,天壤开、宝。然书情则恻恻而易动人,用事则巧切而工悦俗,世希大雅,或以为过盛唐,具眼观之,不待其辞毕矣。(明·胡应麟《诗薮》内编卷六)

牧之绝句,远韵远神。然如《赤壁》诗:"东风不与周郎便,铜雀春深锁二乔",近轻薄少年语,而诗家盛称之,何也?(清·沈德潜《唐诗别裁集》卷二十)

杜牧之咏《赤壁》诗云:"东风不与周郎便,铜雀春深锁二乔",今古传诵。容少时,大人尝指示曰:"此牧之设词也,死案活翻。"及容稍知作诗,复指示曰:"如此诗必不可学,恐入轻薄耳。何苦以先贤闺阁,簸弄笔墨。"(清·周容《春酒堂诗话》)

古人咏史,但叙事而不出己意,则史也,非诗也;出己意,发议论,而斧凿铮铮,又落宋人之病。如牧之……《赤壁》云:(略)用意隐然,最为得体。……《赤壁》,谓天意三分也。(清·吴乔《围炉诗话》卷三)

杜牧之作诗,恐流于平弱,故措词必拗峭,立意必奇辟,多作翻案语,无一平正者。方岳《深雪偶谈》所谓"好为议论,大概出奇立异,以自见其长"也。如《赤壁》云:"东风不与周郎便,铜雀春深锁二乔。"《题四皓庙》云:"南军不祖左边袖,四老安刘是灭刘。"《题乌江亭》云:"胜败兵家事不期,包羞忍耻是男儿。江东子弟多才俊,卷土重来未可知。"此皆不度时势,徒作异论,以炫人

耳,其实非确论也。(清·赵翼《瓯北诗话》卷十一)

此诗似谓周郎得有天幸,若无东风,则不但不能胜魏,恐江东必为魏破,而锁其大、小乔于铜雀台矣,操以八十万众,横槊而来,周瑜实非其敌。且操败于魏无大损,瑜败则三国不能鼎立,论史颇中肯綮。(民国·王文濡《唐诗评注读本》卷四)

遣 怀　杜牧

落魄江湖载酒行,楚腰纤细掌中轻。
十年一觉扬州梦,赢得青楼薄幸名。

此诗着眼在"薄幸"二字。以扬郡名都,十年久客,纤腰丽质,所见者多矣,而无一真赏者。不怨青楼之萍絮无情,而反躬自嗟其薄幸。非特忏除绮障,亦诗人忠厚之旨。(民国·俞陛云《诗境浅说续编》)

秋 夕　杜牧

银烛秋光冷画屏,轻罗小扇扑流萤。
天阶夜色凉如水,坐看牵牛织女星。

此诗断句极佳,意在言外,其幽怨之情不待明言而自见之也。(宋·胡仔《苕溪渔隐丛话后集》卷十五)

层层布景,是一幅著色人物画,只"卧看"二字,逗出情思,便通身灵动。(清·孙洙《唐诗三百首》卷八)

有一团幽怨之情,含于"卧看"二字内。(清·章燮《唐诗三百首注疏》卷六)

为秋闺咏七夕情事。前三句写景极清丽,宛若静院夜凉,见伊人逸致。结句仅言坐看双星,凡离合悲欢之迹,不着毫端,而闺人心事,尽在举头坐看之中。若漠漠无知者,安用其坐看耶?(民国·俞陛云《诗境浅说续编》)

夜雨寄北　李商隐

君问归期未有期,巴山夜雨涨秋池。
何当共剪西窗烛,却话巴山夜雨时?

眼前景反作后日怀想,此意更深。(清·桂馥《札朴》)

滞迹巴山，又当夜雨，却思剪烛西窗，将此夜之愁细诉，更觉愁绪缠绵，倍为沉挚。（清·黄叔灿《唐诗笺注》）

李义山"君问归期"一首，贾长江"客舍并州"一首，曲折清转，风格相似，取其用意沈至，神韵尚欠一层也。（清·施补华《岘佣说诗》）

押韵未有不取易者，如东韵之"中"，支韵之"时"，灰韵之"来"，庚韵之"情"，皆似易而实难，往往如柳絮飘池，风又引去。须当如春人下杵，脚脚著实。……又如义山"却话巴山夜雨时"，东坡"春在先生杖履中"，"时"字，"中"字皆有力。（清·方世举《兰丛诗话》）

纪（昀）云：探过一步作收，不言当下如何，而当下可想。作不尽语，每不免有做作态。此诗含蓄不露，却只一气说完，故为高唱。（清·章燮《唐诗三百首注疏》卷六引）

清空如话，一气循环，绝句中最为擅胜。诗本寄友，如闻娓娓清谈，深情弥见。此与"客舍并州已十霜"诗，皆首尾相应，同一机轴。（民国·俞陛云《诗境浅说续编》）

嫦 娥　李商隐

云母屏风烛影深，长河渐落晓星沉。
嫦娥应悔偷灵药，碧海青天夜夜心。

此作后二句因事出意，诚为绝唱。杨道孚极爱赏之。然惟穷理君子，于所谓嫦娥者，亦不当不辨。按《汉志》："黄帝使羲和占日，常仪占月，区车占星。"故世人因以羲和称日，以常仪称月。"仪"字音"娥"也。按《周官志注》云："仪、莪二字，古皆音娥。"《毛诗·菁莪》以"乐且有仪"叶"在彼中阿"句；《柏舟》章以"实惟我仪"叶"在彼中河"句；若《太玄》又以"各遵其仪"与"不偏不颇"叶。汉碑凡"蓼莪"皆作"蓼俄"字。反复参论，则知常仪之"仪"本作"娥"，后世因音之同，又以月为太阴，女象也，沿此于二字各加女傍，遂呼为"嫦娥"。其说始于刘安怪诞之书，成于许慎附会之注，至张衡作《灵宪论》，转相引证；隋唐以后，骚人墨客类多借事托意，而羿妻奔月之惑，竟莫解矣。於乎，何其谬也哉！（明·游潜《梦蕉诗话》）

孤寂之况，以"夜夜心"三字尽之。士有争先得路而自悔者，亦作如是观。（清·沈德潜《唐诗别裁集》卷二十）

纪（昀）云：意思藏在第一句，却从嫦娥对面写来，十分蕴藉，此悼亡之诗。

（清·章燮《唐诗三百首注疏》卷六引）

此诗写作者的死别之恨，相思之情。前半从自己着笔，后半从王氏着笔。全诗的布局是由景及情，由实而虚。说"碧海青天"，见空间之无限，说"夜夜"，见时间之无穷。这种无边无际的凄凉，无穷无尽的寂寞，本是生者即自己所感，却推而及于死者，这显然是受到杜甫《月夜》的启发。诗以妻子比为月里嫦娥，以"碧海青天夜夜心"写他的环境和心情，就有人间天上，永无见期之感，更增加了死别的伤痛。（今人·沈祖棻《唐人七绝诗浅释》）

贾　生　李商隐

宣室求贤访逐臣，贾生才调更无伦。
可怜夜半虚前席，不问苍生问鬼神！

李义山《贾谊》诗云："可怜夜半虚前席，不问苍生问鬼神。"虽说贾谊，然反其意而用之矣。……直用其事，人皆能之，反其意而用之者，自非学力高迈，超越寻常拘挛之见，不规规然蹈袭前人陈迹者，何以臻此。（宋·严有翼《艺苑雌黄》）

沈（德潜）云：纯用议论，然以唱叹出之，故佳。不善学之，便成伧语。第二句率。（清·章燮《唐诗三百首注疏》卷六）

虚前席，空有礼贤下士之名。问鬼神，讥其问不当问，故曰"可怜"，然则贾生之应征亦无望矣。咏史诗大有议论。（同上）

玉溪绝句，属辞蕴藉。咏史诸作，则持正论，如《咏宫妓》，及《涉洛川》《龙池》《北齐》，与此诗皆是也。汉文贾生，可谓明良遇合，乃召对青蒲，不求谠论，而涉想虚无，则屡主庸臣，又何责耶！（民国·俞陛云《诗境浅说续编》）

台　城　韦庄

江雨霏霏江草齐，六朝如梦鸟空啼。
无情最是台城柳，依旧烟笼十里堤。

冯钝吟云：韦相诗声调高亮。纪（昀）云：末二句亦是对面寓法。（清·章燮《唐诗三百首注疏》卷六引）

江上之雨，江边之草，至今无恙，而六朝已往，世事遂如梦中矣。下二句叙图中之景，依然如旧，指槐骂柳，意在言外。（清·王文濡《唐诗评注读本》）

这首诗是怀古伤今之作。后半以物之无情,反衬人之多情。这种将无知之物人格化,赋与它以生命,从而描写其无情或多情,同时,又以"最是""惟有""只有"等字勾勒,从许多相同或相似的事物中突出一种,加以夸张的手法,能够强化和深化所要表达的感情。(今人·沈祖棻《唐人七绝诗浅释》)

陇西行　陈陶

誓扫匈奴不顾身,五千貂锦丧胡尘。
可怜无定河边骨,犹是深闺梦里人!

此诗吊李陵也。李陵以步卒五千,败于浚稽山下。杨诚斋深许此诗。汉贾捐之《罢珠崖疏》云:"父战死于前,子斗伤于后。女子乘亭障,孤儿号于道。老母寡妇,饮泣巷哭,遥设虚祭,想魂乎万里之外。"唐李华《吊古战场文》:"其存其没,家莫闻之。人亦有言,将信将疑。悁悁心目,梦寐见之。"陈陶此诗与贾、李之文意同,而入于二十八字之间,尤为精婉矣!言之精者为文,文之精者为诗,绝句,又诗之精者也,讵不信哉!(明·杨慎《绝句衍义》)

"可怜无定河边骨,犹是深闺梦里人。"用意工妙至此,可谓绝唱矣。惜为前二句所累,筋骨毕露,令人厌憎。(明·王世贞《艺苑卮言》卷四)

升庵推许不免太过,元美谓为前二句所累亦不然。若前二句不若此说,则后二句何从著笔?此特横亘一盛唐晚唐之见于胸中,故言之不能平允。(民国·高步瀛《唐宋诗举要》卷八)

长信秋词　王昌龄

奉帚平明金殿开,且将团扇共徘徊。
玉颜不及寒鸦色,犹带昭阳日影来。

夫平仄以成句,抑扬以合调。扬多抑少,则调匀;抑多扬少,则调促。若杜常《华清宫》诗:"朝元阁上西风急,都入长杨作雨声。"上句二入声,抑扬相称,歌则为中和调矣。王昌龄《长信秋词》:"玉颜不及寒鸦色,犹带昭阳日影来。"上句四入声相接,抑之太过;下句一入声,歌则疾徐有节矣。(明·谢榛《四溟诗话》卷三)

昭阳宫,赵昭仪所居,宫在东方,寒鸦带东方日影而来,见己之不如鸦也。优柔婉丽,含蕴无穷,使人一唱而三叹。(清·沈德潜《唐诗别裁集》卷十九)

夫王诗所以妙者，在"玉颜""寒鸦"，一人一物，初无交涉，乃借鸦之得入昭阳，虽寒犹带日光而飞，以反形人，则色未衰，已禁长信深宫，不复得见昭阳天日之苦。日者君象，"日影"比天颜，宫人不得见君，故自伤不如寒鸦，犹得望君颜色也。用意全在言外，对面寓人不如物之感，而措词微婉，浑然不露，又出以摇曳之笔，神味不随词意俱尽，十四字中兼有赋比兴三义，所以入妙，非但以风调见长也。（清·朱庭珍《筱园诗话》卷三）

历代诗话论七绝

七言绝句，始自古乐府《挟瑟歌》。梁元帝《乌栖曲》、江总《怨诗行》等作，皆七言四句，至唐初始稳顺声势，定为绝句，然而作者亦不多见。（明·高棅《唐诗品汇·七言绝句叙目》）

七言绝句，盛唐主气，气完而意不尽工；中、晚唐主意，意工而气不甚完。然各有至者，未可以时代优劣也。（明·王世贞《艺苑卮言》卷四）

晚唐诗，萎薾无足言。独七言绝句，脍炙人口，其妙至欲胜盛唐。愚谓绝句觉妙，正是晚唐未妙处。其胜盛唐，乃其所以不及盛唐也。绝句之源，出于乐府，贵有风人之致。其声可歌，其趣在有意无意之间，使人莫可捉着。盛唐唯青莲、龙标二家诣极，李更自然，故居王上。晚唐快心露骨，便非本色。议论高处，逗宋诗之径，声调卑处，开大石之门。（明·王世懋《艺圃撷余》）

于鳞选唐七言绝句，取王龙标"秦时明月汉时关"为第一，以语人，多不服。于鳞意止击节"秦时明月"四字耳。必欲压卷，还当于王翰"葡萄美酒"、王之涣"黄河远上"二诗求之。（同上）

七言绝，李、王二家外，王翰《凉州词》，王维《少年行》，高适《营州歌》，王之涣《凉州词》，韩翃《江南曲》，刘长卿《昭阳曲》，刘方平《春怨》，顾况《宫词》，李益《从军》，刘禹锡《堤上行》，张籍《成都曲》，王涯《秋思》，张仲素《塞下曲》《秋闺曲》，孟郊《临池曲》，白居易《杨柳枝》《昭君怨》，杜牧《宫怨》《秋夕》，温庭筠《瑶瑟怨》，陈陶《陇西行》，李洞《绣岭词》，卢弼《四时词》，皆乐府也。然音响自是唐人，与五言绝稍异。（明·胡应麟《诗薮》内编卷六）

七言绝，体制自唐，不专乐府。然盛唐颇难领略，晚唐最易波流。能知盛唐诸作之超，又能知晚唐诸作之陋，可与言矣。（同上）

七言绝以太白、江宁为主，参以王维之俊雅，岑参之浓丽，高适之浑雄，韩翃之高华，李益之神秀，益以弘正之骨力，嘉隆之气韵，集长舍短，足为大家。

上自元和,下迄成化,初学姑置可也。晚唐绝句易入人,甚于宋、元之诗,故尤当戒。(同上)

七言绝,太白、江宁为最,右丞、嘉州、舍人、常侍次之。中唐则隋州、苏州、仲文、君平、君虞、梦得、文昌、绘之、清溪、广津,皆有可观处。(同上)

七言绝,开元之下,便当以李益为第一。如《夜上西城》《从军》《北征》《受降》《春夜闻笛》诸篇,皆可与太白、龙标竞爽,非中唐所得有也。(同上)

太白五七言绝,字字神境,篇篇神物。于鳞谓即太白不自知,所以至也,斯言得之。(同上)

盛唐长五言绝,不长七言绝者,孟浩然也;长七言绝,不长五言绝者,高达夫也。五七言各极其工者,太白;五七言俱无所解者,少陵。(同上)

晚唐绝句"东风不与周郎便,铜雀春深锁二乔","可怜夜半虚前席,不问苍生问鬼神",皆宋人议论之祖。间有极工者,以气韵衰飒,天壤开宝。然书情则怆恻而易动人,用事则巧切而工悦俗,世希大雅,或以为过盛唐,具眼观之,不待其辞毕矣。(同上)

七言绝句,盛唐诸公用韵最严,大历以下,稍有旁出者,作者当以盛唐为法。盛唐人突然而起,以韵为主,意到词工,不假雕饰;或命意得句,以韵发端,浑成无迹,此所以为盛唐也。(明·谢榛《四溟诗话》卷一)

近体,梁、陈已有,至杜审言而始叶于度。歌行,鲍、庾初制,至李太白而后极其致。盖创作犹鱼之初漾于洲渚,继起者乃泳游自恣,情舒而鳞鬐者始展也。七言绝句,初、盛唐既饶有之,稍以郑重,故损其风神。至刘梦得,而后宏放出于天然,于以扬扢性情,驱娑景物,无不宛尔成章,诚小诗之圣证矣。此体一以才情为主。言简者最忌局促,局促则必有滞累;苟无滞累,又萧索无余。非有红炉点雪之襟宇,则方欲驰骋,忽尔蹇踬;意在矜庄,只成疲苶。以此求之,知率笔口占之难,倍于按律合辙也。梦得而后,唯天分高朗者,能步其芳尘,白乐天、苏子瞻皆有合作,近则汤义仍、徐文长、袁中郎往往能居胜地,无不以梦得为活谱。才与无才,情与无情,唯此体可以验之。不能作五言古诗,不足以入风雅之室;不能作七言绝句,直是不当作诗。(清·王夫之《姜斋诗话》卷二)

七言,初唐风调未谐,开元、天宝诸名家,无美不备,李白、王昌龄尤为擅场。昔李沧溟推"秦时明月汉时关"一首压卷,余以为未允。必求压卷,则王维之"渭城",李白之"白帝",王昌龄之"奉帚平明",王之涣之"黄河远上",其庶几乎!而终唐之世,绝句亦无出四章之右者矣。中唐之李益、刘禹锡,晚唐之杜牧、李商隐四家,亦不减盛唐作者云。(清·王士祯《带经堂诗话》卷四)

晚唐七绝,众称其妙,且有欲胜盛唐之说。殊不知绝句觉妙,正是晚唐未妙处;其胜盛唐,乃其所以不及盛唐也。(同上)

诗至唐人七言绝句,尽善尽美。自帝王、公卿、名流、方外以及妇人女子,佳作累累。取而讽之,往往令人情移,回环含咀,不能自已,此真风骚之遗响也。洪容斋《万首唐人绝句》,编辑最广,足资吟咏。大抵各体有初、盛、中、晚之别,而三唐七绝,并堪不朽。太白、龙标,绝伦逸群,龙标更有"诗天子"之号。杨升庵云:"龙标绝句无一篇不佳",良然。少陵别是一体,殊不易学。宋、元以后,颇有名篇,较之唐人,总隔一尘在。(清·宋荦《漫堂说诗》)

李沧溟推王昌龄"秦时明月"为压卷,王凤洲推王翰"蒲萄美酒"为压卷,本朝王阮亭则云:"必求压卷,王维之'渭城',李白之'白帝',王昌龄之'奉帚平明',王之涣之'黄河远上',其庶几乎!而终唐之世,绝句亦无出四章之右者矣。"沧溟、凤洲主气,阮亭主神,各自有见。愚谓:李益之"回乐峰前",柳宗元之"破额山前",刘禹锡之"山围故国",杜牧之"烟笼寒水",郑谷之"扬子江头",气象稍殊,亦堪接武。(清·沈德潜《说诗晬语》)

七言绝句,贵言微旨远,语浅情深,如清庙之瑟,一倡而三叹,有遗音者矣。开元之时,龙标、供奉,允称神品。此外高、岑起激壮之音,右丞多凄惋之调,以至"蒲桃美酒"之词,"黄河远上"之曲,皆擅场也。后李庶子、刘宾客、杜司勋、李樊南、郑都官诸家,托兴幽微,克称嗣响。(清·沈德潜《唐诗别裁集》凡例)

五言绝右丞、供奉,七言绝龙标、供奉,妙绝古今,别有天地。七言绝句,以语近情遥,含吐不露为贵。只眼前景,口头语,而有弦外音,使人神远,太白有焉。(清·沈德潜《唐诗别裁集》卷二十)

晚唐七言绝句妙处,每不减王龙标。然龙标之妙在浑,而晚唐之妙在露,以此不逮。(清·贺贻孙《诗筏》)

绝句字句虽少,含蕴倍深。其体或对起,或对收,或两对,或两不对,格句既殊,法度亦变。对起者,其意必尽后二句。对收者,其意必作流水呼应,不然则是不完之律。亦有不作流水者,必前二句已尽题意,此特涵泳以足之。两对者,后二句亦有流水,或前暗对而押韵,使人不觉。亦有板对四句者,此多是漫兴写景而已。两不对,大抵以一句为主,余三句尽顾此句,或在第一,或在第二,或在第三、四。亦有以两句为主者,又有两呼两应者,或分应,或各应,或错综应。又有前后两截者,有一意直叙者,有前两句开说,后二句绾合者,有以倒叙为章法者,有以错叙为章法者,惟此体最多变局,在人善用之。……两呼两应,如李白"故人西辞黄鹤楼,烟花三月下扬州。孤帆远影碧空尽,惟见长

江天际流。"（一呼二应，三呼四应，此各应法）。（清·冒春荣《葚原诗说》卷三）

七言绝句，李供奉、王龙标神化至矣！王翰、王之涣一首两首，冠绝古今。右丞气韵，嘉州气骨，非大历诸公可到。李君虞、刘梦得具有乐府意，亦邈焉寡俦。至如樊川之风调，义山之笔力，又岂易言哉！唐七绝尽多佳制，以得乐府意为尤。七绝似易而实难，《竹枝词》更难。（清·乔亿《剑溪说诗》卷下）

初唐七绝，味在酸咸之外。"人情已厌南中苦，鸿雁那从北地来"，"独怜京国人南窜，不似湘江水北流"，"即今河畔冰开日，正是长安花落时"，读之初似常语，久而自知其妙。（清·管世铭《读雪山房唐诗序例》）

唐末唯七言绝句，不少名篇。司空图《赠日本鉴禅师》、崔涂《读庾信集》，骨色神韵，俱臻绝品，可以俯视众流矣。（同上）

李太白、王龙标七绝，为有唐之冠。其实龙标第一，盖太白熟，龙标生。"生"字有二义，一训生熟，一训生死。然生硬熟软，生秀熟平，生辣熟甘，生新熟旧，生痛熟木。果生坚熟落，谷生茂熟槁。唯其不熟，所以不死。（清·牟愿相《小澥草堂杂论诗》）

诗到中唐尽：昌黎艰奥尽，东野劖削尽，苏州、柳州深永尽，李贺奇险尽，元白曲畅尽，张王轻俊尽，文房幽健尽。盛唐只是厚，中唐只是畅。昌黎诗古奥诘曲，不能上口，而妨于厚，盖以畅故。（同上）

七言绝句起自古乐府，盛唐遂蹑其巅。太白、龙标，无以加矣，它如旗亭雪夜，画壁斗奇，非其自信者深乎？"工夫转换之妙，全在第三句，若第三句用力，则末句易工。"沧溟之言韪矣。然实二十八字俱有关合，乃成一首，学者细玩"黄河远上"之篇，思过半矣。（清·田雯《古欢堂集杂著》卷二）

七绝是七古之短篇，以李杜之作，一往浩然，为不失本体。七绝与七古可相收放，如骆宾王《帝京篇》、李峤《汾阴行》、王泠然《河边枯柳》，本意在末四句，前文乃铺叙耳。只取末四句，便成七绝。七绝之起承转合者，衍其意可作七律，七律亦可收作七绝。七绝，唐人多转，宋人多直下，味短。（清·吴乔《围炉诗话》卷二）

晚唐七绝，众称其妙，且有欲胜盛唐之说。殊不知绝句觉妙，正是晚唐未妙处；其胜盛唐，乃其所以不及盛唐也。（清·田同之《西圃诗说》）

"秦时明月"一首，"黄河远上"一首，"天山雪后"一首，"回乐峰前"一首，皆边塞名作，意态绝健，音节高亮，情思悱恻，百读不厌也。（清·施补华《岘佣说诗》）

唐人七绝每借乐府题，其实不皆可入乐，故只作绝句论。（同上）

刘铁冷《作诗百法》中有以七绝为例的几法,摘引如下,对初学者极有益处:

对面托题法

题有正面难写者,不得不于对面求之,盖对面托出,较正面意味倍深也。王维《九月九日忆山东兄弟》、王昌龄《从军行》均用此法,妙到毫巅,最宜学步。

九月九日忆山中兄弟　王维

独在异乡为异客,每逢佳节倍思亲。
遥知兄弟登高处,遍插茱萸少一人。

此诗题神在一"忆"字,故首句先言作客,揭出忆兄弟之故。第二句承九日,而"思亲"二字,即是引起"忆"字。第三句忽然扑到兄弟忆己,而己之忆兄弟,便从对面看出,神乎技矣。

从军行　王昌龄

烽火城西百尺楼,黄昏独上海风秋。
更吹羌笛关山月,无那金闺万里愁。

此诗写金闺之怨,而征人之愁可知,亦从对面托出也。起句言登楼望烽火。第二句言秋夜独坐,已可悲矣。第三句转进一层,言吹笛以伤别离。第四句即拍到对面作映,淡而弥永,余味曲包。

旁面衬题法

题有不能直写者,须用衬笔以写之。或以物衬,或以人衬,皆在旁面,而不在正面,然非起处蓄势不可。王昌龄之《闺怨》及《春宫曲》均用此法,探骊得珠,何必再问鳞爪耶?

闺　怨　王昌龄

闺中少妇不知愁,春日凝妆上翠楼。
忽见陌头杨柳色,悔教夫婿觅封侯。

此诗得力在第三句,所谓以物衬题也。第一句从闺妇起,以"不知愁"三字为转句,作逼势,第二句更承明"不知愁"。第三句转出"忽见"二字,正是触景生情,则第四句勒到"怨"字,自然警醒。此从画家点睛法得来。

春宫曲　王昌龄
昨夜风开露井桃,未央前殿月轮高。
平阳歌舞新承宠,帘外春寒赐锦袍。

此诗以第三句为转纽,所谓以人衬题也。第一句言昨夜桃开,借喻新宠,故第二句即以"月轮"缴上"夜"字。第三、四句言平阳有宠,则己之失宠,不言而喻。运思之妙,却不露出怨意。

循题顺点法

题有数字,不能囫囵点出,又不能隐约不点,则必设法衬点,随意借点。至顺点,则易平易板,独张旭《桃花溪》诗,是借问渔船写出题景,故不直致,差可隅举。

桃花溪　张旭
隐隐飞桥隔野烟,石矶西畔问渔船。
桃花尽日随流水,洞在清溪何处边。

此诗灵动处在第二句。起句只言溪畔远景耳,有渔船一问,便引起下二句。第三句顶"问"意,点"桃花"作转。第四句点出"溪"字,仍应"问"字口吻。妙在并不说尽,自然宛转赴题。

就题空翻法

征实难巧,翻空易奇。翻得愈空,则题意愈透,然却不能逞奇自喜,与题无涉。韩愈《春雪》诗,可谓善于翻空矣,而转收处加倍有力,昌黎才大,于此略见一斑。

春雪　韩愈

新年都未有芳华，二月初惊见草芽。
白雪却嫌春色晚，故穿庭树作飞花。

此诗大意,仅言雪花之景。然非起、承善作翻势,转处之题字不醒,收处之题景亦不醒。观其第一句,从春字着意翻起,为收句作势,何等倜傥！第二句即申醒起句,故第三、四句挽成一气,风樯阵马,隽快绝伦。

借物写情法

人之有情,欲从诗中写出难；诗之有情,欲从诗中写出更难。故写情者必有所借,而借物尤轩豁呈露,盖无物则不足以见情也。王昌龄《长信怨》即借物写情之一,观其运用,思过半矣。

长信怨　王昌龄

奉帚平明金殿开，且将团扇暂徘徊。
玉颜不及寒鸦色，犹带昭阳日影来。

此诗第三句以"鸦"反衬,第四句即以鸦之带日,反托己之失宠,所谓借物写情也。而起句但言宫中之晓景,次句已借团扇喻失宠矣。有三、四两句,更觉跃然楮墨间。造语自有分寸,故能情致宛然。

学生七绝习作与点评

要求：写作七言绝句一首,要求严守平仄格律,内容健康。

1. 押平水韵,不得用邻韵或新韵；注明韵部,如：七阳；
2. 注意第三句的转折作用；
3. 仄仄平平仄仄平句,第三字若用仄,第五字得补一平声字,否则犯孤平；
4. 平平仄仄仄平平句,要注意第五字的平仄,容易犯三平调；
5. 诗一定要有题目,不要轻易用"无题"作题目(爱情诗除外)；
6. 尽量不用小序,诗小序一般不得超过15个字；
7. 分两行排列,不得用繁体字；

8. 内容最好贴近现实生活，尽量少写思乡怀归等传统题材（爱情诗词除外），内容要有新意。

根据我二十多年从事"诗词格律与写作"教学的经验，学生习作在整个学期中有三个小高潮，第一次出现在七绝写作时期，第二次出现在七律写作时期，第三次出现在词创作时期。随着学生对诗词习染越深，创作高潮也一次胜过一次。若干年后回头看更是如此。我先后主编《东南大学校园诗词选》和《清华学生诗词选》，入选的诗词也集中在这三种体裁，而逾后逾高。词之佳作远超过全书一半。期末，学生自选提交的代表作也大致如此。五绝、五律盛行于唐代，尤其初盛唐，到宋代仍时有佳作，到明清时期，五绝、五律精品佳作就少得多，现当代作者写五言律绝似乎更少，有影响的杰出篇章便更难见。我在东南大学和清华大学教学时，除对七律安排双倍的时间练习外（那更多是因介绍词的基础知识需要两周课时，然后才能进入词的创作考虑），其他体裁基本平均使用时间，所以五绝、五律佳作还是相对少一些。

七绝佳作多半还是写学生最熟悉的传统题材，与五绝较相似，写思乡怀归、写节序感受、写爱情，这些作品相对成熟一些，而且也有许多亮点，使读者拍案击节。如：

初夏雨
寒冬懒去春来迟，转瞬飞花又几枝。
梦醒谁听帘外雨，声声化作故乡思。

三月十四日黄昏思乡
残阳西坠晚霞红，黯淡乡魂桂影朦。
怅望徒然美赤日，明朝即可至辽东。

夜半怀乡有感
烟波隐隐柳翩翩，浣女溪头望采莲。
宿酒醒时知是梦，秋风冷月照无眠。

秋 怨
客乡何事不惊心？节序重来恨更深。
此意秋风应未解，漫吹雁叫与虫吟。

思 归
凝妆正髻对灯昏,陋舍犹寒酒尚温。
急雨不谙离别恨,伴装归客夜敲门。

秋 吟
诗心莫把秋心负,谁道西风总断肠?
鸟尽云飞天气爽,纷纷绿叶化红妆。

观落叶有感
林中起舞试黄裳,泥作胭脂淡淡妆。
因晓东风亲李杏,与君决绝嫁秋霜。

闺 怨
春归已久寒难尽,此夜孤灯映几更。
一盏相思藏烛火,幽光摇曳到天明。

无 题
疏狂激语悔相思,旧恨心灰两自知。
但恐寻常花下见,不谈风月只谈诗。

寄 远
西窗残烛影昏昏,万里云山孤月轮。
屈指占君应似我,今宵亦是不眠人。

琵琶语
淫濛烟雨浣花寒,罗绮轻容半曲残。
最得平生偏寡淡,繁芜过尽是清安。

雨日手谈
是日雨疏移步廊,焚香候客水茶凉。
浮生如是玲珑局,黑白轮流自有常。

村居日暮
新书读罢晚风闲,远近炊烟倦鸟还。
落日有情仍惜别,故留云影画青山。

候情郎
并翼青鸾宿晚枝,玲珑白月映华池。
忍将红烛重燃起,玉露金风不解痴。

十月望日观月有感
忆昔中秋夜雨纷,同祈桂魄共观文。
而今月皎星稀处,只见婵娟不见君。

秋晨即景
秋深露重板桥霜,陌上枫红菊已黄。
只要心存春盛景,人生处处有花香。

秋 词
行人尽恨秋深早,我独长愁露重迟。
不到西风凋碧树,何来红叶寄相思?

晴 空
碧空一洗日光浓,灿灿粼粼洒数重。
谁晓飘摇金叠叶,几因夕照几因冬。

自 勉
空怀志趣却无才,悄顾同侪倍觉哀。
若得当途心不悔,勤行向远莫徘徊。

旅夜怀乡
桂魄驰光入五更,忽闻软语入前楹。
揽衣推枕出门去,却是虫鸣似旧声。

咏混凝土

造桥铺路起高台,无惧洪涛与震灾。
风雨百年犹不改,方为今日栋梁材。
(第三句拟改为"烈焰千烧钢作骨"。)

秋　情

霜凝红叶惹人怜,万里西风洗碧天。
试问秋情谁与诉?白云一片作诗笺。

也有许多同学,力求拓宽视野,从生活中发掘题材,写出新气息,有的还较有思想深度。陈寅恪先生为王国维所做纪念碑所倡导的"自由之精神,独立之思想",这也是世世代代青年学子所追求的。写这类作品,成功率较低,如习作中写雅安地震的颇多,苦无佳作。下面一些习作,尚能差强人意:

忆小学老师

小树发芽昨日晨,林中造化集于身。
一朝叶茂成梁栋,可记当年植树人?

闻某校室友投毒案悲愤作

东风好景又何辜,一鸟喳喳一木枯。
毁叶伤根还笑问,人情二字怎生书。

参加北京高校象棋赛有感

清明上巳静风尘,汉界楚河征战昏。
两道眉间观日月,三分袖里定乾坤。

惋志士

钓罢孤舟棹九歌,长声玉笛几沧波。
笑谈利禄皆虚妄,却向红尘梦一柯。

浮生有感

利禄功名线线牵，弦歌诗酒盖难全。
他年若遂平生愿，春放风鸢夏采莲。

菱　歌

溪中少女不知羞，碎鬓疏编缓荡舟。
曲罢忽闻君子顾，腮红欲语半低头。

闺怨·回文

玉楼空晚梦朦胧，晚梦朦胧雨润风。
雨润风清歌一曲，清歌一曲玉楼空。

拜定军山武侯墓

定军微雨洗兵痕，独立何知日近昏。
长羡冢前双汉桂，云荫千载护英魂。

春日填词

悠澜晴日苦思量，蜂蝶痴缠笔下荒。
刻翠裁红雕一阕，抬头误此好春光。

春日会友人

阶边药酒换新茶，雨过晴明抚嫩芽。
笑看庭间竿影短，堂前自在品时瓜。

夜赴图书馆

遥望清辉出暖房，华园处处惹秋霜。
满楼灯火无疲色，疑是星河染墨香。

学生七绝习作失误例

七绝写作，是学生练习诗词写作的第二周，往往如初学游泳或开车，常常顾此失彼,甚至忽略一些重要环节,造成拗调拗句,使作品艺术水准大大降低。总结习作的存在问题,主要是内容立意较平庸,层次结构松散,格律上差错较多这样几个方面：

1. 结构不紧凑，主题不突出

乡　思
清风拂柳难栽意，乳燕争檐不忍欢。
薄雨无端凄永夜，乡愁未解枕犹寒。

无　题
云深水阔何人问，象管红笺小篆香。
守得孤灯迎白日，红枫点绛嫁寒霜。

遣　怀
沉沉暮色驻中庭，心意踌躇气不宁。
怅望千秋多少事，金风起处月华明。

2. 内容平庸

忆十一白石山之行
晨起迎曦登白石，秋枫尽染漫山红。
峰林笔挺插霄汉，栈道横飞挂霓虹。

3. 失粘

紫　藤
如霞似雾开无尽，满架藤花紫色新。
疑知毕业期将至，故送清芬挽我心。

雨夜病中作
风凄花落雨霖霖，欲寄愁心月未寻。
夜阑屋静人难寐，唯有孤灯晓病音。

闻昨夜骤雨有感

东风浩荡百花怨,寥落芳菲碾作尘。
早行何怜足下艳,淋漓过处又一春。

春 雪

水墨轻描九曲湾,丹青意造梦花园。
梅出小苑清香满,雪落屏山染玉泉。

恋

阴云惨淡漫无边,雾霭沉沉锁陌阡。
忽闻伊人含笑语,云开雾散艳阳天。

4. 犯孤平

读史狂想

淝水投鞭恨未临,欲驰瀚海共浮沉。
丈夫家国许多事,何故《白头》反复吟。(孤平)

过济南黑虎泉

护城河下银珠泛,青石板间细水流。(孤平)
好客乡民引壶上,甘泉一捧醉王侯。

初 冬

半窗霏雪半窗寒,九月朔风落叶残。(孤平)
路有飘蓬愁冻骨,锦衣玉食岂能安?

5. 三平调

春夜送友人

游园恰值霁月明,信步水亭诉别情。
来年春深君何在,叹息月轮犹亏盈。(三平调)

和 诗
韶华长逝思难书,四海同悲空啼乌。(三平调)
春红溅泪心怀善,秋雨恨时忍伤梧。

6. 出韵、凑韵

忆高考 四支
曦光淡露书声琅,半月高悬笔下急。(出韵)
只为十年磨一剑,寒锋未试无人知。

单相思
不求相守不求缠,浅笑盈盈暗泛涟。
莫道单思苦无益,两情岂有一情绵?(凑韵)

7. 第六字拗

期中考试有感
半世劳形为功名,樱桃宴罢陷营营。
浮名换了平生畅,青眼高歌白衣卿。("衣"拗)

读《南唐二主词》有感
自古羞谈风与月,文章不忘念山河。
赤心不惧千夫指,亡国声中泣宫娥。("宫"拗)

8. 生涩

从游颐和园
夏雨来风朗月明,回之曲调在寒升。
静而阴冷有闲靓,动辄晴空似勃兴。

七绝还是文人们即席口占创作的最简单形式,因为其字数较少,平仄易记,因而用得极多。许多诗社等团体,开展采风等活动,如果要求现场创作,初学者和老诗人首选形式均是七绝。因此,对七绝的格律要求,我们应当了如指掌。

同学们在习作中反映的问题,绝大多数是初学缺少经验,内容等方面与本人阅历深浅有关。格律问题如同伤风感冒,病轻易治,而平庸僵化乃顽疾。为避免平庸僵化,要多读书,睁开眼睛看世界,虚心接受新事物,有条件的要多旅游。写诗要逐步老练,但不可逐步老化。僵化的观念,烂熟的词语,是写作的大敌;故步自封,懒得修改,是写诗的第二大敌;赶时髦,好吹捧,低俗媚俗是写诗者的绝症。

第八章　五律的鉴赏与写作

五律的格律形式

五言律诗的平仄有以下四种类型:

五律的平仄 ①
仄仄平平仄 （一）
平平仄仄平 （二）
平平平仄仄 （三）
仄仄仄平平 （四）
仄仄平平仄 （一）
平平仄仄平 （二）
平平平仄仄 （三）
仄仄仄平平 （四）

即五绝第①种形式的重复。

五律的平仄 ②
平平平仄仄 （三）
仄仄仄平平 （四）

仄仄平平仄 ㈠
平平仄仄平 ㈡
平平平仄仄 ㈢
仄仄仄平平 ㈣
仄仄平平仄 ㈠
平平仄仄平 ㈡

即五绝第②种形式的重复。

五律的平仄 ③

仄仄仄平平 ㈣
平平仄仄平 ㈡
平平平仄仄 ㈢
仄仄仄平平 ㈣
仄仄平平仄 ㈠
平平仄仄平 ㈡
平平平仄仄 ㈢
仄仄仄平平 ㈣

即五绝的第③种形式加上第①种形式。

五律的平仄 ④

平平仄仄平 ㈡
仄仄仄平平 ㈣
仄仄平平仄 ㈠
平平仄仄平 ㈡
平平平仄仄 ㈢
仄仄仄平平 ㈣
仄仄平平仄 ㈠
平平仄仄平 ㈡

即五绝的第④种形式加上五绝第②种形式。

五律经典赏析

望月怀远　张九龄

海上生明月，天涯共此时。
情人怨遥夜，竟夕起相思。
灭烛怜光满，披衣觉露滋。
不堪盈手赠，还寝梦佳期。

"天涯共此时"，情至语。（清·沈德潜《唐诗别裁集》）

（首句）先提起月，以下皆从月字描出。（二句）天涯，遍天之下无所不至。此时，际此明月出海之时，暗寓怀远。（三、四句）此正承怀远。唯有情人所以怀远，唯怀远所以竟夕起相思。相思，言我此时思念远人，而情人在远方，亦当思念于我也。应上"共"字……（五句）盖言怀人不能安睡，踌躇月下，觉衣巾为露所滋耳。此亦串读，正转望月，暗寓怀远。（七句）言不堪揽此明月，以赠所怀之人也。（八句）细按"还寝"二字，当作已晓时解。天已晓，不宜寝矣。乃曰"还寝"者，则知望月怀人，达旦不寐也。上句合望月，下句合怀远。唐人作诗，若以日夕起，多以天晓结之；若以天晓起，多以日夕结之，大概皆用此法。（清·章燮《唐诗三百首注疏》卷四）

诗言性情，所贵情余于语，张曲江《望月怀远》云："海上生明月，天涯共此时。"语极浅而情极深，遂为千古绝调。（清·黄培芳《香石诗话》卷一）

在狱咏蝉　骆宾王

西陆蝉声唱，南冠客思侵。
那堪玄鬓影，来对白头吟！
露重飞难进，风多响易沉。
无人信高洁，谁为表予心？

周珽曰：次句映带"在狱"。三、四流水对，清利。五、六寓所思，深婉。尾"表"字应上"侵"字，"心"应"思"字，有情。咏物诗，此与《秋雁》篇可称绝唱。（明·周珽《删补唐诗选脉笺释会通评林》）

屈金粟云：结句得以直说自以者，以前半有南冠、白头吟句也。五、六有进退维谷之意。（清·章燮《唐诗三百首注疏》引）

此因闻蝉借以自况也。蝉知感秋，犹己之被系，真影相吊而声相和者也。"露重""风多"，喻世道之艰险；"难进""易沉"，慨己冤之不伸。斯时也，有能信其高洁，表其贞心者乎？亦终于湮没而已。（明·唐汝询《唐诗解》卷三一）

起句言狱中闻蝉，题之本位也。三、四句由蝉说到己身，层次井然。而"玄鬓""白头"，于句法流转中，兼工琢句。五句言蝉因"露重"而沾翅难飞，犹己之以谗深而含冤莫白。六句言蝉因"风多"而"响易沉"，犹己之以毁积而辞不达。末二句慨然说明借蝉喻己之意。此诗取譬最为明切。大凡咏物诗，或见物兴感，或借物自况，或借物寓意，方有题外之味，不拘拘迹相。（民国·俞陛云《诗境浅说》）

题大庾岭北驿　宋之问

阳月南飞雁，传闻至此回。
我行殊未已，何日复归来？
江静潮初落，林昏瘴不开。
明朝望乡处，应见陇头梅。

凄咽欲绝。（明·邢昉《唐风定》卷十六上）

沉亮凄婉。（清·姚鼐《五七言今体诗钞》卷一）

景同而语异，情亦因之而殊。宋之问《大庾岭》云："明朝望乡处，应见岭头梅。"贾岛云："无端更渡桑干水，却望并州是故乡。"景意本同，而宋觉优游，词为之也。然岛句比之问反为醒目，诗之所以日趋于薄也。（清·吴乔《围炉诗话》卷一）

衡塘退士云：首四句一气旋折，其味无穷。（清·文元辅辑评《唐诗三百首》卷三）

次北固山下　王湾

客路青山外，行舟绿水前。
潮平两岸阔，风正一帆悬。
海日生残夜，江春入旧年。

乡书何处达？归雁洛阳边。

李白《塞下曲》……王湾《北固山下》……俱盛唐绝作，视初唐格调如一，而神韵超玄，气概闳逸，时或过之。（明·胡应麟《诗薮》内编卷四）

诗不可不造句。江中日早，残冬立春，亦寻常意思，而王湾云："海日生残夜，江春入旧年"，一经锤炼，便成警绝。宜张曲江悬以示人。（清·沈德潜《说诗晬语》）

（一、二句）对偶起。青山，北固山；绿水，大江也。青山绿水，伏下春字。（三句）潮满大江，故见其平；水涨及岸，益见其阔。（四句）春风和畅，故见其正。（五、六句）日过一日，年复一年。海日生于残夜，江春入于旧年，在外日久，伤岁月之蹉跎也。（末二句）乡书无由寄达，无聊之极。想及雁可传书，因其归近洛阳，故妄思耳。（清·章燮《唐诗三百首注疏》卷四）

前半写舟行江中，而次于北固山下，后半写腊尽春回，而思洛阳故乡，卒之欲归不得，书又难达，想见作者当日无聊之甚。（民国·王文濡《唐诗评注读本》卷五）

冯班：腹联绝唱。北固山绝唱。查慎行：大历以后无此等气格矣。何义门：不惟名句，而亦治象。武、韦继乱，忽睹开元之政，四海皆目明气苏也。纪昀：五、六全是锻炼工夫。（今人·李庆甲《瀛奎律髓汇评》卷十）

赠孟浩然　李白

吾爱孟夫子，风流天下闻。
红颜弃轩冕，白首卧松云。
醉月频中圣，迷花不事君。
高山安可仰，徒此揖清芬。

太白赠浩然诗，前云"红颜弃轩冕"，后云"迷花不事君"，两联意颇相似。刘文房《灵祐上人故居》诗，既云"几日浮生哭故人"，又云"雨花垂泪共沾巾"，此与太白同病，兴到而成，失于检点。意重一联，其势使然。两联意重，法不可从。（明·谢榛《四溟诗话》）

唐（仲言）云：此美孟之高隐也。盖始相识而尊礼之如此。（清·章燮《唐诗三百首注疏》卷四）

（颈联）吴（汝纶）曰："疏宕中仍自精练。"（七句）吴曰："开一笔。"（末

吴曰："一气舒卷,用孟体也,而其质健豪迈,自是太白手段,孟不能及。"(民国·高步瀛《唐宋诗举要》卷四)

此诗当是开元二十七年(739)李白过襄阳时重晤孟浩然而作。其时孟浩然已届晚年,故诗云"白首卧松云"。次年,孟浩然即病疽背而卒。(今人·郁贤皓编《李白选集》)

渡荆门送别　李白

渡远荆门外,来从楚国游。
山随平野尽,江入大荒流。
月下飞天镜,云生结海楼。
仍怜故乡水,万里送行舟。

诗太近人,其病有二:浅而近人者,率也;易而近人者,熟也。如《荆门送别》诗,便不免此病。(明·陆时雍《唐诗镜》卷十七)

太白天才超绝,用笔若风樯阵马,一片神行。……此诗首二句言送客之地,中二联写荆门空阔之景,惟收句见送别本意,图穷匕首见,一语到题。昔人诗文,每有此格。次联气象壮阔,楚蜀山脉,至荆州始断;大江自万山中来,至此千里平原,江流初纵,故山随野尽,在荆门最切。四句虽江行皆见之景,而壮健与上句相埒。后顾则群山渐远,前望则一片混茫也。五、六句写江中所见。以"天镜"喻月之光明,以"海楼"喻云之奇特。惟江天高旷,故所见如此。若在院宇中观云月,无此状也。末二句叙别意,言客踪所至,江水与之俱远,送行者心亦随之矣。(民国·俞陛云《诗境浅说》)

此诗乃开元十二年(724)秋乘舟出蜀至荆门时所作,是一首色彩明丽、风姿秀逸而又格律工稳、对仗精切的早年五律佳构。(今人·郁贤皓编《李白选集》)

夜泊牛渚怀古　李白

牛渚西江夜,青天无片云。
登舟望秋月,空忆谢将军。
余亦能高咏,斯人不可闻。
明朝挂帆席,枫叶落纷纷。

累累如贯珠,泠泠如叩玉,斯为雅奏清音。(清·爱新觉罗·弘历敕编《唐宋诗醇》卷八)

五律有清空一气不可以练句练字求者,最为高格。如太白"牛渚西江夜""蜀僧抱绿绮",襄阳"挂席几千里",摩诘"中岁颇好道",刘慎虚"道由白云尽"诸首,所谓"羚羊挂角,无迹可求"。(清·施补华《岘佣说诗》)

赵宧光曰:律不取对,如李白"牛渚西江夜"云云,孟浩然"挂席东南望"云云,二诗无一句属对,而调则无一字不律,故调律则律,属对非律也。近有诗家窃取古调作近体,自以为高者,终是古诗,非律也。……古诗在格与意义,律诗在调与声韵,如必取对,则六朝全对者,正自多也,何不即呼律诗乎?律诗之名起于唐,律诗之法严于唐,未起未严,偶然作对,作者观者慎勿以此持心,方能得一代作用之旨。王阮亭曰:此诗色相俱空,政如羚羊挂角,无迹可求,画家所谓逸品者也。(清·王琦注《李太白集》卷二十二引)

此白以袁宏自况,惜无爱才之人如谢尚者,月夜既不遇知音,唯有挂帆速去耳,而落叶纷纷,偏又触动愁思,以伤迟暮也。此诗以古行律,不拘对偶,盖情胜于词者。(民国·王文濡《唐诗评注读本》卷五)

太白旷世高怀,于此诗可见。纤云四卷,素月当空,正秋江绝妙之景。独客停桡,提笔四顾,寂寥谁可语者?心仪追慕,惟有谢公。犹登岘首而怀叔子,涉湘水而吊灵均也。四五句言余亦登高能赋,不让古贤。而九原不作,欲诉无人,何必长此留连,乃清晓扬帆而去。但见枫叶乱飞,江山摇落,益增忉怛耳。诵此诗如诵姜白石诗词(当为张孝祥《念奴娇·过洞庭》),扣舷长啸,万象皆为宾客也。(民国·俞陛云《诗境浅说》)

春望　杜甫

国破山河在,城春草木深。
感时花溅泪,恨别鸟惊心。
烽火连三月,家书抵万金。
白头搔更短,浑欲不胜簪。

老杜寄身于兵戈骚屑之中,感时对物,则悲伤系之,如"感时花溅泪"是也。故作诗多用一"自"字。……言人情对境,自有悲喜,而初不能累无情之物也。(宋·葛立方《韵语阳秋》卷一)

唐五言多对起,沈、宋、王、李,冠裳鸿整,初学法门,然未免绳削之拘。要其极至,无出老杜。如"国破山河在,城春草木深"……之类,对偶未尝不精,而纵横变幻,尽越陈规,浓淡浅深,动夺天巧,百代而下,当无复继。(明·胡应麟《诗薮》内篇卷五)

(前四句)《涑水记闻》云:"山河在","草木深",明无人无物矣。花鸟,平时可娱之物,见之而泣,闻之而悲,则时可知矣。(明·高棅《唐诗品汇》卷六十二)

起联笔力千钧,(国破句)望字,(城春句)点春字,(感时句)收上,(恨别句)起下。(白头二句)感时心长,恨别意短,落句故置家言国也。匪复无期,趋朝望断,不知此身得睹司隶章服否?只以"不胜簪"终之,凄凉含蓄。(清·何焯《义门读书记》卷五十三)

纪昀曰:语语沉着,无一毫做作,而自然深至。(今人·李庆甲汇评《瀛奎律髓汇评》卷三十二)

起笔即写出春望伤乱大意。时经安史之变,州郡残破,惟剩水残山,依然在目。次句言春到城中,人事萧条。而草木无知,依然欣欣向荣。烟户寥落,益见草木深茂也。三、四句言春望所见雨:春日好花悦目,而"感时"者见之,翻为"溅泪";鸣鸟悦耳,而"恨别"者听之,只觉"惊心"。五、六句更从远望,则烽火连绵,经三月而未息。"家书"句尤脍炙人口,望而不至,难得等于万金。在极无聊赖之时,搔首踌躇,顿觉萧疏短发,几不胜簪。于怀人伤乱之余,更嗟衰老,愈足悲矣。(民国·俞陛云《诗境浅说》)

月夜　杜甫

今夜鄜州月,闺中只独看。
遥怜小儿女,未解忆长安。
香雾云鬟湿,清辉玉臂寒。
何时倚虚幌,双照泪痕干?

月轮当空,天下之所共视,故谢庄有"隔千里兮共明月"之句,盖言人虽异处而月则同瞻矣。老杜当兵戈骚屑之际,与其妻各居一方,自人情观之,岂能免闺门之念?而他诗未尝一及之。至于明月之夕,则遐想长思,屡形诗什。《月夜》诗云:"今夜鄜州月,闺中只独看",继之曰:"香雾云鬟湿,清辉玉臂寒",《一百五日夜对月》云:"无家对寒食,有泪如金波"……其数致意于闺门如此,其亦谢庄之意乎?(宋·阮阅《诗话总龟》后集卷三)

刘（辰翁）云：愈缓愈悲，俯仰具足。（明·高棅《唐诗品汇》卷六十二）

（遥怜一联）忆长安不正说。却借儿女未解点出，甚蕴藉。（香雾一联）衬拓（托）"独"字，逼起落句，精神百倍，转变更奇。（双照句）乱离方甚，儿女尚小，深闺间隔，泪痕所以不干也。（清·何焯《义门读书记》卷五十三）

诗有借叶衬花之法。如杜诗"今夜鄜州月，闺中只独看"，自应用闺中之忆长安，却接"遥怜小儿女，未解忆长安"，此借叶衬花也。总之古人善用反笔，善用傍笔，故有伏笔，有起笔，有淡笔，有浓笔，今人曾梦见否？（清·李调元《雨村诗话》卷下）

诗犹文也，忌直贵曲。少陵"今夜鄜州月，闺中只独看"，是身在长安，忆其妻在鄜州看月也。下云"遥怜小儿女，未解忆长安"，用旁衬之笔，儿女不解忆，则解忆者独其妻矣。"香雾云鬟""清辉玉臂"，又从对面写，由长安遥想其妻在鄜州看月光景。收处作期望之词，恰好去路，"双照"紧对"独看"，可谓无笔不曲。（清·施补华《岘佣说诗》）

冯舒：只起二句，已见家在鄜州矣。第四句说身在长安，说得浑合无迹。五、六紧应"闺中"，落句紧接鄜州、长安。如此诗是天生成，非人工碾就，如此方称诗圣。

纪昀：入手便摆落现境，纯从对面着笔，蹊径甚别。后四句又纯为预拟之词。通首无一笔着正面，机轴奇绝。（同上）

旅夜书怀　杜甫

细草微风岸，危樯独夜舟。
星垂平野阔，月涌大江流。
名岂文章著，官应老病休。
飘飘何所似，天地一沙鸥。

作诗要健字撑住，活字斡旋。如……"名岂文章著，官应老病休"，"何"与"且"字，"岂"与"应"字，乃斡旋也。撑住如屋之有柱，斡旋如车之有轴，文亦然。诗以字，文以句。（宋·罗大经《鹤林玉露》卷六）

子美"星垂平野阔，月涌大江流"，句法森严，"涌"字尤奇。（明·谢榛《四溟诗话》）

起不入意，便写景，正尔凄绝。三、四开襟旷远，五、六揣分谦和，结再即景自况，仍带定"风岸""夜舟"，笔笔高老。（清·浦起龙《读杜心解》卷三之四）

若此孤舟夜泊,著语乃极雄杰,当由真力弥满耳。李白"山随平野"一联,语意暗合,不分上下,亦见大家才力天然相似。(清·爱新觉罗·弘历敕编《唐宋诗醇》卷十六)

纪(昀)云:通首神完气足,气象万千,可当雄浑之品。(清·章燮《唐诗三百首注疏》卷四)

送友人　李白

青山横北郭,白水绕东城。
此地一为别,孤蓬万里征。
浮云游子意,落日故人情。
挥手自兹去,萧萧班马鸣。

即分离之地,而叙景以发端,念行迈之遥,而计程以兴慨,游子之意,飘若浮云,故人之情,独悲落日。行者无定,居者难忘也。而挥手就道,不复能留,惟闻班马之声而已。黯然销魂之思见于言外。(明·唐汝询《唐诗解》卷三三)

首联整齐,承则流走而下。颈联健劲,结有萧散之致。大匠运斤,自成规矩。(清·爱新觉罗·弘历敕编《唐宋诗醇》卷七)

首二句言送别之地,一别则孤蓬万里,游子之意,等于浮云,故人之情,难留落日,亦唯挥手作别,听班马之萧萧耳。盖后四句,则专叙送别之情也。(民国·王文濡《唐诗评注读本》卷五)

天末怀李白　杜甫

凉风起天末,君子意如何?
鸿雁几时到,江湖秋水多。
文章憎命达,魑魅喜人过。
应共冤魂语,投诗赠汨罗。

风起天末,感秋托兴。鸿雁,想其音信。江湖,虑其风波。四句对景怀人。下则因其放逐,而重为悲悯之词,盖文章不遇,魑魅见侵,夜郎一窜,几与汨罗同冤。说到流离生死,千里关情,真堪声泪交下,此怀人之最惨怛者。文人多遭困踬,似憎命达。山鬼择人而食,故喜人过。冤魂,指屈原。投诗,谓李白。(清·仇兆鳌《杜诗详注》卷七)

昔人谓"诗有别材",而"别"实非诗之正体,但于庄雅严正之中,偶杂一两篇,亦足豁人心目。如游名山川者,忽遇断崖曲港,则耳目为之一新。(清·王寿昌《小清华园诗谈》卷下)

登岳阳楼　杜甫

昔闻洞庭水,今上岳阳楼。
吴楚东南坼,乾坤日夜浮。
亲朋无一字,老病有孤舟。
戎马关山北,凭轩涕泗流。

过岳阳楼,观子美诗,不过四十字耳,气象闳放,涵蓄深远,殆与洞庭争雄,所谓富哉言乎者。太白、退之辈,率为大篇,极其笔力,终不逮也。杜诗虽小而大,余诗虽大而小。(宋·唐庚《唐子西文录》)

老杜字法之化者,如"吴楚东南坼,乾坤日夜浮","碧知湖外草,红见海东云","坼""浮""知""见"四字,皆盛唐所无也。然读者但见其宏大而不觉其新奇……四字意极精深,词极易简,前人思虑不及,后学沾溉无穷,真化不可为矣。(明·胡应麟《诗薮》内编卷五)

律诗贵工于发端,承接二句,尤贵得势,如懒残履衡岳之石,旋转而下,此非有伯昏无人之气者不能也。如……"昔闻洞庭水,今上岳阳楼",下云:"吴楚东南坼,乾坤日夜浮"……此皆转石万仞手也。(清·王士禛《带经堂诗话》卷三)

三、四雄跨今古,五、六写情黯淡,著此一联,方不板滞。孟襄阳三、四语实写洞庭,此只用空写,却移他处不得,本领更大。(清·沈德潜《唐诗别裁集》卷十)

黄生云:写景如此阔大,自叙如此落寞,诗境阔狭顿异,结语凑泊极难,转出"戎马"五字,胸襟气象,一等相称。愚按:不阔则狭处不苦,能狭则阔境愈空。然玩三、四,亦已暗逗辽远漂流之象。赵汸曰:公此诗,同时唯孟浩然足以相敌。孟诗云:"八月湖水平,涵虚混太清。气蒸云梦泽,波撼岳阳城。欲济无舟楫,端居耻圣明。坐观垂钓者,徒有羡鱼情。"愚按孟诗结语似逊。(清·浦起龙《读杜心解》卷三之六)

辋川闲居赠裴秀才迪　王维

寒山转苍翠,秋水日潺湲。
倚杖柴门外,临风听暮蝉。
渡头余落日,墟里上孤烟。
复值接舆醉,狂歌五柳前。

写景须曲肖此景,"渡头余落日,墟里上孤烟",确是晚村光景。(清·施补华《岘佣说诗》十八)

右丞诗如《辋川闲居》二首,并体认"闲"字极细,句句与幽居迥别。前首结处,合两事熔成一片以赠裴,妙有"闲"字余情。后首所云于陵灌园,是即目借以衬托,叹彼寂寞中尚不无所事,正见此倚树者真闲也。(清·乔亿《剑溪说诗》又编)

自然流转,而气象又极阔大。(民国·高步瀛《唐宋诗举要》卷四)

山居秋暝　王维

空山新雨后,天气晚来秋。
明月松间照,清泉石上流。
竹喧归浣女,莲动下渔舟。
随意春芳歇,王孙自可留。

中二联不宜纯乎写景,如"明月松间照,清泉石上流。竹喧归浣女,莲动下渔舟",景象虽工,讵为模楷?至宋陆放翁,八句皆为写景矣。(清·沈德潜《说诗晬语》卷上)

第七句颇费解。予揣诗意,以众芳摇落之辰,悲感易生,自达人观之,春荣秋歇,乃天之道,随意处之,则王孙无芳草之怨,而自可留,亦招隐之意也。盖此诗前六句信口不加思索,到结故作蕴藉语,俾轻浅人不得效颦,此诗人身分处也。(清·叶矫然《龙性堂诗话》初集)

《山居秋暝》"空山新雨后,天气晚来秋",起法高洁,带得通篇俱好。(清·张谦宜《䌷斋诗谈》卷五)

此诗所谓不著一字,尽得风流者,最为难学。后生不知其难,往往妄步,遂成浅俗。(清·章燮《唐诗三百首注疏》引)

写景之句,以工致为妙品,真境为神品,淡远为逸品,如……"明月松间照,清泉石上流","雨中山果落,灯下草虫鸣","绿树村边合,青山郭外斜"……皆逸品也。……"野径云俱黑,江船火独明","鸡声茅店月,人迹板桥霜",皆神品也。若唐句可称妙品者,则不可胜举矣。(清·冒春荣《葚原诗说》卷一)

随意挥写,得大自在。(民国·高步瀛《唐宋诗举要》卷四)

喜见外弟又言别　李益

十年离乱后,长大一相逢。
问姓惊初见,称名忆旧容。
别来沧海事,语罢暮天钟。
明日巴陵道,秋山又几重。

"马上相逢久,人中欲认难","问姓惊初见,称名忆旧容","乍见翻疑梦,相悲各问年",皆唐人会故人诗也。久别倏逢之意,宛然在目,想而味之,情融神会,殆如直述。前辈谓唐人行旅聚散之作最能感动人意,信非虚语。(宋·范晞文《对床夜语》卷五)

与"乍见翻疑梦,相悲各问年",抚衷述慷,同一情至。一气旋折,中唐诗中仅见者。(清·沈德潜《唐诗别裁集》卷十一)

(前)四句一气,情词恳切,悲喜交集,读之令人凄然。(清·章燮《唐诗三百首注疏》卷四)

云阳馆与韩绅宿别　司空曙

故人江海别,几度隔山川。
乍见翻疑梦,相悲各问年。
孤灯寒照雨,深竹暗浮烟。
更有明朝恨,离杯惜共传。

开口便见相见之难,"故人"指韩绅。与之江湖一别,几度欲相见,而为山川所隔,此吾之恨也。此诗结有"恨"字,玩其用"更有"二字则知。起二句下藏一"恨"字也。(清·徐增《而庵说唐诗》)

三、四写别久忽遇之情,五、六夜中共宿之景,通体一气,无馁钉习,尔时已

为高格矣。(清·沈德潜《唐诗别裁集》卷十一)

方(回)云:三、四一联,乃久别忽逢之绝唱也。纪(昀)云:四句更胜。(范)景文云:此是前虚后实之格。(清·章燮《唐诗三百首注疏》卷四)

赋得古原草送别　白居易

离离原上草,一岁一枯荣。
野火烧不尽,春风吹又生。
远芳侵古道,晴翠接荒城。
又送王孙去,萋萋满别情。

上二联写草生之无间,下二联见草色之关情。乐天语尚真率,佳处固自不少,要非入选之诗,独此丰格犹存,姑采以备长庆之一体。(明·唐汝询《唐诗解》)

首联原物理之循环,次联见生机之不息,三联咏草色之周遍,结联咏物情之系感。(明·周珽《删补唐诗选脉笺释会通评林》)

前一解,要看"原上"二字,后一解,要看"王孙去"三字,古人作法,一丝不走。(清·徐增《而庵说唐诗》)

此诗借草取喻,虚实兼写。起句实赋"草"字。三、四承上荣枯而言。唐人咏物,每有仅于末句见本意者,此作亦同之。但诵此诗者,皆以为喻小人去之不尽,如草之滋蔓,作者正有此意,亦未可知……五、六句古道荒城,言草所丛生之地。远芳晴翠,写草之状态。而以"侵"字"接"字,绘其虚神,善于体物,琢句尤工。末句由草关合人事,远送王孙,与南浦春来,同一魂消黯黯。作咏物诗者,宜知所取格矣。(民国·俞陛云《诗境浅说》)

查慎行:人但知三、四之佳,不知先有"一岁一枯荣"句紧接上,方更精神。试置之他处,当亦索然。纪昀:此独是未放笔时,后乃愈老愈颓唐矣。许印芳:"又"字复。(今人·李庆甲辑《瀛奎律髓汇评》卷二十七)

送杜少府之任蜀州　王勃

城阙辅三秦,风烟望五津。
与君离别意,同是宦游人。
海内存知己,天涯若比邻。
无为在歧路,儿女共沾巾。

唐初五言律唯王勃"送送多穷路""城阙辅三秦"等作，终篇不著景物，而兴象婉然，气骨苍然，实首启盛、中妙境。（明·胡应麟《诗薮》内编卷四）

（颈联）赠别不作悲酸语，魄力自异。（清·孙洙《唐诗三百首》）

以上三层，以不必伤别意，逼出"无为"二字，格外有力。（清·章燮《唐诗三百首注疏》卷四）

因王勃在京，故先言城阙，因杜少府之蜀，故次言五津，与君离别，同是宦游耳。海内虽广，有知己在，则天涯若比邻也。今日在此揖别，无须洒泪沾巾，共作儿女态。盖以磊落之胸怀，相劝勉也。（民国·王文濡《唐诗评注读本》卷五）

（起二句）吴北江曰：壮阔精整。（三、四句）吴曰：起句严整，故以散调承之。（五句）吴曰：凭空挺起，是大家笔力。（民国·高步瀛《唐宋诗举要》卷四）

首句言所居之地，次言送友所往之处，先将本题叙明。以下六句，皆送友之词，一气贯注，如娓娓清谈，极行云流水之妙。大凡作律诗，忌支节横断。唐人律诗，无不气脉流通，此诗尤显。作七律亦然。后半首得一知己，则千里同心，何须伤别。推进一层，不作寻常离别语。故三、四句言送别而况"同是宦游"，极堪伤感，正以反逼下文。乃开合顿挫之法也。（民国·俞陛云《诗境浅说》）

和晋陵陆丞早春游望　杜审言

独有宦游人，偏惊物候新。
云霞出海曙，梅柳渡江春。
淑气催黄鸟，晴光转绿蘋。
忽闻歌古调，归思欲沾巾。

意起笔起，意止笔止，真自苏、李得来，不更问津建安。看他一结，却有无限。《过秦论》"仁义不施而攻守之势异也"，结构如此，俗笔于此必千百言。（清·王夫之《唐诗评选》）

有平起，有仄起，有引句即用韵起。仄起者，其声峭急；平起者，其声和缓；仄起而用韵者，其响更切；平起而用韵者，其声稍浮。下笔自得消息。如杜审言"独有宦游人，偏惊物候新"……此皆仄起用韵者。（清·冒春荣《葚原诗说》卷一）

凡五七律诗，最争起处。凡起处最宜经营，贵用料峭之笔，洒然而来，突然涌出，若天外奇峰，壁立千仞，则入手势便紧健，气自雄壮，格自高，意自奇，不但取调之响也。起笔得势，入手即不同人，以下迎刃而解矣。……以上诸联，或雄厚，或紧遒，或生峭，或恣逸，或高老，或沉著，或飘脱，或秀拔，佳处不一，皆高格响调，起句之极有力、最得势者，可为后学法式。作诗宜效此种起笔，自不患平矣。（清·朱庭珍《筱园诗话》卷四）

（首句）纪（昀）曰："起句警拔，入手即撇过一层，擒题乃紧，知此自无通套之病。"吴北江曰："起句惊矫不群。"（三、四句）吴曰："华妙。"纪曰："末收和字亦密。"此等诗当玩其兴象超妙处。（民国·高步瀛《唐宋诗举要》卷四）

月夜忆舍弟　杜甫

戍鼓断人行，边秋一雁声。
露从今夜白，月是故乡明。
有弟皆分散，无家问死生。
寄书长不达，况乃未休兵。

杜子美善于用事及常语，多离析或倒句，则语峻而体健，意亦深稳，如"露从今夜白，月是故乡明"是也。（宋·王得臣《麈史》）

《月夜忆舍弟》："戍鼓断人行，秋边一雁声"，若作"雁一声"，便浅俗，"一雁声"，便沉雄。诗之贵炼，只在字法颠倒间便定。（清·张谦宜《絸斋诗谈》卷四）

纪（昀）云：平正之中，自饶情致。此诗信手写来，层次井然，首尾相应，句句不离"忆"字。（清·章燮《唐诗三百首注疏》卷四）

起言断人行，结言干戈未息，首尾相应。（民国·王文濡《唐诗评注读本》卷五）

诗言兵后荒凉之夜，中野无人。"戍鼓"沉沉而外，惟闻长空"一雁"哀鸣耳。三句言空园白露，今夕又入新秋，身在他方，但有举头月色，与故乡共此光明。后四句可分数层之意：有弟而分散，一也；诸弟而皆分散，二也；分散而皆无家，三也；生死皆不可问，四也；欲探消息，惟有寄书，五也；奈书长不达，六也。结句言何况干戈未息，则音书断绝，而生死愈不可知，将心曲折写出，而行间字里，仍浩气流行也。（民国·俞陛云《诗境浅说》）

无名氏（乙）：句句转。"戍鼓"是领句，突接"雁声"，妙。（今人·李庆甲辑《瀛奎律髓汇评》卷二十二）

终南山　王维

太乙近天都，连山接海隅。
白云回望合，青霭入看无。
分野中峰变，阴晴众壑殊。
欲投人处宿，隔水问樵夫。

刘（辰翁）云：语不深僻，清夺众妙。（明·高棅《唐诗品汇》卷六十一）

"近天都"言其高，"到海隅"言其远，"分野"二句言其大，四十字中无所不包，手笔不在杜陵下。或谓末二句似与通体不配，今玩其语意，见山远而人寡也，非寻常写景可比。（清·沈德潜《唐诗别裁集》卷九）

律诗炼句，以情景交融为上，情景相对次之，一联皆情，一联皆景又次之。然一联皆写情，则两句须有变幻，不可一律，致犯合掌之病。一联皆写景亦然，或上句写远，下句写近，或上句写所闻，下句写所见。总写一句自有一句之意境，两句迥然不同，却又呼吸相应，此为至要。情景交融者，景中有情，情中有景，打成一片，不可分拆。如……右丞"白云回望合，青霭入看无"……皆是句中有人，情景兼到者也。（清·朱庭珍《筱园诗话》卷四）

望洞庭湖赠张丞相　孟浩然

八月湖水平，涵虚混太清。
气蒸云梦泽，波撼岳阳城。
欲济无舟楫，端居耻圣明。
坐观垂钓者，空有羡鱼情。

唐人多以对偶起，虽森严，而乏高古……孟浩然"八月湖水平，涵虚混太清"，虽律也，而含古意，皆起句之妙，可以为法，何必效晚唐哉？（明·杨慎《升庵诗话》卷二）

浩然"八月湖水平"一篇，前四句甚雄壮，后稍不称，且"舟楫""圣明"以赋对比，亦不工。或以此为孟诗压卷，故表明之。（明·许学夷《诗源辩体》卷十六）

起法高浑，三、四雄阔，足与题称。读此诗知襄阳非甘于隐遁者。语云："临渊羡鱼，不如退而结网。"意外望张公之援引也。（清·沈德潜《唐诗别裁集》卷

九）

　　襄阳《洞庭》之篇，皆称绝唱，至欲取压唐律卷。余谓起句平平，三、四雄，而"蒸""撼"语势太矜，句无余力；"欲济无舟楫"二语，感怀已尽，更增结语，居然蛇足，无复深味。又上截过壮，下截不称。世目同赏，予不敢谓之然也。（清·毛先舒《诗辩坻》卷三）

　　许印芳：起用拗调，"北阙休上书"亦然，盛唐人有此拗法，盖三、四字平仄互换耳。亦有用作中联者，王右丞诗"胜事空自知"是也。此外尚多，不可枚举。查慎行：孟作前半首，由远说到近。后半首，全无魄力。第六句尤不着题。（今人·李庆甲汇评《瀛奎律髓汇评》卷一）

没蕃故人　张籍

前年伐月支，城下没全师。
蕃汉断消息，死生长别离。
无人收废帐，归马识残旗。
欲祭疑君在，天涯哭此时。

　　张文昌《没蕃故人》诗云："欲祭疑君在，天涯哭此时"，语平淡而意沉痛，可与李华"其存其没"数语并驾。陈陶"无定河边"二语，紧于李、张而味似少减。此等处难于言说，悟者自悟。（清·潘德舆《养一斋诗话》卷二）

　　纪（昀）云：第四句即出句之意，未免敷衍。（清·章燮《唐诗三百首注疏》卷四）

　　诗为吊绝塞英灵而作。苍凉沉痛，一篇哀诔文也。前四句言城下防胡，故人战殁。虽确耗无闻，而传言已覆全师，恐成长别。五、六言列沙场之废帐，寂无行人，恋落日之残旗，但余归马。写出次句覆军惨状。末句言欲招楚醑之魂，而未见崤函之骨，犹存九死一生之想。迨终成绝望，莽莽天涯，但有一恸。此诗可谓一死一生，乃见交情也。（民国·俞陛云《诗境浅说》）

酬刘员外见寄　严维

苏耽佐郡时，近出白云司。
药补清羸疾，窗吟绝妙词。
柳塘春水漫，花坞夕阳迟。
欲识怀君意，明朝访楫师。

若严维"柳塘春水漫,花坞夕阳迟",则天容时态,融和骀荡,岂不如在目前乎?(宋·欧阳修《六一诗话》)

人多取佳句为句图,特小巧美丽可喜,皆指咏风景,影似百物者尔,不得见雄材远思之人也。梅圣俞爱严维诗曰:"柳塘春水漫,花坞夕阳迟",固善矣,细较之,"夕阳迟"则系花,"春水漫"何须柳也?(宋·刘攽《中山诗话》)

颜鲁公云"夕照明村树",僧清塞云"夕照显重山",顾非熊云"斜日晒林桑",杜牧云"落日羡楼台",半山云"返照媚林塘",皆不若严维"花坞夕阳迟"也。(宋·吴聿《观林诗话》)

三、四不但写其才调,并文房丰神都为绘出。五、六作二景语,见己之对景相怀也。(清·黄生《唐诗摘钞》)

查慎行:五、六全于第五字用意。何义门:测水痕,候日影,五、六正含落句,不徒为体日景物语,故韵味深。(今人·李庆甲汇评《瀛奎律髓汇评》)

过故人庄　孟浩然

故人具鸡黍,邀我至田家。
绿树村边合,青山郭外斜。
开轩面场圃,把酒话桑麻。
待到重阳日,还来就菊花。

通体清妙,末句"就"字作意,而归于自然。(清·沈德潜《唐诗别裁集》卷九)

(一、二句)对面起法。"田家"二字,一章之眼。(三、四句)正承田家。"合"字见树之多,"斜"字见山之远。(五、六句)炼字法。所见皆田家之景,所说皆田家之话。(七、八句)合到过字,订后期也。"就"字甚妙,故人即不来邀我,而我必待重阳之日,还要就君庄中饮菊花酒耳。(清·章燮《唐诗三百首注疏》卷四)

实境实情,次第写来,面面都到。末句"就"字妙,谓不邀自就,则主人情重,自在言外。(民国·王文濡《唐诗评注读本》卷五)

诗写田家闲适之境,诵之觉九衢车马,尘起污人矣。旧雨相招,鸡黍即田家之盛馔。通首皆纪实事,以韵语写其真趣。三、四句言近树则四面合围,远岫则一行斜抱,乃庄外之景。余者年行役数千里,每于平畴浩莽中,遥见绿树成丛,其中必有村屋,知三句"合"字之妙。五、六句言"场圃"即在门前,"桑麻"皆资谈助,乃庄中之事。更留后约,同赏菊花。益见雅人深致,涤尽尘襟也。(民国·俞陛云《诗境浅说》)

第九章　五言律诗总论

历代诗话论五律

五言律诗,固要贴妥,然贴妥太过,必流于衰。苟时能出奇,于第三字中下一拗字,则贴妥中隐然有峻直之风。老杜有全篇如此者。(宋·范晞文《对床夜语》卷二)

少陵五言律,其法最多,颠倒纵横,出人意表。余谓万法总归一法,一法不如无法,水流自行,云生自起,更有何法可设? (明·陆时雍《诗镜总论》)

盛唐律句之妙者,李翰林气象雄逸,孟襄阳兴致清远,王右丞词意雅秀,岑嘉州造语奇峻,高常侍骨骼浑厚,皆开元、天宝以来名家,今俱列之正宗。(明·高棅《唐诗品汇·五言律诗叙目》)

元和以还,律体多变。贾岛、姚合思致清苦,许浑、李商隐对偶精密,李频、马戴后来,兴致超迈时人,之数子者,意义、格律犹有取焉。(同上)

五言律体,兆自梁、陈。唐初四子,靡缛相矜,时或拗涩,未堪正始。神龙以还,卓然成调。沈、宋、苏、李,合轨于先;王、孟、高、岑,并驰于后。新制迭出,古体攸分,实词章改变之大机,气运推迁之一会也。(明·胡应麟《诗薮》内编卷四)

五言律体,极盛于唐。要其大端,亦有二格:陈、杜、沈、宋,典丽精工;王、孟、储、韦,清空闲远,此其概也。然右丞赠送诸什,往往阑入高、岑。鹿门、苏州,虽自成趣,终非大手。太白风华逸宕,特过诸人。而后之学者,才匪天仙,多流率易。唯工部诸作,气象嵬峨,规模宏远,当其神来境诣,错综幻化,不可端倪。

千古以还，一人而已。（同上）

学五言律，毋习王、杨以前，毋窥元、白以后。先取沈、宋、陈、杜、苏、李诸集，朝夕临摹，则风格高华，句法宏赡，音节雄亮，比偶精严。次及盛唐王、岑、孟、李，永之以风神，畅之以才气，和之以真澹，错之以清新。然后归宿杜陵，究竟绝轨，极深研几，穷神知化，五言律法尽矣。（同上）

盛唐句，如"海日生残夜，江春入旧年"；中唐句，如"风兼残雪起，河带断冰流"；晚唐句，如"鸡声茅店月，人迹板桥霜"，皆形容景物，妙绝千古，而盛、中、晚界限斩然。故知文章关气运，非人力。（同上）

曲江之清远，浩然之简淡，苏州之闲婉，浪仙之幽奇，虽初、盛、中、晚，调迥不同，然皆五言独造。至七言，俱疲茶（nie）不振矣。（同上）

作诗不过情景二端。如五言律体，前起后结，中四句，二言景，二言情，此通例也。唐初多于首二句言景对起，止结二句言情，虽丰硕，往往失之繁杂。唐晚则第三、四句多作一串，虽流动，往往失之轻儇（xuan），俱非正体。惟沈、宋、李、王诸子，格调庄严，气象闳丽，最为可法。第中四句大率言景，不善学者，凑砌堆叠，多无足观。老杜诸篇，虽中联言景不少，大率以情间之。故习杜者句语或有枯燥之嫌，而体裁绝无靡冗之病。此初学入门第一义，不可不知。若老手大笔，则情景混融，错综惟意，又不可专泥此论。（同上）

初唐五言律，杜审言《早春游望》《秋宴临津》《登襄阳城》《咏终南山》，陈子昂《次乐乡》，沈佺期《宿七盘》，宋之问《扈从登封》，李峤《侍宴甘露殿》，苏颋《骊山应制》，孙逖《宿云门寺》，皆气象冠裳，句格鸿丽。初学必从此入门，庶不落小家窠臼。（同上）

李白《塞下曲》《温泉宫》《别宋之悌》《南阳送客》《渡荆门》，孟浩然《岳阳楼》，王维《岐王应教》《秋宵寓直》《观猎》，岑参《送李太仆》，王湾《北固山下》，崔颢《潼关》，祖咏《江南旅情》，张均《岳阳晚眺》，俱盛唐绝作。视初唐格调如一，而神韵超玄、气概宏逸，时或过之。（同上）

刘长卿《送李中丞张司直》，钱起《秋夜对月》，皇甫冉《巫山高》《和王相公》，皇甫曾《送李中丞华阴》，司空曙《别韩绅》《送史泽》，李嘉祐《江阴官舍》《秋夜寓直》，韩翃《送陈录事李侍御》，于良史《冬日野望》，李益《别内弟》，文皆中唐妙境，往往有不减盛唐者。（同上）

初唐五言律，"独有宦游人"第一；盛唐，"昔闻洞庭水"第一；中唐，"巫峡见巴东"第一；晚唐，姚合《早朝》、许浑《潼关》、李频《送裴侍御》，尚有全盛风流，全篇多不称耳。（同上）

大历以还，易空疏而难典赡；景龙之际，难雅洁而易浮华。盖齐、梁代降，沿袭绮靡，非大有神情，胡能荡涤。

唐初五言律，惟王勃"送送多穷路""城阙辅三秦"等作，终篇不著景物，而兴象婉然，气骨苍然，实首启盛、中妙境。五言绝亦舒写悲凉，洗削流调。究其才力，自是唐人开山祖。拾遗、吏部，并极虚怀，非溢美也。（同上）

接迹王、杨，齐肩沈、宋，则李峤、苏颋、张说、九龄最著。诸公才力，大都在鲁、卫间。必求甲乙，则苏、李之整严，略输沈、宋；二张之藻丽，微逊王、杨。然唐世诗人，达者无出四君。当时诸子，胡能与较万一！大丈夫吐气生前、扬眉身后，各从所尚可也。（同上）

初唐无七言律，五言亦未超然。二体之妙，杜审言实为首倡。五言则"行止皆无地""独有宦游人"，排律则"六位乾坤动""北地寒应苦"，七言则"季冬除夜""昆陵震泽"，皆极高华雄整。少陵继起，百代模楷，有自来矣。（同上）

盛唐一味秀丽雄浑。杜则精粗、巨细、巧拙、新陈、险易、浅深、浓淡、肥瘦，靡不毕具，参其格调，实与盛唐大别。其能会萃前人在此，滥觞后世亦在此。且言理近经，叙事兼史，尤诗家绝睹。其集不可不读，亦殊不易读。（同上）

孟诗淡而不幽，时杂流丽，闲而匪远，颇觉轻扬。可取者，一味自然。（同上）

五言律差易得雄浑，加以二字，便觉费力。虽曼声可听，而古色渐稀。七字为句，字皆调美。八句为篇，句皆稳畅。虽复盛唐，代不数人，人不数首。古惟子美，今或于麟，骤似骇耳，久当论定。（明·王世贞《艺苑卮言》卷一）

太白耻为郑、卫之作，律诗故少，编者多以律类入古中，不知其近体犹存雅调耳。集中五言仄律亦多。（明·方弘静《千一录》）

浩然韵高而才短，如造内法酒手而无材料。（东坡）浩然四十字诗，后四句率觉气索，如《岳阳楼》《岁暮归南山》之类。（陆放翁）孟襄阳才不足半摩诘，特善用短耳。其景色恒傅情而发，故小胜也；其气先志而索，故大不胜也。然偏师而出者，犹轻当于众志而脍炙艺林。（明·胡震亨《唐音癸签》卷五）

右丞于五言近体，有与储合者，有与孟合者，有深远鸿丽，轶储、孟而自为体者。乃右丞独开手眼处，则与工部天宝中诗相为伯仲，颜、谢、鲍、庾之风，又一变矣。工部之工，在即物深致，无细不章。右丞之妙，在广摄四旁，圜中自显。如终南云阔大，则以"欲投人处宿，隔水问樵夫"显之；猎骑之轻速，则以"忽过""还归""回看""暮云"显之。皆所谓离钩三寸，鲅鲅金鳞，少陵未尝问津及此也。（清·王夫之《唐诗评选》卷三）

襄阳律，其可取者在一致，而气局拘迫，十九沦于酸馅，又往往于情景分界处为格法所束，安排无生趣，于盛唐诸子品居中下，犹齐、梁之有沈约，多取合于浅人，非风雅之遗意也。此作(《临洞庭》)力自振拔，乃貌为高而格亦未免卑下。宋人之鼻祖，开、天之下驷，有心目者当共知之。(同上)

五律不着一毫声色，天然高贵，唐人则右丞、苏州为绝唱，襄阳、柳州次之，文房、虞臣又次之，宋、元绝响矣。司空表圣云："右丞、苏州诗澄淡精致，格在其中"，旨哉是言！(清·叶矫然《龙性堂诗话》续集)

律诗盛于唐，而五言律为尤盛。神龙以后，陈子昂、杜审言、沈、宋开其先，李、杜、高、岑、王、孟诸家继起，卓然名家。子美变化尤高，在牝牡骊黄之外。降而钱、刘、韦应物、郎士元，清辞妙句，令人一唱三叹。即晚唐刻画景物之作，亦足怡闲情而发幽思，始信四十字为唐人绝调。宋、元、明非无佳作，莫能出此范围矣。(清·宋荦《漫堂说诗》)

襄阳五言律、绝句，清空自在，淡然有余，衍作五言排律，转觉易尽，大逊右丞。(清·施闰章《蠖斋诗话》)

五言律杜老固属圣境，而王、孟确是正锋。向后诸名家，竭尽心力，不能外此三家。前此则陈子昂、李太白亦佳，余俱旁门小窍尔。(清·李重华《贞一斋诗说》)

为诗须有章法、句法、字法。章法有数首之章法，有一首之章法。总是起结血脉要通，否则痿痹不仁，且近攒凑也。句法杜老最妙。字法要炼，然不可如王觉斯(王铎)之炼字，反觉俗气可厌。如"气蒸云梦泽，波撼岳阳城"，"蒸"字、"撼"字，何等响，何等确，何等警拔也！(清·何世璂《然灯记闻》七)

诗以自然为上，工巧次之。工巧之至，始入自然；自然之妙，无须工巧。高廷礼列老杜于大家，不居正宗之目，此其微旨。五言如孟浩然《过故人居》、王维《终南别业》，又《喜祖三至留宿》，李白《送友人》，又《牛渚怀古》，常建《题破山寺后禅院》，宋之问《陆浑山庄》，此皆不事工巧极自然者也。(清·冒春荣《葚原诗说》卷一)

五七言律皆须不离古诗气脉，乃不衰弱，而五言尤甚也。五律守起承转合之法，如于武陵之"人间唯此路，长得绿苔衣。及户无行迹，游方应未归。平生无限事，到此尽知非。独倚松门久，阴云昏翠微"，离古诗气脉者也。不离古诗气脉者，子美为多。(清·吴乔《围炉诗话》卷二)

吾读五言律一体，知唐人反正之功为多云，靡丽如南五季，文敝甚矣。文质彬彬，唐人有之。向使唐人无所取裁，其不流为宋、元末尚也几希！然或失之矜持，盖从齐、梁而变也。若太白五律，犹为古诗之遗，情深而词显，又出乎

自然，要其旨趣所归，开郁宣滞，特于《风》《骚》为近焉。（清·应时辑《李诗纬》）

杜公今体，四十字中包涵万象，不可谓少。数十韵百韵中，运掉变化如龙蛇，穿贯往复如一线，不觉其多。读五言至此，始无余憾。（清·姚鼐《五七言今体诗钞序目》）

盛唐人禅也，太白则仙也。于律体中以飞动票姚之势，运旷远奇逸之思，此独成一境者。（同上）

中唐、大历诸贤，尤刻意于五律，其体实宗王、孟，气则弱矣，而韵犹存。（同上）

晚唐之才固愈衰，然五律有望见前人妙境者，转贤于长庆诸公，此不可以时代限也。元微之首推子美长律，然与香山皆以多为贵，精警缺焉，余尽不取。唯玉溪生乃略有杜公遗响耳，今钞晚唐以玉溪为冠。（同上）

孟浩然、刘眘虚、常建三君子，臭味同源，并清庙之遗音，《广陵》之绝调也。襄阳名篇较广，遂与摩诘齐名。刘、常二君，零圭断璧，倍为可宝。（清·管世铭《读雪山房唐诗序例》）

五律限于字句，虽有才气，无从施展，及纵横变化之能，仍不许溢于绳墨之外。如工部之《岳阳楼》第五句"亲朋无一字"，与上文全不相连，然人于异乡登临，每有此种情怀。下接"老病有孤舟"，倘无"舟"字，则去题远矣；"戎马关山北"，所以"亲朋无一字"也；以此句醒隔句"凭轩涕泗流"，亲朋音乖，戎马隔绝，所以"涕泗流"。"凭轩"者，楼之轩也。以工部之才为律诗，其细针密线有如此，他可类推。（清·延君寿《老生常谈》）

义山五律，冥追玄索，魂出魄现，神工鬼斧，莫喻其巧，工部后一人而已。（同上）

五言律，阴铿、何逊、庾信、徐陵已开其体，唐初人研揣声音，稳顺体势，其制乃备。神龙之世，陈、杜、沈、宋，浑金璞玉，不须追琢，自然名贵。开宝以来，李太白之明丽，王摩诘、孟浩然之自得，分道扬镳，并推极胜。杜子美独辟畦径，寓纵横排奡于整密中，故应包涵一切。终唐之世，变态虽多，无有越诸家之范围者矣。以此求之，有余师焉。（清·沈德潜《说诗晬语》）

义山近体，襞绩重重，长于讽谕，中多借题摅抱，遭时之变，不得不隐也。咏史十数章，得杜陵一体。（同上）

孟诗胜人处，每无意求工，而清超越俗，正复出人意表。清浅语，诵之自有泉流石上，风来松下之音。（清·沈德潜《唐诗别裁集》卷九）

杜诗近体，气局阔大，使事典切，而人所不可及处，尤在错综任意，寓变化于严整之中，斯足凌轹千古。（清·沈德潜《唐诗别裁集》卷十）

义山五言近体，征引过多，性灵转失。（清·沈德潜《唐诗别裁集》卷十二）

白傅实一清绮之才，歌、行、曲、引、乐府、杂律诗，极多可观者。其病有二：一在务多，一在强学少陵，率尔下笔。秦武王与乌获争雄，一举鼎而绝脰矣。（清·贺裳《载酒园诗话又编》）

笔力强弱，实由性生，不复可强，智者善藏其短耳。如孟襄阳写景、叙事、述情，无一不妙，令读者躁心欲平。但瑰奇磊落，实所不足，故不甚作七言，专精五字。（同上）

青莲作近体如作古风，一气呵成，无对待之迹，有流行之乐，境地高绝。（清·田雯《古欢堂集杂著》卷二）

襄阳佳处亦整亦暇，结构别有生趣。（同上）

（唐五言律）五家而外，乐天极清浅可爱，往往以眼前事为见到语，皆他人所未发。（同上）

义山五律，亦法少陵，至断句尤为晚唐独步，似铨解不容偏废矣。然用意率皆清峭刻露。（清·陆昆曾《李义山诗解·凡例》）

古人为诗，意在言外，使人思而得之。唐代诗人，唯子美最得诗人之体。如"国破山河在"，明无余物矣；"城春草木深"，明无人矣。花鸟平时可娱之物，见之而泣，闻之而恐，则时可知矣。（清·田同之《西圃诗说》）

律诗炼句，以情景交融为上，情景相对次之，一联皆情、一联皆景又次之。然一联皆写情，则两句须有变幻，不可一律，致犯合掌之病。一联皆写景亦然，或上句写远，下句写近，或上句写所闻，下句写所见。总写一句自有一句之意境，两句迥然不同，却又呼吸相应，此为至要。情景交融者，景中有情，情中有景，打成一片，不可分拆。如工部"感时花溅泪，恨别鸟惊心"，"卷帘残月影，高枕远江声"，"村春雨外急，邻火夜深明"，"风月自清夜，江山非故园"，"露从今夜白，月是故乡明"，"山鬼吹灯灭，厨人语夜阑"，"落日心犹壮，秋风病欲苏"，右丞"白云回望合，青霭入看无"，"松风吹解带，山月照弹琴"，"行到水穷处，坐看云起时"，"时倚檐前树，远看原上村"，"大壑随阶转，群峰入户登"，常建"山光悦鸟性，潭影空人心"，嘉州"白发悲花落，青溪羡鸟飞"等句，皆是句中有人，情景兼到者也。（清·朱庭珍《筱园诗话》卷四）

白傅五律，有与少陵相似者，有与王、孟相似者，有与义山相似者。反覆按之，则别具流利之机，究与诸公似而不似。（清·潘德舆《养一斋诗话》卷三）

香山五言,直率浅露,殆无可法。(清·施补华《岘佣说诗》)

近体有律诗,调平仄,拘对偶,严如法律也。或起结不对,惟中二联对;或起及中二联对而结不对;或起不对而中二联及结对;或八句皆对,此正体也。周伯弼曰:八句律诗之法有四实者,中四句全写景物而实。要华丽典重之中,有雍容宽厚之态,忌乎堆垛而少味。有四虚者,中四句全写情思而虚。首尾要如行云流水,空所依傍。若流于枯寂,不足言矣。有前实后虚者,前联写景而实,后联写情而虚。前重后轻,易流于弱,盖发兴尽则难于继。后联能稍间以实,其殆庶几乎。有前虚后实者,前联写情而虚,后联写景而实。实则气势雄健,虚则态度谐婉。前轻后重,酌量适均,庶无窒塞轻俗之患。夫恪守格律,揣摩声病,诗家之常。若时出度外,纵横放肆,外如不整,中实应节,又非造次所能及也。而律诗亦有六句之韵者,谓之小律。又有通身不对而音节似律者。有起句结句发首两句平稳者多,奇健者少。然发句太重,后联难称,必全篇停匀乃佳。五言结句与七言结句微异,七言韵长,以蕴藉为主。五言韵短,以陡健为主。(题作清·袁枚《诗学全书》卷一)

有咏物体。《吕氏童蒙训》云:咏物不得分明说尽,只形容仿佛,便见妙处。周伯弼曰:咏物别入外意,不失摹拟之巧,有足佳者。太泛固不佳,太切亦不妙,所谓认桃辨杏,精致索然。有明体,明明说出其物而咏之。有暗体,暗暗想象其物而咏之。(题作清·袁枚《诗学全书》卷一)

学生五律习作与点评

要求:自主命题,写五言律诗一首,要求内容健康,不擅议政治,中间两联要对仗,严守格律,其他要求与五言绝句写作要求相同。

1. 押平水韵,不得用邻韵(除首句外)或新韵;注明韵部,如:七阳;
2. 以圈里码形式标注平仄格式:①②③④;
3. 中间两联要对仗,但尽量避免两联全写景,警惕合掌;
4. 平平仄仄平句,第一字若用仄,第三字得补一平声字,否则犯孤平;
5. 仄仄仄平平句,要注意第三字的平仄,容易犯三平调;
6. 仄仄平平仄句,注意二、五字不同声调;
7. 诗一定要有题目,不要轻易用"无题"作题目(爱情诗除外);尽量不用小序,诗小序一般不得超过15字;
8. 内容最好贴近现实生活,尽量少写思乡怀归等传统题材(爱情诗除外),内容要尽量有新意。

点评: 五律写作是在绝句的基础上开始的,虽句不过五言,篇不过四十字,却很不易写好。但是它曾经在初盛唐诗坛风靡一时,成为最受推崇的诗歌体裁。一般认为,格律诗的定型,也是首先从五律开始或以其为标志。五律与绝句很大的不同是篇幅加长,且要两联对仗。明清以来,写五律的大大减少。当代举办的诗词大赛,获奖作品中五律也较少见。

下面分两组介绍学生五律优秀习作。第一组介绍写传统题材,艺术上相对较成熟的几首:

月夜思亲

小酌黄花酒,轻春糯黍楷。
京华充客旅,至节欲归难。
素月缁尘老,孤舟绿羽寒。
遥怜垂白首,宿夜念衣单。

闺 夜

何拟飞蓬首,银湾夜夜知。
书成难觅雁,别后未裁诗。
玉盏心中热,瑶琴发上痴。
人眠红豆落,入梦是相思。

送友人从戎

提携三斗酒,送汝去京畿。
山雨冷初霁,天星寒且稀。
但怀兴国志,无恐晚秋归。
先为歌折柳,复闻莫沾衣。

意 气

昔有痴狂客,书笺作枕眠。
怀江钓梦阙,倚竹凭歌弦。

才笔抒难禁，凌云蓄不宣。
铅刀将一割，何处展雄篇？

回父母故居见远亲
岭下旧窑寒，萧条不忍观。
方怜鸡犬瘦，又见枕衾单。
远牧人归晚，勤耕穗稔难。
同根何德有？兀自享清欢。

清　夜
辗转梦难成，寒蛩犹自鸣。
簟纹凉似水，天幕澈如晶。
望久幽云合，思深暗水盈。
阶前新雨至，点滴是秋声。

送　别
日暮晚林幽，江头送客舟。
微风衔落叶，细雨洒清秋。
往事如烟散，闲愁似水流。
人生离别苦，世事几沉浮。

再会友人
故友赴美读书，几年未见，初雪日与我相会共饮，故题。
天地飘零客，常悲逝水流。
思君随日月，老我几春秋。
旧事埋初雪，新歌动晚楼。
今朝吾与子，且许一杯休！

感　时
日暮悲笳起，秋深怯倚栏。
孤灯乡梦短，细雨柝声寒。
身外无营易，人间有待难。

京华冠盖盛,弹铗且盘桓。
(此诗仿古,惜似古,时代气息不浓。)

山 居

圣朝无阙事,闲卧野山村。
霜重衣衾冷,烟轻茗酒温。
杯中浮日月,笔下有乾坤。
风雨同情致,时时夜叩门。

留 客

适日逢初雪,城昏瘴不开。
凛凛风诉苦,肃肃叶生哀。
煮酒谈清月,温茶话白皑。
天明留远客,劝尔再添杯。

雨夜闻乐

十月廿一夜偶闻旧时合唱录音,音乐纯净,感念时光,遂为此诗。
凡俗何纷杂,奔波忽至今。
凄泠泠雨落,苦飒飒风吟。
霜重寒侵骨,灯昏乐净心。
浮萍居世道,不改玉冰音。

初 雪

江南春未至,蓟北已飞花。(逻辑不合)
栖柳成轻絮,入巢惊睡鸦。
无根凭朔气,有恨失天涯。
须待香销尽,随风到客家。

思 君

夜半拥孤衾,灯眠万籁喑。
更深秋露重,月冷晓寒侵。
旧梦如新梦,君心似我心。

相思不相见，千里共沾襟。

第二组生活气息更浓一些，题材开阔一些，思想解放一些，使人更感到真挚可亲。当然有的文笔显得粗糙一些，甚至还能挑出点小毛病。

杭州室友母亲寄来家乡特产
且寄临安雨，遥怀紫禁沙。
山核兼菊瓣，糯米配清茶。
草草新词笔，潇潇老岁华。
感君怜子意，使我倍思家。

梦 乡
有幸名丹桂，荒凉泣素娥。
暗云生皓月，玉水绕青螺。
静谧渔舟曲，空灵碎影河。
好风如有意，肯改旧时波？

（注：传说远古桂林赤地荒野，老百姓生活苦不堪言。嫦娥不觉动了恻隐之心，于是，从月宫中取来桂花树种，继而桂树成林。）

高 考
文撑六月火，书读五更鸡。
不问窗前景，唯思卷上题。
独桥非易走，万马且长嘶。
试想题名日，几人悲复啼！

望 月
闻君欲返乡，可托诉衷肠？
澹澹江波影，皑皑山岭霜。
乡音摹一纸，客泪寄三行。
月亦久为客，何堪载短长。

咏牡丹

郊野经行遍，此花殊可亲。
宁劳韩令斫，不与武皇邻。
春尽芳华在，风摇意态真。
因知避秦者，争做洛阳人。

怀桃源有感

忽闻武陵桃花源数次翻新古迹，精美有余，雅趣殆尽，不胜感慨，遂作此诗。

细雨逢桃木，和风浣绮芳。
山人为贾客，草舍换明堂。
可叹南阳士，谁吟魏晋章。
时人寻古迹，偏爱作新妆。

李 白

乾坤墨里藏，满纸尽癫狂。
玉盏邀明月，琼浆入绣肠。
高歌行百里，策马出高墙。（对仗不工）
酒罢挥毫就，诗篇半盛唐。

读史兴叹

读史才三月，观潮可万年。
令公南北战，冯道往来旋。
储室出生笑，英雄入土眠。
今朝方将相，明日亦能全？

　　以上习作有的也还是前人写过很多的题材，如《咏牡丹》，但写出了新意，而《怀桃源有感》一首让人感受到作者的社会责任心，很有思想见地。如果诗词只是诗人的自娱自乐，诗词就没有生命力、战斗力了，如果只是为权贵写阿谀奉承之词就成了遵命文学，明代台阁体诗就是如此。后者是受到过鲁迅谴责的。

学生五律习作失误例

学生习作中既存在一些与五绝、七绝相似的问题,也有五律独有的问题,有内容结构的问题,更多格律方面的问题。具体说来有以下几个方面:

1. 主题不明,思路不清

山 居

迷烟横幻野,幽石驻青溪。
林染天工墨,山承碧玉梯。
风来飘翠雨,露出滴香泥。
心逐悠悠水,绿萍高复低。

观 雨

天地黑风起,纷纷枯叶狂。
墨云惊剑影,乌手蔽天光。
放任青丝乱,低观碧水长。
蓑衣弹雨住,红日又高梁。

秋景有怀

纷纷千叶落,瑟瑟北风凉。
高阁邀星烁,闲庭会菊香。
秋池涨水绿,银杏覆阶黄。
白发抚童稚,无嫌岁月长。

归去来兮

归来隐世间,自谓谪居仙。
草冷花间醉,林深酒里眠。
闲游观野鹤,倦起饮山泉。
逸兴无由起,挥襟作百篇。

这些诗多为写景或中二联全部写景,未揭示主题,情与景未能融合。最后一首太消极，与现实生活太隔膜，太像古人。

2. 内容不真实

五一返校前夜

独赏榴花盛，夕阳渐落山。
新蝉才罢唱，蟋蟀又争欢。
月影清泉上，萤流翠竹间。
明朝回校后，此景再难观。

初看此诗前三联写得尚好，结尾太直白。其实，它还有个更大的问题：为文造情，细节不真实：蝉和流萤均非"五一"前能见到的（当然不排除我国南方四季如夏，是否有此可能），我们长江一带，蝉和萤火虫是六、七、八月才能见到的，石榴花五一前能否开也应存疑。虽说诗词可以用夸张手法写"燕山雪花大如席"，但我还是主张以真情实景为基础。

3. 思路不清

大风起

寒窗呼躁乱，绿树醉癫狂。
本是阳春景，偏如九月凉。
勿怪风吹紧，应知客路茫。
若为好船甫，扶摇正可翔。

思 卿

长亭折柳去，古道送君行。
薄雨敲轻伞，垂条湛冷榅。
清宵升朗月，岂为一人明？
始盼相逢日，先愁再别卿。

飞 燕

读《蝶恋花·春景》和《葬花吟》有感。
春莺语暖枝，杏李笑春风。
逝水添愁绪，飞花扰醉梦。

东坡惜良景，黛玉叹离衷。
燕子寻楼榭，那思绿与红。

琴 韵
风吟月寂色，星海泛涟漪。
舜帝临芳蕙，仙人入玉池。
飞龙鸣旷野，蛟凤舞潮涯。
瑟瑟周章复，天明醒却迟。

以上几首，作品缺乏内在联系，层次较乱。因而不能逐层深入地揭示主题或传达感情，但作品基础尚可，后期修改不够。

4. 平铺直叙

庆将军百年诞辰
少小离乡去，随军赴井冈。
太原途漫漫，辽沈路茫茫。
朝鲜救邻国，酒泉兴本邦。
功勋封老将，后代沐荣光。

以下是格律方面的错误，有的还较严重。

5. 失粘

喜赠旧友——闻旧友大喜有感
旧日与君游，倏忽又几秋。
聚时折绿柳，散后梦孤舟。（失粘）
巧遇三生幸，承欢一刻休。
忽闻君作妇，愿永不知愁。

咏滇池
方怨无寻处，石碣书解忧。（失对）
风切千块绿，艇画两潭湫。（失粘）
老叟闲垂钓，苍山忘掩羞。

寄心恬淡里，污淖汗青留。

圆月夜登楼

忧愁夜难寐，遂起上高楼。
晚风吹花落，明光照水流。（失粘+失对）
人伤何日尽，月圆几时休。（失对）
蓦然愁皆尽，功成天自筹。（失粘+失对）

雪夜与故人登小楼

西窗秋意罢，与子共登楼。
未闻乡中语，先湿醉里眸。（失粘+孤平）
狂风吹絮起，宿雨漫云流。
一片他乡月，怎寄双鲤愁。（失对）

犯失粘、失对错误者甚多，这是严重的格律错误，既失粘又失对，对格律基本上完全未掌握。

6. 犯孤平

梦远人

静夜松托月，离人醉入乡。
春光明媚眼，早露打轻裳。
低语情如蜜，忽惊月似霜。（孤平）
何年归此梦？为子细梳妆。

立 夏

流莺闲入梦，夜浅日尤新。
苔蕊阶盈翠，云氲雨洗尘。
轻缣消暑意，玉笋饯繁春。
莫恨芳菲歇，夏阴正可人。（孤平）

冬 梅

冬至千花落，庭前一树梅。
银装天地裹，霜落夜寒腮。
风挟幽香去，鸟含素艳来。（孤平）
初春傲天下，凋谢映亭台。

得乡书

音书昨日至，久久愧沉沦。
旧地思无复，多情梦不真。
乡怀悲远道，客里怕逢春。
杯酒如知意，应怜未醉人。（孤平）

有些作品虽有硬伤，但基础尚好，稍加注意，尤其是完成后多读几遍，一般不难发现。

7. 三平调

夜半听风

寒庐窗欲动，万木瘦山林。
岩晃匆摇鼓，沙飞懒弄琴。
萧风敲落叶，冷月惊凡心。（三平调）
梦晚声清寂，空余肃静音。

夜赏海棠

惜花晚起望，皎月澄华棠。（三平调）
簇蕊团霞影，繁枝漏寸光。
红笺描倩笑，墨笔叹微香。
世事难尽善，良辰珍重长。

8. 对仗不工

春日偶成

某日于六教四楼，窗外阳光明媚，风声大作。独自于室内读书，有此一作。

风啸枝头动，初春暖日柔。
青青浮丽色，探道此心幽。（对仗不工）
静坐高楼上，凝思四海畴。
读书余所愿，一刻抵封侯。

雨中送别

离乡独返京，孤雁不成鸣。
杨柳依依舞，雕车缓缓行。
凉风撩旧氅，父母正新缨。（对仗不工）
雨恋南疆土，飘摇不忍晴。

踏　青

日暖赴城东，寻春仿谢公。
牡丹含宿雨，杨柳弄和风。
暮影归何处，天边一点红。（对仗不工）
流连山水意，当与古时同。

念　远

推窗空对月，小字落红笺。
坐恨遥遥夜，青丝绕指牵。（不对仗）
诗成何以寄，情动不能眠。
愿作梁头燕，携君几段缘。

徽行辞

小苏遗黛墨，烟雨下牌楼。
青瓦檐牙上，望凝晓景收。
屯溪渔米镇，把酒话千愁。（对仗不工）
挥手辞行远，轻摇一叶舟。

闺　怨

西风吹冷雨，闺苑惹尘埃。
水袖爬蛛网，云靴上绿苔。（对仗不工）

残妆和泪下,倚望盼书来。(对仗不工)
雁尽情难却,今宵酒作陪。

游法源寺
宣南藏古刹,寂静鲜人知。
佛偈庭中悟,丹经殿内思。
贤良安在否?后世悼生悲。(不对仗)
素客香依旧,孤芳绽为谁。

9. 凑韵、出韵

离 别
正恼骊歌尽,又烦归燕旋。
眼前恨路阔,身后怨山绵。(凑韵)
归日无心数,相思不忍眠。
应怜隔山处,再看是明年。

春 草
风烈鸟啼鸣,萋萋原上峥。(凑韵)
冬寒魂不灭,春暖魄还生。
破土含新绿,萌芽续旧程。
天涯随处见,何问有无名?

贺文俊君行冠礼
空街多旧友,夜酹杜康凉。
云吐星疏昊,风吹月满廊。
弱冠生壮志,卓荦耀穹苍。
沧海长风去,扬帆破骇浪。(出韵)

雪后病起
病起开轩望,琼芳抱树头。
风停疏影静,雪尽暗香浮。

壁角寒英傲，天边暖日犹。（凑韵）
岂能辜好景，缠榻自烦忧。

初 雪

少闻燕赵雪，长叹路迢迢。（出韵）
袅袅梨花落，盈盈素锦披。
今迎梦中景，忽忆故乡人。（出韵）
秋雁南飞去，何当寄客思。

10. 二、四字同平仄

京城初雪

月半人独醉，清霜染窗帷。
枝枝皆白衾，叶叶尽寒衣。
欲寄相思去，唯闻雨雪归。
梨花掺夜雨，不愿掩重扉。

（第一二句"半""独"同仄，"霜""窗"同平）

11. 重字

忆衡山

幼女阳台坐，凭栏眺日乡。
云脂朦岳麓，暮画隐湘江。
一指衡山道，山何戴日妆。
高天鸿雁过，下界一纱窗。

  诗词中允许有叠词、掉字对之外的重字，但尽量避免。不得已用时也尽量减少，并间隔远些。这首诗中"日""一"均重复一次，不算严重，举出作为例子说说。
  五律习作中遇到的问题，基本在七律习作中都可能遇到，希望引起注意，减少重复错误。

第十章　七律的鉴赏与写作

七律的格律形式

七言律诗并不是每句比五律多两个字那么简单,题材、风格、章法、句法都有很大的不同。

单就平仄格式,倒可以看做是在五言律句前面加两个字:

七言律诗平仄 ①

平平仄仄平平仄 ㈠
仄仄平平仄仄平 ㈡
仄仄平平平仄仄 ㈢
平平仄仄仄平平 ㈣
平平仄仄平平仄 ㈠
仄仄平平仄仄平 ㈡
仄仄平平平仄仄 ㈢
平平仄仄仄平平 ㈣

七言律诗平仄 ②

仄仄平平平仄仄 ㈢
平平仄仄仄平平 ㈣

平平仄仄平平仄 ㈠
仄仄平平仄仄平 ㈡
仄仄平平平仄仄 ㈢
平平仄仄仄平平 ㈣
平平仄仄平平仄 ㈠
仄仄平平仄仄平 ㈡

七言律诗平仄 ③

平平仄仄仄平平 ㈣
仄仄平平仄仄平 ㈡
仄仄平平平仄仄 ㈢
平平仄仄仄平平 ㈣
平平仄仄平平仄 ㈠
仄仄平平仄仄平 ㈡
仄仄平平平仄仄 ㈢
平平仄仄仄平平 ㈣

七言律诗平仄 ④

仄仄平平仄仄平 ㈡
平平仄仄仄平平 ㈣
平平仄仄平平仄 ㈢
仄仄平平仄仄平 ㈡
仄仄平平平仄仄 ㈢
平平仄仄仄平平 ㈣
平平仄仄平平仄 ㈠
仄仄平平仄仄平 ㈡

七律经典赏析

客　至　杜甫

舍南舍北皆春水，但见群鸥日日来。

花径不曾缘客扫,蓬门今始为君开。
盘飧市远无兼味,樽酒家贫只旧醅。
肯与邻翁相对饮,隔篱呼取尽余杯!

黄生曰:上四,客至,有空谷足音之喜。下四,留客,有村家真率之情。前借鸥鸟之端,后将邻翁陪结,一时宾主忘机,亦可见矣。盘飧,樽酒,略读。市远,指南市津头。邻翁,即南邻北邻也。(清·仇兆鳌《杜诗详注》卷九)

一、二言无人来也,三、四是敬客意,五、六是待客具。每句含三层意,人却不觉,炼力到也。七、八又商量得妙。如书法之有中锋,最当摹临。(清·张谦宜《䌷斋诗谈》卷四)

首联兴起,次联流水入题,三联使"至"字足意,至则须款也。末联就"客"字生情,客则须陪也。"上四客至,有空谷足音之喜。下四留客,见村家真率之情"(清·黄生《杜诗说》)。(清·浦起龙《读杜心解》卷四之一)

句法有倒插,有折腰,有交互,有掉字,有倒叙,有混装对,非老杜不能也……交互句法,如"花径不曾缘客扫,蓬门今始为君开",谓花径不曾因客而扫,今为君扫;蓬门不曾为客而开,今为君开。上下两意,交互成对。(清·冒春荣《葚原诗说》卷二)

咏怀古迹五首之一　　杜甫

支离东北风尘际,漂泊西南天地间。
三峡楼台淹日月,五溪衣服共云山。
羯胡事主终无赖,词客哀时且未还。
庾信平生最萧瑟,暮年诗赋动江关。

《诸将》《秋兴》《咏怀古迹》,皆集中杰作。分读合读,暂读久读,触处皆有领悟。(清·施补华《岘佣说诗》)

李诗本陶渊明,杜诗本庾子山。(清·李调元《雨村诗话》卷下)

凡律诗最重起结,七言尤然。起句之工于发端,落句以语尽意不尽为贵。杜甫……"一卧沧江惊岁晚,几回青琐点朝班","庾信平生最萧瑟,暮年诗赋动江关"……皆足为一代楷式。(清·管世铭《读雪山房唐诗序例》)

凡咏古迹,须以己为主,却将题作宾,指点咏叹出之乃妙。若正面实赋,则死滞如嚼蜡,庸人俗手应试体矣。何云:"以奇才、国色、英雄皆不得志自比"

亦望文生意。此当是大历元年作于夔州，五首皆借古迹以见己怀，非专咏古迹也。首章前六句，先发己哀为总冒。庾信宅在荆州，公未到荆州，而将有江陵之行，流寓等于庾信，故先及之。公避禄山之乱，故自东北而西南。"淹日月"，久留也。"共云山"，离处也。五、六宾主双关，禄山叛唐，犹侯景叛梁；公思故国，犹信哀江南。未应"词客哀时"。三峡谓月明、巫山、广泽，此则指巫山为第三峡耳。（清·方东树《昭昧詹言》卷十七）

咏怀古迹五首之三　杜甫

群山万壑赴荆门，生长明妃尚有村。
一去紫台连朔漠，独留青冢向黄昏。
画图省识春风面，环佩空归夜月魂。
千载琵琶作胡语，分明怨恨曲中论。

七言近体，起自初唐应制，句法严整。或实字叠用，虚字单使，自无敷演之病。……少陵《怀古》："一去紫台连朔漠，独留青冢向黄昏。"此上二字虽虚，而措辞稳贴。（明·谢榛《四溟诗话》卷四）

（一、二句）刘（辰翁）云：起得磊落。（明·高棅《唐诗品汇》卷八十四）

（首二句）生之难。（一去联）弃之易。（画图联）请行虽得识面，长信仅可魂归，何等凄紧。（千载句）石季伦《王昭君词序》云云，特因乌孙公主以意推之，非实有琵琶也。公盖承袭用之。（清·何焯《义门读书记》卷五十五）

（杜甫）在蜀时犹仅风流潇洒，夔州后更沉雄温丽。如咏诸葛"伯仲之间见伊吕，指挥若定失萧曹"，言简而尽，胜读一篇史纲。明妃"一去紫台连朔漠，独留青冢向黄昏。画图省识春风面，环珮空归月夜魂"，生前寥落，死后悲凉，一一在目。（清·贺裳《载酒园诗话又编》）

子美"群山万壑赴荆门"等语，浩然一往中，复有委婉曲折之致。（清·吴乔《围炉诗话》卷四）

破空而来，文势如天骥下坂、明珠走盘。咏明妃者，此为第一。欧阳修、王安石诗犹落第二乘。（清·爱新觉罗·弘历敕编《唐宋诗醇》卷十七）

咏明妃诗多矣，沈归愚推此诗为绝唱，以能包举其生平，而以苍凉激楚出之也。首句咏荆门之地势，用一"赴"字，沉着有力。次句谓如此山水名邦，而清淑之气，独于女子，至今江头行客，犹说遗村。寰中艳迹，可与西子苎萝村千秋争美矣。三、四谓一去胡沙，愈行愈远，而芳魂恋阙，墓门草色长青，表明妃之志也。五、六谓汉帝仅于画中一见,悔莫能追,环佩空归,安得更承恩泽,哀明妃之遇也。收句谓汉家宫阙,久已烟消。即埋玉荒丘,亦长沦边徼。其遗音感人者,幸有马上琵琶,流传旧乐。掩抑冰弦,如诉出绝塞飘零之苦,差足为明妃写怨矣。(民国·俞陛云《诗境浅说》)

寄李儋元锡　韦应物

去年花里逢君别,今日花开又一年。
世事茫茫难自料,春愁黯黯独成眠。
身多疾病思田里,邑有流亡愧俸钱。
闻道欲来相问讯,西楼望月几回圆。

(五、六句)苕溪云:士君子当以此切切存心,彼一意供租敛,事土木,视民如仇者,得无愧此?(明·高棅《唐诗品汇》卷八十六)

律诗虽宜颜色,两联贵乎一浓一淡。若两联浓,前后四句淡,则可;若前后四句浓,中间两联淡,则不可。亦有八句皆浓者,唐四杰有之;八句皆淡者,孟浩然、韦应物有之。非笔力纯粹,必有偏枯之病。(明·谢榛《四溟诗话》卷二)

韦左司:"身多疾病思田里,邑有流亡愧俸钱。"仁者之言也。刘辰翁谓其居官自愧,闵闵有恤人之心,正味此两语得之。(明·胡震亨《唐音癸签》卷二十五)

韦诗皆以平心静气出之,故多近于有道之言。"身多疾病思田里,邑有流亡愧俸钱",宛然风人《十亩》《伐檀》遗意。(清·贺裳《载酒园诗话又编》)

韦公性高洁,鲜食寡欲,所居焚香扫地而坐。其诗如"流水赴大壑,孤云还暮山"……"身多疾病思田里,邑有流亡愧俸钱",皆能摆去陈言,意致简远超然,似其为人,诗家比之陶靖节,真无愧也。(清·余成教《石园诗话》卷一)

"身多疾病思田里,邑有流亡愧俸钱",盛唐人《早朝》诸篇,不可谓非二雅之遗音也。(清·吴乔《答万季野诗问》二十一)

本言今日思寄,却追叙前此,益见情真,亦是补法。三句承一年之久,放空一句。四句兜回自己。五、六接写自己怀抱。末始入今日寄意。(清·方东树《昭昧詹言》卷十八)

首二句,凡怀人者,皆有此意,作者淡淡写出,而怀友感时,深情无限。三、四句以阅世既深,万事无久而不变者,无可预料,料亦徒然,惟有春愁黯黯,敧枕独眠,付诸炊粱梦境耳。五句言以身许国,宁敢鸣高,无如老病侵寻,归田外更无长策。六句凡居官者,廉洁已称难能,韦则因邑有流亡,并应得之俸钱亦觉受之有愧,非特廉吏,且蔼然仁人之言矣。收句登楼望月,仍言怀友之意,首尾相应,亦淡淡写之,韦诗之本色也。(民国·俞陛云《诗境浅说》)

纪昀:上四句竟是闺情语,殊为疵累。五、六亦是淡语,然出香山辈手便俗浅,此于意境辨之。七律虽非苏州所长,然气韵不俗,胸次本高故也。许印芳:晓岚讥前半为闺情语,虽是刻核太过,然亦可见诗人措词各有体裁,下笔时检点偶疏,便有不伦不类之病,作者不自知其非,观者亦不觉其谬,病在诗外故也。(今人·李庆甲辑《瀛奎律髓汇评》卷六)

遣悲怀三首之一　元稹

谢公最小偏怜女,自嫁黔娄百事乖。
顾我无衣搜荩箧,泥他沽酒拔金钗。
野蔬充膳甘长藿,落叶添薪仰古槐。
今日俸钱过十万,与君营奠复营斋。

前夫人京兆韦氏,懿淑有闻,无禄早世。生一女,曰保子,适校书郎韦绚。今夫人河东裴氏,贤明知礼,有辅佐君子之劳,封河东郡君。(唐·白居易《元公墓志铭》)

古今悼亡诗充栋,终无能出此三首范围者,勿以浅近忽之。(清·孙洙《唐诗三百首》卷六)

此诗前六句,极形容其甘受贫苦之况,毫无怨色。入后第七句,写出富贵,极为一扬。末句转到题面,有力。叹其不能同享富贵,凄惨悠扬,将"悲怀"二字显然跃出。(清·章燮《唐诗三百首注疏》卷五)

遣悲怀三首之二　元稹

昔日戏言身后事,今朝都到眼前来。
衣裳已施行看尽,针线犹存未忍开。
尚想旧情怜婢仆,也曾因梦送钱财。
诚知此恨人人有,贫贱夫妻百事哀。

此从死后咏到生前,留言遗物,真情幻梦,一一描出,何等悲怀。(清·章燮《唐诗三百首注疏》卷五)

遣悲怀三首之三　　元稹

闲坐悲君亦自悲，百年都是几多时。
邓攸无子寻知命，潘岳悼亡犹费词。
同穴窅冥何所望，他生缘会更难期。
惟将终夜长开眼，报答平生未展眉。

有上四层衬托，则用"惟将"二字接去，自然有力。"长开眼"，不能睡也。"未展眉"三字转到题面。既悲其生前受贫贱之苦，复悲其殁后未享富贵之荣。展转长宵，双眉锁皱，而悲怀何以遣也？此诗纯用衬托法。（清·章燮《唐诗三百首注疏》卷五）

夫微之悼亡诗中其最为世所传诵者，莫若三《遣悲怀》之七律三首……悼亡诸诗，所以特为佳作者，直以韦氏不好虚荣，微之尚未富贵。贫贱夫妻，关系纯洁，因能措意遣词，悉为真实之故。夫唯真实，遂造诣独绝欤？（今人·陈寅恪《元白诗笺证稿》）

闻官军收河南河北　　杜甫

剑外忽传收蓟北，初闻涕泪满衣裳。
却看妻子愁何在，漫卷诗书喜欲狂。
白日放歌须纵酒，青春作伴好还乡。
即从巴峡穿巫峡，便下襄阳向洛阳。

老杜好句中迭用字，惟"落花游丝"绝妙。此外，如"高江急峡""小院回廊"，皆排比无关妙处。又如"桃花细逐杨花落"，"便下襄阳向洛阳"之类，颇令人厌。唐人绝少述者，而宋世黄、陈竞相祖袭，国朝献吉病亦坐斯。嘉、隆一洗此类并诸拗涩变体，而独取其雄壮宏大句语为法，而后杜之骨力风格始见，真善学下惠者。（明·胡应麟《诗薮》内编卷五）

一气流注，不见句法字法之迹。对结自是落句，故收得住。若他人为之，仍是中间对偶，便无气力。（清·沈德潜《唐诗别裁集》卷十三）

又问："少陵七律异于诸家处，幸示之。"答曰："如'剑外忽传收蓟北'等诗，全非起承转合之体，论者往往失之。（清·吴乔《答万季野诗问》十一）

《闻官军收河南河北》一气如话，并异日归程一齐算出，神理如生，古今绝

唱也。(清·张谦宜《𬘭斋诗谈》卷四)

顾宸曰:杜诗之妙,有以命意胜者,有以篇法胜者,有以俚质胜者,有以仓促造状胜者。此诗之"忽传""初闻""却看""漫卷""即从""便下",于仓促间写出欲歌欲哭之状,使人千载如见。(清·仇兆鳌《杜诗详注》卷十一)

王嗣奭曰:"此诗句句有喜跃意,一气流注,而曲折尽情,绝无妆点,愈朴愈真,他人决不能道。"(同上)

八句诗,其疾如飞。题事只一句,余俱写情。得力全在次句,于神理妙在逼真,于文势妙在反振。三、四,以转作承。第五,仍能缓受。第六,上下引脉。七、八,紧申"还乡"。生平第一首快诗也。(清·浦起龙《读杜心解》卷四之一)

阁 夜 杜甫

岁暮阴阳催短景,天涯霜雪霁寒宵。
五更鼓角声悲壮,三峡星河影动摇。
野哭千家闻战伐,夷歌数处起渔樵。
卧龙跃马终黄土,人事音书漫寂寥。

《石林诗话》云:七言难于气象雄浑,句中有力,而纡余不失言外之意,自老杜"锦江春色来天地,玉垒浮云变古今"与"五更鼓角声悲壮,三峡星河影动摇"等句之后,常恨无复继者。(宋·胡仔《苕溪渔隐丛话》前集卷十)

"天涯""短景",直呼动结联。而流对作起,则以阴晴不定,托出"寒宵"忽"霁"。三、四,从"霁寒宵"生出。"鼓角"不值"五更",则"声"不透。"五更",最凄切时也。再著"悲壮"字,直刺睡醒耳根也。"星河"不映"三峡",则"影"不烁。"三峡",最湍激处也。再著"动摇"字,直闪蒙目龙眼光也。于"寂寥"中对此,况触以"野哭""夷歌",得不戚然伤心耶?老去伤多,焉能久视,故想到近地古迹,转自宽解焉。彼定乱之"卧龙",起乱之"跃马",总归"黄土"。则"野哭""夷歌",行且霎时变减,顾犹以耳"悲"目"动",寄虚愿于纷纷漠漠之世情,天涯短景,其与几何?曰"漫寂寥",任运之旨也。噫!其词似宽,其情弥结矣。(清·浦起龙《读杜心解》卷四之二)

音节雄浑,波澜壮阔,不独"五更鼓角""三峡星河"脍炙人口为足赏也。(清·爱新觉罗·弘历敕编《唐宋诗醇》卷十七)

冯舒:无首无尾,自成首尾,无转无接,自成转接,但见悲壮动人,诗至此而《律髓》之选法于是乎穷。陆贻典:五、六妙绝,盖言天下皆干戈,唯此一隅尚有安稳渔樵耳。查慎行：对起极警拔，三、四尤壮阔。纪昀：前路凌跨一切，结句费解。凡费解便非诗之至者。三、四只是现景，宋人诗话穿凿可笑。（今人·李庆甲汇评《瀛奎律髓汇评》卷一）

望蓟门　祖咏

燕台一去客心惊，笳鼓喧喧汉将营。
万里寒光生积雪，三边曙色动危旌。
沙场烽火侵胡月，海畔云山拥蓟城。
少小虽非投笔吏，论功还欲请长缨。

（前四句）二、三、四句，只写得一"惊"字。三是直下望，四是直上望。须知此直下直上所望，单单望一汉将，犹言大丈夫当如此矣。（后四句）五、六，写慨然欲赴其处，真乃身虽未行，神已先往也。八之"还"字，全为七之"少小"字，更自按捺不得也。此诗已是异样神彩，乃读末句，又见特添"少小"二字，便觉神彩更加十倍。（清·金圣叹《贯华堂选批唐才子诗》卷一）

祖咏《蓟门》之作，调高气厚，为七言律正始之音，惜不多见。（清·管世铭《读雪山房唐诗序例》）

送魏万之京　李颀

朝闻游子唱离歌，昨夜微霜初渡河。
鸿雁不堪愁里听，云山况是客中过。
关城树色催寒近，御苑砧声向晚多。
莫见长安行乐处，空令岁月易蹉跎。

李梦阳云：其致酸楚，其语流利。何景明云：多少宛转，诵之悠然。徐中行云：词意大雅，爱情更深。（明·周珽《删补唐诗选脉笺释会通评林》）

盛唐脍炙佳作，如李颀："朝闻游子唱离歌，昨夜微霜初渡河。"颈联复云："关城曙色催寒近，御苑砧声向晚多。""朝""曙""晚""暮"四字重用，唯其诗工，故读之不觉。然一经点勘，即为白璧之瑕，初学首所当戒。（明·胡应麟《诗薮》内编卷五）

言昨夜微霜，游子今朝渡河耳，却炼句入妙。中四情景交写，而语有次第。三、四送别之情。五、六渐次至京。收句勉其立身立名。初唐人只以意兴温婉

轻轻赴题,不著豪情重语。杜公出,乃开雄奇快健,穷极笔势耳。(清·方东树《昭昧詹言》卷十六)

此诗从别处叙到京师,不离秋景,觉得别况更加萧疏,结联带勉励,意方与寻常送别不同。(民国·王文濡《唐诗评注读本》卷六)

李诗在明代嘉隆时,多奉为圭臬。虽才力稍弱,而安详和雅,自是正音。此诗首二句,平衍而已。三、四句叙客况。句中以"不堪""况是"四字相呼应,遂见生动,与"江客不堪频北望,塞鸿何事亦南飞",同一句法。六句之"向晚"砧多,承五句"关城"寒近而来。收句谓此去长安,当以功名自奋,勿以游乐自荒,绕朝赠策,犹有古风。(民国·俞陛云《诗境浅说》)

长沙过贾谊宅　刘长卿

三年谪宦此栖迟,万古惟留楚客悲。
秋草独寻人去后,寒林空见日斜时。
汉文有道恩犹薄,湘水无情吊岂知?
寂寂江山摇落处,怜君何事到天涯!

徐兴公曰:刘长卿《过贾谊宅》"秋草独寻人去后,寒林空见日斜时",初读之似海语,不知其最确切也。谊《鵩鸟赋》云:"四月孟夏,庚子日斜","野鸟入室,主人将去。""日斜""人去",即用谊语,略无痕迹。(明·胡震亨《唐音癸签》卷二十三)

看他逐句侧卸而下,又是一样章法。一是久谪似贾谊,二是伤心感贾谊,三是乘秋寻贾谊,四是空林无贾谊。"人去后",轻轻缩却数百年;"日斜时",茫茫据此一顷刻也。五、六言汉文尚尔,何况楚怀者!言自古谗谄蔽明,固不必皆王听之不聪也。"怜君何事"者,先生正欲自诉到天涯之故也。(清·金圣叹《贯华堂选批唐才子诗》甲集)

此诗颇脍炙人口,石评其"都是虚字,薄弱不可耐"。盖以篇中所用"此""惟""独""空""犹""岂""处"等虚字,甚轻弱,全靠此等字周旋,故也作七律者,不可不知此病。(清·黄培芳《香石诗话》卷一)

盛唐之诗人怀古,多沉雄之作。至随州而秀雅生姿,殆风会所趋耶。(民国·俞陛云《诗境浅说》)

晚次鄂州　卢纶

云开远见汉阳城，犹是孤帆一日程。
贾客昼眠知浪静，舟人夜语觉潮生。
三湘愁鬓逢秋色，万里归心对月明。
旧业已随征战尽，更堪江上鼓鼙声。

唐人江行诗云："贾客昼眠知浪静，舟人夜语觉潮生。"此一联曲尽江行之景，真善写物也。予每诵之。（宋·曾季狸《艇斋诗话》）

读三、四语，如身在江舟间矣，诗不贵景象耶！（清·沈德潜《唐诗别裁集》卷十四）

起句点题，次句缩转，用笔转折有势。三、四兴在象外，卓然名句。五、六亦兼情景，而平平无奇。收切鄂州，有远想。（清·方东树《昭昧詹言》卷十八）

作客途诗，起笔须切合所在之境，而能领起全篇，乃为合作。此诗前半首尤佳。其起句言江天浩莽，已远见汉阳城郭，而江阔帆迟，尚费行程竟日。情景真切，句法亦纡徐有致。三句言浪平舟稳，估客高眠。凡在湍急处行舟，篙橹声终日不绝。惟江上扬帆，但闻船唇啮浪，吞吐作声，四无人语，水窗倚枕，不觉寐之酣也。四句言野岸维舟，夜静闻舟人相唤，加缆扣舷，众声杂作，不问而知为夜潮来矣。诵此二句，宛若身在江船容与之中。可见诗贵天然，不在专工雕琢。五、六句言客子思乡，湘南留滞。结句言三径全荒，而鼙鼓秋高，犹闻战伐，客怀弥可伤矣。（民国·俞陛云《诗境浅说》）

隋　宫　李商隐

紫泉宫殿锁烟霞，欲取芜城作帝家。
玉玺不缘归日角，锦帆应是到天涯。
于今腐草无萤火，终古垂杨有暮鸦。
地下若逢陈后主，岂宜重问后庭花？

李商隐《隋宫》中四句云："玉玺不缘归日角，锦帆应是到天涯。于今腐草无萤火，终古垂杨有暮鸦。""日角""锦帆""萤火""垂杨"是实事，却以他字面交蹉对之，融化自称，亦其用意深处，真佳句也。（元·吴师道《吴礼部诗话》）

元和后律体屡变,其间有卓然成家者,皆自鸣所长。若李商隐之长于咏史,许浑、刘沧之长于怀古,此其著也。今观义山之《隋宫》《马嵬》《筹笔驿》《锦瑟》等篇,其造意幽深,律切精密,有出常情之外者……其今古废兴,山河陈迹,凄凉感慨之意,读之可为一唱三叹矣。三子者虽不足以鸣乎大雅之音,亦变风之得其正者矣。(明·高棅《唐诗品汇》七言律诗叙目)

无句不佳。三、四尤得杜家骨髓。前半展拓得开,后半发挥得足,真大手笔。发端先言其虚关中以授他人,便已呼起第三句。着玉玺一联,直说出狂王抵死不悟,方见江都之祸非出于偶然不幸。后半讽刺更觉有力。(清·何焯《义门读书记》卷五十七)

言天命若不归唐,游幸岂止江都而已?用笔灵活。后人只铺叙故实,所以板滞也。(清·沈德潜《唐诗别裁集》卷十五)

李商隐之"于今腐草无萤火,终古垂杨有暮鸦",不过写景句耳,而生前侈纵,死后荒凉,一一托出,又复光彩动人,非惊人语乎?(清·方南堂《辍锻录》)

纪(昀)云:中四句,步步逆挽,句句跳脱,结句佻甚。盛唐人必不如此。纯是衬贴活变之笔,无复排偶之迹,然调之不高亦坐此。(清·章燮《唐诗三百首注疏》卷五引)

先君云:"寓议论于叙事,无使事之迹,无论断之迹,妙极妙极。"又曰:"纯以虚字作用,五、六句兴在象外,活极妙极,可谓绝作。"(清·方东树《昭昧詹言》卷十九)

(前四句)纪(昀)曰:"无阻逸游,如何铺叙?三、四只作推算,最善用笔。"步瀛案:"日角""天涯"借对,究觉纤巧,结语亦尖刻,老杜为之,必不如此,纪氏谓此升降大关,不可不知。(民国·高步瀛《唐宋诗举要》卷五)

凡作咏古诗,专咏一事,通篇固宜用本事,而须活泼出之,结句更须有意,乃为佳构。玉溪之《马嵬》《隋宫》二诗,皆运古入化,最宜取法。首句总写隋宫之景。次句言芜城之地,何足控制宇内,而欲取作帝家,言外若讥其无识也。三、四言天心所眷,若不归日角龙颜之唐王,则锦帆游荡,当不知其所止。五、六言于今腐草江山,更谁取流萤十斛;怅望长堤,惟有流水栖鸦,带垂杨萧瑟耳。"萤火""垂杨",即用隋宫往事,而以感叹出之,句法复摇曳多姿。末句言亡国之悲,陈隋一例,与后主九原相见,当同伤宗稷之沦亡,玉树荒嬉,岂宜重问耶。(民国·俞陛云《诗境浅说》)

查慎行:前四句中转折如意。三、四有议论,但"锦帆"事实,"玉玺"字凑。纪昀:结即飞卿"后主荒宫有晓莺,飞来只隔西江水"意,然彼佳此不佳,其故可思。无名氏(甲):运掉甚灵。许印芳:结言炀帝亡国之祸,甚于后主,特借《后庭花》为词耳。以此为佻甚,亦苛论也。(今人·李庆甲辑《瀛奎律髓汇评》卷三)

贫　女　秦韬玉

蓬门未识绮罗香，拟托良媒益自伤。
谁爱风流高格调？共怜时世俭梳妆。
敢将十指夸针巧，不把双眉斗画长。
苦恨年年压金线，为他人作嫁衣裳。

李山甫、秦韬玉皆有《贫女吟》,意亦相类。李诗曰:"平生不识绣衣裳,闲把金针亦自伤。鉴里只应谙素貌,人间多是信红妆。当年未嫁还忧老,终日求媒即道狂。两意定知无说处,暗垂珠泪滴蚕箱。"(宋·阮阅《诗话总龟》前集卷四引《鉴戒录》)

语语为贫士写照。(清·沈德潜《唐诗别裁集》卷十六)

此诗全是比体,以贫女比贫士,言虽有才具,难邀知遇,而性复高傲,不肯求媚于世,所以年年寄人篱下,徒藉笔耕以糊口耳。词意明显。(民国·王文濡《历代诗评注读本》)

冯班:托兴可哀。纪昀:格调太卑。(今人·李庆甲汇评《瀛奎律髓汇评》卷三十一)

蜀　相　杜甫

丞相祠堂何处寻？锦官城外柏森森。
映阶碧草自春色，隔叶黄鹂空好音。
三顾频烦天下计，两朝开济老臣心。
出师未捷身先死，长使英雄泪满襟。

大率唐人诗主神韵不主气格,故结句率弱者多。唯老杜不尔,如"醉把茱萸仔细看"类,极为深厚浑雄。然风格亦与盛唐稍异,间有滥觞宋人者,"出师未捷身先死"类是也。(明·胡应麟《诗薮》内编卷五)

(锦官句)破蜀字。(映阶一联)与下"泪满襟"反对。"自"字、"空"字呼应最微。(三顾句以下)深叹其止以蜀相终也。见隆中,规取荆益,以争天下,岂知创业未半而崩。永安受遗,北伐又不及擒叡馘懿,丞相先鞠躬尽瘁,天下之才，仅为偏安辅佐，所以一瞻庙貌而不禁涕之无从也。（出师句）"捷"，注一作"用"。按《顺宗实录》中作"出师未用身先死"。"未用"，未展其用也。作"未捷"了无意味矣。读袁子论武侯语自知。（清·何焯《义门读书记》卷五十四）

诗不审章而论句，遂趋中晚。然少陵章法，又须求其不可测处，否则如"丞相祠堂"与"诸葛大名"诸篇，为宋人师承，涉于议论，失诗本色。（清·周容《春酒堂诗话》）

怀古五七律，全首实做，自杜始，刘和州与温、李宗之，遂当为定格。（清·方世举《兰丛诗话》）

上四祠堂之景，下四丞相之事。首联，自为问答，记祠堂所在。草自春色，鸟空好音，此写祠庙荒凉，而感物思人之意，即在言外。"天下计"，见匡时雄略，"老臣心"，见报国苦衷，有此两句之沉挚悲壮，结作痛心酸鼻语，方有精神。宋宗忠简公（宗泽）临殁时诵此二语，千载英雄有同感也。（清·仇兆鳌《杜诗详注》卷九）

老杜入蜀，于孔明三致意焉，其志有在也。诗意豪迈哀顿，具有无数层折，后来匹此，惟李商隐《筹笔驿》耳。世人论此二诗，互有短长，或不置轩轾，其实非有定见，今略而言之：此为谒祠之作，前半用笔甚淡，五、六乃写出孔明身份，七、八折转而下，当时后世，悲感并到，正意注意后半。李诗因地兴感，故将孔明威灵摄入十四字中，写得十分满足，接笔一转，几将气焰扫尽，五、六两层折笔，末乃收归本事，非有神力者不能。二诗局阵各异，工力悉敌，悠悠耳食之论未足与议也。（清·爱新觉罗·弘历敕编《唐宋诗醇》卷十五）

悲壮浑劲，此为七律正宗。后四语，将武侯自始至终，一生功业心事，该括都尽，非有如椽之笔，不能到此境界。（民国·王文濡《唐诗评注读本》卷六）

纪昀曰：前四句疏疏洒洒，后四句忽变沉郁，魄力绝大。赵熙曰：沉郁、博大。（今人·李庆甲汇评《瀛奎律髓汇评》卷二十八）

登　高　杜甫

风急天高猿啸哀，渚清沙白鸟飞回。
无边落木萧萧下，不尽长江滚滚来。
万里悲秋常作客，百年多病独登台。
艰难苦恨繁霜鬓，潦倒新停浊酒杯。

老杜集中，吾甚爱"风急天高"一章，结亦微弱；"玉露凋伤""老去悲秋"，首尾匀称，而斤两不足；"昆明池水"，秾丽深切，惜多平调，金石之声微乖耳。然竟当于四章求之。（明·王世贞《艺苑卮言》）

杜"风急天高"一章五十六字，如海底珊瑚，瘦劲难名，沈深莫测，而精光万丈，力量万钧。通章章法、句法、字法，前无昔人，后无来学。（明·胡应麟《诗薮》内编卷五）

老杜七言律全篇可法者，《紫宸殿退朝》《九日》《登高》《送韩十四》《香积寺》《玉台观》《登楼》《阁夜》《崔氏庄》《秋兴》八篇，气象雄盖宇宙，法律细入毫芒，自是千秋鼻祖。异时微之、昌黎，并极推尊，而莫能追步。宋人一概弃置，惟元虞伯生、杨仲弘得少分。至近日诸公，始明此义。（同上）

远客悲秋，又以老病止酒，其无聊可知。千绪万端，无首无尾，使人无处捉摸，此等诗如何可学？（风急句）发端已藏"独"字。（艰难句）顶"万里作客"。（潦倒处）顶"百年多病"。结凄壮，止益登高之悲，不见九日之乐也。前半先写登高所见，第五插出"万里作客"，呼起艰难，然后点出登台在第六句中，见排奡纵横。（清·何焯《义门读书记》卷五十四）

通体用紧调，雄健严肃，七律第一格。通体紧调最不易学，其声色气象齐到处，正是养得足。（清·张谦宜《絸斋诗谈》卷四）

气象高浑，有如巫峡千寻，走云连风，诚为七律中稀有之作。后人无其骨力，徒肖之于声貌之间，外强而中干，是为不善学杜者。（清·爱新觉罗·弘历敕编《唐宋诗醇》卷十六）

前四句景，后四句情。一、二碎，三、四整，变化笔法。五、六接递开合，兼叙点，一气喷薄而出。此放翁所常拟之境也。收不觉为对句，换笔换意，一定章法也。而笔势雄骏奔放，若天马之不可羁，则他人不及。（清·方东树《昭昧詹言》卷十七）

邵（子湘）云：一片真气流行，此为神来之笔。（清·章燮《唐诗三百首注疏》卷五引）

杨（伦）曰：高浑一气，古今独步，当为杜集七言律诗第一。吴（汝纶）曰：大气盘旋。（民国·高步瀛《唐宋诗举要》卷五）

七律为格调所拘，欲寓神明于矩矱，殊非易事。惟少陵才大，变化从心，如公孙舞剑，极纵横动荡之致。七律而同于七古之排奡也。起结皆用对句，一提便起，一勒便住，忘其为对偶。首句于对仗中兼用韵。分之有六层意，合之则写其登高纵目，若秋声万种，排空杂遝而来。中四句，风利不得泊，有一泻千里之势,纯以气行,而意自见。五、六句亦分六层意,而以融合出之。末句感时伤老,虽佳节开筵,而停杯不御,极写其潦倒之怀也。与"即从巴峡穿巫峡,便下襄阳向洛阳"诗,格调相同。若仿其用对句作收笔,而结束无力,则无异颈腹二联矣。(民国·俞陛云《诗境浅说》)

登　楼　杜甫

花近高楼伤客心,万方多难此登临。
锦江春色来天地,玉垒浮云变古今。
北极朝廷终不改,西山寇盗莫相侵!
可怜后主还祠庙,日暮聊为梁甫吟。

七言难于气象雄浑,句中有力,而纡徐不失言外之意。自老杜"锦江春色来天地,玉垒浮云变古今",与"五更鼓角声悲壮,三峡星河影动摇"等句之后,尝恨无复继者。(宋·叶梦得《石林诗话》卷下)

胡元瑞云:好诗句法浑涵,不可以一字求。句中有一字可摘为眼,非诗之至也。才有此,句法便不浑涵。昔人谓石之有眼,为研之一病,余亦谓句中有眼,为诗之一病。如"地坼江帆隐,天清木叶闻",故不如"地卑荒野大,天远暮江迟"也。如"返照入江翻石壁,归云拥树失山村",故不如"锦江春色来天地,玉垒浮云变古今"也。此最(得)诗家三昧,不可不知。(明·胡震亨《唐音癸签》卷四引)

气象雄伟,笼盖宇宙,此杜诗之最上者。(清·沈德潜《唐诗别裁集》卷十三)

《登楼》"花近高楼伤客心,万方多难此登临",起得沉厚突兀。若倒装一转,"万方多难此登临,花近高楼伤客心",便是平调。此秘诀也。(清·施补华《岘佣说诗》)

律法甚细,隐衷极厚,不独以雄浑高阔之象陵轹千古。(清·爱新觉罗·弘历敕编《唐宋诗醇》卷十六)

七律中"五更鼓角声悲壮,三峡星河影动摇","锦江春色来天地,玉垒浮云变古今",亦是绝唱,然换却"三峡""锦江""玉垒"等字,何地不可移用?则此数联亦不可无议。只以此等气魄从前未有,独创自少陵,故群相尊奉为劈山开道之始祖,而无异词耳,自后亦竟莫有能嗣响者。(清·赵翼《瓯北诗话》卷九)

起二句分点题面,各纬以情事,则不同平语。三句写景,乃从登楼所见如此言之,雄警阔大。四句治乱相寻。五、六情而措语深厚沉着。吐蕃陷京,郭公反正吐蕃。收出场,亦即所见以志感。(清·方东树《昭昧詹言》卷十七)

冯舒:后六句皆从第二句生出。查慎行:发端悲壮,得笼罩之势。纪昀:何等气象!何等寄托!如此种诗,如日月终古常见而光景常新。无名氏(乙):起情景悲矮,三、四壮丽不板,五、六忠赤生动,结苍深,一字不懈,殆亦可冠长句。(今人·李庆甲汇评《瀛奎律髓汇评》卷一)

登柳州城楼寄漳汀封连四州刺史　柳宗元

城上高楼接大荒,海天愁思正茫茫。
惊风乱飐芙蓉水,密雨斜侵薜荔墙。
岭树重遮千里目,江流曲似九回肠。
共来百越文身地,犹自音书滞一乡。

前六句直下皆言登楼所望见之景,末二句总括,不明言谪宦,而谪宦之意自见。(民国·王文濡《唐诗评注读本》卷六)

吴(汝纶)曰:更折一笔,深痛之情,曲曲绘出。(民国·高步瀛《唐宋诗举要》卷五)

起笔音节高亮,登高四顾,有苍茫百感之概。三、四言临水芙蓉,覆墙薜荔,本有天然之态,乃密雨惊风,横加侵袭,致嫣红生翠,全失其度。以风雨喻谗人之高张,以"薜荔""芙蓉"喻贤人之摈斥,犹楚词之以兰蕙喻君子,以雷雨喻摧残。寄慨遥深,不仅写登城所见也。五、六言岭树云遮,所思不见。临江迟客,赐转车轮。恋阙怀人之意,殆兼有之。收句归到寄诸友本意。言同在瘴乡,已伤谪宦,况音书不达,雁渺鱼沉,愈悲孤寂矣。(民国·俞陛云《诗境浅说》)

纪昀:一起意境阔远,倒摄四州,有神无迹。通篇情景俱包得起。三、四赋中之比,不露痕迹,旧说谓借寓感撼危疑之意,好不着相。(今人·李庆甲汇评《瀛奎律髓汇评》卷四)

西塞山怀古　刘禹锡

王濬楼船下益州,金陵王气黯然收。
千寻铁锁沈江底,一片降幡出石头。
人世几回伤往事?山形依旧枕寒流。

今逢四海为家日,故垒萧萧芦荻秋。

元微之、刘梦得、韦楚客会于乐天之居,因论南朝兴废事,……各赋《金陵怀古》诗。梦得方在郎省,元公已居北门。梦得骋其才,略无逊意,满引一觞,请为首唱,一挥而成。白公览诗,曰:"四人探骊龙,而子先得其珠,其余鳞甲,将何为?"三公于是罢吟。(宋·阮阅《诗话总龟》前集卷二十四)

(首句)王濬下益州,只加"楼船"二字,便觉声势之甚。(二句)"黯然收","收"字妙,更不多费笔墨。(三、四句)"铁锁沉江底""降幡出石头",此即详写"黯然收"三字也。看他又加"千寻"字,"一片"字,写前日锁江,锁得尽情,此日降晋,又降得尽情,以为一笑也。(五、六句)看他如此转笔,于律诗中真为象王回身,非驴所拟,而又随手插得"几回"二字,便见此后兴亡,亦不止孙皓一处,直将六朝纷纷,曾不足当其一叹也。结用无数衰飒字,如"故垒",如"萧萧",如"芦荻",如"秋",写当今四海为家,此又一奇也。(清·金圣叹《贯华堂选批唐才子诗》卷四)

刘宾客《西塞山怀古》,似议非议,有论无论,笔著纸上,神来天际,气魄法律,无不精到,洵是此老一生杰作,自然压倒元、白。(清·薛雪《一瓢诗话》)

宜田云:前半专叙孙吴,五句以七字总括东晋、宋、齐、梁、陈五代,局阵开拓,乃不紧迫。六句始落到西塞山,"依旧"二字有高峰堕石之捷速。七句落到怀古,"今逢"二字有居安思危之遥深。八句"芦荻"是即时景,仍用"故垒",终不脱题。此掸结一片之法也。至于前半一气呵成,具有山川形势,制胜谋略,因前验后,兴废皆然。下只以"几回"二字轻轻兜满,何其神妙!(清·方世举《兰丛诗话》)

金陵之盛,至吴而始著,至孙皓而西藩既摧,北军飞渡,兴亡之感始甚。假使感古者取三国、六代事,衍为长律,便使一句一事,包举无遗,岂成体制?梦得之专咏晋事也,尊题也。下接云:"人世几回伤往事",若有上下千年,纵横万里在其笔底者。山形枕水之情景,不涉其境,不悉其妙。至于芦荻萧萧,履清时而依故垒,含蕴正靡穷矣。所谓骊珠之得,或在于斯者欤? (清·汪师韩《诗学纂闻》)

刘禹锡《西塞山怀古》:"王濬楼船下益州,金陵王气黯然收",兴衰之感宛然。"千寻铁锁沉江底",虽有天险可据,"一片降幡出石头",其如人事不修。"人世几回伤往事",局外议论如此,"山形依旧枕寒流",那管人间争斗。"今逢四海为家日,故垒萧萧芦荻秋",太平既久,向之霸业雄心消磨已净。此方

是怀古胜场，七律如此做自好，且看他不费气力处。（清·张谦宜《絸斋诗谈》卷八）

起四句洵是杰作，后四则不振矣。此中唐以后，所以气力衰飒也。固无八句皆紧之理，然必松处正是紧处，方有意味。（清·翁方纲《石洲诗话》卷二）

评此诗者，谓其起二句，如黄鹄高举，见天地方圆，三、四句见长江地利之不足恃，所评诚是。然此诗所以推为绝唱，未有发明之者，余谓刘诗与崔颢《黄鹤楼》诗异曲同工。崔诗从黄鹤仙人着想，前四句皆言仙人乘鹤事，一气贯注。刘诗从西塞山铁锁横江着想，前四句皆言王濬平吴事，亦一气贯注。非但切定本题，且七律能四句专咏一事而劲气直达者，在盛唐时，沈佺期《龙池》篇，李太白《鹦鹉》篇外，罕有能手。梦得独能方美前贤，故乐天有"骊珠"之叹也。五、六句之用意，崔以题为《黄鹤楼》，故实写楼中所见。刘以题为《西塞山怀古》，故表明怀古之意。藻不妄抒，刘与崔亦同。此二句韵致殊隽，与孟浩然《登岘首山》诗同工。且六句用一"枕"字，以东西梁山夹江对锁，山形平卧而非突兀，"枕"字颇能有之。其末句用意，崔则言登望而思乡国，刘则言承平不用防江，皆别出一意，以收束全篇。余故谓崔刘二诗其佳处同，其格调亦同，所以推为绝唱也。（民国·俞陛云《诗境浅说》）

查慎行：专举吴亡一事，而南渡、五代以第五句含蓄之。见解既高，格局亦开展动宕。何义门：气势笔力匹敌《黄鹤楼》诗，千载绝作也。纪昀：第四句但说得吴，第五句七字括过六朝，是为简练，第六句一笔折到西塞山，是为圆熟。（今人·李庆甲汇评《瀛奎律髓汇评》卷三）

望月有感　白居易

自河南经乱，关内阻饥，兄弟离散，各在一方。因望月有感，聊书所怀，寄上浮梁大兄、於潜七兄、乌江十五兄，兼示符离及下邽弟妹。

时难年荒世业空，弟兄羁旅各西东。
田园寥落干戈后，骨肉流离道路中。
吊影分为千里雁，辞根散作九秋蓬。
共看明月应垂泪，一夜乡心五处同。

凡律诗最重起结，七言尤然……落句以语尽意不尽为贵，如……白居易"共看明月应垂泪，一夜乡心五处同"……皆足为一代楷式。（清·管世铭《读

雪山房唐诗序例》

一气贯注，八句如一句，与少陵《闻官军》作同一格律。（清·孙洙《唐诗三百首》卷六）

以下是两首当代人做的七律，用格律诗写时事，可见七律在今天仍可以作为表情达意的重要形式，且顿挫激昂，超过其他诗体。

"文革"书感　霍松林

熬过严寒等物华，狼奔豕突毁春芽。
凋零文化连年火，寥落人才到处枷。
吉网罗钳通地狱，蛇神牛鬼遍天涯。
史无前例夸新创，忍对神州看暮鸦。

推　磨　聂绀弩

百事输人我老牛，惟余转磨稍风流。
春雷隐隐全中国，玉雪霏霏一小楼。
把坏心思磨粉碎，到新天地作环游。
连朝齐步三千里，不在雷池更外头。

学生七律习作与点评（上）

要求

写作七言律诗一首：

1. 押平水韵，不得用邻韵（首句除外）或新韵；注明韵部，如：七阳；
2. 以圈里码形式标注平仄格式：①②③④；不得用所谓仄起或平起式；
3. 中间两联要对仗，但尽量避免两联全写景，警惕合掌；
4. 仄仄平平仄仄平句，第三字若用仄，第五字得补一平声字，否则犯孤平；
5. 平平仄仄仄平平句，要注意第五字的平仄，容易犯三平调；
6. 诗一定要有题目，不要轻易用"无题"作题目（爱情诗除外）；尽量不用小序，诗小序一般不得超过15字；

7.内容最好贴近现实生活,尽量少写思乡怀归等传统题材(爱情诗词除外),内容要尽量有新意。

点评:七律作业是每学期学生诗词习作的第二个高点,也是这门课使学生拥有成就感的源头之一,学诗至此,多数学生已能写出中规中矩甚至很有点诗味道的作品来了,他们也仿佛朝诗词的大门又迈进了一步,已经站在门前了。中规中矩意味着音韵格律基本符合,无大错。写诗的格律基本掌握,以下是技巧、生活经验、才气等方面的问题了。总结自己的写作经验,从其他同学作品中接受正反两方面的经验也是非常必要的。我们还是初学者,还是刚入门或快入门者,兴趣、信心、毅力、谦虚,这四者缺一不可。

写到七律,已经历过五绝、七绝、五律几个创作阶段,对格律诗词写作已经有切身体会,也开始尝到甜头,开始感到,虽然我们的作品还较稚嫩,但仿佛自己已向诗歌殿堂迈出重要一步,李杜、苏辛距离自己没有千年之遥了,自己离他们的心理距离大大缩短了。他们会写格律诗词,我也开始学会了,他们的诗词为什么那么感人,我还能从音律角度去解读了。我给女朋友发微信,发去的是一首很优美的格律诗词,而不是"我爱你,爱得死去活来"之类,更不是"我爱你,就像老鼠爱大米"那类通俗歌曲了。

从平庸到出彩,从出彩到不朽,其距离都是十分漫长的,要有毅力。要敢于自以为非,打磨自己,千锤百炼。我为东南大学写校歌,历经九个多月,反复听取领导、校友、诗友、学生的各种意见,反复改,常常为一个字折腾多少天,一段时间神魂颠倒、如醉如痴。我给自己规定,"十年后我要无力改动其中一个字"。要不留一点遗憾,靠毅力。我们的作品,要能传之久远,必须经得起打磨,主要靠自己。我写《清华大学百年赋》,正式留下修改记录的达53次,勤能补拙。我本人的写作经历也许对您有所启发。

写诗还要谦虚,其实干什么都要谦虚,即使以后在诗坛小有成就也要特别谦虚。大家记住我的话:"骄傲是诗人的遗传性疾病,千万别自满或故步自封,那样你就不会有什么进步了。"

就历年学生七律习作的情况而言,是很令人兴奋的。最近几年,我本人对学生的作业作指导也更有针对性,对大部分格律方面的问题做到防患于未然,使同学们尽快掌握格律这个武器,不再把它作为镣铐,也就能驰骋思想,写自己所思所想。他们既写自己熟悉的传统题材,如爱情、友情、思乡怀归、节序、咏花、咏物、悼念、山水、田园、校园生活等等,也写国计民生、反思历史与人物等,多方位展现自己的精神世界。有些作品显示学生鲜明的爱憎,有一定思想深度,并不人云亦云。即使写传统题材,也有一定时代特色,既区别于古人,又有真情实感。

下面按题材将学生习作分为十三类,分在两章中进行展示和点评。习作中出现的问题,也分成两部分在两章中点评。先看七律佳作:

一、爱情

有 寄
独坐清辉荡小池,思君夜夜不眠时。
落花逐水水无意,素月照人人不知。
半纸白笺书乱绪,一壶清酒煮相思。
奈何纵饮千杯醉,到底难逃一字痴。

过故园怀人
故园寂寞绿参差,犹忆青梅竹马时。
花荫游廊闲戏雀,蝉幽玉榭漫谈诗。
未成罗带同心结,却作长亭折柳词。
当日谁栽红豆树,相思侵骨始方知。

送 别
梦回枕泪相思尽,拭目凭栏月似钩。
此别重逢难估量,无言强笑泪先流。
劳歌袅袅空牵挂,折柳青青寄我愁。
细雨残阳人已远,徒然三步一回头。

悔
暮雨霏霏寐不偿,春秋惯看懒梳妆。
言沉尺素情难共,泪比潇湘夜未央。
花暖一朝人影瘦,蝶游几度月华凉。
相思碾碎玲珑骨,一夜荣枯悔意长。

无　题

寂寂清辉冷素裙，为谁风露立中庭？
思君抱膝怜湖燕，恨罢托腮看草萤。
春尽元知花易落，泪干方道碧无情。
雕鞍易锁心难锁，凉月中天无数星。

无　题

久别西风韵未裁，春灯犹向月华开。
残茶冷彻无心问，碧叶凋枯何意埋？
欲尽情痴空尽墨，不成风致枉成哀。
苦词寒酒轮回事，偏作音容入梦来。

无　题

莫傍江楼咏别辞，离情无寐夜深时。
红笺渐浅书情彻，墨雨频浓叩梦迟。
雾冷徘徊空意乱，衾寒辗转自心痴。
无端理罢丝弦绝，怅望琴台有所思。

秋夜怀人

蛙声阵阵满池塘，冷月携秋过矮墙。
帘外苍枝题旧叶，楼头黛瓦染新霜。
樽前惆怅千杯少，笔底相思两字长。
今夜忆君难入梦，可怜远隔似参商。

秋雨日寄女友

连阙层城欲望休，人间霜雪动明眸。
云山缱绻三更雨，木叶离披两地秋。
梦后清商归晓迹，别时衷曲付壶筹。
经年心眼经年事，添得西窗烛影柔。

　　这些爱情之作，我认为其观点立场大致正确，既有真挚爱心的表述，也有失恋分手的反思，还有单相思的苦痛。大学生到了恋爱年龄，现在教育部甚至允许学生结婚,这是很人性化的规定,爱情自然是大学生诗词中最常见的题材。我跟清华大学同学们开玩笑说:"我来清华大学这些年,大大提高了清华学生的恋爱品位。"从这些七律爱情诗可见一斑。我主编的《唐诗鉴赏》(南京大学出版社2006年版)中有《分类唐诗·闺怨爱情》可参看。

二、友情

劝友人(其一)

秋声卷送秋雨凉,总惹哀情动绪伤。
或见途艰忧困病,旋因展重累奔忙。
宜将屑事听风去,不可人心以斗量。
偷得浮生应莞尔,早眠莫负月光长。

与旧友匆匆相聚又别

少时不解别离难,只道相思凭雁传。
今日见君疑梦里,当年送尔似樽前。
离多聚少易相忘,有酒无诗难尽欢。
歧路莫为儿女态,何妨为汝系金鞍。

友

飞落星河注满觞,千杯不减少年狂。
平生幸得逢知己,彻夜长歌藐帝皇。
数岁萧萧催幻梦,离人孑孑困他乡。
忽闻宵夕门扉扣,老酒重温话短长。

我主编的《唐诗鉴赏》中有《分类唐诗·友情·赠别》可参看。

三、校园生活佳作

深夜偶得

寒枝老树夜鸦啼,笔钝人乏颅颈低。
烟隐孤灯风瑟瑟,星迷晓雾月凄凄。
平生不识竹林曲,今日当寻五柳溪。
心系横舟水波梦,自来自去任东西。

毕业有怀

霜寒竹影月寒衾，久沐疏风碎客心。
有意云笺题眷语，无情玉笛惹骊音。
泪涟窃掩忧君看，歌尽还深恐自吟。
昔苑何堪空折柳，谁人陌上复牵襟？

毕业赠别

薄雾依稀夜色凉，轻烟似梦月如霜。
语含别绪眸含泪，愁入心头酒入肠。
垂首唏嘘叹今昔，举杯惆怅诉离觞。
明朝迈步从头起，海阔天高任尔翔。

醉　歌

由来意气费消磨，随处人间是网罗。
惯借梦乡还避世，每于醉里起吟哦。
酒痕应共啼痕乱，青眼何如白眼多。
且趁韶光图尽意，长歌罢了再长歌。

遣　怀

有限年光刹那过，从来壮志易蹉跎。
灰心久矣诗无味，阁笔年来茧不磨。
因未学优轻仕宦，偏耽市井羡绫罗。
写成字字诛心事，谁肯抄经换白鹅。

大　四

咫尺转头成四海，人生聚散本常情。
几番黄叶飘银杏，一片绛花开紫荆。
别语休将离苦诉，酒樽且为故人倾。
来年折柳荷塘畔，深处何堪独自行。

饮杨梅酒

冬日与友对饮杨梅酒，饮少辄醉，踏歌记之。
半盏琼醅琥珀光，瑶卮斟去润枯肠。
樽前偶唤蓬莱气，口角闲噙梅子香。
千日卧眠醒尚渴，五更吟啸醉犹狂。
却因酒癖成诗癖，对月酣歌窈窕章。

大学留给每位学子的不都是鲜花和阳光,也会有苦痛和眼泪,离开校园之后,我相信一切都会变成美好的记忆。我先后就读于三所大学,也工作过三所大学,其中有的只给我留下伤痛,东南大学和清华大学是我最难忘怀的,在清华开设诗词鉴赏与写作课程时间较长,学生作品也多。学生们写作这些作品时还都是本科生,若干年后他们对这个校园的感情会像陈年老酒一样,逾陈逾香。

四、思乡亲情

母亲节有感

六载飘流意味凉，归家暂聚亦匆忙。
相逢只道晨昏短，行别毋言日夜长。
常教孩儿存四海，总师孟母觅三方。
最怜一曲亲恩念，夜半忽闻泪满裳。

（注:"亲恩念"为香港歌手陈百强所唱《念亲恩》。）

黄昏独行校园有感

黄昏入夏独徘徊，课业无暇却自哀。
夕照婷婷逢厚叶，红砖寞寞扰青苔。
云生碧处映双眼，风起凉时拂两腮。
旧雁南归天际没，几只曾自故乡来。

闻乡音

朝行细雨清寒溢，忽得乡音伴冷风。
秋色三分愁客影，惊心一语落梧桐。
寻他陌上声声里，隐却喧嚣渺渺中。

何事人生总多恨,未逢却别太匆匆。

夜中怀乡
夜半忽然思旧事,春风年少正轻狂。
诗书读罢新茶冷,野宴归来日影长。
数点鸦声惊客泪,一窗明月照秋霜。
愁来更饮三杯酒,愿逐梦魂还故乡。

我主编的《唐诗鉴赏》中有《分类唐诗·思乡怀归》可参看。

五、节序

落 叶
辗转秋风动客思,人间一梦几多时。
昔年繁茂云霄志,尽日匆忙凌乱诗。
薄袖寒衫无凭借,清霜素月可相知。
他年化作春泥后,不见人间绿满枝。

中宵听雨
电光乍见病人惊,薄衾欹枕梦不成。
长夜斟情情更重,青灯垂泪泪常盈。
窗含衰草带风冷,帘卷枯枝着露清。
心似杨花吹欲碎,忍听檐雨到天明。

春雨有感
无端辜负一年春,谁遣残红愁杀人。
自守蕉窗听夜雨,徒教凤纸惹微尘。
寒烟一缕飘无力,心绪三分辨不真。
此夕玉阶空伫立,凭栏犹是泪痕新。

深秋有感
自古深秋爱赋愁,寒风瑟瑟起烦忧。
疏星几点明天幕,孤月一轮照树头。

枯枝萧瑟终将绿，江水冰封总会流。
年少何须空寂寞，天涯哪处不神州！

拜 月

八月月夕，正值佳节良辰。以此拜月辞为祭月神之祝祷文，愿如花美眷，流年不改朱颜色，唯有纯善是矣。诗云

帘开疏影动云根，一片冰心鉴桂魂。
岁岁年年长对望，朝朝暮暮少倾樽。
蓝田种玉为仙骨，碧海遗珠借泪痕。
今日相思谁得似，柳梢初上近黄昏。

所谓节序诗，指随节令的变化，写不同节令的自然风物。人被风物所感，生发出与节令相应的情绪。节序诗也是中华文化民族共同心理的组成部分。我主编的《唐诗鉴赏》中有《分类唐诗·岁时(春)》《分类唐诗·岁时(夏秋冬)》《分类唐诗·节令》可参看。

六、怀古咏史

梦回大唐

观唐代宣传片有感，匆匆写成。悠悠一梦，魂归大唐。

公孙一剑舞翩翩，风雨三春醉牡丹。
月下谪仙唯太白，人间幻境独长安。
徵韶商韵教坊曲，紫气青烟函谷关。
往事悠悠残梦里，登高回首自凭阑。

叹袁公（崇焕）

举世精明皆巧汉，国中惟有此公痴。
孤军死战存宁远，千里驰援固京师。
三捷功高庸主弃，半生心苦少人知。
百年文岳忠魂在，多难神州始得持。

悼袁崇焕

从来志士易途穷，天下纷纷笑此公。

举世慧哉图自好，唯君痴矣做英雄。
仁心何罪偏加罪，战至全功不是功。
料得先生应脱愦，忠魂依旧保辽东！

京西古道

从前车马转成空，暮色秋风拂晚钟。
千山峻秀千山黛，一抹残阳一抹红。
蹄印安然凝岁月，碉楼默语任西东。
莫愁寂寂无相伴，明日游人又几重！

晚点牧斋《初学集》，忆及陈寅恪"灰劫昆明红豆在，相思廿载待今酬"之句，感慨弥增

一天凉影听残笛，红豆多情野塘秋。
四海文章称宗伯，二分明月属扬州。
堪怜彭泽无柳宅，转恨东陵失瓜丘。
天地苍茫成独立，百年浩荡复谁收。

咏霍去病

翩翩俊少出辕门，誓拔阴山报国恩。
骠骑执鞭临瀚海，单于授首祭昆仑。
千军笑啖匈奴胆，万古名传汉室魂。
英寿未堪三十载，可嘲彭祖苟长存。

读周一良先生《论诸葛亮》有感

长于治理短奇谋，伐鼓挝金战未休。
民乏何堪起徭役，兵疲怎可动戈矛。
衰微汉祚难恢复，涣散民心尚可留。
六出祁山功所在？生灵罔顾只私刘。

咏曹操

世人说尽奸雄诈，让县志明真性情。
剪灭群雄九州定[①]，揽招才俊四方平。

孙刘称帝皆芳誉，孟德专权独骂名。
遗恨东风烧赤壁，徒增七十载纷争。
（注①：汉末置十三州，曹操占九州。）

悼柳永

春风杨柳曲乏神，泣涕胭脂拭泪频。
慢调轻吟声已远，莺歌燕舞座无宾。
萧萧奉旨填词客，呐呐求生鬻海人。
自古寒蝉韵难入，高山流水鲜知音。

玄宗曲

深宫寂寂少雍容，佳丽羞花老梧桐。
日月长留金锁殿，钗环不响蓬①莱宫。
春风未解伤心色，秋雨难知寂寞红。
可恨君王身世错，来生愿做钓江翁。
（注①：蓬字出律，此字应用仄声。）

忆范文正公

出关四载定延州，雁去空吟千嶂愁。
戍夜尘昏残梦尽，关山月冷笛声休。
虚名学士怎堪倚，赤胆忠心安可囚。
一曲履霜春未老，此生忧乐岳阳楼。

思荀令君

何处青茔望梓桑，独留冷野觅残香。
当时建计千行付，此夜言书一炬亡。
徒念匡扶延旧祚，岂知倾覆振新纲？
犹怜奋武将军意，可叹春秋未有常。

当代大学生的知识面很宽，读书很多，常有令人耳目一新之见，我所谓"震撼"也。上列多首怀古咏史之作，多出于理工科学子之手，对许多历史人物，评论独具眼光，非拾人牙慧辈可比，文笔也流畅紧凑，令人击节称赏。我主编的《唐诗鉴赏》中有《分类唐诗·咏史》《分类唐诗·怀古》可参看。

学生七律习作失误例（上）

然而，纵观历年学生七律之作，也有较多不足，有些格律方面的错误还很严重，诸如失粘、失对、犯孤平、三平调、出韵、凑韵、重字、对仗不工以及结构、内容等方面的问题，我们姑且分述如次：

1. 失粘、失对

包　容

纵观文史览穷通，人间至善是包容。（失对）
一曲胡笳平战火，两行清泪靖兵戎。（失粘）
三尺孤坟归朔漠，百年和好连汉匈。（失粘）
推己及人行忠恕，海纳百川古今同。（失粘、失对）

入　夏

正感春光无限好，忽觉夏至日归迟。
池塘漠漠融秾色，园柳娑娑弄曼枝。（失粘）
月落花开香欲醉，风来夜凉醒而痴。（失对，非律句）
天明正看蔷薇美，却忆山中携手时。

无　题

夏日山间枕夜光，遥寻织女与牛郎。
群星熠熠失孤月，银汉煌煌照大荒。
往事如烟空寂寞，今夕若幻自徜徉。（失对）
此情虽是淡如水，却驻痴心梦里藏。（失粘）

话低头

南北往来羁旅客，国人何事把头低。
触幕难平慈母泪，开窗却闻稚儿啼。（失粘，非律句）
熙熙攘攘他人景，烁烁莹莹己心期。
聚首才愿车马慢，离情不惮指尖飞。（尾联对仗，似未写完）

这是从较多失粘、失对错例中选出,第一例《包容》是北京市大学生人文知识大奖赛现场由我命题写作,一个兄弟院校代表队所作,只限15分钟。能写成这样,已属不易。评审时我只注意它用"战火""兵戎"相对,词义相近,实际此诗失粘问题更大,而且稍不注意会从我们眼前溜过去,应当引起足够重视。

2. 犯孤平

读报告有感

秋风瑟瑟感嘘唏,读毕更怜世事违。(孤平)
十亩收成还贷尽,一年辛苦报酬稀。
贫寒尚叹糟糠少,富贵犹思梁肉肥。
稚子不知无米恨,仍央兄姊买华衣。

咏荷叶

人言最爱玉芙蓉,夏韵独藏叠翠中。(孤平)
漫漫青涛争蔽日,莹莹白露竞耀虹。
残茎断藕秋风瑟,淡味清香糯米中。(入韵字重复)
哪得无声托斗艳?韶华默默贡献终。

3. 三平调

读报告有感

落木萧萧心自叹,秋风瑟瑟感嘘唏。
千金一掷朱门宴,四壁家无寒庐栖。(三平调)
昔古不平平易事,今朝均等等闲危。
常怀天下仁人志,我以赤心换新时。

诚 信

古来一诺值千金,不绝延绵达至今。
立木为信秦始盛,烽台戏侯夷终侵。(三平调)
曾参杀彘教诚信,季布一言免被擒。

华夏千年多少例,而今又去哪儿寻。

夜登泰山
落幕趋西残色洒,驱车入鲁近东山。
登高步步寻常事,夜路危危恐道还。
越岭精疲临拂晓,星空仰望溜回颜。(三平调)
红霞日出倾言未,梦寐萦心一日间。

4. 出韵

包 容
纷争离乱古难休,多少皆由龃龉出?(出为入声,不押韵)
海纳百川波浩瀚,曲集五音乐绕梁。
睚眦过较肝肠断,大肚能容和心常。
人世堪堪七十载,何耽嫌隙自添伤!

赠贪官
宦海浮沉几许难,一朝下马可堪伤。(阳韵)
青山顶上青楼笑,白首到头白倚栏。(寒韵)
红袖相随殊幸事,清流玷染短寻欢。(寒韵)
为官一任泽施否?徒为他人作笑谈。(覃韵)

清明雨
清明楚雨万千重,散落飞花遍地空。(东韵)
雾绕烟笼烟绕雾,风催柳叶柳催风。(东韵)
寒窗独守多年病,陋室空闻燕语声。(庚韵)
魂殿凄凄应若是,只当垂泪笑落红。(东韵)

忆故友
又是一年暮春时,淮南黄梅熟枝头。
春风暖暖拂人醉,细雨丝丝点心愁。
儿时相携堂前戏,年青几度身后留。

崇山峻岭音信断，遥想有人依高楼。
（首句用平声结尾，但未入韵，亦非邻韵。）

夏日偶书
峥嵘夏日忽已至，惜问韶光重返时？
雾里看花花不开，水中探月月犹湿。（入声）
身无长物何足道，心有江山只自知。
遥望西山云深处，骑马仗剑人影直。（入声）

父　至
似闻家父今将至，风住日升霾自开。
白面青葱藏嫩鸭，红云金盏把新醅。
举头仍惧横眉对，接目却惊斑鬓抬。（凑韵）
身处京华常立志，愿翁知命后无哀。

这几处出韵主要由两个原因引起，一是关于首句押韵问题，首句用第③第④两种平仄格式，以平声收尾，就必须押韵，但可以放宽到邻韵，即所谓孤雁出群，邻韵的标准实际就是词韵的平声部，平水韵平声三十部，词韵仅十四部，如一东二冬均可通押，三江七阳可以通押，并非可押可不押，错例中《忆故友》，以平声收尾，却未按规定押韵，故出韵；二是受普通话的负面影响，把入声字用到韵脚处，造成出韵。关于每个字的归韵，比较权威的是康熙年间编的《佩文韵府》，现在很多网站都有了查韵部的功能，比如汉典网等。使用我们清华大学郭家宝同学设计的"韵典网"（https://ytenx.org），检查一个字的韵部也很方便。只要认真对待，就可以彻底解决韵字归部的问题。

第十一章　七言律诗总论

历代诗话论七律

　　七言律不难中二联,难在发端及结句耳。发端,盛唐人无不佳者。结颇有之,然亦无转入他调及收顿不住之病。篇法有起有束,有放有敛,有唤有应,大抵一开则一阖,一扬则一抑,一象则一意,无偏用者。句法有直下者,有倒插者,倒插最难,非老杜不能也。字法有虚有实,有沉有响,虚响易工,沉实难至。五十六字,如魏明帝凌云台材木,铢两悉配,乃可耳。篇法之妙,有不见句法者;句法之妙,有不见字法者。此是法极无迹,人能之至,境与天会,未易求也。有俱属象而妙者,有俱属意而妙者,有俱作高调而妙者,有直下不对偶而妙者,皆兴与境谐,神合气完使之然。五言可耳,七言恐未易能也。勿和韵,勿拈险韵,勿傍用韵。起句亦然,勿偏枯,勿求理,勿搜僻,勿用六朝强造语,勿用大历以后事。此诗家魔障,慎之慎之。(明·王世贞《艺苑卮言》卷一)

　　盛唐七言律,老杜外,王维、李颀、岑参耳。李有风调而不甚丽,岑才甚丽而情不足,王差备美。(同上,卷四)

　　律诗重在对偶,妙在虚实。子美多用实字,高适多用虚字。惟虚字极难,不善学者失之。实字多,则意简而句健;虚字多,则意繁而句弱。赵子昂所谓两联宜实是也。(明·谢榛《四溟诗话》卷一)

　　七言近体,起自初唐应制,句法严整。或实字叠用,虚字单使,自无敷演之病。……暨少陵《怀古》:"一去紫台连朔漠,独留青冢向黄昏",以上二字虽虚,而措辞稳贴。《九日蓝田崔氏庄》："蓝水远从千涧落,玉山高并两峰寒",此中二字亦虚,工而有力。中唐诗虚字愈多,则异乎少陵气象。刘文房七言律,《品汇》所取二十一首,中有虚字者半之。……钱仲文七言律,《品汇》所取十九首,上四字虚者亦强半。……凡多用虚字便是讲,讲则宋调之根,岂独始于元白!高棅所选,以正宗大家为主,兼之羽翼接武,亦不免三二滥觞者。(同上,卷四)

殊不知律者以古雅沈郁为难,而七言尤不易。往有诵先辈七言律句,各减去二字,亦成章,举座大笑,故在句句字字不可断为工。又以句句字字直属为病,在气贯节续,如脉络然。所谓圆如贯珠者,即衲子数珠,若减截一二子,便不成串矣。虽盛唐诸公,惟王维、李颀二三家臻妙,太白、浩然便不谙矣。(明·顾起纶《国雅品》)

七言律最难,迄唐世工不数人,人不数篇。初则必简、云卿、廷硕、巨山、延清、道济,盛则新乡、太原、南阳、渤海、驾部、司勋,中则钱、刘、韩、李、皇冉、司空,此外蔑矣。(明·胡应麟《诗薮》内编卷五)

唐古诗,如子昂之超,浩然之淡,如常建、储光羲之幽,如韦应物之旷,皆卓然名家,近体尤胜。至七言律,遂无复佳者,由其材不逮也。(同上)

七言律滥觞沈、宋。其时远袭六朝,近沿四杰,故体裁明密,声调高华,而神情兴会,缛而未畅。"卢家少妇",体格丰神,良称独步,惜颔颇偏枯,结非本色。崔颢《黄鹤》,歌行短章耳。太白生平不喜俳偶,崔诗适与契合。严氏因之,世遂附和,又不若近推沈作为得也。(同上)

初唐七言律缛靡,多谓应制使然,非也,时为之耳。此后若《早朝》及王、岑、杜诸作,往往言宫掖事,而气象神韵,迥自不同。(同上)

王、岑、高、李,世称正鹄。嘉州词胜意,句格壮丽,而神韵未扬;常侍意胜词,情致缠绵,而筋骨不逮。王、李二家和平而不累气,深厚而不伤格,浓丽而不乏情,几于色相俱空,风雅备极,然制作不多,未足以尽其变。杜公才力既雄,涉猎复广,用能穷极笔端,范围今古,但变多正少,不善学者,类失粗豪。钱、刘以还,寥寥千载。国朝信阳、历下、吴郡、武昌,恢扩前规,力追正始。大要八句之中,神情总会者时苦微瑕;句语停匀者不堪颖脱。故世遂谓七言律无第一,要之信不易矣。(同上)

盛唐七言律称王、李。王才甚藻秀而篇法多重,"绛帻鸡人",不免服色之讥;"春树万家",亦多花木之累;"汉主离宫""洞门高阁",和平闲丽,而斤两微劣;"居延城外",甚有古意,与"卢家少妇"同,而音节太促,语句伤直,非沈比也。李律仅七首,惟"物在人亡"不佳。"流渐腊月",极雄浑而不笨;"花宫仙梵"，至工密而不纤。"远公遁迹"之幽，"朝闻游子"之婉，皆可独步千载。岑调稳于王，才豪于李，而诸作咸出其下，以神韵不及二君故也。即此推之，七言律法，思过半矣。（同上）

诗至钱、刘，遂露中唐面目。钱才远不及刘，然其诗尚有盛唐遗响，刘即自成中唐与盛唐分道矣。刘如"建牙吹角"一篇，即盛唐难之，然自是中唐诗。（同上）

唐七言律自杜审言、沈佺期首创工密，至崔颢、李白时出古意，一变也。高、岑、王、李，风格大备，又一变也。杜陵雄深浩荡，超忽纵横，又一变也。钱、刘稍为流畅，降而中唐，又一变也。大历十才子，中唐体备，又一变也。乐天才具泛澜，梦得骨力豪劲，在中、晚间自为一格，又一变也。张籍、王建略去葩藻，求取情实，渐入晚唐，又一变也。李商隐、杜牧之填塞故实，皮日休、陆龟蒙驰骛新奇，又一变也。许浑、刘沧角猎俳偶，时作拗体，又一变也。至吴融、韩偓香奁脂粉，杜荀鹤、李山甫委巷丛谈，否道斯极，唐亦以亡矣。（同上）

初唐律体之妙者：杜审言《大铺应制》，沈云卿《古意》《兴庆池》《南庄》，李峤《太平山亭》，苏颋《安乐新宅》《望春台》《紫薇省》，皆高华秀赡，第起结多不甚合耳。（同上）

盛唐王、李、杜外，崔颢《华阴》，李白《送贺监》，贾至《早朝》，岑参《和大明宫》《西掖》，高适《送李少府》，祖咏《望蓟门》，皆可竞爽。（同上）

中唐如钱起《和李员外》《寄郎士元》，皇甫曾《早朝》，李嘉祐《登阁》，司空曙《晓望》，皆去盛唐不远。刘长卿《献李相公》《送耿拾遗》《李录事》，韩翃《题仙庆观》《送王光辅》，郎士元《赠钱起》，杨巨源《和侯大夫》，武元衡《荆帅》，皆中唐妙唱。（同上）

初唐体质浓厚，格调整齐，时有近拙近板处。盛唐气象浑成，神韵轩举，时有太实太繁处。中唐淘洗清空，写送流亮，七言律至是，殆于无可指摘，而体格渐卑，气运日薄，衰态毕露矣。（同上）

盛唐有偶落晚唐者，如李颀《卢五旧居》、岑参《秋夕读书》之类，不必护其所短，亦不得掩其所长。又王昌龄、孟浩然俱有《题万岁楼》作，而皆拙弱可笑，则以二君非七言律手也。（同上）

初唐王、杨、卢、骆，盛唐王、孟、高、岑，虽品格差肩，亦微有上下。惟陈、杜、沈、宋，不易优劣。（同上）

七言律，唐以老杜为主，参之李颀之神，王维之秀，岑参之丽；明则仲默之和畅，于鳞之高华，明卿之沉雄，元美之博大，兼收时出，法尽此矣。（同上）

初唐七律，简贵多风，不用事，不用意，一言两言，领趣自胜。故事多而寡用之，意多而约出之，斯所贵于作者。（明·陆时雍《诗镜总论》）

初唐七律，谓其"不用意而自佳"，故当绝胜。"云山一一看皆好，竹树萧萧画不成"，体气之贵，风味之佳，此殆非人力所与也。（同上）

自景龙始韧七律，诸学士所制，大都铺扬景物，宣诩燕游，以富丽竞工，亡论体裁未极，声病亦多未调。开、天以还，哲匠迭兴，研揣备至，于是后调弥纯，前美益邕，字虚实互用，体正拗毕摄，七言能事始尽。所以溯龙门之派者，必求端沈、宋；穷沧海之观者，还归大杜陵。（明·胡震亨《唐音癸签》卷十）

七言律独取王、李而绌老杜者，李于鳞也。夷王、李于岑、高而大家老杜者，高廷礼也。尊老杜而谓王不如李者，胡元瑞也。谓老杜即不无利钝，终是上国武库，又谓摩诘堪敌老杜，他皆莫及者，王弇州也。意见互殊，几成诤论。虽然，吾终以弇州公之言为衷。（同上）

王以高华胜，李以韶令胜。李如琼蕊浥露，含质故鲜；王如翠岭冠霞，占地特贵。王间有失严，无心内游衍自如；李即无落调，有意中补凑可摘。不独勚两微悬，正复色香亦别。（闻梵颔联之偏枯，寄卢司勋通篇之春事，璇公山池之一起，綦毋李回之二结，皆李之补凑处也。）王风调正似云卿，岑茂采堪追廷硕。李存藻不多，既同考功；高裁体欲变，亦类左相。以盛配初，约略不远。唯杜子美无一家不备，亦无一家可方尔。（同上）

问："七律三唐、宋、元体格，何以分优劣？"阮亭（王士祯）答："唐人七言律，以李东川、王右丞为正宗，杜工部为大家，刘文房为接武。高廷礼之论，确不可易。宋初学'西昆'，于唐却近。欧、苏、豫章始变'西昆'，去唐却远。元如赵松雪雅意复古，而有俗气，余可类推。"张历友（笃庆）答："七言近体，则断乎以盛唐十四家为正宗，再羽翼之以钱、刘足矣。西昆吾无取焉。宋、元而下，姑舍是。"张萧亭（实居）答："七言律诗，五言八句之变也。唐初始专此体。沈、宋精巧相尚，然六朝余气犹存。至盛唐声调始远，品格始高。如贾至、王维、岑参《早朝倡和》诸作，各臻其妙。李颀、高适皆足为万世法程。杜甫浑雄富丽，克集大成。天宝以还，钱、刘并鸣。中唐作者尤多，韦应物、皇甫伯仲以及大历才子接迹而起，敷词益工，而气或不逮。元和以后，律体屡变。其造意幽深，律切精密，有出常情之外。虽不足鸣大雅之林，亦可为一倡三叹。至宋律则又晚唐之滥觞矣。虽梅、欧、苏、黄，卓然名家，较之唐人，气象终别。至于元人，品格愈下。虽有虞、杨、揭、范，亦不能力挽颓波。盖风气使然，不可强也。况诗家此体最难。求其神合气完，代不数人，人不数首。虽不敢妄分优劣，而优劣

自见矣。"（清·王士禛《师友诗传录》）

世之称诗者易言律，尤易言七言律，每见投赠行卷七律居半，不知此体在诸体中最难工。《品汇》推尊盛唐，未尝不当。平心而论，初唐如花初苞，英华未芭。盛唐王维、李颀、岑参诸公声调气格，种种超越，允为正宗。中晚之钱、刘、李（义山）、刘（沧）亦悠扬婉丽，泂泂乎雅人之致。义山造意幽邃，感人尤深。（清·宋荦《漫堂说诗》）

七言律，平叙易于径直，雕镂失之佻巧，比五言更难。初唐英华乍启，门户未开，不用意而自胜，后此摩诘、东川，舂容大雅，时崔司勋、高散骑、岑补阙诸公，实为同调，而大历十子及刘宾客、柳柳州，其绍述也。少陵胸次阂阔，议论开辟，一时尽掩诸家，而义山咏史，其余响也。外是曲径旁门，雅非正轨，虽有搜罗，概从其略。（清·沈德潜《唐诗别裁集》凡例）

（七言律）王维、李颀、崔曙、张谓、高适、岑参诸人，品格既高，复饶远韵，故为正声。老杜以宏才卓识，盛气大力胜之。（清·沈德潜《说诗晬语》卷上）

七律如李颀、王维，其婉转附物，惆怅切情，而六辔如琴，和之至也。后人未能妙臻此境。（清·宋征璧《抱真堂诗话》）

王弇州谓唐七律罕全璧，如"暮云空碛时驱马，落日平原好射雕"，庶足压卷，惜后有"玉靶角弓珠勒马"，全首用二"马"字，予谓可易"暮云空碛时闻雁"也。五言律，则摩诘"风劲角弓鸣"无可拟议。（同上）

诗至七言律，已底极变，既难空骋，又畏事累，大抵温丽为正，间令流逸，读之表里妍整，而风骨隐然。颇恶驱驾才势，有心章彩；至于隶古事，寓评议，斯为下风。唐初意尽句中，正用气格为高。盛唐境地稍流，而兴溢章外，不妨媲美。作者取裁，舍是奚适？中叶翩翩，亦曲畅情兴，必欲甑覆大历以下，似属元美过差之谈。至于李商隐而下，予不敢道之。（清·毛先舒《诗辩坻》卷三）

唐人七律，宾主、起结、虚实、转折、浓淡、避就、照应，皆有定法。意为主将，法为号令，字句为部曲兵卒。由有主将，故号令得行，而部曲兵卒，莫不如臂指之用，旌旗金鼓，秩序井然。（清·吴乔《围炉诗话》卷二）

中唐七律，清刻秀挺，学者当于此入门，上不落于晚唐之雕琢，中不落于宋人之率直，下不落于明人之假冒。盖中唐如士大夫之家，犹可几及；盛唐如王侯之家，不易攀跻。（同上）

七律，盛唐极高，而篇数不多，未得尽态极妍，犹《三百篇》之正风正雅也。大历已多，开成后尤多，尽态极妍，犹变风变雅也。（同上，卷三）

七言律诗始于初唐咸亨、上元间，至开、宝而作者日出。少陵崛起，集汉、魏、六朝之大成,而融为今体,实千古律诗之极则。同时诸家所作,既不甚多,或对偶不能整齐,或平仄不相黏缀。上下百余年,止少陵一人独步而已。中唐律诗始盛。然元、白号称大家,皆以长篇擅胜,其于七言八句,竟似无意求工。钱、刘诸公以韵致自标,多作偏枯格,中二联或二句直下,或四句直下,渐失庄重之体。义山继起,入少陵之室,而运以秾丽,尽态极妍,故昔人谓七言律诗莫工于晚唐。然自此作者愈多,诗道日坏。(清·钱良择《唐音审体》卷十五)

晚唐七言律,佳句有雄快绝伦者,如"下国卧龙空寤主,中原得鹿不由人","天上玉书传诏夜,阵前金甲受降时","边骑不来沙路失,国恩深后海城荒","地主望中迷橘柚,旅游谁肯重王孙","南国羽书催部曲,东山毛褐傲羲皇"之类是也。有高逸孤寄者,"便同南郭能忘象,兼笑东林学坐禅","已知世事真徒尔,纵有心期亦偶然","落日乱蝉萧帝寺,碧云归鸟谢家山","玄豹夜寒和雾隐,骊龙春暖抱珠眠"之类是也。有悲歌欲绝者,如"云雨暗更歌舞伴,山川不尽别离杯","数茎白发生浮世,一盏寒灯共故人","故园书动经年绝,华鬓春惟满镜生","五湖归去孤舟月,六国平来两鬓霜","女萝力弱难逢地,桐树心孤易感秋"之类是也。有写景绘物入情入妙者,如"满楼春色旁人醉,半夜雨声前计非","雨暗残灯人散后,酒醒孤馆雁来初","诗情似到山家夜,树色轻含御水秋","碧山初暝啸秋月,红树生寒啼晓霜","远驿新砧应弄月,初程残角未吹霜","孤岛待寒迎片月,远山终日送余霞","细水浮花归别涧,断云含雨入孤村","残春孤馆人愁坐,斜日小园花乱飞","滩头鹭占清波立,原上人傍返照耕","鹤盘远势投孤屿,蝉曳残声过别枝","仙掌月明孤影动,长门灯暗数声来"之类是也。有点缀故实工巧者,如"西园公子名无忌,南国佳人字莫愁","青州从事来还易,泉布先生老未悭","山中宰相陶弘景,洞里真人葛稚川","屏上楼台陈后主,镜中金碧李夫人","尘外乡人为许掾,山中地主是茅君"之类是也。有颓放纵笔生姿者,如"题诗朝忆复暮忆,见月上弦还下弦","黄叶黄花古时路,秋风秋雨别家人","故山岁晚不归去,高塔天晴独自登","渔人依旧棹舴艋,江岸还是飞鸳鸯","四时最好是三月,一去不回惟少年","鸟去鸟来山色里,人歌人哭水声中",诸如此类是也。谁谓晚唐无诗哉!(清·叶矫然《龙性堂诗话》续集)

摩诘七律,有高华一体,有清远一体,皆可效法。(清·施补华《岘佣说诗》)

中唐七律,清刻秀挺,学者当于此入门,上不落于晚唐之雕琢,中不落于宋人之率直,下不落于明人之假冒。盖中唐如士大夫之家,犹可几及;盛唐如王侯之家,不易攀跻。用刚笔则见魄力,用柔笔则出神韵。柔而含蓄之为神韵,

柔而摇曳之为风致。读大历人七律，须辨此界。（同上）

晚唐七律，非无佳句，特少完章。且所云佳句，又景尽句中，句外并无神韵。（同上）

七律至中唐而极秀，亦至中唐而渐薄。盛唐之浑厚，至中唐日散；晚唐之纤小，自中唐日开。故大历十子七律，在盛衰关头，气运使然也。（同上）

唐之创律诗也，五言犹承齐、梁格诗而整饬其音调，七言则沈、宋新裁。其体最时，其格最下，然却最难，尺幅窄而束缚紧也。能不受其画地湿薪者，惟有老杜，法度整严而又宽舒，音容郁丽而又大雅，律之全体大用，金科玉律也。但初学不能骤得，且求唐人之次者以为导引，如白香山之疏以达，刘梦得之圜以闳，李义山之刻至，温飞卿之轻俊，此亦杜之四科也，宜田册子中未举香山，而言二刘一长卿也。然长卿起结多有不逮。（清·方世举《兰丛诗话》）

五言律诗，有性灵人可以顿悟，七言则非积学攻苦，不能至也。论者谓"如挽百石之弓，非腕中有神力者，止到八九分地位"，斯言最善名状。（清·管世铭《读雪山房唐诗序例》）

开宝以前，如孙逖、王昌龄、卢象、张继、包何辈，皆不以七律名，而流传一二篇，音节安和，情词高雅，迥非后来可及，信乎时代为之也。（同上）

七言律诗，至杜工部而曲尽其变。盖昔人多以自在流行出之，作者独加以沉郁顿挫。其气盛，其言昌，格法、句法、字法、章法，无美不备，无奇不臻，横绝古今，莫能两大。（同上）

大历以后七律，刘、柳格调最优，香山、义山须合看以矫其偏，亦以参其变也。（清·乔亿《剑溪说诗》卷下）

七言律古人所难，试观大历前，唯老杜下笔五首八首，余子率皆矜贵。及后人逞博，择焉不精，有多至三二十首者。然三二十首细看只是一首，无浅深层次变化也。（同上）

开宝七律，王右丞之格韵，李东川之音调，并皆高妙。高常侍五言质朴，七律别有风味。岑嘉州微伤于巧，而体气自厚。（同上）

唐初沈、宋诸人，益讲求声病，于是五七律遂成一定格式，如圆之有规，方之有矩，虽圣贤复起，不能改易矣。盖事之出于人为者，大概日趋于新，精益求精，密益加密，本风会使然，故虽出于人为，其实即天运也。就有唐而论：其始也，尚多习用古诗，不乐束缚于规行矩步中，即用律亦多五言，而七言犹少，七言亦多绝句，而律诗犹少。故《李太白集》七律仅三首，《孟浩然集》七律仅二首，尚不专以此见长也。自高、岑、王、杜等《早朝》诸作，戛金戛玉，研练精切。

杜寄高、岑诗,所谓"遥知对属忙",可知是时求工律体也。格式既定,更如一朝令甲,莫不就其范围。然犹多写景,而未及于指事言情,引用典故。少陵以穷愁寂寞之身,藉诗遣日,于是七律益尽其变,不唯写景,兼复言情,不唯言情,兼复使典。七律之蹊径,至是益大开。其后刘长卿、李义山、温飞卿诸人,愈工雕琢,尽其才于五十六字中,而七律遂为高下通行之具,如日用饮食之不可离矣。西昆体行,益务数典,然未免伤于僻涩。东坡出,又参以议论,纵横变化,不可捉摸,此又开南宋人法门,然声调风格,则去唐日远也。(清·赵翼《瓯北诗话》卷十二)

高之浑厚,岑之奇峭,虽各自成家,然俱在少陵笼罩之中。至李东川,则不尽尔也。学者欲从精密中推宕伸缩,其必问津于东川乎?(清·翁方纲《石洲诗话》卷一)

东川七律,自杜公而外,有唐诗人,莫之与京。徒以李沧溟揣摹格调,几嫌太熟。然东川之妙,自非沧溟所能袭也。(同上)

晚唐人七律,只于声调求变,而又实无可变,故不得不转出三、五拗用之调。此亦是熟极求生之理,但苦其词太浅俚耳。然大约出句拗第几字,则对句亦拗第几字,阮亭先生已言之。至方干"每见北辰思故园",则单句三、五自拗。此又一格,盖必在结句而后可耳。(同上,卷二)

柴绍炳虎臣论杜诗七律曰:诗之有七言律,始于唐也。唐以前,若梁简文、周庾信、陈江总、隋陈子良,各有七言俪句,以八为断,即乐府古风,而近体源流,滥觞于此。唐初祖构,正名为律,取其声调稳叶,气色鲜华,若沈云卿、杜必简、宋延清辈,一时号为擅场。嗣是李、韦、燕、许,黼黻相继,但武德、神龙之间,篇多应制,金粉习胜,台阁气多,体则袭而少变,响亦凝而未流。迨开元、天宝以还,茹六朝之华而去其靡,本初唐之庄而化其滞,于是风格遒上,音节谐会,色理必工,旨趣俱远。如王维、李颀、岑参、高适诸公,并臻其妙。号曰盛唐,斯实古今诣绝矣。然隋珠和璧,人不数首,杜少陵独以魁杰之才,抒其蕴愤之气,挥斥百代,包举众家。集中七律,亡虑数什伯首,大抵谢肤泽而敦骨力,厌俳俪而尚矜奇,势取矫厉,意主朴真,沈著有余,流逸不足。彼虽雄视千古,间参长律之变调矣。夫长律既属缘情,尤贵合调,婉转深稳,音流管弦,务极天然,故杜氏卓然作者,难乎折衷也。然就厥体而辨之,亦有工拙利钝。如《秋兴》《诸将》《咏怀古迹》《恨别》《退朝》《宿府》《野老》《南邻》《玉台观》《蓝田庄》《崔氏草堂》《弟观赴蓝田》《曲江对酒》《暮归》《登高》《十二月一日》《小寒食舟中》《九日》《至日遣兴》次首、《阁夜》《返照》《黄草》《登楼》

《野望》《吹笛》《宾至》《客至》《严公枉驾》《和裴迪》《送李八秘书》《送韩十四江东》《长沙送李十一衔》《赠韦七赞善》诸首，或遒丽精深，或沈雄悲壮，或真至隽永，或旷逸清疏，咸称杰构。其他率尔成篇，漫然属句，予尝览而摘之。中有近鄙浅者，如"富贵必从勤苦得，男儿须读五车书"；有近轻佻者，如"酒债寻常行处有，人生七十古来稀"；有近濡滑者，如"闻道云安曲米春，才倾一盏即醺人"；有近纤巧者，如"侵凌雪色还萱草，漏泄春光有柳条"；有近粗硬者，如"为人性僻耽佳句，语不惊人死不休"；有近酸腐者，如"炙背可以献天子，美芹由来知野人"；有近平钝者，如"绣衣屡许携家酝，皂盖能忘折野梅"；有近径露者，如"此日此时人共得，一谈一笑俗相看"；有近沾滞者，如"寂寂系舟双下泪，悠悠伏枕左书空"。凡此皆杜律之病，瑕瑜固不相掩，正在学者之善择耳。杜诗不避粗硬，不嫌朴质，而其气魄精彩，时流露于行间。近世李献吉（明代李梦阳）摹仿杜诗，气体相近，但多任心率笔，风韵何存。如万事寸心，拙而无味；酒朋棋伴，俗而伤雅；及掞风拖雨、打鼓鸣锣，俱堕恶道矣。故子美，矫唐而过者也；献吉，学杜而甚者也。（清·仇兆鳌《杜诗详注》附《诸家论杜》）

（七律）辋川叙题细密不漏，又能设色取景，虚实布置，一一如画，如今科举作墨卷相似，诚万选之技也。历观古今陋才，皆坐不能叙题从顺，故率不通。（清·方东树《昭昧詹言》卷十六）

辋川于诗，亦称一祖。然比之杜公，真如维摩之于如来，确然别为一派。寻其所至，只是以兴象超远，浑然元气，为后人所莫及；高华精警，极声色之宗，而不落人间声色，所以可贵。然愚乃不喜之，以其无血气无性情也。譬如绛阙仙官，非不尊贵，而于世无益；又如画工，图写逼肖，终非实物，何以用之？称诗而无当于兴、观、群、怨，失《风》《骚》之旨，远圣人之教，亦何取乎？政如司马相如之文，使世间无此，殊无所损。但以资于馆阁词人，酝酿句法，以为应制之用，诚为好手耳。（同上）

（七律）起句须庄重，峰势镇压含盖，得一篇体势……杜又有一起四句，将题情绪叙尽，后半换笔换意换势，或转或托开。大开大合，唯杜公有之，小才不能也。寻常五、六多作转势，不如仍挺起作扬势更佳。结句大约别出一层，补完题蕴，须有不尽远想。大概如此，不可执著。结句要出场，用意须高大深远沉著，忌浅近浮佻凡俗。用字须典核，忌熟忌旧，却又忌生僻。（同上，卷十四）

杜公所以冠绝古今诸家，只是沉郁顿挫，奇横恣肆，起结承转，曲折变化，穷极笔势，迥不由人。山谷专于此苦用心。（同上）

学于杜者，须知其言高旨远，一也；奇警而出之自然，流吐不费力，二也；

随意喷薄,不装点做势安排,三也;沉著往来,不拘一定而自然中律,四也。此唯苏黄之才,能嗣仿佛。他人卑离凡近,义浅词碎,一也;略有一二警句,必费力流汗赤面,二也;安排起结,无不贯足,三也;非不合律则为律诗,四也。此虽深造如义山,尚不能全美。而杨、刘以下,更不梦见,况今世伧才村夫,梦谈呓语者耶?所谓章法,大约亦不过虚实顺逆、开合大小、宾主人我情景,与古文之法相似。有一定之律,而无一定之死法,变化恣肆,奇警在人。自俗人为之,非意绪复沓而颠倒不通,即不得明豁。但杜公雄直挥斥,一气奔放中,井井有律,不同野战伧俗,又不为律缚而软弱不起。(同上)

学生七律习作与点评(下)

经过前期的多次练习,到了写作七言律诗时,同学们对格律的束缚已不觉难受,反而有如虎添翼之感,写作题材和表现手法的选择也随意得多了,学写五绝、七绝时还较少涉及的内容和方法均开始出现,并小有建树。我们接续上一章,呈现学生七律习作中的部分佳作。

七、国计民生

忧神州雾霾

雾霾连日罩神州,拍遍栏杆登故楼。
五岳雄奇无旧色,三江秀水雾中流。
兴昌经济周遭罪,累及黎民国祚忧。
莫畏浮云遮日久,乾坤肃正待从头!

忧雾霾

雾霾连日罩神州,千里沉云寄所忧。
沙地如炉尘似乳,穹苍为狱我为囚。
俗流驱众逐私利,先例无从儆效尤。
试问谁人苦烟气,庶民更比百官愁。

独居老者

碧瓦朱门四扇屏,鳏居暮齿享安宁。
独斟月色吟清梦,惯赏渔歌醉晚亭。

小径苔深伤衰瑟，中庭菊瘦叹子茕。
欲修书信遗飞燕，春至早还檐下停。

农民工
起早摸黑上工地，更深夜静始归房。
东风刺骨冰冷手，夏日炎炎汗满裳。
付出浑身全气力，换来可怜薄报偿。
建成广厦千万幢，仍旧栖身小草堂。
（中二联对仗不工，部分句子格律有问题。）

议内部专供酒
陈年美酒换新装，干部包间暗地尝。
外表无奇遮耳目，内涵奢侈保排场。
应知上意常求俭，可恨民心总被伤。
壮志豪情澄玉宇，奈何敷衍蠹猖狂。

我这里以国计民生为题，选择了学生关心环境保护、关心农民工、关怀独居老者、讽刺官场奢靡等题材的作品。我国这些重点高校，担负着培养国家砥柱人才甚至领袖人物的责任，从本科开始，就要培养学生有公允仁爱之心，有廉耻之心，有明辨是非能力，有做人的勇气担当，有骨气，不随波逐流，不热衷名利，关心同情弱者，关心国家民族的命运。学生的道德、品格比才能更重要。诗词应当成为学生心灵的窗口，在诗词中说真话、抒发真感情，涵养自己的情操。我主编的《唐诗鉴赏》中有《分类唐诗·家国》《分类唐诗·民瘼》可参看。

八、田园生活

渔人歌
渔歌雾恍泛舟翁，灯火澄明夜色浓。
日暮提回一筐月，江心钓得半笼风。
粗茶竹篓油盐尽，细米铜钱酱醋中。
方孔透通观岁月，顺流如水自枯荣。

夜　钓

夜半无风懒下钩，推烟泛棹木兰舟。
青山翳翳清池浅，人影幽幽月影愁。
数罟直钩皆有道，浮沉啼笑尽无休。
清风乍起吹浪去，我自从心任去留。

随爷爷游忆萧山围垦并记

早年哪畏事艰难，破陋冬衣起沼滩。
头枕白沙风彻骨，浪翻丁坝水犹寒。
三山砾土平江入，十万工农汗血干。
冬去回扶堤上柳，春风应比旧时欢。

这里仅选三首。如今重点高校来自地道农村的孩子少多了，我出身农家，不再任教完全退休后我还打算回乡下去，我心系农村，对这些充满泥土气息的作品情有独钟。我主编的《唐诗鉴赏》中有《分类唐诗·田园》可参看。

九、悼念

悼念胡耀邦先生

风和气正江山秀，长忆先生主政时。
光耀家邦怀浩气，平冤为民秉真知。
魂牵国是重重虑，心系民情点点思。
晚辈哀歌为君动，舍身报国亦无私。

忆祖父

今春又见蔷薇漫，花盛人非梦已稀。
把手细临寒食帖，开怀慢掩旧柴扉。
长衫醉卧黄藤椅，慈目安凭素织机。
纵念夜凉忧故疾，天涯何处劝添衣。

怀梅贻琦先生

梅公稳慎谁堪比，继往开来砥柱肩。
荷月清明纷乱世，竹芽嫩白古稀年。

满园泰斗方为大,一汉星辰始是全。
可笑秦皇空勒石,杏林荫茂世长传。

悼黄万里

枉夸华夏许多才,何似先生眼界开。
不惧廷争为民计,敢凭真理泯人灾。
古今小丑千般戏,悲喜英雄一壮哉!
终应贤言难蓄水,一生孤苦有余哀。

(自注:黄万里先生曾作七言长句《念黄河》,中有"廷争面折迄无成""终应愚言难蓄水"等句。)

以上四首诗,一首悼念亲人,三首悼念伟人。悼念亲人,则睹物思人,从细节入手。悼念伟人,则高标其功业,追想其德容。我主编的《唐诗鉴赏》中有《分类唐诗·哀挽 悼亡》可参看。

十、咏花

梅

夜如冰雪晓如霞,一枕寒香梦里赊。
簌簌琼枝千蝶碎,溶溶水月半阶斜。
但求自在甘寥落,耻逐浮沉媚物华。
倾盖相逢君与我,鸿泥雪迹坠寒花。

咏 梅

粉色欹枝轻点染,琼苞万朵闹西墙。
孤标更见梅魂荡,媚态常将柳性伤。
笑傲千般飞雪侮,修来一缕绝尘香。
冰心铁骨群芳妒,寒苦终生尔可当?

咏牡丹

自古花中独占王,雍容气度冠群芳。
不输傲菊千般色,更胜清莲一段香。
含露凝芬催妙笔,倾城解语写华章。

花开富贵人皆慕,谁念缘何贬洛阳。

种　菊
借得陶篱雪盏来,殷殷只向枕边栽。
闲浇月色素心养,才抹西风秀骨开。
香冷伶仃犹傲世,霜繁淡泊恰盈杯。
白衣休问耕耘事,卿本玲珑绝世埃。

问　菊
万里青霜我不知,抱香烂漫醉东篱。
东皇凉薄可曾恨,陶氏佳篇迟不迟?
雪酿流霞肯豪饮,风凌漱石怎相思?
解衣莫斥无良客,只是真心对语时。

忆　菊
重阳不合种相思,零落寒泥笛裂时。
滴雨隔帘投秃笔,残杯倚枕别新知。
浮尘满屋心难扫,枯叶爬窗容易痴。
一席清愁何独抱,泣颜叩案算归期。

对　菊
困顿高情胜万金,疏篱香浅对眉深。
天河欲落花间睡,鸳瓦新残风里吟。
二十年来几回誓,两三更后最知音。
北方秋气摧心骨,明日还眠蜀阁阴。

残　菊
西风恻恻枕频欹,梦觉又闻更漏时。
堕影浮帘犹缱绻,暗香逐月却离披。
芳心怜我因诗瘦,玉魄为谁化蝶迟。
人事无端任散漫,笔尖只着一分痴。

咏 菊

情薄偏逢昧色侵，君前弄管自沉音。
书成锦字千红废，痴绝三生无奈吟。
风切娉婷烦浪客，霜繁莹洁害诗心。
何如浓睡西风里，不梦红尘梦古今。

簪 菊

唤醒玉人攀摘忙，临漪素面试新妆。
胸中云气浮沧海，手底秋心绽猖狂。
疏懒只怀杯底月，清闲最恋晚来霜。
含烟拾翠随山老，不媚东君名利场。

牡丹、梅花、菊花是历代文人最爱吟咏的几种花卉了。咏物诗要想做得好，往往在两个方面下工夫，一是对物的描摹。描写宜真宜新，例如《梅》之"簌簌琼枝千蝶碎，溶溶水月半阶斜"，《咏梅》之"粉色欹枝轻点染，琼苞万朵闹西墙"。二是需有寄托。上述菊花组诗是清华大学漆毅同学所做，其中"困顿高情胜万金，疏篱香浅对眉深"，一浅一深，写情新颖细腻；"闲浇月色素心养，才抹西风秀骨开，"人物合一，风骨傲然，看出作者的才气。我主编的《唐诗鉴赏》中有《分类唐诗·咏花》《分类唐诗·桃花》可参看。

十一、咏物

咏 笛

潇湘精魄岁寒君，修竹岂甘为炭薪。
铁刃穿身心未改，银弦箍体志弥淳。
胸中有节常歌义，腹内无私总教仁。
一尺微躯何足道，却将仙乐下凡尘。

鹡 鸰

寻常小鸟寻常见，居陋行卑蓬草间。
色浅无由得富贵，体微凭此渡时艰。
惟期辛苦求温饱，未敢高声忤鸷颜。
可恨官仓藏硕鼠，鹡鸰冻馁有谁怜？

望松小思

烦愁不散思犹乱,信步寻芳访玉峦。
只见苍松山映翠,何堪暴雨叶凋残。
常闻秀木多摧折,俱道低眉易讨欢。
若只躬身求富贵,逢君怎敢问心安。

燕雀诗

燕雀不知鸿鹄志,只爱凭窗看晚霞。
亦可抱书居陋室,也能弹铗向天涯。
流觞雅集千盅酒,黄卷青灯一盏茶。
最怕红尘拂我意,他年回首漫咨嗟。

咏仙人掌

静看秋霜静对冬,孤身更胜百花丛。
纵无骚客传佳句,自有情怀藐落红。
利锁名缰身物外,飞沙朔雪笑谈中。
梨桃争艳随他去,明月长云自在风。

咏大风

闻君到处四时清,策马江湖载酒行。
万壑松鸣歌意气,九天云卷写平生。
长驱雾霭三千里,遍扫河山一日晴。
愿学长风浩然去,污邪斩尽唱功名。

咏物之作一般均有寄托,如鹡鸰喻弱势小民,这里入选的几首习作亦然,看出当代大学生鲜明的爱憎,不趋炎附势,以燕雀、小松、仙人掌、大风寄托自己审美理想。我主编的《唐诗鉴赏》中有《分类唐诗 咏蝉》《分类唐诗·咏月》《分类唐诗·咏物》《分类唐诗·雁》可参看。

十二、山水

西湖初探
西子容颜不曾老,相逢甚晚亦无妨。
朝浮柳浪寻莺语,暮卧画舟衔酒觞。
虎跑泉沏龙井叶,云林寺访御禅房。
晓风和浪催人醉,始解东坡不忆乡。

洞庭遗梦——忧洞庭水域缩减
岳阳城外遍蒹葭,百里洞庭无际涯。
迁客登临题曲赋,谪人驻足赏烟霞。
宏文怎拭君山泪,旧梦难平楚地疤。
浩渺烟波如不在,潇湘何处觅渔家?

过成都
剑阁醇醪注玉盅,锦城春色醉英雄。
丝弦婉转琴台上,歌笑徜徉酒肆中。
古庙千秋香火冷,高楼几度夕阳红。
卧听月下清江水,拍岸犹存蜀汉风。

春游达里诺尔湖
北关迟觉春朝暖,渚水涸霜醒宿鸦。
点墨层云携骤雨,挥毫朔漠卷尘沙。
远风凌绝千惊鸟,苍浪摧斜一岸花。
瀚海风尘扬百里,孤帆渺渺远人家。

山水诗词在古代诗歌园苑里也是最绚丽的,学生通过出国交换、实习、暑假调研等机会走南闯北,甚至远赴异国他乡,可以游历名山大川积累写诗的好素材。我主编的《唐诗鉴赏》中有《分类唐诗·山水》可参看。

十三、其他

话低头

国人何故把头低，不过贪图玩手机。
方寸能观天下事，须臾便解纸间题。
浮光掠影留时念，唤友呼亲诉相思。
此物虽然千样好，诸君切记勿沉迷。

诚　信

古来一诺值千金，掷地犹留玉石音。
偏遇今人为恶贾，强夸朽木作名琴。
时闻背信居华厦，每叹守诚眠褐衾。
无奈惟思从季布，浮沉不改旧冰心。

诚　信

古来一诺值千金，史上书中迹可寻。
立木咸阳秦国定，燃烟丰镐犬戎临。
尝闻季布知诚意，欲仿范张交赤心。
但愿世人明此志，和谐相处在当今。

七律习作中多种形式尝试

以上均以内容分类，以下学生习作中也有一些对写作方法的探讨。

一、集句诗

集句诗

少小离家老大回，长安回望绣成堆。
身无彩凤双飞翼，本是洪荒劫后灰。
铁壁连云东海重，甲光向日金鳞开。
十年一觉扬州梦，哭向金陵事更哀。

集句最著名的是苏轼集陶渊明诗和文天祥集杜甫诗,他们都是处于人生低谷时期在前贤的诗作中寻找精神寄托,集句要求读过很多诗,记得很多诗,而且能随时调出,这是一种特殊才能,不必向初学者推广,事实上也没有推广的可能。

二、辘轳韵

过成都杜甫草堂五首,用辘轳韵(其一)

一刹花开到锦城,芙蓉烟水暗云平。
幽阶碧影藩篱远,苦竹清风户牖明。
怅目推知斯望断,愁怀想见此经行。
浣花溪水声依永,似为先生话令名。

过成都杜甫草堂五首,用辘轳韵(其二)

昔闻吟史最垂名,今至如临百叠城。
易对文章思李白,难将国事卜君平①。
梦长仍念山河在,恨短安知月夜明。
未见凌云恢复语,江头泣下亦传行。
(① 严君平,卜筮成都市中。)

过成都杜甫草堂五首,用辘轳韵(其三)

慕尔长歌与短行,布衣漂泊片时名。
谁知万姓崇三李,但守千秋老一城。
文致福灾言歆险,梦归骚雅报升平。
应垂异代穷途泪,滴向天街月色明。

过成都杜甫草堂五首,用辘轳韵(其四)

楼台久别好晴明,有疾斯人道不行。
魍魉窥窗听雨脚,江湖泊梦说功名。
蓬门绿草逢归燕,巷口乌衣对废城。
底事微躯憔悴尽,故园消息慰生平。

过成都杜甫草堂五首，用辘轳韵（其五）

卷暮云崖入眼平，于今叙古总分明。
艰民默哭新婚别，乱世悲歌猛虎行①。
莫说丰年攉赋笔，谁哀谪客佚诗名。
可怜新铎无人振，所幸风流在蜀城。

（① 言志士苦心,浩劫时不能守也。）

五首诗,交替轮流用五个字作为韵脚,难度很大,不必提倡,当然也不反对个别学有余力的同学,偶一为之。

三、次韵

次韵陆游《书愤》之一

未历炎凉不觉艰，登临远目小千山。
停杯笑我空投笔，入梦衔枚夜渡关。
塞北孤城秋瑟瑟，腰间宝剑锈斑斑。
国殇洗雪平生志，老却英雄残照间。

次韵陆游《书愤》之二

独立晚秋萧瑟中，任凭新进笑愚忠。
岳王誓捣黄龙碎，伯乐休看冀野空。
胡虏狼奔残万户，汉唐代谢暗千宫。
忧愁老杜伶俜事，诗赋光芒今古雄。

次韵陆游《书愤》之三

海内分崩百姓残，孤臣谁解寸心丹。
八黥墨面太行险，一别荆卿易水寒。
多误儒身惭故国，长思竹径怨幽兰。
昆仑欲倒匡扶事，怎忍衰颜冷眼看！

次韵陆游《书愤》之四

山河破碎九州分，角鼓悲鸣那忍闻。
漫道雕虫虚百载，犹能提剑动三军。

长淮望断戎胡众，险塞侵凌虎豹群。
尧舜英灵今岂灭，且扬精气唱南熏。

次红楼梦韵白海棠诗 其一
回首东风不掩门，何妨碧野或苔盆。
头簪冰雪玉肌骨，发系月光玄女魂。
向懒暄妍惟素影，从无妒艳有纤痕。
谁言只有梅清逸，浅笑从容任晓昏。

次红楼梦韵白海棠诗 其二
只恐东君不入门，痴情怎奈种瓷盆。
花如有意方凝雪，心若无瑕自断魂。
空把春风当誓语，错将晨露作愁痕。
柔肠碎尽夜声里，付遍红尘月已昏。

次韵咏海棠
拂袂离尘入道门，仙姿玉骨不宜盆。
临风春睡余空恨，空谷幽香借月魂。
高士长歌非薄命，美人轻拭泪啼痕。
浅吟开落莫虚度，偷换流年近日昏。

次韵是非常束缚人才智的写诗方式，但因难见巧，更显才气，在古代很盛行，如今不宜在学生中提倡，个别人偶一为之，我们也不加反对。

学生七律习作失误例（下）

以上是写得较好的习作，七律习作中也存在一些其他问题，除上次课讲过的一些格律问题外，也还有一些其他格律问题和结构、内容等方面的问题。

5. 对仗问题

相 思
倚窗默望夕阳落，辗转难逃物事休。

翠减红衰别晚夏，独酌月下恨深秋。
当年也有齐眉暖，怎奈独身只见愁。
尺素传情空寄恨，浮生若梦泪湿眸。
（颔联前句用句中对，下联未用。）

诚　信

莫道精诚利欲侵，古人一诺值千金。
浮生鸿爪微痕迹，重诺黄钟大吕音。（不对仗）
挂剑坟前青树郁，送薪路上赤心忱。
岁时纵使江山改，百善源头贯古今。

（指2010年感动中国年度人物"信义兄弟"孙水林、孙东林生死接力给农民工送薪之事。）

寒露有感

风归天外雁成行，露染枝头叶半黄。
枕上清秋凝月色，窗边永夜隔花香。
一宵幽梦还前日，万里轻愁到故乡。（不对仗）
野菊方开犹未落，思君何处寄衣裳。

随　缘

残月如钩映晚秋，世人空叹几多愁。
光阴似箭何曾驻，岁月如梭可堪留？（合掌）
穷达皆为身外事，喜忧尽自腹中求。
凡尘万事随缘定，便有风波亦泛舟。

单相思

少年何事眼无神？忽见天仙贬俗尘。
落雪纷飞凝皓腕，杏桃争艳点红唇。
朝思暮想空憔悴，春去夏来徒一身。（对仗不工）
自古相思最无奈，娇妍不过梦中人。

对仗的问题在对仗、对联的几次练习基本均已涉及，但遗留问题还不少。

实际作诗时要顾及的方面多,就忽略了对仗。这里特别涉及合掌与句中对问题,少用正对,尽量在对仗中不用同义词;上联用了句中对,下联必须对应使用句中对。对仗两联是律诗最出彩的部分,据我观察,古代律诗中千古绝唱式的句子,约七成出在颔联,约二成半出在颈联,出在首尾联的不到一成。古人作品有篇(整首诗很好)有(警)句的往往为最上等,有篇无句者次之,有句无篇者再次之。其他为尚堪一读及平庸(含大量不值一读)之作。从古人的经验不难看出,锻造中二联两组对仗十分重要,一首诗是否成功常常在此一举。我教学十分注意对仗对联教学,费时最多,也有鉴于此。

6. 重字

送 别

十里送君百里情,繁弦急管不堪听。
弦歌难掩骊歌恨,柳叶空遮桃叶亭。
未尽歌声先下泪,失期归燕早离汀。
可怜春色千千万,只画相思入浮萍。
("弦""歌"二字重。)

听 琴

放却闲杂自静心,离群独自往听琴。
方惊流水如亲见,更喜渔樵似旧音。
外务繁杂闲尤贵,鱼龙杂混曲难寻。(不对仗)
功名利禄他时事,只把今缘作万金。
("杂"字重复三次,尤其上下联中不得有重字。)

读报告有感

昔日白杨今落木,秋风瑟瑟感嘘唏。
天边鸿雁凭高处,地上蜉蝣食土泥。
鸿雁两只常脉脉,蜉蝣三代总凄凄。
何时国策真成效,尘世蜉蝣再不啼。
("蜉蝣"重复三次。)

关于重字,还是力求避免,多次重复更不可取。

7. 结尾疲软

网络时代有感
鸿雁传书今无迹,东西南北一瞬连。
人人主页抖笑料,扣扣空间变新颜。
迢迢千里犹可聚,面面相觑竟无言。
高朋满座皆俯首,网络生活真新鲜!

学医有感
昔时多疾患缠身,夙愿终偿入杏门。
未济苍生行大愿,却逢云霭障乾坤。
玉函金匮费思虑,内妇外儿牵梦魂。
道阻岂为归隐故?犹将长剑向昆仑!

游开封清明上河园
难得清闲远世喧,暂抛案牍下中原。
行人恰似旧时客,漫步犹疑画里园。
细雨湿身如甘露,微风拂面若良言。
当年胜景没黄土,盛世开封出断垣。

夜起杂感
风吹残雪话微凉,酒散魂惊独倚窗。
落叶乡思情未尽,南柯梦断夜犹长。
易安金石成黄土,宁远兰亭古墨香。
百世功名同枯骨,徒怜戏水小儿郎。

明·胡应麟《诗薮》内编卷五云:大率唐人诗主神韵,不主气格,故结句率弱者多。唯老杜不尔,如"醉把茱萸仔细看"之类,极为深厚浑雄。然风格亦与盛唐稍异,间有滥觞宋人者,"出师未捷身先死"之类是也。我们同学初学写诗,还谈不上"主神韵",却时有结尾疲软之病,给人虎头蛇尾的感觉。作诗需重视结尾。

第十二章 词的基础知识

词的文体特色

中国文学,总的来讲分为韵文和散文。韵文就是要押韵的文字,包括诗词曲赋几类,散文指不押韵的文字。小说和戏剧兼容散文和韵文,戏剧的唱词部分基本上都是韵文。韵文从形式上又可以分为两大类,一类是齐言,一类是杂言。词是杂言的韵文,王力先生给词的定义是:"一种律化的、长短句的、有固定字数的诗"[1],早期的词还可以加上合乐可歌这一个特点。

词和格律诗是很相似的文体,又有各自的特色。相同的是都有固定的字数、固定的韵脚和律化的平仄。不同之处,最关键的,格律诗是齐言的,词是杂言的,杂言句式长短相间,灵活多变,富有弹性。词在用字上可以重复、可以跳跃,方便使用口语,诗在这方面就受到限制。同时词牌的种类比较多,(清)万树《词律》就收了660种词牌,康熙时编的《钦定词谱》收826种词牌。作者可以根据要表达的感情选择不同词牌,有小令、中调、长调,有适合写欢乐的,也有适合写悲伤的,提供多种选择。所以词兴盛之后一下子出现了宋词的繁荣,也是一次文学的解放。但是诗依然是韵文的主力军,即使在宋代,诗的数量也远远超过词。诗和词的作用既互相交叉又各有特色。王国维说"词之为体,要眇宜修,能言诗之所不能言,而不能尽言诗之所能言,诗之境阔,词之言

---

[1] 王力:《汉语诗律学》,上海教育出版社,2002年,第528页。

长"[1]。

词的南方特色很明显,起源于南方(秦岭淮河一线以南),词人也以南方人居多。根据我的导师唐圭璋先生《宋代词人占籍考》中的研究,宋代籍贯可考的词人共871人,南方有716个,北方只有155个,其中还有不少是皇家姓赵的都算北方人,实际上是生活在南方的。按照当代的省份计算如下:

浙江216人	江西158人	福建111人	
江苏82人	四川61人	安徽46人	
湖北17人	湖南17人	广东6人	广西2人
河南68人	山东32人	陕西14人	
山西7人	河北5人	王室29人[2]	

如果说南宋偏在江南,会导致南方词人多;清朝是南北统一的,词人的籍贯依然集中在南方。我们根据叶恭绰先生编的《全清词钞》来统计,共有籍贯可考的词人4237人,南方4007人,北方230人,各省份的分布如下:

江苏2009人	浙江1248人	安徽200人	
广东159人	福建87人	江西71人	
湖南60人	四川34人	贵州32人	
湖北32人	云南18人	广西18人	
满州58人	直隶58人	山东53人	
河南34人	山西26人	陕西13人	奉天11人
顺天10人	甘肃3人	蒙古3人	绥远0
察哈尔0	黑龙江0	吉林0	新疆0[3]

可见淮河以南是词的大本营。

---

[1] 王国维:《人间词话删稿》,载《人间词话 蕙风词话》,人民文学出版社,1960年,第226页。
[2] 以上数据参见唐圭璋:《两宋词人占籍考》,收入唐圭璋《宋词四考》,江苏文艺出版社,2009年。
[3] 以上统计,依据叶恭绰《全清词钞·索引》标注的省份,载《全清词钞》,中华书局,1982年,第67—119页。

词 谱

明清两代,词和音乐基本脱离,填词往往依照格律,而不是音乐,于是就出现了总结词的字数、用韵、平仄等格律形式的词谱。我们现在填词依然要遵照词谱。我们来了解一下词谱中常用的术语。

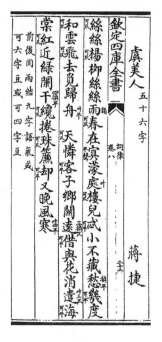

图1

图2

图1是万树《词律》卷八"虞美人"的词谱。在词牌下先标注"五十六字",这是全词的总字数。

韵:诗的第一行"雨"字右边"韵"字,即每阕词起句押韵之处。

叶:诗的第一行"处"字右边"叶"字,读作xié,谓与上句所押之韵同韵部,而不变换他韵。

换:诗的第一行"愁"字右边注有"换平",说明其上句押仄韵,至此则换平韵。其他词牌中,也有可能上句皆平韵,此处换其他平韵。诗的第二行"远"字右边注有"三换仄",说明从第二个平韵换到第三个仄韵。其他词牌中也有可能由仄韵换作其他仄韵。

句:图2是《词律》卷六"思远人"的词谱。诗的第一行"晚"字右边注"句"字,说明此句不入韵。

可平可仄:在正文左边的小字,标注字的平仄情况。词的句子都是律句,平仄有固定的格式,但有一些当平而可仄的,标注"可仄",如图1《虞美人》诗的第一行的"丝""杨""春"等字,也有一些当仄而可平的,标注"可平",如诗的第一行的"忒""几"等字。

不同的词谱标注方式略有不同,如康熙年间编订的《钦定词谱》,在凡例中说明:"词中句读不可不辨……,以整句为句,半句为读,直截者为句,蝉联不断者为读。""以虚实朱圈分别平仄,平用虚圈,仄用实圈。字本平而可仄者上虚下实,字本仄而可平者上实下虚。"[1]

读,有的词谱写作"豆"。

叠:凡词谱中注有"叠"字者,有四种可能:

A. 叠句,如秦观《如梦令》:"依旧,依旧";或者李清照《如梦令》中的"知否,知否"。

B. 叠字,如《忆秦娥》叠前句之后三字:"秦娥梦断秦楼月,秦楼月,年年柳色,霸陵伤别。"

C. 倒叠字,如韦应物《调笑令》:"东望西望路迷。迷路,迷路,边草无穷日暮。"

D. 叠韵,如白居易《长相思》:"汴水流,泗水流,流到瓜洲古渡头。"

图3为《钦定词谱》卷五秦观《忆秦娥》又一体,可见到"韵""句""叠"的标注以及表示平仄的实、虚圈。

关于词牌的体制,还有一些常见的术语:

令:词牌通称,许多词牌可加"令"或以之为异名。

引:凡题有"引"字者,乃引申之义,字必多于前。

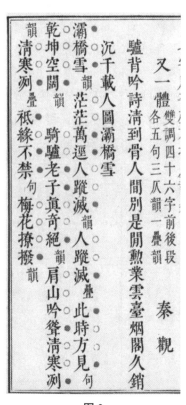

图3

---

[1] 以上两条参见陈廷敬等纂修:《钦定词谱·凡例》,清康熙五十四年七月内府刊朱墨套印本。

近：又称"近拍"，均无短调。
慢：慢词，节奏舒缓，字数增加。
摊破：摊开、破裂，将一句破为两句，字数增加。
减字或偷声：比本调减少字数。
促拍：促节短拍，其实是增字使节拍促迫。

词的押韵

词的格律也要从字数句式、用韵、平仄、对仗等方面考虑。下面先看看词的押韵。

填词所依据的韵部，有一个变化的过程。《四库全书总目·中原音韵提要》说："唐无词韵，凡词韵与诗皆同……其法密于宋。渐有以入代平，以上代平诸例。而三百年作者如云，亦无词韵。间或参以方音，但取歌者顺吻、听者悦耳而已。"[1]唐宋两代都没有作词用的韵书，唐代词韵与诗韵相似，宋代则以和乐为标准，词韵渐宽。明清两代，多人根据唐宋词人的用韵情况总结词韵，清中叶戈载的《词林正韵》分韵精良，流传最广。《词林正韵》"列平、上、去为十四部，入声为五部，皆取古人之名词，参酌而审定之。"[2]其所定十九部与平水韵的分合关系见下表：

词韵	平水韵			
	平声	上声	去声	入声
第一部	上平一东二冬	一董二肿	一送二宋	
第二部	三江 下平七阳	三讲二十二养	三绛二十三漾	
第三部	四支五微 八齐十灰（半）	上声四纸 五尾八荠 十贿（半）	四寘五未八霁 九泰（半） 十一队（半）	
第四部	六鱼七虞	六语七麌	六御七遇	
第五部	九佳（半） 十灰（半）	九蟹十贿（半）	九泰（半） 十卦（半） 十一队（半）	

---

[1]《中原音韵提要》，载《四库全书总目》，中华书局，1965年，第1829页。
[2] 王国维：《人间词话删稿》，载《人间词话 蕙风词话》，人民文学出版社，1960年，第226页。

(续表)

词韵	平水韵			
	平声	上声	去声	入声
第六部	十一真 十二文 十三元(半)	十一轸 十二吻 十三阮(半)	十二震 十三问 十四愿(半)	
第七部	十三元(半) 十四寒 十五删下平一先	十三阮(半) 十四旱 十五潸 十六铣	十四愿(半) 十五翰 十六谏 十七霰	
第八部	二萧三肴四豪	十七筱 十八巧 十九皓	十八啸 十九效 二十号	
第九部	五歌	二十哿	二十一个	
第十部	六麻九佳(半)	二十一马	二十二祃 十卦(半)	
第十一部	八庚九青十蒸	二十三梗 二十四迥	二十四敬 二十五径	
第十二部	十一尤	二十五有	二十六宥	
第十三部	十二侵	二十六寝	二十七沁	
第十四部	十三覃 十四盐 十五咸	二十七感 二十八俭 二十九豏	二十八勘 二十九艳 三十陷	
第十五部				一屋二沃
第十六部				三觉十药
第十七部				四质十一陌 十二锡 十三职 十四缉
第十八部				五物六月七曷 八黠九屑十六叶
第十九部				十五合十七洽

从韵部上看,词韵只有十九部,好多邻韵通押的情况,比诗韵宽得多。

以上是词韵部的划分,下面看看押韵的方法。

1. 词不仅可以押平声韵,也可押仄声韵,还可以专押入声韵。

2. 仄声中,上去可以通押。

3. 平仄韵还可以换韵。

4. 可以平仄互叶。

5. 还可以用"交韵"与"抱韵"等多变的换韵方式。

平仄互叶和上去通押的性质不同,上去通押是同一部的上、去可以任意选用,不做区分。平仄互叶却是规定某处用平,某处用仄。

平仄互叶又和平仄转韵的不同在于:平仄转韵只是由平韵转为仄韵,或由仄韵转为平韵,其韵部并不相同;平仄互叶却是在一定的位置上,由同一韵部的平仄间用。

严格说起来,只有"西江月"和"换巢鸾凤渔家傲"(乙种)是平仄互叶,"醉公子"与"蝶恋花"在疑似之间。平仄互叶经常使用的只有"西江月"一种。

以下面几首词为例分析一下词的用韵:

踏莎行　欧阳修

候馆梅残,溪桥柳细,(去声八霁)
草薰风暖摇征辔。(去声四寘)
离愁渐远渐无穷,迢迢不断如春水。(上声四纸)
寸寸柔肠,盈盈粉泪,(去声四寘)
楼高莫近危阑倚。(上声四纸)
平芜尽处是春山,行人更在春山外。(去声九泰)

这首《踏莎行》上声和去声通押,上声纸韵和去声霁、寘、泰韵都是词韵第三部的韵。

雨霖铃　柳永

寒蝉凄切,(入声九屑)
对长亭晚,骤雨初歇。(入声六月)
都门帐饮无绪,留恋处、兰舟催发。(入声六月)
执手相看泪眼,竟无语凝噎。(入声九屑)
念去去、千里烟波,暮霭沉沉楚天阔。(入声七曷)
多情自古伤离别,(入声九屑)
更那堪、冷落清秋节!(入声九屑)
今宵酒醒何处?杨柳岸、晓风残月。(入声六月)
此去经年,应是良辰好景虚设。(入声九屑)
便纵有千种风情,更与何人说?(入声九屑)

这首《雨霖铃》押入声韵,屑、月、曷都属于词韵第十八部。

菩萨蛮　李白

平林漠漠烟如织，（入声十三职）

寒山一带伤心碧。（入声十一陌）

暝色入高楼，（下平十一尤）

有人楼上愁。（下平十一尤）

玉梯空伫立，（入声十四缉）

宿鸟归飞急。（入声十四缉）

何处是归程，（下平八庚）

长亭连短亭。（下平九青）

李白的《菩萨蛮》每一句都入韵，且平仄换韵。职韵、陌韵是词韵第十七部；尤韵是词韵第十二部；缉韵是词韵第十七部；庚韵、青韵都属于词韵第十一部。

词还有两种比较独特的押韵方式：

1. 交韵

所谓交韵，是指一、三句押一种韵，二、四句押第二种韵。

纱窗恨　毛文锡

双双蝶翅涂金粉，（第六部上声）

咂花心。（第十三部平声）

绮窗绣户飞来稳，（第六部上声）

画堂阴。（第十三部平声）

2. 抱韵

所谓抱韵，是指一、四句押一种韵，二、三句押另一种韵，一韵包围另一韵。

壶天晓　欧阳炯

月映长江秋水，（第三部上声）

分明冷浸星河。（第九部平声）

浅沙汀上白云多，（第九部平声）

雪散几丛芦苇。（第三部上声）

扁舟倒影寒潭里,(第三部上声)
烟光远罩清波。(第九部平声)
笛声何处响渔歌。(第九部平声)
两岸蘋香暗起。(第三部上声)

词的句式

词的格律对平仄要求也很严格。与格律诗整齐的句式不同,词句最短的只有一个字,最长的有十一个字,平仄需要配合着不同的句式进行调配,以达到最好的表达效果。

一字句

纯粹的一字句仅存在于"十六字令"中,如周邦彦《十六字令》:"眠,月影穿窗白玉钱。无人弄,移过枕函边。"还有一种情况,就是一字句的叠用,如陆游《钗头凤》:"一怀愁绪,几年离索,错!错!错!"总之,一字句是很罕见的。

还有一种句式,叫一字豆(逗),是词中特有的。一句的第一个字节奏上相对独立,意义上领起后文,叫做一字豆。豆也写作逗,是停顿的意思。柳永《八声甘州》的"对潇潇暮雨洒江天,一番洗清秋"中的"对","渐霜风凄紧,关河冷落,残照当楼"中的"渐"都是用作领字的一字豆。

经常用作领字的有:正、甚、怎、奈、渐、又、料、怕、是、证、想、试、被、爱、恨、似、叹等字,如:

王安石《桂枝香》:叹——门外楼头,悲恨相续
辛弃疾《沁园春》:看——惊弦雁避,骇浪船回
史达祖《双双燕》:爱——贴地争飞,竞夸轻俊
史达祖《换巢鸾凤》:正——愁横断坞,梦绕溪桥
刘克庄《沁园春》:叹——年光过尽,功名未立;书生老去,机会方来
陆　游《沁园春》:幸——眼明身健,茶甘饭软;非唯我老,更有人贫

这些领字有两个重要特征,一、多为动词、副词,二、多为去声字。多为去声这一点是词的声情之美的一个关键。吴梅的《词学通论》以姜夔的词为

例,分析了用去声做领字的艺术效果:"尧章(姜夔)《扬州慢》'过春风十里''自胡马窥江去后''渐黄昏、清角吹寒',凡协韵后转折处皆用去声,此首最为明显。他如《长亭怨慢》'树若有情时,望高城不见''第一是早早归来,算空有并刀';《淡黄柳》之'看尽鹅黄嫩绿,怕梨花落尽成秋色',其领头处,无一不用去声者,无他,以发调故也。此意为昔人所未发,红友(万树)亦言之不详,因特著之。"[1]可见吴梅对发现这一点颇为得意。

不仅是一字豆,在其他句式中,去声也有独特的表达效果。万树《词律》中说:"名词转折跌荡处多用去声,何也?三声之中,上入二者可以作平,去则独异。余尝窃谓论声虽以一平对三仄,论歌则当以去对平上入也。当用去者,非去则激不起,用入且不可,断断勿用平上也。"[2]这是因为去声"激厉劲远",在感情的关键处、转折处,需用去声提起。

以上借着一字豆讲到去声,但去声的声情特色不限于一字豆,在读词、填词时可用心体会。

一字豆之外,还有二字豆和三字豆,关于词中之豆,下一章讲"词的句法"时会详细讲解。

二字句

二字句多用于叠句或后阕起句。

用为叠句的如:

"调笑令":

河汉,河汉,晓挂秋城漫漫。(韦应物)

边草,边草,边草尽来兵老。(戴叔伦)

"如梦令":

如梦,如梦,残月落花烟重。(李存勖)

知否?知否?应是绿肥红瘦。(李清照)

用于后阕起句的,平仄格式常见的有平仄、平平、仄仄等多种。

"双双燕""暗香""琐窗寒"后阕起句为"平仄",如:

姜夔《暗香》:江国,正寂寂。

周邦彦《琐窗寒》:迟暮,嬉游处。

---

[1] 吴梅:《词学通论》(第二章《论平仄四声》),复旦大学出版社,2005年,第10页。
[2] (清)万树:《词律·发凡》,上海古籍出版社,1984年影印光绪二年版,第15页。

"凤凰台上忆吹箫""满庭芳"后阕起句为"平平",如:
苏轼《满庭芳》:无何,何处有。
李清照《凤凰台上忆吹箫》:休休,这回去也,千万遍阳关,也则难留。
"翠楼吟""瑞鹤仙"后阕起句为"仄仄",如:
辛弃疾《瑞鹤仙》:寂寞,家山何在？雪后园林,水边楼阁。
姜夔《翠楼吟》:此地,宜有词仙,拥素云黄鹤,与君游戏。

三字句

三字句的平仄可视为五律、七律的末尾三字。通常以仄平平、平平仄、平仄仄为多。

"鸭头绿"（也称"多丽"）,十一韵中有九韵是三字句开头。以晁端礼的《鸭头绿》为例,"晚云收""烂银盘""莹无尘""念佳人""最关情"都是仄平平；"露坐久""共凝恋"是仄平仄；"瑶台冷""人强健"是平平仄。

也有仄仄平、仄仄仄、平平平的,词谱通常根据历史上名家名词,确定平仄格式。与一字豆相类似,三字句如果以去声开头,也往往是关键处、转折处。

四字句

四字句可视为七言律句的前四字,仄平平仄、仄仄平平最常见。吴梅《词学通论》谈到四字句的格律:"平平仄仄、仄仄平平固四字句普通句法,无须征引古词。然如'水龙吟'末句,辛稼轩云'揾英雄泪',苏东坡云'是离人泪',是上一下三句法也。又如杨无咎《曲江秋》云'银汉坠怀,渐觉夜阑',是平仄仄平也。"[1]其实七律前四字也未必都是平平仄仄、仄仄平平的,反而是变例很多,尤其是为了起句响亮用去声起头的,经常出现仄平平仄的格式。

五字句

五言句以仄仄平平仄、仄仄仄平平较常见,平平平仄仄较少见,平平仄仄平为最罕见。词的五言句除了与五言律诗相同的上二下三的节奏之外,还会有上一下四的节奏,所以也常见仄平平平仄、平平仄平平的拗句格式,如:

贺铸《水调歌头》"商女篷窗罅,犹唱后庭花",为平仄平平仄,平仄仄平平,是上二下三节奏,平仄合律。

---

[1] 吴梅:《词学通论》（第五章《作法》）,复旦大学出版社,2005年,第32页。

张炎《满庭芳》"笑邻娃痴小，料理护花铃"，表面是两个五言句，其实节奏是一、四、五句式，所以前一句出现了仄平平平仄，后一句是典型的律句。

六字句

六字句是四字句的扩展，而非五字句的扩展。标准格式为平平仄仄平平，或仄仄平平仄仄。实际使用中却未必如此标准，往往做到二、四、六字合律就行了。如果是仄脚律句，二、四、六字应为仄、平、仄，以平仄仄平平仄最常见，仄仄平平仄次之。如果是平脚律句，二、四、六字应为平、仄、平，平平仄仄平平最为常见，平平平仄平平次之。六字拗句也常见，如柳永《黄莺儿》"当上苑柳秾时"为平仄仄仄平平，"此际海燕偏饶"为仄仄仄仄平平。究其原因，还是节奏的变化，前一句其实是上一下五节奏，后一句是上二下四节奏。

七字句

七字句的节奏主要有两种，一为上四下三，一为上三下四。

第一种上四下三就是七言律诗的节奏，遵循七言律句的平仄就可以了。如柳永《满江红》（暮雨初收）"游宦区区成底事？平生况有云泉约"，两个七字句，都是仄声首尾，分别是平仄平平平仄仄、平仄平平平仄仄，都是典型的律句。四种律句中，以平平仄仄平平仄、平平仄仄仄平平最常见，仄仄平平平仄仄、仄仄平平仄仄平较少见。

第二种上三下四，则可以理解为三字句加四字句，再结合是否入韵，是平声韵还是仄声韵，所以平仄多无定式。如吴文英《唐多令》"燕辞归客尚淹留"，"燕辞归"是仄平平，"客尚淹留"是仄仄平平。苏轼《洞仙歌》"金波淡玉绳低转"，"金波淡"是平平仄，"玉绳低转"是仄平平仄。这种格式的七字句不能作为七言律句，而要分为三字句和四字句，其平仄，需要结合词谱和古代名词来定。

八字句

八字及八字以上的长句式，都是由短句式组合而成的，组合方式变化多端，表达的感情也丰富多样。

八字句往往是上三下五，如柳永《戚氏》：渐鸣咽画角数声残，下五字一般均为律句。

也有上四下四，如史达祖《换巢鸾凤》：定知我今无魂可销。

也有部分一字豆或二字豆领起的八字句，在节奏上也相应地形成：

上一下七，如李白《连理枝》：望水晶帘外竹枝寒。

上二下六，如柳永《雨霖铃》：应是良辰好景虚设。

九字句

九字句主要分为两类：一类是四字句和五字句组合，或上四下五、或上五下四；一类是三字句和六字句组合，或上三下六，或上六下三。

上四下五句式，如蒋捷《虞美人》"江阔云低断雁叫西风"，此句一气呵成，不是两个句子，气势也比两句更磅礴。

上五下四句式，这往往是形式上的九言，其实一般是一字豆引领的两个四字句。如苏轼《念奴娇》"见长空万里云留无迹"，方千里《瑞鹤仙》"更暮草萋萋疏烟漠漠"，这两个例子词谱中经常是断为两句的，可见它的内部连接性弱一点。

上三下六句式，一般是三字豆加六字句，如张炎《洞仙歌》"自当年诗酒客里相逢"，苏轼《洞仙歌》"绣帘开一点明月窥人"，张元干《念奴娇》"逢上巳生怕花飞红雨"。

上六下三句式，如苏轼《南歌子》"细草软沙溪路马蹄轻"，张先《虞美人》"一曲石城清响入高云"，舒亶《虞美人》"独向小楼东畔倚阑看"。

其实各种句式并不是一成不变的，出现新变往往是词人的创新，比如"念奴娇"第一韵，苏轼即有"凭高眺远，见长空万里、云无留迹"，但他更有名的一首《念奴娇》"大江东去，浪淘尽、千古风流人物"，后面的九字由四、五变为三、六，龙榆生《唐宋词格律》"取'凭高眺远'一阕为定格，'大江东去'一阕为变格"[1]。变格配合仄声韵，可以达到气势如虹的效果，后世效法者很多。再如"虞美人"，既有上文所举蒋捷的上四下五句式，也有舒亶的上六下三句式，其实比他们更早的是李煜"恰似一江春水向东流"这样的上二下七句式。所以句无定规，等待词人探索最佳的表达方式。

十字句

十字句已经很罕见了。只在"摸鱼儿"上下片相对的位置上出现，一般是上三下七句式。例如晁补之《摸鱼儿》上片作"最好是、一川夜月光流渚"，下

---

[1] 龙榆生：《唐宋词格律》，上海古籍出版社，1978年，第118页。

片作"满青镜、星星鬓影今如许";辛弃疾《摸鱼儿》上片作"见说道、天涯芳草无归路",下片作"君不见、玉环飞燕皆尘土"。

十一字句

十一字句,只出现在"水调歌头"中。其句式,或上四下七,或上六下五。如家喻户晓的苏轼的《水调歌头》,上片作"不知天上宫阙、今夕是何年",下片作"不应有恨、何时长向别时圆",后世基本不出这两种格式。

词的对仗

汉语有便于对仗的特性,所以汉语文学各体都用对仗。词是长短句,许多地方不适宜于用对仗,因为一连两句字数相同时,对仗才是可能的。词的对仗也不同于律诗的对仗,律诗的对仗有固定的位置,词没有千篇一律的固定位置;律诗对仗要平仄相对,词则不拘,词中相连两句字数不同时,有时也能相对。

词的对仗并不像律诗那样有硬性的规定,因此,即使相连的两句字数相同,也不一定要用对仗。最重要的一点是不要求平仄相对,非但普通的第二第四字不必平仄相对,甚至对句的句脚也不必平仄相对。

纤云弄巧,飞星传恨。(秦观《鹊桥仙》)
一川烟草,满城风絮。(贺铸《青玉案》)
江上舟摇,楼上帘招……风又飘飘,雨又潇潇。
银字筝调,心字香烧……红了樱桃,绿了芭蕉。(蒋捷《一剪梅》)

以上例句相对位置上的第二、四字,既有同平仄的,也有同字的。

奈新燕传情,旧莺绕舌。(程垓《玉漏迟》)
怅雁渚渡闲,鹭汀沙积。(陈允平《暗香》)
正愁横断坞,梦绕溪桥。(史达祖《换巢鸾凤》)
对风鹊残枝,露蛩荒井。(史达祖《齐天乐》)

这种带一字豆的对仗,不能用于起句,多用于二、三句。

词的对仗有的在词谱中规定下来，叫做固定对仗，有的可对可不对，我们称为随机对仗。

对仗原非词的格律要求，但作词者多为会写格律诗之人，故词中也常用对仗，用得多了，就相对固定，后人填此词时，便萧规曹随，约定俗成，似乎成为定规。例如"鹧鸪天"第三、四句，"忆江南"中的两个七字句，"浣溪沙"下片的前两句，基本上是规定性的对仗。如白居易《忆江南》的"日出江花红胜火，春来江水绿如蓝"，"山寺月中寻桂子，郡亭枕上看潮头"，刘禹锡《忆江南》的"弱柳从风疑举袂，丛兰裛露似沾巾"，都是工稳的对仗。

即兴对仗则可对可不对，由词人根据文意决定。如"破阵子"首二句，李煜的"四十年来家国，三千里地山河"，辛弃疾的"掷地刘郎玉斗，挂帆西子扁舟"，晏殊的"燕子来时新社，梨花落后清明"是对仗的，晏殊的"燕子欲归时节，高楼昨夜西风"，辛弃疾的"少日春风满眼，而今秋叶辞柯"就是不对仗的。

因为词体变化多样，形成了几种很有特色的对仗：

一是鼎足对。三个三言句式形成对仗，就像大鼎的三个足一样。常见的可用鼎足对的词牌有"诉衷情""水调歌头""行香子"等。

晏殊《诉衷情》：眉叶细，舞腰轻，宿妆成。
毛滂《诉衷情》：银字歇，玉杯空，蕙烟中。
曾觌《水调歌头》：送征鸿，浮大白，倚危楼。
辛弃疾《水调歌头》：破青萍，排翠藻，立苍苔。
晁补之《行香子》：林中侣，闲中我，醉中谁？

二是扇面对。词有比较宽裕的篇幅容纳扇面对。如：

岳飞《满江红》：靖康耻，犹未雪；臣子恨，何时灭？
刘克庄《沁园春》：叹年光过尽，功名未立；书生老去，机会方来。
史达祖《绮罗香》：惊粉重，蝶宿西园；喜泥润，燕归南浦。
晁端礼《鸭头绿》：莹无尘，素娥淡伫；静可数，丹桂参差。

三是韵脚对。对仗的两个句子，末尾字押同样的韵，叫韵脚对。如：

辛弃疾《醉太平》：态浓意远，眉颦笑浅。

李煜《相见欢》：剪不断，理还乱。
蒋捷《一剪梅》：江上舟摇，楼上帘招。
史达祖《东风第一枝》：青未了，柳回白眼；红欲断，杏开素面。
史达祖《解佩令》：人行花坞，衣沾香雾。

对仗是诗词的重要艺术手段，龙榆生先生说："学填词必得先学作对偶，关键是要取得词义和字调的稳称、和谐与拗怒的统一。而在长调慢词中，尤其要把这项功夫锻炼得到家，才能举重若轻，使思想感情和声调色彩吻合无间。要达到杜甫《丽人行》所称'肌理细腻骨肉匀'的高度，是得要大费琢磨的。"[1]

初学填词的建议

初学填词，需注意以下几点：
1. 注明所押韵部（按《词林正韵》），如：第四部鱼虞韵。
2. 先从单调小令或60字以下小令写起。
3. 请按照龙榆生《唐宋词格律》每首词调下的说明，特别注意有无对仗、重叠字句、重韵等特殊要求。
4. 除非词调要求，韵脚不得相重。
5. 希望有时代气息。词虽然已经有一千多年的历史，但也可书写时代风貌和当代人感情。以下是沈祖棻先生的两首词，写抗战时的忧国忧民之情：

浪淘沙　沈祖棻

长夜正漫漫，风雨添寒。江南江北又春残。十载相思忘不得，无限关山。
回首血成川，如此中原。年年旧燧换新烟。四海伤心闻野哭，休念家园。

浪淘沙　沈祖棻

一水隔胡尘，未到朱门。销金窝里易销春。灯火楼台歌舞夜，旧曲翻新。
梦语正纷纭，铁骑如云。新亭对泣更无人。漫想黄龙成痛饮，整顿乾坤。

我们也可以把当下的生活写进词里。当然，如果传统题材有好的创意，也

---

[1] 龙榆生：《词学十讲》（第六讲《论对偶》），北京出版社，2005年，第105-106页。

可以写。

学生填词习作失误例

初学填词者,词的格律形式经常照顾不周全,但是每种词牌的格律都是一个体系,不合格律的地方,会影响整体的表达效果。以下是我多年来积累的学生作业资料,选择一些有代表性的失律之处,略作分析。

1. 错押平仄韵部

忆江南
心字烬,了却万千结。杜鹃含愁凝露事,一宵冷雨乱绪喧。不解怨仓颉。

长相思
一片竹,一池波,一缕清音忆晚歌,一笑两忘身世莫。
长相思,长相忆,长相携手尝比翼,长笑当时红尘里。

龙榆生先生指出,"以三、五、七言句式构成而又使用平韵的词牌调,音节是最流美的。"[1] "忆江南"和"长相思"都符合这样的特征,所以要使用平声韵。而且"忆江南"的第三、四句都是七言句,需要对仗,但是如果押仄声韵,没办法构成对仗。就像上面习作中"杜鹃含愁凝露事,一宵冷雨乱绪喧",没有对仗,而且两句句尾都是两个仄声字连用,逼仄拗峭,影响了感情的表达。对"长相思"来说,上下片的前两句都是两个三言句式,应该用叠韵,即用同一个字作韵脚,会形成绵长婉转的意蕴。如白居易《长相思》"汴水流,泗水流,流到瓜洲古渡头,吴山点点愁。思悠悠,恨悠悠,恨到归时方始休,月明人倚楼",就充分利用了词牌的特点。上面习作中没有用叠韵,即使用了,押的是仄声韵,也不会绵长婉转了。

2. 应对仗处未对仗

浣溪沙
欲向四时借并刀,曾裁霜铠赠枯条,晴春又送绣还梢。

---

[1] 龙榆生:《词学十讲》(第四讲《论句度长短和表情关系》),北京出版社,2005年,第49页。

不忍红尘都付笑,踏寻江岸正逍遥,飞虫倦意坠轻袍。

浣溪沙
酒尽桃花烟几重,清茶味尽雾更浓。几时梦断此园中?
春意残枝来复去,流年青丝付东风。落红过目泪滴空。

忆江南
晴丝袅,古苑柳含香。尽日倚栏楼上望,心思长短为春量。莺闹燕成双。

"浣溪沙"和"忆江南"一样,都是奇数句组成的,龙榆生先生这样分析:"它们的句式都属奇数,而在整体上看,必得加上一两个对称的句子,这就使参差和整齐取得一种调剂,而使它们的声容态度趋于流丽谐婉。"[1]"浣溪沙"由六个七言句式组成,节奏较单一。但是我们看晏殊的《浣溪沙》"一曲新词酒一杯,去年天气旧亭台,夕阳西下几时回?无可奈何花落去,似曾相识燕归来。小园香径独徘徊。"第四、五句对仗,使七字一层意思变为十四字一层,节奏也缓下来,但这两句内部因对仗而紧凑,节奏较快,接上含蓄蕴藉的"小园香径独徘徊"结束,张弛有度。初学者经常忽略了全词的节奏,而不使用对仗,可多读经典作品,反复体会。

3. 出韵、凑韵

当代人填词,对格律的遵守有宽有严,但押韵是最基本要求,韵押错,就不是这个词牌了。如:

菩萨蛮
细柳轻扬莺闲语,落红娇涩水幽明。(当押仄声韵)
梦还旧亭塘,莲伴荷叶香。
微风弄湖畔,笑靥随波乱。
恍然已断肠,遥望飞燕双。

"菩萨蛮"八句皆入韵,上下片都是两仄韵换两平韵。前两句是七言,又

---

[1] 龙榆生:《词学十讲》(第四讲《论句度长短和表情关系》),北京出版社,2005年,第49页。

押仄韵，所以紧迫急促，后面六句是整齐的五言句，平稳低沉。以上习作前两句不押韵，第二句又以平声结尾，很拗口。

有时找不到合适的入韵字，强行用同韵字凑韵，造成语义不畅。如：

点绛唇·夜访卢沟

蔓草丛生，宛平城外苍然景。冷风残月，一似当年影。

血染青天，义愤同仇更。石狮醒，墨云宁静，却化诗中境。

其中"义愤同仇更"的"更"与同仇不能搭配，属于凑韵凑字。

再看下面这首：

临江仙·中菲黄岩之争

南海茫茫千里浪，西沙点点连珠。黄岩岛上打渔夫。只求某生计，哪想祸事驱。　　大国决决岂能欺，又容小鬼张扬。男儿热血洒他乡。愿持枪弄炮，慷慨赴南疆。

此例上片押虞韵，下片换阳韵，但《临江仙》是平声不换韵的。

4. 未知倒叠韵

调笑令

冬至，冬至，惚恍一年如醉。非求志比天高，唯堪世事煎熬。催马，催马，要赶青春挥洒。

调笑令

河岸，河岸，一水横绝无犯。千般利禄功名，孰于厚土重轻？归未，归未？倏尔韶光尽碎。

这两首都注意到二言句连用应该是一个词的重复，但后一组二言句应该使用倒叠韵。如：王建《调笑令》："团扇，团扇，美人并来遮面。玉颜憔悴三年，谁复商量管弦。弦管，弦管，春草昭阳路断。"第五句的末二字已经决定了下一韵的入韵字，如第一个例子应是"唯堪世事煎熬。熬煎，熬煎……"第二个例子应是"孰于厚土重轻？轻重，轻重……"这就是倒叠韵。

5. 弄错词体

采桑子·悼亡者

流风欲与斟佳酿，雪满壶觞。雪满壶觞，饮尽离伤独断肠。
参商永隔南窗望，月冷雕梁。月冷雕梁，沁透寒霜夜未央。

采桑子

斜阳暮草垂风柳，洗雨新晴。洗雨新晴，一阵春风几翠屏。
烟凝紫翠春将去，月高风清。月高风清，聊沽杯酒慰飘零。

此二例为"采桑子"，上下片结构非常对称，而且有两句重复，全词结构缺少变化。古人没有这样的用例。"采桑子"有二体，分别以冯延巳和李清照的词作为代表：

采桑子　冯延巳

笙歌放散人归去，独宿江楼。月上云收，一半珠帘挂玉钩。
起来检点经游地，处处新愁。凭仗东流，将取离心过橘洲。

采桑子　李清照

窗前谁种芭蕉树？阴满中庭。阴满中庭，叶叶心心，舒卷有余情。
伤心枕上三更雨，点滴霖霪。点滴霖霪，愁损北人，不惯起来听。

上列两篇同学的习作均用冯延巳体，可是二、三句及六、七句却完全重复，允许重复的如李清照体，但最后要用"四＋五"句式，不能再毫无变化地使用七言句。以上两篇均用错词体。

6. 重复字太多

沁园春·雨

孟夏悠情，暮雨生烟，晚风踏萍。沐幽幽翠障，雾光渺渺；绵绵碧色，草露澄澄。碎玉盈窗，蛛丝惹叶，天籁何须细耳听？须灯起，待微光绕雨，夜嚷风声。
多情最是书生，任墨浸青笺语零丁。听空阶滴水，离愁难尽；秋池夜涨，恋意徒增。人事难违，天公谁料，奉旨填词影伴形。且回首，拾班超旧笔，忍弃柔情？

重复字达十字之多，其中"情"字甚至重复三次。诗词中偶然出现重字未必大错，适当注意重字不要太靠近，相隔远一些。重字太多肯定是缺点。这首词是学生原作，这是一个很典型的例子。

7. 逻辑不通

采桑子

洒银满地沉沉夜，落雪幽幽，残月当楼，携手同游儿女羞。
比翼齐飞双双燕，情思悠悠，耳语温柔，今世相约共白头。

下雪天不可能有双双之燕。即使用作比喻，也得和场景吻合。

临江仙·夜雨归家

渔火沙边花头重，风来暗淡流萤。湿衣寻径恐雷鸣。挟书惊犬吠，野路向孤灯。　　倦卧石亭愁榻冷，裹裘吊影飘零。残茶浊酒醉平生。且追云月去，天外负琴耕。

这首写夜雨中归家。但是夜雨天是看不到萤火的，"风来暗淡流萤"本是好句子，但在此处不合逻辑。倦卧的石亭，不像是家里的场景。最后表达"负琴耕"的理想，又不是"夜雨归家"的合理感受。本词其实是有好句子的，比如"野路向孤灯"，写出夜雨中的惶恐与希冀，但是全篇有互相矛盾的地方，缺乏内在逻辑性。

第十三章 填词的原则和方法

填词的程序

填词从哪里入手呢？动笔之前的构思阶段一般包括以下几个步骤：

1.立意：体悟省察自己的感受，适合词体表达者，将它化为情绪。最好选取生活中的特定场景，仅表现一点最优美的情绪、最深刻的印象、最真实的感觉。

2.选调：考虑所达之意与某词调之声情的吻合，而且要考虑内容的分量，看适合小令、中调或长调中的哪一类。

3.择韵：各韵缘有特殊的表情作用。这需作者参考名篇，细心玩味，总结经验。首先考虑用平声韵或仄声韵，然后再考虑用哪个韵部。初学者最好选择宽韵，即该部所收韵字较多的，避免选择窄韵，即该韵所收韵字较少的。当然最好选择你所熟悉的韵部。

4.谋篇布局：单调小令，因篇幅短小，不需考虑布局，填写双调则应大致确定上片与下片主要表现什么，如上片写景，下片抒情；上片忆旧，下片描述现实等。上下片又各自分层，各层次的内容分配、前后照应、虚实相生，落笔前都需谋划。

周济云："学词先以用心为主，遇一事，见一物，即能沉思独往，冥然终日，出手自然不平。次则讲片段，次则讲离合。成片段而无离合，一览索然矣。次则讲色泽、音节。"[1]

唐圭璋师不仅强调填词时各环节须用心,而且强调词成之后的修改。"作词非用心不可。用心则精,不用心则粗,精则虽少无妨,粗则虽多无益。欲作一词,首须用心选调、选韵,其次布局、铸词,无一不须用心。……作词时须用心,词作成后,尤须痛改。往往一词初成,尚觉当意,待越数日观之,即觉平淡,若越数月或数年观之,更觉浅薄。故人常焚毁少作之稿,即以此故。宋张炎《词源》亦尝论改词之要。其言曰:'词既成,试思前后之意不相应,或有重叠句意,又恐字面粗疏,即为修改。改毕,净写一本,展之几案间,或贴之壁。少顷再观,必有未稳处,又须修改。至来日再观,恐又有未尽善者。如是者改之又改,方成无瑕之玉。'而近日临桂况蕙风更论及改词之法。其所撰《词话》云:'又云'改词之法,如一句之中,有两字未协,试改两字。仍不惬意,便须换意,通改全句,系连上下,常有改至四五句者,不可守住原来句意,愈改愈滞也。'又云改词须知挪移法,常有一两句语意未协,或嫌浅率,试将上下互易,便有韵致。或两意缩成一意,再添一意,更显厚。'此皆金针度人之语,作词者所当深体实践也。"[2]

词调的声情与选调

作词和作诗都需立意、择韵和谋篇布局,唯有选调,为词特有。在词和音乐还不曾脱离的时候,有些论词的书籍,记载过某些词调的声情。最著名的是宋代王灼《碧鸡漫志》,它对"雨霖铃""何满子""念奴娇"等调,都有详细的著录,这是介绍词调声情最可宝贵的材料。可惜这类材料保存下来的不多。20世纪,龙榆生、夏承焘、吴梅、唐圭璋等几位词学研究的大学者,对词调研究作出巨大贡献。

夏承焘先生说:"各个词调都有它特定的声情——音乐所表达的感情,初学填词者要懂得如何选择它,如何掌握它。如'满江红''水调歌头'一类词调,声情都是激越雄壮的,一般不用它写婉约柔情;'小重山''一剪梅'等是细腻轻扬的,一般不宜写豪放感情。词调声情必须和作品所要表达的感情相配合,这首作品才能够达到它的音乐效果,才能够达到超于五、七言诗的效

---

[1] 周济:《介存斋论词杂著》,载《词话丛编》,中华书局,2005年,第1630页。
[2] 唐圭璋:《论词之作法》,载《宋词二十讲》,华夏出版社,2009年,第277-278页。

果。"

我们现在如何掌握词调的声情呢？夏承焘先生指出了方法："一、从声韵方面探索,这包括字声平拗和韵脚疏密等等；二、从形式结构方面探索,包括分片的比勘和章句的安排等等；三、排比前人许多同调的作品,看他们用这个调子写哪种感情的最多,怎样写得最好。这样琢磨推敲,也许会对于运用某些词调声情的规律十得七八。"[1]

龙榆生先生是做了最详细深入的比勘工作的,并且描述了常用的上百个词调的声情特点,并研究了句式、平仄、用韵等对形成词的声情特色的作用。这方面的成果比较集中地收在《词学十讲》《龙榆生词学论文集》《唐宋词格律》《词曲概论》中。

"一般词调内,遇到连用长短相同的句子而作对偶形式的,所有相当地位的字调,如果是平仄相反,那就会显示和婉的声容,相同就要构成拗怒,就等于阴阳不调和,从而演为激越的情调。这关键有显示在句子中间的,也有显示在句末一字的。单就'破阵子'和'满江红'两个曲调,可以窥探出这里面的一些消息。至于苏辛派词人所常使用的'水龙吟''念奴娇''贺新郎''桂枝香'等曲调,所以构成拗怒音节,适宜于表现豪放一类的思想感情,它的关键在于几乎每句都用仄声收脚,而且除'水龙吟'例用上去声韵,声情较为郁勃外,余如'满江红''念奴娇''贺新郎''桂枝香'等,如果用来抒写激壮情感,就必须选用短促的入声韵,才能情与声会,取得'读之使人慷慨'的效果。"

"短调小令,那些声韵安排大致接近近体律、绝诗而例用平韵的,有如'忆江南''浣溪沙''鹧鸪天''临江仙''浪淘沙'之类,音节都是相当谐婉的,可以用来表达各种忧乐不同的思想感情,差别只在韵部的适当选用。"[2]

龙榆生《词学十讲》中,研究了句度长短、韵位安排、对偶、结构、四声阴阳等格律形式对声情的影响,并以各种词牌为例,分析不同词牌的声情特点和适合表达的感情,在《唐宋词格律》中,描述了"宜表达各种不同情感而又为多数人所采用"的一百五十余种词牌的格律特点。但是《词学十讲》中的对各词牌声情特点的描述分布在全书各讲之中,所以本书将其摘录出来,按照《唐宋词格律》中的顺序排列如下：

---

[1] 以上两段出自夏承焘：《填词怎样选调》,载《唐宋词欣赏》,北京出版社,2011年,第180-182页。
[2] 以上两段出自龙榆生：《词学十讲》(第三讲《选调和选韵》),商务印书馆,2015年,第28-30页。

第一类　平韵格

1."阮郎归"。是较宜抒写缠绵低抑情调的。

2."小重山"。它的声容极掩抑低徊之致,恰宜表达缠绵悱恻的情感。

3."一剪梅"。"一剪梅"用了全部的平声收脚,充分显示着情调的低沉,是没法把它振作起来的。

4."破阵子"。是适宜表达激昂情绪的。

5."风入松"。音节是何等的轻柔婉转,极掩抑低徊之致,是最适宜于表达和婉情调的。

6."满庭芳"。适宜表达轻柔婉转、往复缠绵情绪的长调的,有如"满庭芳"。长调的声韵组织、平仄安排以及对偶关系,就很清楚地看出它是适宜于表达柔情的。

7."水调歌头"。它的音节高亢而稍带凄音。

8."八声甘州"。极参差错落之致,藉以显示摇筋转骨、刚柔相济的声容之美,我觉得"八声甘州"这一长调是最能使人感到回肠荡气的。

9."扬州慢"。和"风入松"这个调子的声容态度有些相近而特显缠绵凄抑情调的。

10."高阳台"。更显出低沉情调,只适合表现哀怨心情。

11."忆旧游"。像这类掩抑低沉的情调,是适宜于曼声低唱的。它的韵位安排基本上是取得谐婉的。幸而最末用了一个"平平去入平去平"的拗句,把它略为振起,便显得有些生意,不致凄婉欲绝了。

12."沁园春"。适宜铺张排比、显示宽宏器宇或雍容气度的慢曲长调,常是多用四言偶句作为对称格局,并于落脚字递换平仄作为谐调音节的主要手段,这该以"沁园春"为最好范例。

13."六州歌头"。"六州歌头"只适宜于抒写苍凉激越的豪迈感情,如果拿来填上缠绵哀婉、抒写儿女柔情的歌词,那就必然要导致"声与意不相谐"的结果。它连用了大量的三言短句,一气驱使,旋折而下,构成了它的"繁音促节",恰宜表达紧张急迫激昂慷慨的壮烈情绪。

第二类　仄韵格

14."天仙子"。情急调苦。

15."生查子"。适宜表达婉曲哀怨的感情而带有几分激切意味。

16."卜算子"。适宜表达高峭郁勃的特殊情调。

17."谒金门"。宜表达激切紧促的思想感情。全阕句句押韵,一句一换一个意思,步步逼紧。

18."好事近"。连用多数仄声收脚而又杂有特殊句式组成的短调小令,常是显示拗峭挺劲的声情,适宜表达孤标耸立和激越不平的情调。

19."蝶恋花"。这种适宜抒写幽咽情调的,有"蝶恋花""青玉案"等,也都得选用上去声韵部。

20."渔家傲"。从整体的落脚字来看,音节却是拗怒的。加之句句押韵,显示着情绪的紧张迫促,是适宜于表达兀傲凄壮的爽朗襟怀的。

21."御街行"。整体的拗怒多于和谐,显示着心胸开阔、英姿飒爽的苍莽气度,便是用来抒写儿女柔情,也绝不至流于软媚的。

22."祝英台近"。像这一类型的"近"词,适宜表达抑塞磊落的幽咽情调的,莫过于"祝英台近"。

23."念奴娇"。一般选用短促的入声韵部,可使感情尽量发泄,不带含蓄意味。但从整体的韵位安排上来看,是相当匀称的,因此能够取得拗怒与和谐的矛盾的统一,适宜表达激壮慷慨的豪迈感情。

24."水龙吟"。适宜抒写凄壮郁勃情绪的长调。这一长调的整体结构主要是以十七个四言偶句构成,而上下阕各以三个偶句组成一个片段。但从整体上看,又复偶中有奇。构成整体的清壮拗峭的格局,宜于表达豪爽激动的感情。

25."摸鱼儿"。适宜表现苍凉郁勃情绪的长调。这个长调的音节用"欲吞还吐"的吞唱式组成。韵位安排又是那么忽疏忽密,显示着"欲语情难说出"的哽咽情调,而且必得选用上去声韵部。

26."贺新郎"。一般豪放派作家所共爱使用。全阕无一句不用仄收,而且用的韵部又属短促的入声,因而构成拗怒多于和婉的激越情调。比起"念奴娇"来,此调更适合抒写英雄豪杰激昂奋厉的思想感情。

27."兰陵王"。慢曲长调,在音节上呈现拗怒激越声情的,押入声部韵。显示激越声情,适宜表达苍凉激越的情调。

第三类　平仄韵转换格

28."菩萨蛮"。这是混合五、七言绝句形式而加以错综变化,组织成功的。适宜于表现迫促情绪的。

29."清平乐"。显得音节和缓,转作曼声,有缠绵不尽之致,是短调中最为美听的。

填词的几个技巧

以上是整体性的对词体的把握,下面谈谈遣词造句中的方法和技巧。主要从领字、词眼、用典、咏物等几个方面来讲。

领字

词中之豆是词独特的句式。由一至三字构成的领字,引领后面的内容,使上下句转承结合,起过渡或联系作用。上一章曾略谈过,这里就其作用和虚字详细谈一下。

一般领字大都用去声字,因为词是依附于音乐的抒情诗体,必须讲究一个字的平仄阴阳,而去声字尤居关键地位。去声激厉劲足,其腔高,这也是合乐的需要。读者如果细心,就会发现:长调词特别讲究铺叙展衍,更讲究艺术,为使词不冗不碎,疏密有致,神韵天然,常用去声字进行转承。

我们可以感受到:凡词在对偶处,结构都比较密,读时有一气呵成之感。而用领格字处,都较疏,读时便觉有自然的顿挫,有跌宕起伏、一波三折之妙。使整个词如织锦般,经纬错落,花叶扶疏,浑然天成,极备声情之美!

由此,我们归纳领字有三个主要作用:

1.承上启下。常用其进行转承。

2.使意境更进一层,跌宕起伏,一波三折,疏密有致。

3.顿挫分明,声情并茂,铿锵有力。

词中之豆可以使词摇曳生姿、婉转达意。尤其是慢词长调,更不能缺少虚字衬逗。一些词牌中,某些位置指定要领字格,更需衬逗之字,例如:

"洞仙歌"中上片第二句、下片第七句与第八句需用领字,如苏轼《洞仙歌》:"自清凉无汗""但屈指西风几时来,又不道流年,暗中偷换"。

"满江红"下片第五句用领字,如岳飞《满江红》:"待从头收拾旧山河"。

"暗香"上片第二、下片第六字,倒数第二句,均用领字,如姜夔《暗香》:"旧时月色,算几番照我,梅边吹笛""叹寄与路遥,夜雪初积""又片片吹尽也,几时见得"。

"琐窗寒"下片第六字为领字,如周邦彦《琐窗寒》:"正店舍无烟,禁城百五"。

领字很多情况下是将副词提到全句的前面,如:

渐霜风凄紧,关河冷落,残照当楼。(柳永《八声甘州》,正序为:霜风渐凄紧。)
正故国晚秋,天气初肃。(王安石《桂枝香》,正序为:故国正晚秋。)
又乱叶打窗,蛩韵凄切。(陈允平《桂枝香》,正序为:乱叶又打窗。)
方春意无穷,青空千里。(张先《庆春泽》,正序为:春意方无穷。)

也有少量句例以动词作领字:

爱树色参差,湖光渺漠。(陈允平《瑞鹤仙》)
怅姑苏台上,征帆何许?(康与之《瑞鹤仙》)

此外,八字句中领格必然为上一领下七的结构,第一个字为领字,如柳永《八声甘州》的首句"对潇潇暮雨洒江天,一番洗清秋",用"对"字领下面的"潇潇暮雨洒江天",是经典的一领七的八字句式。九字句领格则为上二领下七格式,如李煜《乌夜啼》"自是人生长恨水长东""别有一般滋味在心头",《虞美人》"恰似一江春水向东流"等等,都是这种领格的经典句式。

《学词百法》整理了常用的一字豆、二字豆、三字豆的领字[1]:

一字类:一般常用的虚词有但、正、又、渐、更、甚、乍、尚、况、纵、且、莫、任、奈、便、似、恰、尽、应。动词有:念、记、问、想、算、料、怕、看、待、漫。

二字类:试问、莫问、莫是、好是、可是、正是、更是、又是、不是、却是、却喜、却忆、却又、恰又、恰似、绝似、又还、忘却、纵把、拼把、那知、那番、那堪、堪羡、何处、何奈、谁料、漫道、怎禁、遥想、记曾、闻道、况值、无端、独有、回念、乍向、只今、不须、多少、但知。

三字类:莫不是、都应是、又早是、又况是、又何妨、又匆匆、最无端、最难禁、更何堪、更不堪、更那堪、那更知、谁知道、君知否、君不见、君莫问、再休提、

---

[1] 刘坡公:《学词百法》(第十九"衬逗虚字法"),中国书店,2014年,第38页。本书第六章已引用刘鹏的研究,认为冠名刘坡公的《学诗百法》(还有《学词百法》)是刘铁冷《作诗百法》出版之后的仿作,且刘坡公生平来历无法考证。虽然如此,《学词百法》对"领字"的整理还是有参考性的,故加以引用。

到而今、况而今、记当时、忆前番、当此际、问何事、倩何人、似怎般、怎禁得、且消受、都付与、待行到、便有人、拼负却、空负了、要安排、嗟多少。

词眼

"词眼"是诗词创作中的一个重要问题，值得研究和探讨。好的"诗眼""词眼"，能增强诗词的色彩和活力，使诗词的生动性、趣味性、可读性充分地发挥出来，从而达到最佳的效果。

如秦观《满庭芳》中的名句："山抹微云，天粘衰草。"其"抹""粘"二字，是取"抹""粘"的动作勾画出的线条轮廓；又如《踏莎行》中"砌成此恨无重数"的"砌"字，都是出奇制胜，不落窠臼，又自然贴切，无雕琢之感的词眼。

锤炼"词眼"三条基本原则：

一是准确性原则。就是要准确把握"词眼"的属性、字义、用意和相关关系等。诗词创作是一个系统工程，篇、句、字融为一体，立意、命题、选材、用字、结构等相互关联，缺一不可。强调"词眼"，切不可丢了章法，顾此失彼。若单纯追求"词眼"，牟取"新奇"，那就会本末倒置，甚至会破坏词意。正如刘熙载所指出的那样："若舍章法而专求字句，纵争奇竞巧，岂能开阔变化，一动万随耶？"[1]

二是创新性原则。诗文都贵在"出新"，运用"词眼"也在于创新。创新，既要继承前人好的传统，吸取古典诗词中的精华，又不能因循守旧，生搬硬套。要与时俱进，拓宽新思路，探索新方法，锤炼新"词眼"。

三是灵活性原则。就是要根据诗词创作的需要，灵活运用"词眼"。要按照不同的诗词内容，去挑选适宜的、最能展现其内容和神志的"词眼"。尤其在挑选"词眼"伤脑筋时，一定要讲究技巧和方法，多思考、多比较，不要急于求成，滥竽充数。

每当遇到难下手或不满意的情况，最好进行"冷处理"，以期能跳出原思路，转换角度，寻找最佳选择。宋人唐子西写诗，就是采取这种"冷处理"的方法，当写诗被卡住时，先把笔放下，待次日再写或再改，改了后再等几日，取而读之，如此反复琢磨，直到自己满意为止，方才定稿。

以下列举著名的词眼数则供读者咀嚼体会：

绿肥红瘦。（李清照《如梦令》）

---

[1] 刘熙载:《词概》，收入《词话丛编》，中华书局，2005年，第3701页。

醉云醒雨。（吴文英《解蹀躞·别情》）

柳昏花暝。（史达祖《双双燕》）

移红换紫。（张枢《瑞鹤仙》）

稚柳苏晴，故溪歇雨。（周邦彦《西平乐》）

落叶霞飘，败窗风咽。（吴梦窗《法曲献仙音》）

种石生云，移花带月。（翁处静《齐天乐》）

断浦沉云，空山挂雨。（史达祖《齐天乐》）

画里移舟，诗边就梦。（史达祖《齐天乐》）

做冷欺花，将烟困柳。（史达祖《绮罗香·咏春雨》）。

巧沁兰心，偷黏草甲。（史达祖《东风第一枝·咏春雪》

料理琴书，夷犹今古。（张炎《真珠帘·近雅轩即事》）

尽吸西江，细斟北斗，万象为宾客。扣舷独啸，不知今夕何夕。（张孝祥《念奴娇·过洞庭》）

是他春带愁来，春归何处。却不解、带将愁去。（辛弃疾《祝英台近》）

海棠影下，子规声里，立尽黄昏。（洪咨夔《眼儿媚》）

临断岸、新绿生时，是落红带愁流去。记当日门掩梨花，剪灯深夜语。（史达祖《绮罗香·咏春雨》）

自怜诗酒瘦，难应接许多春色。（史达祖《喜迁莺·元宵》）

悠悠岁月天涯醉。一分秋、一分憔悴。（张辑《疏帘淡月》）

春在卖花声里。（王贵英《夜行船》）

薄幸东风，薄情游子，薄命佳人。（周晋《柳梢青·杨花》）

连呼酒，上琴台去。秋与云平。（吴文英《八声甘州·陪庾幕诸公秋登灵岩》）

但良宵空有，亭亭霜月，作相思伴。（莫子山《水龙吟》）

燕子衔来相思字，道玉瘦不禁春病。（汤恢《二郎神·用徐干臣韵》）

都将千里芳心，十年幽梦，分付与、一声啼鴂。（汤恢《祝英台近》）

暗粉疏红，依旧为谁匀注。都负了燕约莺期，更闲却柳烟花雨。（张磐《绮罗香·渔浦有感》）

一室秋灯，一庭秋雨，更一声秋雁。（王沂孙《醉蓬莱·归故山》）

黄帘绿幕萧萧梦，灯前几换秋风。（吴文英《塞翁吟·赠丁宏庵》）

雁足不来，马蹄难驻，门掩一庭芳景。（徐伸《二郎神》）

花影吹笙，满地淡黄月。（范成大《醉落魄》）

灯花结，片时春梦，江南天阔。（范成大《忆秦娥》）
惟有两行低雁，知人倚、画楼月。（范成大《霜天晓角》）
妾心移得在君心，方知人恨深。（徐照《阮郎归》）
惊起半屏幽梦，小窗淡月啼鸦。（刘翰《清平乐》）
千树压、西湖寒碧。（姜夔《暗香》）
波心荡，冷月无声。（姜夔《扬州慢》）
高柳晚蝉，报西风消息。（姜夔《惜红衣》）
问甚时、同赋三十六陂秋色。（姜夔《惜红衣》）
冷香飞上诗句。（姜夔《念奴娇》）
一般离思两消魂，马上黄昏，楼上黄昏。（刘仙伦《一剪梅》）
新愁万斛，为春瘦，却怕春知。（高观国《金人捧露盘》）
惊愁搅梦，更不管庾郎心碎。（高观国《祝英台近》）
悠悠岁月天涯醉，一分秋，一分憔悴。（张辑《疏帘淡月》）

用典

　　苏词伤律，秦词伤典，意思是说苏轼的词多不协律，故不能歌，秦词虽然清丽，因为用典故少而少了深度。李清照在她的《词论》中批评少游词："秦即专主情致，而少故实，譬如贫家美女，虽极妍丽丰逸，而终乏富贵态。"[1]意思是词不用典故，即少富贵态。情致深邃的小词中，加上两则典故，就像给贫家女戴起凤冠霞帔，显得雍容华贵些。不仅可以拓宽词的境界，而且可以增强词的思想内容，进一步丰富读者的想象。

　　典故用得好，能使作品简洁含蓄，余韵盎然，用得不好，便会把词弄得生涩晦暗，枯燥乏味。关键在于要出自内容和感情的需要，从内心呕出，而不是有意堆砌，以典故遮掩内容的单薄。南宋大词人辛弃疾很爱用典故，常常一连使用数典，有时也难免堆砌，但多数是出于内容的需要，用得圆转、贴切。

　　词的用典，从形式上看，可以分为用事典和用语典。

　　我们以辛弃疾《水龙吟·登建康赏心亭》为例，分析词中的用典：

　　楚天千里清秋，水随天去秋无际。遥岑远目，献愁供恨，玉簪螺髻。落日楼头，断鸿声里，江南游子。把吴钩看了，阑干拍遍，无人会、登临意。

---

[1]《词苑丛编》卷之九"李易安词论"，收入《词话丛编》，中华书局，2005年，第1972页。

休说鲈鱼堪脍,尽西风,季鹰归未?求田问舍,怕应羞见,刘郎才气。可惜流年,忧愁风雨,树犹如此。倩何人唤取,红巾翠袖,揾英雄泪!

此词中用到以下典故:

吴钩:唐李贺《南园》曰:"男儿何不带吴钩,收取关山五十州。"吴钩是古代吴地制造的一种宝刀。这里应该是以吴钩自喻,空有一身才华,但是得不到重用。

阑干拍遍:李煜《玉楼春》:"醉拍栏杆情未切。"

无人会、登临意:欧阳修《蝶恋花》:"无人会得凭栏意"。

休说鲈鱼堪脍,尽西风,季鹰归未:用西晋张翰典,见《晋书·张翰传》和《世说新语·识鉴篇》,张翰在洛阳做官,在秋季西风起时,想到家乡莼菜羹和鲈鱼脍的美味,便立即辞官回乡。后来的文人将思念家乡称为莼鲈之思。季鹰:张翰,字季鹰。

求田问舍,怕应羞见,刘郎才气:典出《三国志·魏书·陈登传》,东汉末年,有个人叫许汜,去拜访陈登。陈登胸怀豪气,喜欢交结英雄,而许汜见面时,谈的却都是"求田问舍"(买地买房子)的琐屑小事。陈登看不起他,晚上睡觉时,自己睡在大床上,叫许汜睡在下床。许汜很不满,后来他把这件事告诉了刘备。刘备听了后说:"当今天下大乱的时候,你应该忧国忧民,以天下大事为己任,而你却求田问舍。要是碰上我,我将睡在百尺高楼上,叫你睡在地下。"求田问舍:置地买房。刘郎:刘备。才气:胸怀、气魄。

可惜流年,忧愁风雨:苏轼《满庭芳》曰"百年里,浑教是醉,三万六千场。思量,能几许,忧愁风雨,一半相妨"。

树犹如此:出自北周诗人庚信《枯树赋》:"树犹如此,人何以堪!"又典出《世说新语·言语》:"桓公北征经金城,见前为琅邪时种柳,皆已十围,慨然曰:'木犹如此,人何以堪!'攀枝执条,泫然流泪。"此处抒发自己不能抗击敌人、收复失地,虚度时光的感慨。

短短一首词,用了这么多的典故,但丝毫不觉滞涩,反而有俯仰古今、追慕先贤的气概。其中"吴钩""鲈鱼堪脍""求田问舍""树犹如此"是事典,"栏杆拍遍""登临意""忧愁风雨"是语典。

用典的境界是用得如盐入水,浑然无痕。如苏轼《临江仙·夜归临皋》:

夜饮东坡醒复醉,归来仿佛三更。家童鼻息已雷鸣,敲门都不应,倚杖听江声。　　长恨此生非我有，何时忘却营营。夜阑风静縠纹平，小舟从此逝，江海寄余生。

"家童鼻息已雷鸣，敲门都不应，倚杖听江声"一句，用的是韩愈的典故。"韩退之言：衡山道士轩辕弥明与进士刘师服、侯喜共联石鼎句，联毕，弥明曰：'此皆不足与语，吾闭口矣。'即依墙而睡，鼻息如雷鸣，二子皆失色。邓鉴省题云：'家僮浑未觉，鼻息尚雷鸣。'此借用也。"（宋·吕祖谦《诗律武库》后集卷十五）苏轼此词读来却似日常话语、并未用典。

用典的方法有明用、暗用两种。无论用事用语，使读词者从字面上一眼便可辨出的，是明用；表面上与上下文句融合为一，不细察则不知为用典的，是暗用。明用有如玉石器皿上镶嵌的珠宝，制作者有意要借其色泽光彩增加器皿的价值；暗用则如清泉中溶入白糖，制作者定要人亲口尝试才能品味到它的甘甜。

明用、暗用各有优劣，要看内容的需要，决定采用哪种方法。一般说暗用比明用自然，而明用比暗用引人注目；明用必须知道典故原义和引申义，才能起作用，而暗用虽不明出典，也能读通，但要想理解得深，仍然需要知其出处。

咏物

咏物诗不能单纯咏物，咏物词亦然。咏物词在南宋词中已经手法千变万化，技巧达到了空前高度，后人难再逾越。某种程度上可以说，宋词的最高成就在南宋，而南宋词的最高成就在咏物。

咏物常用三法：

一、循环往复法

宋词至周邦彦，其手法已颇繁复，章法细腻多变，虽身在北宋，实开南宋诸家之先河。继之白石、梅溪、草窗、碧山、玉田诸人终于将长调的技巧发挥到极致。而颇能代表这一切的，就是咏物词。在这些词中，作者往往独运匠心，把时间、空间表面上打乱，实际上又思路缜密，把错综复杂的情感变化用若连若断、细腻而绵长的一股潜气来贯穿，使读者紧紧地跟着作者的思路连绵起伏，循环往复式地层层递进，最终达到欣赏和融合的境地。如：

花　犯　周邦彦

粉墙低，梅花照眼，依然旧风味。露痕轻缀，疑净洗铅华，无限佳丽。去年胜赏曾孤倚,冰盘同燕喜。更可惜、雪中高树,香篝熏素被。　　今年对花最匆匆,相逢似有恨,依依愁悴。吟望久,青苔上,旋看飞坠。相将见、脆丸荐酒,人正在、空江烟浪里。但梦想、一枝潇洒,黄昏斜照水。

　　以清真之《花犯》为例,"粉墙低,梅花照眼,依然旧风味"是写眼前景,是现在,"依然"二字交代清晰。"露痕轻缀,疑净洗铅华,无限佳丽"是继之的状物和抒情。"去年胜赏曾孤倚,冰盘共燕喜。更可惜、雪中高树,香篝熏素被"转入对过去的回忆。下片开头"今年对花最匆匆,相逢似有恨,依依愁悴"又转回眼前,"吟望久,青苔上,旋看飞坠"是眼前景继之。"相将见、脆丸荐酒,人正在、空江烟浪里"是从眼前想到未来,而不仅时间上变化,场景亦变,是为空间之变也。"但梦想、一枝潇洒,黄昏斜照水"是想象于未来时空之人的幽思,而这个未来时空里的人思的却还是异时异地之人事也。如此循环往复,真真是百转千回。而表面上写梅花,都是在梅花的大背景下写人事,写情事,梅与情交替反复,美不胜收。

　　这种写法的特点,是咏物中穿插感情变化,故时空交替正好有助于此。它往往是以时间线索为主,穿插空间线索,最后达到咏物、叙事、抒情的目的。

　　二、四面环绕法

　　写山不言山,写水不言水,而言其前后左右也。如:

齐天乐·蟋蟀　姜夔

　　庾郎先自吟愁赋,凄凄更闻私语。露湿铜铺,苔侵石井,都是曾听伊处。哀音似诉。正思妇无眠,起寻机杼。曲曲屏山,夜凉独自甚情绪?　　西窗又吹夜雨,为谁频断续,相和砧杵?候馆迎秋,离宫吊月,别有伤心无数。豳诗漫与。笑篱落呼灯,世间儿女。写入琴丝,一声声更苦!

　　勾连与蟋蟀有关的各种情事,此一词一物,牵起万千感触。

　　三、物我合一法

　　这种方法在咏物诗词中常见,属于咏物的最高境界。写物犹写己,借物来寄托自己的情操、节抱、情绪和感慨。如:

卜算子·黄州定惠院寓居作　苏轼

　　缺月挂疏桐,漏断人初静。谁见幽人独往来,飘渺孤鸿影。

惊起却回头，有恨无人省。拣尽寒枝不肯栖，寂寞沙洲冷。

卜算子·咏梅　　陆游

驿外断桥边，寂寞开无主。已是黄昏独自愁，更著风和雨。
无意苦争春，一任群芳妒。零落成泥辗作尘，只有香如故。

解连环·孤雁　　张炎

楚江空晚。怅离群万里，恍然惊散。自顾影、欲下寒塘，正沙净草枯，水平天远。写不成书，只寄得、相思一点。料因循误了，残毡拥雪，故人心眼。
谁怜旅愁荏苒。谩长门夜悄，锦筝弹怨。想伴侣、犹宿芦花，也曾念春前，去程应转。暮雨相呼，怕蓦地、玉关重见。未羞他、双燕归来，画帘半卷。

以上几篇咏孤鸿、咏梅、咏孤雁，一入手就赋予所咏之物人的性情和品德，也不用细致的物象描摹，写物即是写人。

学生填词习作与点评（上）

词的写作，往往是学生习作的高潮，佳作最多。就我们选编的《清华学生诗词选》入选的作品而言，词作差不多正好一半。这一方面说明，进入词的写作，课程已进行了2/3，需要传授的新知识已不多，学生也积累了丰富的经验，能把握写作技巧了。二是词这种诗词形式，既有格律诗的韵律美，又系长短句，词调也多，表情达意的功能更强，对思想的束缚相对较小，与音乐的联系更紧密，仍有较强的生命力。相当多的同学填词的水平超过诗，并不奇怪。

词分小令、中调、慢调，这是从词的形式上分，限定字数多少不同，韵脚多少与疏密不同，节奏缓急不同，对作品的内容等却不加限定。我们的作业评点，打破小令、中调、慢调的区分，而以内容和艺术手法加以区分，只就各种题材的佳作及不同的写作手法，稍加评点。

一、学校生活

鹊桥仙·秋游荷塘

残荷映日，寒风剪柳，何碍清漪荡漾。斜阳照水泛波光，愿沉醉、扁舟划桨。
白翁垂钓，黄童嬉闹，宛若桃源情状。身临此境莫言归，且随我、低吟浅唱。

浪淘沙·叹大学

清苦历多年，誓立人先。三更灯火未成眠。翘首望名题金榜，一步登天。有朝梦得圆，斗志难全。心思飘渺乐如仙。放浪形骸挥洒后，孰智孰贤？

临江仙·破晓自建馆熬图归来

荒岛霜晨啼晓，荷塘浪毂惊澜。骊歌一曲把家还。犹轻酣睡早，无意恨春残。　　屏上昨添新笔，案头今画河山。高楼入梦点星繁。出师终有日，倚马走平川。

鹧鸪天·携友扶微同赏荷塘雪

腊月无端慕北风，清歌欲看雪溶溶。足痕微隐梅香下，笑语轻摇竹影中。欢易尽，泪难穷。离觞去恨古今同。联书鸡粟良宵意，莫附冰销无了踪。

临江仙

明月苍松皆爱我，西风更慰清凉。校河醉卧似周郎。孤帆千尺浪，怒剑斩长江。　　身历几多悲愤事，犹当傲首昂扬。是非荣辱又何妨。韶华无所待，不悔少年狂。

天净沙·苦读

凄风大雪薄纱，孤灯长卷清茶。十载寒窗白发，青春芳华，岂知学海无涯。

水调歌头·高考

仲夏未觉晚，灯火亦长燃。诵谈文史，推敲公式不辞烦。非但争分夺秒，犹似弩张剑拔，彻夜枕书眠。科场从容赴，心定自安然。　　品诗词，辨酸咸，缀方圆。胸中笔墨，挥就纸上万千言。倾尽经年所学，化作长帆舟楫，济海向云端。绝顶终将近，来日畏何难。

采桑子

凉爽夏日清华好。红瓦镂空，绿荫鸣虫。游鱼戏水荷塘中。新月一弯人影重。淡云朦朦，懒风慵慵。情深不觉暮色浓。

行香子·刷夜有感

月影朦朦,灯影幢幢。近三更、雾气尤凉。时维年末,百事未央。竟无日闲,三餐废,两觉荒。　　年纪轻轻,白发苍苍。何苦也、夜夜彷徨。避己之短,扬其所长。知舍亦得,退亦进,柔亦刚。

临江仙·王老师家中做客

雪旖凌寒侵面,扃开惬暖盈楼。初登小舍喜添眸。饺香兼果郁,笑语未曾休。　　睿及工诗奇对,博能明史通悠。才贤如是幸堪俦。应期还聚首,把盏话千秋。

清平乐·夜读

无眠夜半,恰得重开卷。右史左图宜细看,沉醉何知身倦。

忽闻耳畔虫声,却惊户外天明。何日再逢良夜,捧书还到三更。

大学生活意气风发,也有清苦、艰辛。同学用词写"有朝梦得圆,斗志难全"的彷徨,写"出师终有日,倚马走平川"的昂扬,写"笑语轻摇竹影中"的友谊,写"初登小舍喜添眸"的师生小聚,写"何日再逢良夜,捧书还到三更"的充实。而且基本上都能做到文从字顺,词气畅达,真令人欣喜。

二、思乡怀归

菩萨蛮

满城杨柳黄金缕,笙歌唱尽人归去。烟雨正萋萋,春山芳草低。

秋千孤影绝,回首关山月。夜夜梦还乡,凭栏泪万行。

如梦令

昨夜寒风侵被,搅乱游子心事。无意起彷徨,忽见月光如水。难寐,难寐,辗转一行清泪。

八声甘州

辛卯十一月廿九,归桑梓资州,对堂前重慈旧影哀思万种。夜对江天,一番烟雨,呜咽数语以遗相思。

渺空烟雨洒,映堂前红烛泪垂花。看孤村寂寞,半江萧瑟,两岸人家。想见音容声咽,难报素恩嘉。酌酒欢颜殁,冷碎清茶。　　潮水流星对月,弄梅三更瘦,点点寒鸦。对重门尽锁,叹昔日年华。忆重慈、女墙吹角,喟曹娥、绝袂古今夸。争知我,醉阑珊处,伤逝无涯。

江城子

京城冬至北风寒。玉轮圆,夜难眠。遥遥星汉,耿耿惹人怜。忽见天边星划落,如泪眼,盼团圆。

浣溪沙·南中歌

白藕濯泥燕子鸣,娥苗拾翠语卿卿。牂牁江畔缀银铃。
曼舞诉情千斛酒,棹歌归浦万楼灯。风浮蓼岸小舟轻。

诉衷情

爱惜春意抚柔荑,衣袂染青泥。此间山色如故,旧鸟作新啼。
桑梓地,碧云溪,菜花迷。流光迟暮,水洗身尘,月晃心畦。

浣溪沙·梦回金陵

阴月无晴暗琐窗,芭蕉垂柳倚红墙。遥闻啼鸟意惶惶。
身觉紫禁风冷瑟,心牵玄武水清凉。梦回梅子漫山黄。

忆江南

初夏夜,彻夜梦乡关。慈母和诗倾笑语,亲朋沽酒忆悲欢。还醒泪阑干。

江城子·思乡

春深细叶待朝晖。雨霏霏,杏花微。江南流水,游子几时归。帘卷竹林吹桂子,红豆雪,绿窗扉。

行香子

半亩荷塘,一缕斜阳。晚风清,幽径浮香。参横北斗,月转东堂。有蛙声急,蝉声紧,鸟声长。　　悠悠江水,隐隐愁肠。算而今,数载他乡。游人望远,黯黯神伤。任西风过,枫叶落,晚秋凉。

菩萨蛮·作秋词难成有感

香山叶作胭脂色,岭南嘉树犹应碧。桂子正花期,天凉暝色凄。
惯为豪放语,难作悲秋句。下笔不能成,思乡空泪横。

忆江南·梦里归乡

新岁至,昨夜梦归乡。黄发喜添新服履,银丝忙煮肉羹汤。梦醒对空窗。

忆江南

看雁字,三两总成行。汀上白桐仍料峭,梦中青杏满轩窗。何日计归乡。

水调歌头·游子叹

游子怕春至,无奈又清明。孤身匆过杨柳,花落客心惊。曾赏天心圆月,自负横行豪气,宝剑似龙鸣。凉夜叹风雨,飞絮尽飘零。　　岁月改,山河老,问谁赢?笑吾贫贱,落魄何惧放歌行。千里难寻故旧,更恨乡关雾锁,晓看草芜青。但谱离殇曲,不望有人听。

鹧鸪天·游子写心

游子只身辞旧乡,秋来杨柳渐苍苍。身如枯叶天涯转,望断孤云心尚凉。
哀皎月,冷残阳,寂寥塞北朔风伤。元知离去一杯酒,赚到行人泪两行。

鹧鸪天·端午思家

蒲酒新成泛月光,艾符初结祈安康。彩丝剪就千般念,碧角包来一口香。
游荡子,断柔肠,梦魂几度返林桑。今宵且纵思亲泪,权把他乡作故乡。

临江仙

鸟宿枝头欲静,风行万里犹狂。梦魂深处忆潇湘。柴门谁久立,白发影双双。　　自古人生长恨,此身难伴亲旁。壮怀未竟远家乡。今宵临阁望,银月冷清霜。

大学生来自五洲四海,人人都有自己的乡愁。以上作品虽犹有需推敲打磨之处,但都感情真挚。初填词,短篇为主,这一组中难得有一首长调《八声甘州》,八韵90多字,写清明时节感受到时光易逝、自己雄心受挫、无人诉说,层次安排得井然有序。只是意象多是前人熟用的,今后可学习使用细腻新颖的意象,则能更上层楼。其他词也多有佳句,如"梦中青杏满轩窗""看孤村寂寞,半江萧瑟,两岸人家"等都笔力不弱。

每年端午、元旦,我都邀请本年度和往年度上我"诗词格律与写作"课的外地同学到我家一起过节,吟诗作对,聊慰乡思。更多思乡词,可参看我主编的《唐宋词鉴赏》(南京大学出版社2006年版)中的《分类唐宋词·思乡怀归》。

三、节序

鹧鸪天

长恨霜风卷落霞。萧萧木叶去天涯。花随流水归秋梦,雁送斜阳映晚沙。
思万缕,绪如麻。忍将素手拭铅华。衾寒夜永终无寐,一曲箫音月影斜。

采桑子·春归

落红散尽春光老,柳外莺闲。叶底蝉眠,收拾韶光又一年。
昨宵雨打芭蕉湿,风在庭间。雨在帘前,怎奈春愁不隔帘。

定风波·夜归遇雪

夹道飞花笑语迎,开怀缓步下阶庭。夜色苍茫天似坠,云碎,纷扬曼转抚身轻。　　莫道劲风冲玉宇,何惧,心中暖处自然晴。竟日尘嚣难再觅,沉寂,明朝天地尽澄明。

定风波

近日连绵雨,欣北地竟有江南气候,教人甚爱之,遥忆故乡而作。
东君殷勤送炙阳,携来霖雨渐清凉。千树新枝尘洗尽,微润,闲花含露泡轻裳。　　细雨斜风行客急,休怪,且听檐下漏声长。烟柳扶疏人欲醉,深寐,梦中来嗅熟梅香。

浣溪沙

秋雨寒蝉惊晚风,别时笑面扮花容。离人孤影泪朦胧。

一纸青书言泛泛,三行短句诉匆匆。望空天际盼飞鸿。

行香子·听雨

雾锁青峰,燕舞低穹。断桥边、空倚乌篷。孤檐听雨,独自愁浓。却与谁诉,与谁共,与谁同? 清风淡淡,碧水溶溶。目及处、烟雨濛濛。清音瓦上,雨奏丝桐。渐山如黛,心如洗,绪如风。

鹧鸪天·冬至日感怀

谢守新裁锦绣成,六阴消尽一阳生。行人还就醇醪醉,花影尚随孤盏明。

无雪意,有梅迎。谁言草木本无情。亭前垂柳春风梦,听得新芽三两声。

鹧鸪天　友人来书话端午事,以此答之

一纸云笺下帝乡,昔年长忆共端阳。盘堆碧角清芬溢,室沁青蒲午梦凉。

倾薄酒,酹沅湘。九歌吟罢暮苍茫。江南故旧今安否?暗雨薰风梅正黄。

破阵子

雨细苔痕漫绿,风舒杏果微黄。不意光阴今小满,春暮方知春去忙。阶前草色苍。　赎得清狂满盏,且赊烟景萦廊。浊酒频斟听落雨,忽忘尘劳品老庄,月明意未央。

清平乐

红残人杳,愁落无人扫。一枕巫山长梦绕,细把芳心都告。

案前半卷年华,寄风吹落天涯。五月休听夜雨,明朝怕更无花。

四时节序是格律诗词经常表现的题材之一,大学生接触社会机会不多,但季节风物之变,年轻人感触颇多,故写节序之作较多,也易于成功。但要写出时代气息则较困难,写此题材要超越古人也难。从诗词的传统来说,感物抒情是最基本的写法,所以需多多练习。我所主编《唐宋词鉴赏》中有《分类唐宋

词·岁时(秋)》《分类唐宋词·岁时(春、夏)》《分类唐宋词·咏节令》可参看。

四、山水风物

临江仙·秋日登箭扣有感

自序：箭扣为北京一残长城，与八达岭、慕田峪交汇于怀柔境内，人称"北京结"。其中一段为"鹰飞倒仰"者，如大鹰振翅翼然于高峰之上，山势极险，城墙已残破，然峰顶箭台犹存，踞鹰头之气概。余是以记之，寄余秋思怀古之情。

鹰翼雄居峭岫，箭台兀立危峰。断阶残壁气从容。苍凉千载忆，斑驳石墙中。　　遥念征人秋泪，情思黄叶飞蓬。楼头冷寂百千重。孤鸿随落日，离恨咽长风。

沁园春·华山

盘古神工，峰嶂崖巍，石级盘桓。据潼关险峻，苍龙飞渡；渭南辽阔，落雁击天。京洛东临，长安西接，霸气尽收青冥巅。苍穹近，赏万古玉桂，咫尺寒蟾。

淡看世事千年，品沧海几多变桑田。笑帝王将相，脚边黄土；功名利禄，腰际云烟。芸芸众生，奔波终日，狗苟蝇营为哪般。岂如我，旷达失与得，独立人间。

沁园春·登天子山

极目层峦，烟藏绝壁，雾隐天光。看涧溪拓谷，萃森荞荞；流云拍岸，白浪汤汤。万马归巢，千峰竞起，直把闲人作玉皇。问何日，与仙翁对饮，摘藻衔觞？

此身年少轻狂，踏风处、盼君为栋梁。待奏埙论辩，宏猷孙武；抚琴谈笑，炳慧周郎。叩阊拿云，凌霄揽月，信步蟾宫觅桂香。再回首，解吴钩入梦，闲话甘棠。

忆秦娥

与友人观潮，相谈始知不日将别，顿感寂寥。

潮罢了，钱塘寂寂游人少。游人少，暮钟惊起，两岸飞鸟。　　沙汀隔断烟波渺，扁舟一点江横绕。江横绕，来年涛怒，明月何照。

鹧鸪天

骤雨无期到小楼，乱漪逐浪碎萍洲。今朝聚散半杯醉，何处流云挽小舟。

杨柳岸,月华休。武林春色最难留。南山枕梦黄粱烬,不意谁人歌棹讴。

临江仙·春回江畔

笑说松江春太远,相寻燕子来迟。帆摇碧水看成痴。白云鸥影逐,岸柳渐柔丝。　　忽有纸鸢飞过梦,深情还似当时。东风十里一笺诗。闲心凭韵叠,著意待花知。

我国山水诗一般认为起源于谢灵运,实际上《诗经》《楚辞》、汉乐府里均有些写山水景物之作,唐代更出现了王孟、韦柳的山水诗作,把山水诗推至高峰。宋代山水诗时含哲理,如《题西林壁》。词中山水词未形成流派,但作者不少,佳作亦夥,要超越古人不易,写出时代气息也难。我所主编《唐宋词鉴赏》中有《分类唐宋词·山水》可参看。

五、田园

浣溪沙·过凤凰

沅水清清湘水斜,墟烟还被碧云遮,有桃花处有人家。
闻道武陵春未老,好歌渔父向天涯,一壶明月半笼虾。

忆江南

烟村晚,牧笛遍西畴。亭下无人茶自沸,河中有女倦梳头。云水两悠悠。

行香子

薄雾熏熏,烟雨纷纷。若天仙,静谧山村。南山信步,绿草芸芸。正松间风,竹间影,人间春。　　几来寒暑,犹有贫门。当如风,一拭轻尘。古今一梦,处处艰辛。愿抚民心,安民事,报民恩。

清平乐

习风凉院,踏月星河岸。蝉隐高林声自啭,翩翩流萤作伴。
夜深归去迟迟,微凉细雨方知。百步家门人影,野花一朵遥持。

鹧鸪天·忆小村夏夜

一树清风洗暑蒸,老槐旧席语声轻。天排星斗闲思弈,我举流萤漫论枰。

将入梦,已三更,蛙声一片和蝉鸣。谁家犬吠穿村过,枕臂凝神倾耳听。

鹊桥仙

园林晚霁,池塘新涨,明月窥人缥缈。万木萧萧穿影过,惊噪起、一山归鸟。
纤云暗度,银河斜转,露湿檐花香杳。缘知此夜不须眠,把铁笛,横吹到晓。

行香子

日落残霞,雾隐汀沙。青烟起、三两人家。小村常驻,曾走天涯。念愁添酒,淡添水,闲添茶。　　夜寒霜起,枯叶鸣蛙。孤城外、点点寒鸦。举灯庭下,花落枝斜。笑这人恨,此人瘦,那人遐。

　　田园诗自陶渊明首创,作者代不乏人,至王孟、韦柳又至一高峰。宋人写田家、田园之作尤多,范成大、陆游均有很高成就。田园词初见于花间词人孙光宪,苏轼徐州偶有几首,已显大家风范。辛弃疾长期生活在农村,佳作尤夥。我有拙著《历代田园诗词选》(江苏文艺出版社1991年版)可参看;我所主编《唐宋词鉴赏》中有《分类唐宋词·田园》可参看。

第十四章 历代词话论词的创作

历代词话论词的创作

前人关于词学批评和填词方法的论断汗牛充栋，本章挑选其中非常精辟又适合初学者的论述汇编起来，以助读者赏读和写作。

作词须择题

作词须择题，题有不宜于词者，如陈腐也、庄重也、事繁而词不能叙也、意奥而词不能达也。几见论学问、述功德而可施诸词乎？几见如少陵之赋北征、昌黎之咏石鼓而可以词行之乎。（清·沈祥龙《论词随笔》）

令曲

词之难于令曲，如诗之难于绝句，不过十数句，一句一字闲不得。末句最当留意，有有余不尽之意始佳……大抵前辈不留意于此，有一两曲脍炙人口，余多邻乎率易。近代词人，却有用力于此者。倘以为专门之学，亦词家之射雕手。（宋·张炎《词源》）

小令作法

小令须突然而来，悠然而去，数语曲折含蓄，有言外不尽之致。著一直语、粗语、铺排语、说尽语，便索然矣。此当求诸五代宋初诸家。（清·沈祥龙《论

词随笔》）

杂论

大词之料，可以敛为小词，小词之料，不可展为大词。若为大词，必是一句之意，引而为两三句，或引他意入来，捏合成章，必无一唱三叹。（宋·张炎《词源》）

制曲

作慢词，看是甚题目，先择曲名，然后命意。命意既了，思量头如何起，尾如何结，方始选韵，而后述曲。最是过片，不要断了曲意，须要承上接下……词既成，试思前后之意不相应，或有重叠句意，又恐字面粗疏，即为修改。改毕，净写一本，展之几案间，或贴之壁。少顷再观，必有未稳处，又须修改。至来日再观，恐又有未尽善者，如此改之又改，方成无瑕之玉。倘急于脱稿，倦事修择，岂能无病，不惟不能全美，抑且未协音声。作诗者且犹句锻月炼，况于词乎。（宋·张炎《词源》）

小令首重造意

小令犹诗中绝句，首重造意，故易为而不易为。若只图以敷辞成篇，日得数十首何难。作小令，须具纳须弥于芥子手段，于短幅中藏有许多境界，勿令闲字闲句占据篇幅，方为绝唱。如太白忆秦娥，即其一例。此词一字一句，都有着落，包念气象万千。若但从字面求之，毫厘千里矣。善学之，方有入处。（清·蔡嵩云《柯亭词论》）

治小令途径

自来治小令者，多崇尚花间。花间以温韦二派为主，余各家为从。温派秾艳，韦派清丽，不妨各就所嗜而学之。若性不喜花间，尚有二途可循。或取清丽芊绵家数，由漱玉以上规后主，参以后唐之韦庄，辅以清初之纳兰，此一途也。或取深俊婉约家数，由宋初珠玉、六一、淮海诸家，上溯正中，更以近代王静庵之人间词扩大其词境，此亦一途也。（清·蔡嵩云《柯亭词论》）

小令慢词各有天地

小令以轻、清、灵为当行。不做到此地步，即失其宛转抑扬之致，必至味同嚼蜡。慢词以重、大、拙为绝诣，不做到此境界，落于纤巧轻滑一路，亦不成大方家数。小令、慢词，其中各有天地，作法截然不同。何谓轻、清、灵，人尚易知。何谓重、大、拙，则人难晓。如略示其端，此三字须分别看，重谓力量，大谓气概，拙谓古致。工夫火候到时，方有此境。以书喻之最易明，如汉魏六朝碑版，即重大拙三者俱备。轻清灵不过簪花美格而已。然各有所诣，亦是一种工夫，特未可相提并论耳。如以作小令之法作慢词，以作慢词之法作小令，亦犹以习簪花格之法习碑版，以写碑版之法写簪花格。反其道而用之，必两无是处。（清·蔡嵩云《柯亭词论》）

长调作法

长调须前后贯串，神来气来，而中有山重水复、柳暗花明之致。句不可过于雕琢，雕琢则失自然。采不可过于涂泽，涂泽则无本色。浓句中间以淡语，疏句后接以密语，不冗不碎，神韵天然，斯尽长调之能事。（清·沈祥龙《论词随笔》）

填词三步

初学填词，第一步求稳妥，第二步求精警，第三步求超脱。先言第一步，稳有字稳、句稳、韵稳、章稳数种。入手求稳，当先字句韵三者。至于章法求稳，则功夫已到七八成矣。填词炼章法，尤难于炼字、炼句。时下词流，讲章法者，十中难得二三人，可慨也。入手填词，字句有不稳处，不足为病。最忌者，稳而平庸，则难期精进耳。（清·蔡嵩云《柯亭词论》）

言情贵真

词之言情，贵得其真。劳人思妇，孝子忠臣，各有其情。古无无情之词，亦无假托其情之词。柳、秦之研婉，苏、辛之豪放，皆自言其情者也。必专言懊侬、子夜之情，情之为用，亦隘矣哉。（清·沈祥龙《论词随笔》）

填词贵能以轻御重

填词贵能以轻御重。此则关乎工力，不外熟能生巧。难题涩调，守四声，辨阴阳，以及限韵步韵等，在能手为之，何尝不举重若轻。非然，未有不手忙脚乱者。（清·蔡嵩云《柯亭词论》）

自然与人工各占地位

词尚自然固矣,但亦不可一概论。无论何种文艺,其在初期,莫不出乎自然,本无所谓法。渐进则法立,更进则法密。文学技术日进,人工遂多于自然矣。词之进展,亦不外此轨辙。唐五代小令,为词之初期,故花间、后主、正中之词均自然多于人工。宋初小令,如欧秦二晏之流,所作以精到胜,与唐五代稍异,盖人工甚于自然矣。宋初慢词,犹接近自然时代,往往有佳句而乏佳章。自屯田出而词法立,清真出而词法密,词风为之丕变。如东坡之纯任自然者,殆不多见矣。南宋以降,慢词作法,穷极工巧。稼轩虽接武东坡,而词之组织结构,有极精者,则非纯任自然矣。梅溪、梦窗,远绍清真,碧山、玉田,近宗白石,词法之密,均臻绝顶。宋词自此,殆纯乎人工矣。总之尚自然,为初期之词。讲人工,为进步之词。词坛上各占地位,学者不妨各就性之所近而习之。必是丹非素,非通论也。(清·蔡嵩云《柯亭词论》)

词不宜质实

张玉田云:"词要清空,勿质实。清空则古雅峭拔,质实则凝涩晦昧。姜白石如野云孤雁,去来无踪。梦窗如七宝楼台,眩人眼目,拆下来不成片段。秦少游词,体制淡雅,气骨不衰,清丽中不断意脉,咀嚼无滓,久而知味。晁无咎词名冠柳,琢语平贴,此柳之所以易冠也。辛稼轩、刘改之作豪气词,非雅词也。于文章余暇,戏弄笔墨为长短之句耳。康、柳词亦自批风抹月中来,风月二字在我发挥,二公则为风月所使耳。"(诒)案:以梦窗之才,尚不免质实之弊,后之尚词藻者,可知矣。扬秦而抑柳,以辛刘为别派,自是确论。(清·江顺诒《词学集成》)

词宜浑成

俞仲茅云:"遇事命意,意忌庸、忌陋、忌袭。立意命句,句忌庸、忌涩、忌晦。意卓矣,而束之以音,屈音以就意,而意能自达者鲜。句奇矣,而摄之以调,屈句以就调,而句能自振者鲜。此词之所以难也。"(诒)案:命意一时也,命句又一时也。屈音以就意,屈句以就调,则就意之时,即就调之时。枝枝节节而为之,未必浑成矣。(清·江顺诒《词学集成》)

词要立意新

杨守斋作词五要:"第五,要立意新。"(后人填词止此耳,务求尖新,不近自然便俗。杨升庵、王弇州诸君正自不免。)(诒)案:立意亦在作词五要之列,然后知辨宫商者腐词谰语,亦不足言词也。(清·江顺诒《词学集成》)

词赋少而比兴多

词尚空灵,妙在不离不即,若离若即,故赋少而比兴多。令引近然,慢词亦然。曰比曰兴,多从反面侧面着笔。赋者,敷陈其事而直言之,便是从正面说。至何者宜赋,何者宜比兴,则须相题而用之,不可一概论。慢词作法,须讲义法,与古文辞同。古文用笔,有正反侧。然有时何尝不用正笔,亦在相题用之。宜用反侧,即用反侧,宜用正笔,即用正笔。此例诗词古文中甚多,故曰不可一概论。(清·蔡嵩云《柯亭词论》)

陈言务去

陈言务去,乃词成章后所有事,非所论于初学。初学缚于格调,囿于声韵,成章已不易,遑论及此。杨守斋言,词忌三重四同,去陈言自是其中一事。但好语都被古人说尽,欲其不陈甚难。惟有立新意、造新境,庶可推陈出新耳。昌黎标此义以论文,其集中未见陈言尽去,亦可见兹事之不易矣。(清·蔡嵩云《柯亭词论》)

填词不可不知界限

柴虎臣云:"旨取温柔,词归蕴藉。昵而闺帏,勿浸而巷曲,勿堕而村鄙。"又曰:"语境则咸阳古道,汴水长流。语事则赤壁周郎,江州司马。语景则岸草平沙,晓风残月。语情则红雨飞愁,黄花比瘦。"(诒)案:填词者各有界限,不可不知。(清·江顺诒《词学集成》)

词有诗文不能造之境

郭频伽云:"词家者流,源出于国风,其本滥于齐梁。自太白以至五季,非儿女之情不道也。宋之乐用于庆赏饮宴,于是周、秦以绮靡为宗,史、柳以华缛相尚,而体一变。苏、辛以高世之才,横绝一时,而愤末广厉之音作。姜、张祖骚人之遗,尽洗秾艳,而清空婉约之旨深。自是以后,虽有作者,欲别见其道而无由。然写其心之所欲出,而取其性所近,千曲万折,以赴声律,则体虽异,而其所以为词者无不同也。"(诒)案:有韵之文,以词为极。作词者着一毫粗率不得,读词者着一毫浮躁不得。夫至千曲万折以赴,固诗与文所不能造之境,亦诗与文所不能变之体,则仍一骚人之遗而已矣。(清·江顺诒《词学集成》)

就词字之意论词

包慎伯大令(世臣)月底修《箫谱》序云:"意内而言外,词之为教也。然意内不可强致,言外非学不成。是词说者,言外而已,言成则有声,声成则有色,色成而味出焉。三者具,则足以尽言外之才矣。若夫成人之速者,莫如声,故词名倚声。声之得者,又有三,曰清、曰脆、曰涩。不脆则声不成,脆矣而不清,则腻。清矣而不涩,则浮。屯田、梦窗以不清伤气,淮海、玉田以不涩伤格,清真、白石则能兼之矣。六家于言外之旨得矣,以云意内,惟白石、玉田耳。淮海时时近之,清真、屯田、梦窗皆去之弥远,而俱不害为可传者,则以其声之玄眇铿磐,恻恻动人,无色而艳,无味而甘故也。"(诒)案:就词字之意以论词,本说文以解经,而意内言外两层,说得确切不移,实发前人所未发。至声字独取清脆涩三声,而证以各名家之词,学者循之,亦不入歧途矣。(清·江顺诒《词学集成》)

词意贵新

文字莫不贵新,而词为尤甚。不新可以不作,意新为上,语新次之,字句之新又次之。所谓意新者,非于寻常闻见之外,别有所闻所见,而后谓之新也,即在饮食居处之内,布帛菽粟之间,尽有事之极奇,情之极艳,询诸耳目,则为习见习闻,考诸诗词,实为罕听罕观,以此为新,方是词内之新,非《齐谐》志怪、《南华》志诞之所谓新也。人皆谓眼前事,口头语,都被前人说尽,焉能复有遗漏者。予独谓遗漏者多,说过者少……前人常漏吞舟,造物尽留余地,奈何泥于前人说尽四字,自设藩篱,而委道旁金玉于路人哉。词语字句之新,亦复如是。同是一语,人人如此说,我之说法独异。或人正我反,人直我曲,或隐约其词以出之,或颠倒字句而出之,为法不一。昔人点铁成金之说,我能悟之。不必铁果成金,但有惟铁是用之时,人以金试而不效,我投以铁即金矣。彼持不龟手之药而往觅封侯者,岂非神于点铁者哉。所最忌者,不能于浅近处求新,而于一切古冢秘笈之中,搜其隐事僻句,及人所不经见之冷字,入于词中,以示新艳,高则高,贵则贵矣,其如人之不欲见何。(清·李渔《窥词管见》)

词语贵自然

意新语新,而又字句皆新,是谓诸美皆备,由武而进于韶矣。然具八斗才者,亦不能在在如是。以鄙见论之,意之极新,反不妨词语稍旧,尤物衣敝衣,愈觉美好。且新奇未睹之语,务使一目了然,不烦思绎。若复追琢字句,而后出之,恐稍稍不近自然,反使玉宇琼楼,堕入云雾,非胜算也。如其意不能新,仍是本等情事,则全以琢句炼字为工。然又须琢得句成,炼得字就。虽然极新极奇,却似词中原有之句,读来不觉生涩,有如数十年后,重遇古人,此词中化境,即诗赋古文之化境也。当吾世而幸有其人那得不执鞭恐后。(清·李渔《窥词管见》)

《词源》论炼字

张玉田《词源》云:"句法中有字面,盖词中一个生硬字用不得,须是深加锻炼,字字敲打响,歌诵妥溜,方为本色。如贺方回、吴梦窗,皆善于炼字面,多于温庭筠、李长吉诗句中来。字面亦词中之起眼处,不可不留意也。"(诒)案:词中炼字,义山、飞卿稍为近之,昌谷则微嫌滞重矣。(清·江顺诒《词学集成》)

琢句炼字须合理

琢句炼字,虽贵新奇,亦须新而妥,奇而确。妥与确,总不越一理字,欲望句之惊人,先求理之服众。时贤勿论,吾论古人。古人多工于此技,有最服予心者,"云破月来花弄影"郎中是也。(清·李渔《窥词管见》)

学生填词习作与点评(下)

六、国计民生

鹧鸪天·雾霾中见旅游团

小帽方旗逛九州,风情别具帝都秋。凝眸冥想佛香阁,仰首长猜国贸楼。云里住,梦中游,登仙何事锁眉头?男儿女子皆遮面,敢笑波斯不怕羞。

行香子

东海沧沧,大漠茫茫。五千年,唯我独芳。汉唐霸业,两宋辉煌。叹三年荒,十年乱,百年殇。　　殷忧启圣,多难兴邦。三十载,雄起东方。巨龙蛰伏,今又翱翔。看一家和,百家富,万家昌。

醉花阴·感于联合国气候大会的失败

夜夜繁华车满道,灯火千家照。歌舞乐升平,江北江南,绿水青山杳。
只知画栋雕栏好,不恨芳草少。满目尽狼藉,欲避桃源,何处桃源找?

朝中措·叹舆论绑架

伊人魂断落高楼,众怨始方休。恣肆攸攸千口,谁思悲剧缘由?
孰真孰假,孰非孰是,都付东流。料想冤悲应梦,莫添心上凉秋。

浪淘沙

近日医患关系紧张,伤医杀医事件频频发生,我是医学生,有颇多感触,故作此篇。
苦读少酣眠,不畏疑难。但求良药济人寰。怎料挥刀相向去,血泪斑斑。
看客却欢颜,笑说凶残。冰霜不过刺骨寒。唯有天公怜万世,冷雨潺潺。

大学生写作诗词,最容易出现的问题是只写一些传统题材(如爱情、友情、送别、思乡怀归、咏物等),这些题材应当允许学生写,但更应提倡写关心国计民生、贴近现实生活的作品,关心民生疾苦,关心雾霾,关心弱势群体。而尽量不写拍马应酬歌功颂德之作,不过对自己把握不准的政治问题也不要写到诗词里。

七、言志抒怀

一剪梅·言志

君问余心向哪边?也不经商,更不为官。古来人事最艰难,老尽华年,算尽机关。　　不过黄粱一梦间。今日铜钱,明日青烟。平生只愿了余欢,有个书看,有个词填。

临江仙

梦里素弦声断,此生寥落浮萍。绮罗香烬泪盈盈。两行家国泪,千里棹歌行。　　怎奈夜寒侵晓,愁肠故事谁听。楚江冷雨却相迎。渔家灯火尽,古渡泛舟轻。

破阵子·江湖梦

黑木崖前论道,桃花岛上弹筝。越女剑飞花碎叶,碧玉箫邀月摘星。凌波下七城。　　美酒千杯不醉,高朋万里逢迎。唤取银枪追白马,快意恩仇忘死生!深藏功与名。

（注：词中多用金庸武侠小说中名词,例如"黑木崖""桃花岛""越女剑""玉箫""凌波微步"等。）

定风波

雾阁暄明傍晚晴,青莲鱼戏露华清。踯躅樽前花解语。闲赋,疏慵小酌醉平生。　　纵有家财千万贯,不换,高台一曲月倾城。但睡清宵君不醒。心静。阶前拾得落花声。

风入松

少年欲解古人忧。携酒上高楼。举杯同饮春江月,微醺处、笑语明眸。遥忆流觞曲水,空追王谢风流。　　如今听雨北庭秋。点点滴心头。清笳拍遍黄昏后,却空出、旧曲新愁。纵是银釭长照,韵光怎得淹留。

临江仙·白发

堪看镜中白发,依稀又近年终。盈虚常替水长东。倚栏迟顿首,只恨太匆匆。　　笔墨几添词句,笑谈空养疏慵。关山渐远路重重。残灯孤枕处,好梦尽随风。

鹧鸪天

雨霁云开滴又残,窗边檐底独流连。一番深挚添君笑,几句酸骚过此间。空自问,与谁怜?且凭诗酒误华年。何当风底邀明月,醉泼狂歌三百篇。

行香子

百谷蓁蓁,野雨纷纷。且将孤盏敬枯坟。君为旧客,我似新尘。纵千般痴,千般念,了无痕。　　风折红烛,霜侵发鬓。宁抛年华许多轮。换君入梦,不换财银。应不贪富,不贪贵,贪情真。

（注：一位历史系友人,十分仰慕毕业论文的研究对象,曾到这位古人位于北京郊区的

坟冢看望,常有"君生我未生"的感慨。)

念奴娇

梦无痕了,往窗头寻迹,树楼灯月。夜路桥边何处觅,流水催人情切。蛙唱声声,惊雷乍起,止步而凝噎。金兰千里,共婵娟亦长别。

过客谓我何求,心忧谁问,对影频频说。年少消愁非借酒,书海日游千页。花落花开,天涯契阔,今世成英杰。迢迢前路,偕行无畏风雪。

西江月·忆儿时

野苇滩头踏浪,新芽树上折枝。不知日暮是归时,犹向草间观蚁。

却是当年歌笑,岂堪今日回思?俗尘常染心里诗,应学无忧童子。

大学生正青春年少,涉世不深,绝大多数同学人生道路是比较平坦的,较少经受挫折,一次考试挂科,一次失恋,都会使之难以承受。以诗词来开展挫折教育、人生观教育,并以此为题写些诗词,虽然没有遭受重大挫折的亲身经历,也还有益于学生健康成长。我主编的《唐宋词鉴赏》中有《分类唐宋词·贬谪 哲理 人生 旷达 闲适》《分类唐宋词·忧愤》《分类唐宋词·家国》可参看。

八、悼念

江城子·悼祖父

噩耗惊闻泪不干,恨人间,奈何天。故园千里,扶柩送灵难。归去孤坟何处问?荒草满,晚松寒。　　梦里依稀似旧年,戏庭前,盼炊烟。白发垂髫,相与乐怡然。此后年年三五夜,人不见,月空圆!

浪淘沙·悼念

夜雨洒空庭,天道无情,菩提花咽湿铭旌。泯尽恩仇襟抱阔,明德惟馨。

百折尚孤行,惯历峥嵘,孤怀沥血索心盟。羞煞诸公空据座,漫话劳形。

诉衷情·悼曼德拉

少年壮志弃紫轩,辗转为人权。一生坎坷谁料,囹圄廿七年。

途愈漫,志弥坚,美名传。功成和解,无计民生,待后人肩。

临江仙

月下常听公语,今日已是曾经。秋风吹彻晚灯明。时光流似水,不想已三更。　　长叹恩师才识,惜吾学艺难精。小词一首未达情。海中高塔照,辉映万船行。

浪淘沙·梦忆伯祖父

梦入旧蓬门,碧草如茵。依稀伛偻正耕耘。昔日谆言犹在耳,身已同尘。忆笑弄儿孙,诗酒乾坤。帝乡亦作醉仙人。雨夜应逢欢宴日,醉卧倾樽。

乌夜啼·念祖母

空思往事悠悠,几春秋。只叹韶光易碎梦难留。
慈可颂,恩情重,竟成丘。万点离愁无奈作江流。

行香子·怀念叶企孙先生

学贯中西,甘做人梯。为科技、奠立根基。创兴理院,遍揽名师。更助高徒,援前线,济危时。　　十年动乱,饱受猜疑。陷囹圄、虫豸相欺。鲸横水裔,兰委污泥。甚令人憾,令人愧,令人悲。

生离死别,最见真情,见出友情、爱情和亲情。对至亲长辈,是爱是念,对伟人师长,是尊是敬。

九、咏史怀古

临江仙·夜读文革史有感

风骤月残云断,神州烟雨阴霾。牛棚虚位待英才。佞臣持竹笏,忠骨弃天涯。　　怅忆荒寥如昨,泣言空惹尘埃。青春多少可重来。斜阳勾爨影,回首不堪哀。

满江红·叹项羽

盖世豪情,拔山起,烽烟怒卷。旗指处,剑光刀影,地昏天暗。子弟八千图霸业,金戈十万驰雷电。破雄关,问鼎势如虹,谁能伴?　　刚尚在,仁犹短。坑降勇,积民怨。鸿门一棋错,致秦归汉。只道人功因命蹇,未明国运凭谁断。

哭虞姬,垓下问乌骓,风长叹。

满江红·感梅村事

夜读梅村,吟几阕,满江红遍。思故国,泪溅草木,余生犹念。欲写新词悲感骤,数番重九黄花乱。到今时,徒有旧诗名,江山换。　　紫土塞,黄河岸。庾信恨,王褒怨。向西风挥洒,点滴谁鉴?倘学文山身便陨,又兼刘蒋归篱畔。却何须,此际美秋空,南飞雁。

浪淘沙·惠州西湖

桥下水迷濛,榕面妆浓,碧风贪饮槿花红。忽复黑云挥墨雨,日月无踪。来此念苏公,波散舟空,平生功业影华中。西子湖光虽更盛,难与之同。

满江红·登楼咏稼轩

独上危楼,残月冷,点星明灭。今忆起,昔时神采,为之心折。烈酒金樽兵染血,男儿至死心如铁。家国乱,十论显英豪,无人瞥。　　倾壮志,从笔泄。朝堂远,心尤热。看龙腾虎掷,气为之夺。开合纵横千古事,纤丽婉约情真切。可知否,慷慨似君人,如今绝。

行香子·论玄武门之变

廿载同途,手足情殊,劈空一剑霎时无。斯时而后,频覆皇都。有武临朝,韦弑帝,李杀姑。　　千秋圣主,当时遗误,若效宋祖不须诛。寂寥玄武,翠柳千株。剩宫廷冷,史书叹,帝王孤。

（注:史家以玄武门之变为初唐数起宫廷政变之滥觞。）

沁园春

帅帐筹谋,南馆弘文,谏诤殿鎏。看杜陵宝地,残碑青冢,玉楼宫阙,列像凌烟。青史长存,千秋已逝,犹有招魂舞祭幡。谁曾解,若君王不识,贤相清闲。　　长空雁唳霜寒,叹自古中州建业难。但文王乏器,尚公徒钓,太宗刚愎,百策①空言。落魄刘郎,茅庐未顾,安使三分天下传?隆中对,问南阳街市,换几铢钱!

（①魏征,号魏百策。）

咏史怀古,目的在于给古人和历史事件以新的客观公正评价,并以史为鉴。杜甫的《蜀相》《咏怀古迹五首》等是学习的楷模。我主编的《唐宋词鉴赏》中有《分类唐宋词·怀古》《分类唐宋词·咏史》可参看。

十、咏物

破阵子·咏雪

疑怪琼楼坍碎,漫天玉屑翻腾。近树远村披白锦,万岭千山立素屏。皓然满目盈。　俟尔山河一统,顿时穹宇澄清。洗却乾坤尘与秽,填尽人间事不平。惟余万籁宁。

行香子·咏郎红观音瓶

骨肉停匀,气韵超尘,轻施釉,华彩盈身。出烈火狱,入画堂门。得足如铁,口如雪,姿如神。　内藏洁质,外展丹心,朝天啸,吞吐风云。节高德厚,雅俗共亲。有文人骨,贤人量,圣人魂。

鹧鸪天·围棋

一对幽人一尺盘,两分黑白两重天。乌云散聚星明灭,素雪铺融燕去还。剖果士,烂柯仙,纹枰求索几千年。将冠国手诚无望,且醉玄机半解间。

西江月·小白猫

身似雪团微暖,眼如海水无邪。追莺扑蝶探丛花,动静都堪入画。
天性从来娇懒,不知守夜看家。绿浓阴里梦鱼虾,长日鸣蝉仲夏。

咏物包含除人物、山河自然之外的各种植物、动物以及无生命的金石物件等等,诗歌咏物源远流长,《诗经·鲁颂·駉》就是一篇有寄托的咏马之作,《楚辞》有《橘颂》,汉赋中有不少咏物之赋,六朝、唐代均有好多咏物诗歌,唐诗中咏马、咏蝉、咏草、咏雪、咏鹰……都有名篇传世。宋词中咏物之作更多,苏轼咏杨花、孤雁,姜夔咏蟋蟀,史达祖咏双双燕,张炎咏春水、孤雁均很著名。清代常州词派最重咏物词,强调寄托。我主编的《唐宋词鉴赏》中有《分类唐宋词·咏月》《分类唐宋词·荷花·咏柳·咏草》《分类唐宋词·咏花》《分类唐宋词·咏物》《分类唐宋词·咏雁·咏杜鹃》可参看。

十一、爱情

忆江南·相思二首

秋欲暮,最美是归鸿。望尽天涯肠断处,江风阵阵水溶溶,斜月入帘栊。

诗酒罢,未解故园情。瑟瑟霜风惊柳韵,泠泠秋月冷琴声,弦断与谁听?

鹧鸪天·燕子楼

一剪春光半盏茶。小楼独坐看朝霞。流年暗度相思树,隔岸长开并蒂花。歌已尽,思无涯。忍将白首换芳华。为伊泪落为伊去,燕子夕阳飞复斜。

西江月

梦里常闻君笑,醒来空自相思。痴心不敢教人知,付与案头新字。笔弱难成长调,情深却少文辞。窗边树影懒摇枝,可是了吾心事?

贺新郎·记情

睡起莺声巧。正朝阳、金镶翠叶,碧云欢好。两两东邻呼女伴,陌上花前斗草。听阵阵、浅言低笑。不趁韶华思进取,却辩言、闲里光阴少。倚痴顽,戏清晓。　　归来惆怅心情杳。倚斜栏、熏风初度,宁知春老。更忆昨宵归梦里,泪雨片花缥缈。憔悴损、柔肠千绕。自古薄情多离别,劝从今、莫把长门效。将寂寞,赋长调。

行香子

露湿薄衣,烟绣帘帏。登高楼,月满人稀。嗅得香细,却是枯枝。恨春无迹,鸟无语,柳无依。　　瞬息芳华,憔悴如斯。有残花,笑我情痴。梦好难续,情深谁知?剩一寸心,两痕泪,几行诗。

凤凰台上忆吹箫

前夜涛声,恍然惊起,披衣慵上高楼。恨别时垂柳,未系行舟。空奏阳关万遍,今伴我、唯有闲愁。匆匆事,南来雁字,又一春秋。　　休休。纸轻墨重,肠断怎堪言,笔笔情稠。问信笺谁寄?红鲤难求。徒有河边芳草,应惜我、清泪长流。长流泪,逢君梦中,白芷汀洲。

鹊桥仙

闲云抱月,飞花逐影,风落罗衣锦扣。小楼窗下燕双双,又一岁,佳期如旧。
诗笺传字,瑶琴落曲,道是鸳鸯织就?相思枕上句成行,恐扰了,重重更漏。

诉衷情

夕阳西下故人辞,何处寄相思?倚门默然回首,唯有月明知。
人不寐,念英姿,泪来迟。几成追忆,化作虫鸣,笑我情痴。

双调·忆江南

霜色重,微浪碎寒枝。百顷湖波千尺梦,半船明月一轮诗。置酒欲邀谁?
微醉后,搔首念情痴。忆昔从君千样好,而今零落是相思。幽恨几人知?

鹧鸪天

过尽流光别尽君,旧书笺上染轻尘。有心细味三年短,无意回眸万事深。
方聚首,又离分,忍言遗憾是青春。天公此夜还怜我,再会前宵梦里人。

长相思

雨声长,夜声长。雨打轩窗衾被凉,夜深倦卧床。
影难双,愁难双。影映青灯心自伤,无眠何梦郎。

鹧鸪·天静夜

小阁春深梦不成,卧听帘幕与风鸣。谁家青鸟频相语,何处流莺时一声。
空怅望,意难平。人间莫说总无情。思君自可消清夜,只恨幽云碍月明。

鹧鸪天·夜思

俦侣星辰缱绻风,人孤不似去年同。金声玉韵萦身畔,蕙质兰心怀臆中。
窗牖散,砚台空,而今何处唤吴侬。天涯一望多穷路,几层峦峰思几重。

鹊桥仙·失恋

临江远望,潮头听雨。万斛清愁如注。别离心绪满眉颦,更听得,蛩声楚楚。

暮天凉月,流萤疏柳。寂寞堤边独步。寻思不似鹊桥人,尚相会,一年一度。

大学生正是写爱情的年纪,他们的爱情词深挚苦楚,有初尝相思之苦,亦有久耽折磨之怀,最感人的是时久词淡,依然念念不忘者。词中也有一股情怀,将情思与功名对比,多是决然抛开功名,也有以功名掩盖相思的。以上词作,都真实可感,其缺点是太似古人,时代气息不浓,这方面上升空间较大。我主编的《唐宋词鉴赏》中有《分类唐宋词·爱情闺怨》《分类唐宋词·沈园诗词》可参看。

十二、友情

江城子·送别

陌头嫩柳弄新晴,水初平,物华宁。留人不住,频啭是黄莺。只恨韶光总枉负,才解鞍,又登程。　和风袅袅絮飞轻,似含情,慕娉婷。执手相送,四目共盈盈。好景从今无意绪,长病酒,独消凝。

鹧鸪天

曾道何年不再逢,而今只恨太匆匆。流波有意临风咽,芍药无情恣意红。
轻策马,倚桥东。酒醒才解是梦中。歌筵多少欢娱事,不及当时共晚风。

临江仙·别同窗

雨住骄杨轻泣,风停曼柳长垂。临行何必尽低眉?怒潮知涨落,皓月有盈亏。　把酒三年兄弟,登楼万里清晖。离愁化作壮怀飞。他年重聚首,一笑解金龟。

采桑子·重逢

劳诗一首班荆意,笑叹重逢。俱叹重逢,一片相思两处同。
疏星冷月皆摇醉,又尽余盅。莫尽余盅,酒淡方知情味浓。

南歌子·将别

宴饮欢愉逝,情思共夜长。泪凝梦断怨天凉,未至别期不忍诉离肠。

清平乐·与友人离别有感

殷勤青鸟,不过蓬莱岛。未恨一年别早,却又音书渐眇。

相聚总是匆匆,紫荆树下残红。何日若能重遇,朔风还似春风。

临江仙·忆故人

去岁临行同把盏,窗前细雨潇潇。梨花澹澹杏花娇。灞桥杨柳绿,春色跃枝梢。　旧日丹青今尚在,故人何处挥毫。夜阑犹叹岭南遥。此间难入梦,风露立中宵。

沁园春

海右黄河,岭外青山,辗转行程。有三千逆旅,思归还罢;寻常故事,欲诉吞声。我记交游,君怀他意,各自东西取次行。知欢毕,总于斯歌哭,到此凋零。

生涯别后分明,是琴趣,无弦亦可听。且持觥拈韵,诗消永夜,临窗望远,情隔风亭。好日随人,疏星照我,散帙灯前醉复醒。莫相问,纵逢时一笑,难慰平生。

阮郎归·赠友

故友因事来京,余因事繁未得相聚,聊为小令以寄之。

偶收友信自云间,开篇问暖寒。只言忆起旧时欢,何曾忘笑颜?

邀一聚,话从前,奈何少得闲。而今别后隔峰峦,重逢更几年?

友情可贵,同学们的词作明白易懂,能将细微之处道出,十分感人。又有诀别、重逢词意,歌哭同时,婉转别致。也有一些场景,极具现代风格,但是未能将词汇章法融为一体,须加磨砺。我主编的《唐宋词鉴赏》中有《分类唐宋词·友情赠别》可参看。

整理后记

王步高老师留给我最深的印象,是他工作的热情。东南大学汉语言文学专业的年轻老师,几乎都参加过王老师的课程教研组,大家经常感慨:"看到王老师超常的工作量,我们都不好意思说累了!"王老师退休后,依然领导着东大"大学语文"和"唐宋诗词鉴赏"等国家级精品课的建设,同时在清华大学任教。有一次,在东大四牌楼校区,三个小时的研讨之后,大家来到六朝松下休息,有几个东大的本科生认出了王老师就是校歌作者,兴奋地与王老师攀谈,王老师跟同学聊校史、聊诗词、唱校歌,四十分钟过去了,依然兴致盎然。王老师的诗词课程在清华大学也是热门课,我们开玩笑说,王老师到哪里都能"圈粉"无数。

谁能想到,身体里像有一台永动机在运转的王老师,生命会因病魔戛然而止。南京大学莫砺锋教授为王老师撰的挽联,高度概括了王老师的功业:

树蕙江南,滋兰冀北,教席设双城,薪火长传千载业。
唐声豪壮,宋韵清和,校歌谱一曲,萧韶永振六朝松。

王步高老师热爱诗词、热爱教学,这部《诗词格律与写作》是他诗词研究和教学的结晶。王老师已经撰写了初稿,可惜突然而至的疾病使他无法最终完稿。因为想为王老师了却这桩心愿,也因为东南大学有关领导和王老师家属对我的信任,我接受了整理这部书的工作。主要的整理工作包括:

1. 核对引用文献的原文并注明出处。原稿中古代诗话词话是标明了书名和卷数的,其他部分都要核实是否属于引用并注明出处。虽然经过几轮详细的检索和校对,但不排除还有较隐蔽的引用没有被发现。如有遗漏,责任在我。

2. 连缀文意,补写部分内容。原稿有些章节形式上还像是资料的积累,需要把这些资料连缀成文。还有些章节列出了小标题,内容还未充实,需要予以补足,这部分主要集中在第二、三章和第十二、十三章。

3. 编定纲目,理清结构层级。每一章的标题基本上是王老师拟定的,章之下的二级、三级标题是整理过程中提炼并使之整齐化的。

4. 删减部分资料和学生习作。原稿的古人作品、诗话词话点评是以求全为原则的,篇幅达到约40万字,整理时在同类资料里精选最有代表性的,以达到删减篇幅但不损伤内容的效果。学生习作也是如此,在反复斟酌之后,删减了约三分之一的作品。

王老师先后在东南大学和清华大学开设"诗词格律与写作"课程,深得学生爱戴。他还保留了同学的习作,予以分类点评,这份精心、细心,着实让人感动。本书中习作的作者基本都已毕业,无法一一联系并核实原作。如果同学有缘在书中发现自己的作品,或许会勾起对大学生活的美好回忆,并感念与王老师"奇文共赏析"的师生情谊。

感谢南京大学的程章灿教授和俞士玲教授对本书的整理给予的指导和建议;感谢东南大学领导和社会科学处、人文学院领导对此书的关心;感谢王步高老师夫人刘淑贞女士和女儿王岚老师的信任;感谢东南大学出版社刘庆楚同志的认真校对(本书经6校)。最后还要特别感谢江苏省扬中发展促进会及我校1987届校友、南京大学政府管理学院兼职教授、全国市长研修学院客座教授蔡龙博士对本书的整理编撰和出版发行给予的大力支持。

斯人已去,希望这部书能把他对诗词的热爱留在人间。

白朝晖

2020.4

东南学术文库
SOUTHEAST UNIVERSITY ACADEMIC LIBRARY

已出版的图书

《法律的嵌入性》
张洪涛 著 2016

《人权视野下的
中国精神卫生立法问题研究》
戴庆康 等著 2016

《新诗现代性建设研究》
王珂 著 2016

《行为金融视角
——企业集团内部资本市场效应》
陈菊花 著 2016

《明清小说戏曲插图研究》
乔光辉 著 2016

《世界艺术史纲》
徐子方 编著 2016

《马克思对黑格尔的五次批判》
翁寒冰 著 2016

《中西刑法文化与定罪制度之比较》
刘艳红 等著 2017

《所有权性质、盈余管理与企业财务困境》
吴芃 著 2017

《拜伦叙事诗研究》
杨莉 著 2017

《房屋征收法律制度研究》
顾大松 著 2017

《基于风险管控的社区矫正制度研究》
李川 著 2017

《中华传统美德德目论要》
许建良 著 2019

《城市交通文明建设的法治保障机制研究》
孟鸿志 著 2019

《立法对法治的侵害》
高照明 著 2019

《超级"义村":未完成的集体组织转型》
王化起 著 2019

《民生保障的国家义务研究》
龚向和 等著 2019

《私法视野下的水权配置研究》
单平基 著 2019

《诗词格律与写作》
王步高 著 2020

"东南学术文库"丛书可通过东南大学出版社天猫旗舰店,以及当当、亚马逊、京东等网店购买。